# 천사의 부름

L'appel de l'ange

# 천사의 부름

기욤 뮈소 장편소설

전미연 옮김

밝은세상

**천사의 부름**

**초판 1쇄 발행일** 2011년 12월 15일 │ **초판 21쇄 발행일** 2020년 8월 31일

**지은이** 기욤 뮈소 │ **옮긴이** 전미연 │ **펴낸이** 김석원

**펴낸곳** 도서출판 밝은세상 │ **출판등록** 1990. 10. 5 (제 10 – 427호)

**주 소** (10881) 경기도 파주시 문발로 119, 202호

**전 화** 031-955-8101 │ **팩 스** 031-955-8110 │ **메일** wsesang@hanmail.net

**블로그** blog.naver.com/balgunsesang8101 │ **인스타그램** www.instagram.com/wsesang

**ISBN** 978-89-8437-112-5 03860│ **값** 13,500원

해안이 훨씬 안전하지만 나는 파도와 맞서고 싶다.

−에밀리 디킨슨

# L'appel de l'ange 천사의 부름

## CONTENTS

# 프롤로그

휴대폰?

처음엔 사실 당신은 그다지 필요를 못 느꼈어요. 하지만 너무 유행에 뒤처진 사람으로 보이기 싫어 가장 단순한 모델을 기본 정액 요금만 내고 사용해볼 생각이었죠. 처음 얼마간은 식당이나 지하철, 카페 테라스에서 당신도 모르게 소리를 높여 통화하다 깜짝깜짝 놀라며 스스로 무안해지기도 했어요. 마음만 먹으면 언제든지 가족과 친구들의 목소리를 들을 수 있어 편리하기도 하고, 심리적 안정감까지 제공해주는 건 분명한 사실이었죠.

이제 당신도 남들처럼 자판을 꼭꼭 누르며 문자메시지를 보낼 수 있게 됐어요. 그러다가 어느새 자판을 손에서 놓지 못하고 틈만 나면 문자를 보내게 됐죠. 남들처럼 수첩 대신 휴대폰 일정 관리 기능도 사용하기 시작했죠. 사람들에게 전화번호를 받아 열심히 저장해두기도

했어요. 애인과 가족, 지인들의 전화번호가 휴대폰에 다 들어 있죠. 가끔 기억이 안 나는 현금카드 비밀번호와 옛 남친의 전화번호 역시 휴대폰 속에 들어 있어요.

비록 화질은 형편없지만 카메라 기능도 쓰기 시작했어요. 언제라도 직장동료들에게 보여줄 수 있는 사진 한 장 정도는 휴대폰에 넣어가지고 다니는 게 당신에게는 꽤나 기분이 괜찮은 일이었어요.

요즘은 다들 그래요. 휴대폰은 가정과 직장의 구분이 없어지고, 사생활의 경계가 허물어지는 시대 흐름에 딱 부합하는 물건이죠. 일상이 갈수록 긴박해지고 예측불가능하게 돌아가기 때문에 요즘에는 누구나 시간에 쫓기듯 살아갈 수밖에 없잖아요.

얼마 전, 당신은 휴대폰을 사양이 훨씬 좋은 최신 기종으로 바꿨어요. 메일 확인도 되고, 인터넷검색도 가능하고, 앱도 수백 개나 깔 수 있으니 한 마디로 요술방망이나 다름없는 기기였죠.

그때부터 슬슬 중독 증세가 나타났어요. 마치 몸 안에 이식된 장기처럼 휴대폰은 당신의 일부가 되어 욕실과 화장실까지 따라왔죠. 당신은 장소를 불문하고 단 30분도 휴대폰에서 눈을 떼지 못하죠. 늘 부재중 통화는 없었는지, 기다리던 문자메시지는 왔는지 수시로 확인하죠. 메일함이 비었는데도 혹시나 하는 마음에 굳이 다시 확인해보곤 한답니다.

어릴 때 가슴에 꼭 껴안고 자던 곰 인형처럼 휴대폰은 이제 당신의 마음을 편안하게 해주죠. 휴대폰 화면이 부드럽고 감미로운 목소리로 당신에게 최면을 걸어요. 어떤 상황에서도 침착하게 만들어주죠. 언제 누구하고라도 연락할 수 있다는 사실이 당신에게 엄청난 자신감을 심어주죠.

*

그런데, 하루는 저녁에 퇴근하고 들어와 아무리 호주머니와 가방을 뒤져도 휴대폰이 없는 것이었어요. 감쪽같이 사라진 거예요.

분실했나? 도둑맞았나? 그럴 리 없어.

처음에는 믿지 않았죠. 그래서 다시 꼼꼼하게 확인해봤지만 역시나 없었어요. 깜빡 잊고 사무실에 두고 왔을 거라 애써 믿어보려고 했죠.

아니야, 아닌데⋯⋯. 사무실을 나와 엘리베이터 안에서도 꺼내본 기억이 나. 지하철에서도 분명 사용했고, 나중에 버스로 갈아타고 나서도 썼던 기억이 나는데?

젠장!

잃어버렸구나, 생각되자 당장 화부터 났어요. 그러다 구입할 때 가입해둔 휴대폰 분실보험을 떠올리며 정말 다행이라고 생각했죠. 머릿속으로 재빨리 적립 포인트를 계산해보면서 내일 당장 최고급 사양의 터치스크린 단말기를 공짜로 살 수 있을 거라 생각하니 가슴이 뿌듯했어요.

그런데, 새벽 세 시가 돼도 당신은 도무지 잠을 이룰 수 없었어요.

*

당신은 옆에서 자고 있는 남자가 깨지 않게 조심하며 몰래 침대를 빠져나왔어요. 그런 다음 부엌으로 들어가 찬장 높이 손을 뻗어 오래 전에 숨겨놓은 담뱃갑을 찾았어요. 오늘처럼 도저히 안 피우고는 못

견딜 때를 대비해 몰래 감춰둔 것이었어요. 당신은 담배를 피우면서 보드카를 한 잔 따랐어요.

빌어먹을…….

당신은 의자에 몸을 웅크리고 앉았어요. 담배냄새가 날까봐 창문을 열어놨더니 한기가 느껴졌어요. 당신은 휴대폰 속 정보들을 하나씩 손으로 꼽아보기 시작했죠. 동영상 몇 개와 사진 오십 장 정도, 인터넷 검색 기록, 집 주소(아파트 출입문 비밀번호까지)와 부모님 주소 그리고 지워야 했을 전화번호들, 야릇한 상상력을 자극할 소지가 있는 문자들…….

이건 괜한 피해망상이야.

당신은 담배를 한 모금 빨고는 보드카로 목을 축였어요.

얼핏 보면 딱히 문제될 게 없을 것 같아도 사실은 그렇지 않다는 걸 당신 또한 잘 알죠. 당신은 혹시라도 불순한 의도를 가진 사람 손에 휴대폰이 들어가기라도 할까봐 애가 타기 시작했어요.

몇몇 사진과 메일, 통화 내용에 대해 벌써부터 걱정이 되기 시작했어요. 당신의 과거, 가족, 돈, 섹스. 해코지하기로 작정하고 달려들면 당신의 인생을 송두리째 무너뜨리고도 남을 뭔가가 나올지도 모르죠. 당신은 뒤늦은 후회를 해보았지만 소용없었어요.

몸이 으슬으슬 추워진 당신은 의자에서 일어나 창문을 닫았어요. 당신은 차가운 유리창에 이마를 가져다대고 이 시간에도 드문드문 어둠을 밝히고 있는 도시의 불빛들을 바라보았죠.

지금쯤 한 사내가 도시 반대편에서 내 휴대폰에 코를 박고 있을지도 몰라. 내 은밀한 사생활을 훔쳐보며 낄낄대고 있을지도 몰라.

낯 뜨거운 더티 리틀 시크리트Dirty little secrets를 찾아내 휴대폰 밑바닥까지 치밀하게 후비고 있을지도 몰라.

　잡다한 생각이 끈질기게 당신을 괴롭혔죠.

# L'appel de l'ange

## 제1부 고양이와 쥐

# 1 뒤바뀐 전화기

만날 수밖에 없는 운명인 사람들이 있다. 어디에 있든 어디에 가든 그들은 언젠가는 만난다.
—클로디 갈레

뉴욕

JFK공항

크리스마스 일주일 전

여자

"그 다음엔?"

"그 다음엔 라파엘이 날 티파니에 데리고 가 다이아몬드 반지를 사
줬어. 그리고 청혼했지."

매들린이 휴대폰을 귀에 대고 공항계류장이 내려다보이는 키 높은
통유리 앞을 거닐고 있었다. 거기서 5천 킬로미터쯤 떨어진 런던 북부
의 작은 아파트, 그곳에서는 그녀의 단짝 친구 줄리앤이 애인과 뉴욕
으로 밀월여행을 떠난 매들린이 시시콜콜 전하는 이야기를 열심히 듣

고 있었다.

"그 사람, 아주 큰 맘 먹었네. 주말을 보내러 맨해튼까지 널 데리고 가더니 왈도프 아스토리아호텔에 묵질 않나, 마차를 타고 뉴욕 시내를 구경시켜주질 않나, 다이아몬드 반지에 멋진 청혼까지……."

"맞아, 정말이지 그 모든 게 한편의 영화처럼 완벽했다니까."

매들린은 한껏 들뜬 목소리로 말했다.

"그런데 좀 지나치게 완벽한 건 아니니?"

줄리앤이 괜한 시비를 걸었다.

"먼저 '지나치게' 완벽하다는 건 무슨 뜻인지 설명 좀 해줄래?"

줄리앤이 어설픈 분위기 반전을 시도했다.

"그러니까 내 말은, '오우! 서프라이즈', 뭐 그런 게 살짝 부족했던 것 같다는 뜻이야. 뉴욕, 티파니, 눈 내리는 맨해튼 거리, 센트럴파크 스케이트장. 조금은 진부해 보인다고 할까. 한 마디로 좀 식상하다는 뜻이야."

매들린이 짓궂게 반격에 나섰다.

"내 기억이 맞다면 웨인은 아마도 펍에서 곤죽이 되도록 퍼마시고 와 너에게 청혼하지 않았니? 코가 삐뚤어지게 마시고 들어와서는 '우리 결혼하자' 겨우 그 한 마디만 내뱉고는 냅다 화장실로 달려가 왝왝 토했다며? 아니야?"

"그래, 알았어. 내가 졌으니까 이제 그만하자."

줄리앤이 순순히 백기를 들었다.

매들린이 피식 웃으며 쏟아져 들어오는 사람들 틈에 라파엘이 있는지 눈으로 찾아보며 출국장 입구로 걸어갔다.

연말연시를 맞은 공항터미널은 분주히 오가는 수천 명의 여행객들로 북새통을 이루었다. 가족을 만나러 가는 사람들, 잿빛 뉴욕을 벗어나 지구 반대편의 화사하고 따스한 휴양지를 찾아 떠나는 사람들.

"아참, 너 아직 라파엘의 청혼을 받아들였다는 얘기는 안 했잖아?"

줄리앤이 궁금해 못 견디겠다는 듯 말했다.

"그걸 말이라고 하니? 당연히 예스지."

"애간장도 안태우고 곧바로 예스야?"

"애간장을 왜 태워? 낼 모레면 내 나이 서른넷이야. 이 정도면 먹을 만큼 먹은 나이 아니니? 게다가 난 라파엘을 사랑하지. 우린 연애를 시작한 지 이 년이 지났고, 요즘은 둘 다 아이를 갖기 위해 애쓰고 있어. 몇 주 뒤에는 함께 고른 보금자리로 이사도 하게 될 거야. 나, 태어나서 이렇게 안정되고 행복한 느낌은 처음이야."

"너, 옆에 있는 라파엘 들으라고 일부러 하는 소리지, 그렇지?"

"얘는? 아니야!"

매들린이 빽 소리를 질렀다.

"라파엘은 짐을 부치러 갔거든. 요즘 내 기분이 솔직히 그래."

매들린이 신문가판대 앞에서 걸음을 멈췄다. 신문들의 헤드라인만 읽어도 미래를 저당 잡힌 채 표류하는 세상이 눈앞에 펼쳐지는 듯했다. 경제 위기, 실업, 정치권 스캔들, 고조되는 사회적 갈등, 환경 재앙……

"라파엘과 결혼하면 네 인생이 너무 예정된 수순을 밟는 건 아닌지 걱정되지 않아?"

줄리앤이 핵심을 찔렀다.

"그걸 마냥 나쁘다고 할 수도 없잖아. 나에게는 우직하고, 미덥고, 충실한 사람이 필요해. 우리 주변을 한 번 돌아봐. 어디에나 불안하고, 위태위태하고, 아슬아슬한 것뿐이잖아. 난 불안정한 결혼생활을 하고 싶지 않아. 저녁에 일을 마치고 돌아가면 편안하고 안정된 기분으로 휴식을 취하고 싶어. 그렇게 편안한 집이 매일이다시피 날 기다리고 있다는 확신을 갖고 살고 싶어. 내 맘 이해하겠니?"

"흠……."

"지금은 '흠'이라는 소리가 어울리는 때가 아니거든. 그러니까 넌 들러리 설 때 입을 드레스나 부지런히 고르러 다녀라!"

"흠."

줄리앤의 입에서 똑같은 소리가 한 번 더 흘러나왔다. 이번에는 회의가 아닌 감동의 표현이었다.

매들린은 손목에 찬 시계를 내려다보았다. 뒤로 보이는 활주로에서 희끔한 비행기들이 일렬로 길게 늘어서서 이륙신호를 기다리고 있었다.

"이제 그만 끊어야겠다. 비행기 이륙시간이 다섯 시 삼십 분인데 아직 신랑을 못 만났어."

"신랑이라니? 말은 똑바로 해라. 아직은 신랑 아니다."

줄리앤이 표현을 고쳐주며 키득키득 웃었다.

"언제 런던에 한 번 놀러와. 말 나온 김에 이번 주말은 어떠니?"

"나도 꼭 가고 싶지만 여건이 안 돼. 루아시공항에 아침 일찍 내리면 집에 들러 간단히 샤워만 하고 가게에 나가 문을 열어야 하니까."

"넌 무슨 애가 쉴 줄을 모르니?"

"내가 이래봬도 명색이 플로리스트거든. 크리스마스 시즌이 연중 제일 바쁜 때란 말이지."

"비행기에서 눈 좀 붙여라. 그러다 쓰러지겠다."

"알았어. 내일 통화하자."

매들린은 친구에게 약속을 하고 전화를 끊었다.

*

남자

"억지 부리지 마, 프란체스카. 우린 다시는 얼굴을 볼 일이 없는 사람들이야."

"바로 코앞 에스컬레이터 아래까지 와 있는 사람한테 너무 심한 거 아냐?"

조나단이 휴대폰을 귀에 대고 미간을 찌푸리며 에스컬레이터 옆 난간으로 다가갔다. 체구에 걸맞지 않게 커다란 파카를 입고 뒤뚱거리며 서 있는 꼬마의 손을 잡고 통화에 열중하고 있는 갈색머리 미녀가 보였다. 생머리를 길게 늘어뜨린 그녀는 로라이즈 진과 몸에 꼭 끼는 오리털패딩점퍼 차림에 브랜드 로고가 선명한 명품 선글라스를 착용하고 있었다. 큰 선글라스가 마치 가면처럼 그녀의 얼굴 대부분을 덮고 있었다.

조나단이 아이를 향해 팔을 흔들어 보이며 소리를 버럭 질렀다.

"찰리는 위로 올려 보내고, 당신은 이제 가봐."

조나단은 전처를 대할 때마다 억하심정이 들어 자신도 모르게 예민하고 공격적으로 돌변했다.

"당신 언제까지 나를 이런 식으로 대할 거야?"

가볍게 따지고 드는 그녀의 말투에서 이탈리아 억양이 묻어났다.

"나한테 감히 훈계할 생각은 하지 마. 당신이 선택한 일이니까 결과도 마땅히 책임져야. 당신은 가족을 배신했어, 프란체스카. 찰리와 나를 배신했단 말이야."

"찰리는 끌어들이지 마."

"찰리를 끌어들이지 말라고? 아이가 얼마나 고생이 많은데? 당신이 저지른 일 때문에 찰리는 일 년에 몇 주밖에는 아빠를 보지 못하고 살고 있어."

"그래, 그 일에 대해서라면 내가 정말 할 말이 없……."

"비행기만 해도 그래."

조나단이 사정없이 프란체스카의 말허리를 잘랐다.

"찰리가 왜 혼자 비행기를 못 타는지 알아? 방학이 시작될 때마다 내가 왜 아이를 데리러 서쪽 끝에서 동쪽 끝으로 날아와야 하는지 내 입으로 꼭 말해야겠어?"

조나단의 목소리가 갈수록 격해지고 있었다.

"지금 우리 앞에 벌어진 상황, 이게 우리에게 주어진 인생이야, 조나단. 우린 성인이잖아. 잘잘못을 가릴 때가 아니야."

"판사의 판결은 달랐어."

조나단이 진저리를 치며 프란체스카의 과실로 판결이 난 이혼소송을 넌지시 언급했다.

생각이 복잡해진 조나단은 공항계류장으로 시선을 돌렸다. 오후 4시 30분인데도 벌써 사위가 어둑어둑했다. 불이 환하게 들어온 활주로에는 대형 여객기들이 길게 늘어서 바르셀로나, 홍콩, 시드니, 파리 등지를 향해 비상하기에 앞서 관제탑의 이륙신호를 기다리고 있었다.

"그래, 그 얘긴 그만하자. 일월 삼일이 개학이니까 하루 전에 찰리를 데려올게."

"알았어. 그리고 한 가지 더. 찰리한테 휴대폰을 사줬어. 언제든지 전화할 수 있게."

"잘 한다. 일곱 살짜리 애한테 휴대폰이 가당키나 해?"

조나단이 다시 호통을 쳤다.

"그렇게 화부터 낼 일이 아니잖아."

"그런 일을 당신 혼자 결정하지 말았어야지. 그 장난감 같은 휴대폰은 당신이 집어넣고 애만 여기로 올려 보내."

"알았어."

프란체스카는 순순히 고집을 꺾었다.

조나단이 난간에서 몸을 아래쪽으로 숙이며 가늘게 실눈을 떴다. 찰리가 프란체스카에게 앙증맞게 생긴 휴대폰을 건네는 모습이 보였다. 아이는 엄마에게 뽀뽀하고 에스컬레이터에 조심스럽게 한쪽 발을 올려놓았다.

조나단이 사람들을 밀치며 걸어 내려가 아이를 맞았다.

"안녕, 아빠."

"안녕, 꼬마신사."

조나단이 아이를 품에 안았다.

\*

그들

매들린의 열 손가락이 휴대폰 키패드 위를 바삐 오갔다. 손은 라파엘의 문자에 답장을 하는 중이었지만 눈은 유리진열장 너머 듀티 프리 가게를 향해 있었다. 라파엘은 짐을 부치고 보안검색대를 통과하기 위해 줄을 서서 기다리는 중이라고 했다. 매들린은 카페테리아에서 기다리겠다고 문자를 보냈다.

"아빠, 배고파요. 파니니 하나 먹고 가면 안 될까요?"

찰리가 공손하게 물었다.

조나단은 아들의 어깨를 잡고 강철과 유리로 만든 미로 같은 게이트를 걸어 탑승구 쪽으로 향하고 있었다. 그는 요즘 같은 크리스마스 시즌에는 공항이 끔찍이 싫었다. 공항에만 오면 아내의 외도사실을 알게 된 지난 2년 전의 쓰라린 기억이 되살아났기 때문이다. 하지만 오늘은 찰리를 만나 기쁜 마음이 더 컸다. 그는 아들의 허리를 잡고 번쩍 들어 올려 비행기를 태워주었다.

"이 젊은 신사 분 파니니 하나요!"

조나단은 경쾌한 동작으로 방향을 틀어 식당 안으로 들어섰다.

공항터미널 식당들 중에서 가장 규모가 큰 아트리움 스타일인 〈하늘의 문〉 카페 중앙에는 원하는 음식을 골라 담을 수 있게 뷔페식 음식진열대가 설치돼 있었다.

초콜릿무알레를 먹을까, 피자를 먹을까?

매들린은 음식진열대 앞에 서서 한참이나 망설였다. 과일 하나만 집어 드는 게 가장 현명한 선택일 테지만 뱃속에서 아우성이 들려왔다. 그녀는 초콜릿 한 쪽을 쟁반에 올렸다가, 이게 대체 열량이 얼만지 아냐는 지미니 크리켓(《피노키오》에 등장하는 말하는 귀뚜라미 : 옮긴이)의 속삭임이 들려오는 바람에 금세 다시 내려놓았다. 그녀는 못내 아쉬워하며 버드나무 바구니에 들어 있는 사과 하나를 집어 들고 계산대로 가 레몬차를 주문했다.

치아바타 빵, 페스토, 로스티드 토마토, 프로스쿼토 햄, 모차렐라 치즈. 찰리는 파니니를 쳐다보며 군침을 꿀꺽 삼켰다. 아주 어릴 적부터 아빠를 따라 식당 주방을 뻔질나게 드나든 아이는 미식가적인 감각이 자연스럽게 몸에 배었고, 맛에 대한 호기심도 각별했다.

"접시 엎지르지 않게 조심해. 알았지?"

조나단이 음식 값을 계산하고 나서 찰리를 주의시켰다.

찰리가 접시에 담은 파니니와 물병이 쓰러지지 않게 아슬아슬하게 균형을 잡으며 고개를 끄덕였다. 타원형레스토랑의 실내는 발 디딜 틈 없이 복잡했고, 한쪽 벽면이 통유리로 돼 있어 활주로를 한눈에 내다볼 수 있었다.

"우리 어디 앉아요, 아빠?"

찰리가 북적이는 사람들 속에서 어쩔 줄을 몰라 했다.

조나단도 비좁은 테이블 사이를 오가며 자리를 찾는 사람들을 답답한 마음으로 지켜보고 있었다. 언뜻 봐도 사람 수가 좌석 수보다 많아 보였다. 그때 마침 기적처럼 창가 쪽 테이블에 앉아 있던 사람들이 자리에서 일어섰다.

"동쪽으로 키를 돌려, 마린보이."

조나단이 찰리에게 윙크를 보내며 말했다. 그때 주머니에서 휴대폰 벨이 울렸다. 한 손으로는 여행가방을 끌고, 다른 손으로는 쟁반을 받치고 걷던 조나단은 전화를 받지 말까 생각하다가 결국 재킷호주머니에서 휴대폰을 꺼내들었다. 그런데…….

웬 사람이 이렇게 많아?

매들린은 식당 안으로 끊임없이 밀려드는 여행객들을 쳐다보며 울상을 지었다.

비행기를 타기 전에 좀 편히 쉬려고 왔더니만 앉을 자리가 없잖아.

"아야!"

매들린은 남의 발등을 밟고도 미안하다는 말 한 마디 없이 지나가는 소녀를 얼떨떨한 표정으로 쳐다보았다. 그녀가 마음속으로 욕을 하며 눈을 부릅뜨고 째려보자 소녀가 슬쩍 가운뎃손가락을 치켜들어 응수했다.

매들린은 어처구니가 없었지만 일단은 앉을자리부터 구하는 게 급선무였다. 마침 창가 쪽에 빈 테이블 하나가 보였다. 그녀는 자리를 빼앗길까봐 조바심을 치며 서둘러 걸어갔다. 그녀가 테이블을 불과 몇 발짝 앞두었을 때 핸드백에서 부르르 떠는 휴대폰 진동이 느껴졌다.

하필이면 왜 이런 때야!

매들린은 전화를 받지 않으려다가 필시 라파엘일 거라 생각하고 마음을 바꾸었다. 그녀는 한 손으로 쟁반을 받쳐 들고 - 제기랄 왜 이리 무거운 거야! - 다른 손으로는 핸드백의 바닥을 더듬어 열쇠꾸러미와 다이어리, 요즘 읽고 있는 소설 중간쯤에 끼워둔 휴대폰을 꺼내 귀에 가져다댔다. 그런데…….

*

매들린과 조나단은 정면충돌했다. 다기, 사과, 샌드위치, 코카콜라, 포도주 잔이 공중으로 날아올랐다가 바닥을 향해 곤두박질쳤다. 괜히 찰리까지 깜짝 놀라 들고 있던 접시를 손에서 놓치고는 울음을 터뜨렸다.

멍청하기는!

겨우 몸을 일으킨 조나단이 인상을 찌푸렸다.

"도대체 눈을 어디에 달고 다니는 겁니까?"

조나단이 소리를 꽥 질렀다.

머저리 같기는!

매들린도 짜증스럽기는 마찬가지였다.

"나, 참! 적반하장도 유분수지, 누구 잘못인데 지금 큰소리죠?"

매들린이 남자에게 대들며 바닥에 나뒹구는 휴대폰과 핸드백, 열쇠꾸러미를 급히 주워들었다.

"이 테이블은 내가 먼저 봤어요. 남의 자리를 노리고 불도저처럼 밀고 들어온 사람이 누군데……."

조나단이 펄쩍 뛰었다.

"억지 좀 그만 부리시죠. 이 테이블은 내가 먼저 봤단 말이에요."

매들린이 언성을 높이자 영국식 악센트가 저절로 튀어나왔다.

"어찌됐든 거긴 혼자지만 나는 애가 있잖아요. 양보하세요."

"어린아이가 있다고 남의 옷을 함부로 망가뜨릴 권리는 없죠."

매들린이 포도주로 얼룩진 랩오버 스타일의 스웨터를 내려다보며 울상을 지었다.

조나단이 기가 찬다는 듯 고개를 절레절레 흔들며 허공을 쳐다보았다.

"그리고 내게도 일행이 있거든요."

라파엘을 발견하는 순간 그녀의 목소리에 금세 힘이 들어갔다.

조나단이 어깨를 으쓱 추어올리더니 찰리의 손을 잡아끌었다.

"우리가 다른 자리로 가자. 나 원! 별 한심한 여자를 다 보겠네."

조나단은 어쩔 수 없다는 듯 아이의 손을 잡고 레스토랑 밖으로 나왔다.

\*

뉴욕 발 샌프란시스코 행 델타항공4565편은 저녁 5시에 이륙했다.

조나단은 찰리를 만난 기쁨에 들떠 시간이 어떻게 지나가는 줄도 몰랐다. 그들 부부가 이혼한 뒤로 찰리는 비행공포증이 생겼다. 혼자 비행기를 타지 못하는 건 물론이고, 비행기 안에서 잠을 자지 못했다.

찰리는 샌프란시스코까지 가는 일곱 시간 동안 아빠와 재미있는 이야기를 주고받고, 미니 하겐다즈 아이스크림을 몇 통씩이나 먹고, 수없이 본 〈레이디와 트램프〉를 노트북으로 한 번 더 봤다. 아이스크림은 원래 비즈니스클래스 승객들에게만 제공되지만 찰리에게 반한 스튜어디스가 규정을 어기고 특별히 가져다주었다.

에어프랑스 29편은 저녁 5시 30분에 JFK공항을 이륙했다. 매들린은 비즈니스클래스 – 라파엘이 비즈니스클래스를 끊길 정말 잘했어 – 의 안락한 좌석에 몸을 깊숙이 파묻은 채 뉴욕여행을 하며 보낸 달콤한 순간들을 사진으로 감상했다. 옆에 바싹 밀착해 앉았던 라파엘은 이내 정신없이 곯아떨어졌다.

매들린은 지금까지 수십 번은 본 루비치 감독의 〈모퉁이 서점〉을 기내 주문형 비디오 서비스로 한 번 더 보며 감동에 젖어들었다.

비행기는 밤 9시에 샌프란시스코공항에 착륙했다. 불안한 마음을 겨우 진정시켰던 찰리는 비행기에서 내리자마자 조나단의 품에 안겨 잠이 들었다.

도착 게이트로 나온 조나단은 차로 마중을 나오기로 약속한 마르쿠스를 찾느라 주변을 두리번거렸다. 마르쿠스는 노스비치에서 그와 함께 작은 프랑스 식당을 운영하는 동업자였다.

조나단은 발뒤꿈치를 들고 사람들 머리 위로 마르쿠스의 얼굴이 보이는지 열심히 살폈다.

"하긴 마르쿠스가 제 시간에 나올 리 없지."

조나단은 마르쿠스가 혹시 문자를 남겼는지 확인해야겠다고 생각하며 '비행기 탑승 모드'를 해제했다. 그러자 곧 문자가 길게 스크린 위로 나타났다.

> 매들린, 파리에 돌아온 걸 환영해. 비행기에서 눈 좀 붙였어?
> 라파엘이 혹시 옆에서 코를 너무 골진 않았겠지? 너의 결혼
> 그리고 너를 행복하게 만들어줄 사람을 만난 것 정말 축하해.
> 내가 결혼식 들러리 역할은 열심히 할게. 약속해!
> 너의 영원한 친구, 줄리앤.

뭔 소리야? 조나단은 다시 한 번 더 문자를 읽었다.

마르쿠스가 또 엉뚱한 장난을 치는 거야 뭐야?

뭔가 좀 이상하다고 느낀 조나단이 손에 든 휴대폰을 앞뒤로 돌려가며 찬찬히 뜯어보았다.

기종도 같고, 색깔도 같지만 내 휴대폰이 아니야.

조나단은 후닥닥 이메일 앱을 확인해 휴대폰 주인이 누군지 알아냈다. 파리에 사는 매들린 그린.

젠장! JFK공항에서 부딪친 바로 그 여자.


매들린은 하품을 간신히 참아가며 손목시계를 내려다보았다. 새벽 6시 30분. 비행시간은 일곱 시간이 조금 넘게 걸렸지만 시차 때문에 파리는 벌써 토요일 아침이었다. 루아시공항이 빠른 속도로 잠에서

깨어나고 있었다. 이른 아침 시각인데 벌써 루아시공항도 JFK공항처럼 크리스마스 휴가객들로 북새통을 이루었다.

"당신 오늘도 가게에 나가야해?"

라파엘이 수하물 컨베이어벨트 앞에서 물었다.

"당연히 나가야지."

매들린이 이메일을 확인하기 위해 휴대폰을 켰다.

"벌써 주문이 여러 개 들어와 있을 거야."

매들린은 음성메시지부터 확인했다. 그런데 아주 생소한 남자목소리가 들려왔다.

"매형, 잘 도착했죠? 내 캬트렐(르노가 생산한 소형 해치백 모델로 1992년 단종됐다 : 옮긴이)에 문제가 좀 생겼어요. 기름이 새요. 자세한 건 나중에 이야기해요. 아무튼 좀 늦을 것 같아요. 미안하게 됐……'

이 괴짜는 또 뭐야?

매들린은 의아해하며 전화를 끊었다.

잘못 걸린 전환가? 누구야?

매들린은 고개를 갸우뚱하며 휴대폰을 사방으로 돌려보았다. 브랜드는 같고, 기종도 같은데 그녀의 휴대폰이 아니었다.

"빌어먹을! 공항에서 부딪친 그 이상한 남자 휴대폰이 분명해!"

매들린은 너무나 기가 막혀 소리를 꽥 질렀다.

# 2 Separate lives

둘이었다가 혼자가 되는 건 고통스러운 일이다.
—폴 모랑

조나단이 먼저 문자메시지를 보내자

> 내가 댁의 휴대폰을 가지고 있는데,
> 혹시 내 휴대폰은 댁에게 있습니까?
> 조나단 랑프뢰르

매들린이 실시간에 가깝게 답장을 보냈다.

> 예, 유감스럽게도 그러네요. 댁은 지금 어디죠?
> 매들린 그린

> 샌프란스시코.
> 댁은?

파리 ㅠㅠ 어떡하죠?

음, 프랑스에도 우체국은 있겠죠?
댁의 휴대폰을 내일 당장 페덱스로 보낼게요.

고맙기도 하셔라.
저도 최대한 빨리 보낼게요.
주소가 어떻게 되죠?

Restaurant French Touch
1606 Stockton Street
San Francisco, CA.

내 주소는요,
Le Jardin Extraordinaire
3 bis rue Delambre
XIVe, Paris

댁은 플로리스트죠? 올레그 모르도로프라는
고객한테서 급한 주문이 들어왔어요.
샤틀레극장으로 빨간 장미 200송이를 보내달라네요.
3막 중간에 옷을 벗는 여배우한테로.
부인에게 보내는 꽃인가 봐요.

무슨 권리로 남의 음성메시지를 들었죠?

도와주는데도 난리야, 맹꽁이 같은 여자가!

말투도 그러더니 문자까지 상스럽네.
댁은 식당을 운영하죠, 조나단?

맞아요.

댁의 허접한 식당으로 예약 한 가지 받아놨어요.
내일 저녁, 스체코프스키 부부 앞으로 한 테이블 예약 있어요.
어쨌든 난 그렇게 알아들었어요, 통화 감이 어찌나 안 좋던지.

알았어요. 잘 자요.

지금 파리는 아침 7시거든요.

조나단이 진저리를 치며 고개를 절레절레 흔들고는 재킷 안주머니
에 휴대폰을 집어넣었다. 한 마디로 짜증나는 여자였다.

샌프란시스코
밤 9시 30분
101번 국도를 달리던 빨간 자동차가 다운타운 쪽 출구로 빠져나갔
다. 폐차 직전인 차는 이제 엠바르카데로를 굼벵이처럼 느릿느릿 기

어갔다. 밖에서 보자면 운전자가 일부러 저속 주행을 하는 것 같은 모양새였다. 난방을 아무리 높여도 창에 김만 뿌옇게 서릴 뿐 정작 차 내부는 따뜻해지지 않았다.

"이 고철덩어리를 계속 타다가는 조만간 어디든 제대로 들이받을 거야."

조수석에 구부정하게 앉아 있던 조나단이 구시렁거렸다.

"뭘 모르시는 말씀, 내 애마가 부르릉거리며 달리는 소리가 얼마나 좋은데요. 하긴 매형이 내가 요놈을 얼마나 애지중지하는지 알 턱이 없지."

떡진 머리, 북슬북슬한 눈썹, 잡초처럼 아무렇게나 자란 수염, 드루피마냥 축 처진 눈꺼풀. 마르쿠스는 마치 선사시대에서, 아니면 다른 별에서 방금 시공간 이동을 한 사람 같았다. 헐렁한 배기팬츠 위에 배꼽까지 단추를 풀고 하와이언 티셔츠를 입은 그의 파리하게 야윈 몸은 마치 좁은 차체에 맞추기 위해 일부러 비틀고 해체해놓은 것 같았다.

"난 마르쿠스 삼촌 차가 정말 좋아."

뒷좌석에 앉아 잠시도 가만히 있질 못하던 찰리가 신이 나서 말했다.

"고마워, 친구."

마르쿠스가 찰리를 향해 살짝 윙크를 보냈다.

"찰리, 정신 사납게 자꾸 움직이지 말고 안전벨트를 꼭 매고 앉아 있어."

조나단이 아들에게 호통을 치고는 운전 중인 마르쿠스에게 물었다.

"오늘 오후에 식당에 들렀다 왔지?"

"음……오늘은 식당 문을 닫는 날 아닌가요?"

"그럼 오리를 안 받아 놨단 말이야?"

"오리라니요?"

"밥 우드마크가 금요일마다 식당으로 배달하는 오리 넓적다리하고 루콜라 말이야."

"아, 안 그래도 뭔가 찜찜하다 했더니 바로 그거였어."

"이런 닭대가리를 봤나. 그토록 신신당부했는데 그거 하나 제대로 기억 못해!"

조나단이 노발대발했다.

"하늘이 무너질 일도 아닌데 뭘 그런 걸 가지고……."

마르쿠스가 구시렁거렸다.

"하늘이 무너질 일이 아니라니? 우드마크가 성질은 더러워도 식자재만큼은 최상급으로 대주는 사람이야. 그 인간이 바람 맞은 게 분해 더 이상 물건을 못 대주겠다고 하면 누가 책임질 거야? 얼른 식당 쪽으로 차 돌려. 우드마크가 뒤뜰에 물건을 내려놓고 갔을지도 모르니까."

"나 혼자 가서 확인하고 올게요. 일단 두 사람은 집에……."

"닥치고 차 돌려. 내가 직접 가봐야지 자넬 무슨 수로 믿어."

"매형도 참, 녹초가 다 된 아이를 데리고?"

"삼촌, 난 괜찮아요. 나도 식당에 가보고 싶어요."

찰리가 반색하며 끼어들었다.

"찰리도 괜찮다잖아. 3번스트리트에서 차를 꺾어."

마르쿠스가 차를 돌리는 사이 조나단이 차창에 낀 성에를 소매로 쓱쓱 문질러 닦았다. 차의 타이어 폭이 좁아 접지력이 떨어지다 보니 급히 방향을 바꾸려다가 하마터면 대형사고가 날 뻔했다.

"빌어먹을! 운전 좀 똑바로 못해! 그러다가 사람 여럿 잡겠다."

조나단이 소리를 빽 질렀다.

"나름 최선을 다하고 있어요."

마르쿠스가 경적세례 속에서 꺾었던 핸들을 풀며 말했다.

차는 커니 스트리트로 접어들어서야 겨우 안정감을 되찾았다.

"매형, 누나를 만나고 와 기분이 엉망이군요?"

한동안 입을 닫고 있던 마르쿠스가 슬쩍 말을 걸었다.

"엄밀히 말해 자네한테는 이복누나잖아."

"어쨌든 누나는 누나죠. 누나는 어떻게 지낸데요?"

조나단이 도끼눈을 뜨고 마르쿠스를 째려봤다.

"내가 그 여자와 안부라도 주고받았을 것 같아? 천만의 말씀이지."

마르쿠스는 아주 민감한 화제라는 걸 알기에 더 이상 묻지 않고 운전에 집중했다. 그는 콜럼버스 애비뉴를 달려 유니언 스트리트와 스톡튼 스트리트가 교차하는 지점에 자신의 '애마'를 세웠다. 거기에 〈프렌치 터치〉라는 식당 간판이 보였다. 조나단의 예상대로 식당 뒤쪽에 밥 우드마크가 내려두고 간 식자재 상자들이 쌓여 있었다.

조나단은 마르쿠스와 함께 식자재 상자들을 들어 냉장실 안으로 옮겨 놓은 다음 혼자 식당 홀로 들어가 정돈 상태를 살폈다.

〈프렌치 터치〉는 샌프란시스코의 이탈리아 타운인 노스비치에 위치해 있었고, 프랑스적인 분위기를 풍기는 아담하고 정감 넘치는 식당이었다. 식당 내부는 1930년대 프랑스 비스트로 인테리어를 그대로 재현해 꾸몄다. 목재 마감재, 몰딩, 모자이크 바닥, 벽에 걸린 벨 에포크('좋은 시대'라는 뜻으로, 19세기 말부터 20세기 초 1차세계대전 발발 이전까지를 가리킴 : 옮긴이) 풍의 큼지막한 거울들, 오래된 조세핀 베이커, 모리스 슈발리에, 미스탱게트의 포스터들……

벽에 걸린 석판에 메뉴를 적어놓은 게 보였다.

퓌이테 데스캬르고 오 미엘, 마그레 드 카나르 아 로랑지, 타르트 트로페지엔느. 모두가 소박한 전통 프랑스 요리들이었다.

"아이스크림 먹어도 돼요, 아빠?"

찰리가 홀 중앙의 번쩍거리는 카운터에 앉으며 물었다.

"안 돼. 비행기에서 먹은 아이스크림만 해도 몇 킬로는 될 거야. 게다가 시간이 너무 늦었어. 잘 시간이 한참이나 지났잖아."

"아빠, 그렇지만 방학인데……"

"에이, 매형, 찰리를 좀 쿨하게 대해주면 안돼요?"

마르쿠스가 찰리 편을 거들고 나섰다.

"아, 됐어. 자네까지 왜 그래?"

"크리스마스잖아요."

"이런! 애나 어른이나……"

조나단은 손님들이 조리 과정을 부분적으로 볼 수 있게 개방형으로 설계한 주방 카운터 앞에 가서 섰다.

"우리 아들한테 뭘 만들어줄까?"

"담므 블랑시."

찰리가 흥분된 목소리로 대답했다.

'요리사'는 능수능란한 손놀림으로 다크 초콜릿 몇 조각을 작은 그릇에 담고 중탕으로 녹였다.

"마르쿠스, 자넨?"

조나단이 마르쿠스에게 물었다.

"나야, 뭐 포도주나 한 병 마셨으면 좋겠지만서도……"

"그래, 그럼."

그 말에 마르쿠스의 입이 함지박만하게 벌어졌다. 냉큼 의자에서 일어난 그가 지하 포도주 저장고로 쏜살같이 달려갔다. 술을 보관해 두는 지하실은 그가 가장 좋아하는 장소였다.

조나단은 찰리가 군침을 삼키며 지켜보는 가운데 바닐라 아이스크림을 두 번 소복하게 떠서 머랭그(설탕과 계란 흰 자로 만든 과자 : 옮긴이)와 함께 유리잔에 담았다. 그 다음 중탕으로 녹인 초콜릿에 하프앤드하프 크림을 한 스푼 넣어 섞고 나서 아이스크림 위에 부어주었다. 마지막으로 그 위에 샹티이 크림과 구운 아몬드를 얹었다.

"자, 이제 다 됐으니 어서 먹어라."

조나단이 동그스름한 크림 위에 앙증맞은 장식용 우산을 꽂아 찰리 앞으로 내밀며 말했다.

그들 부자는 테이블을 앞에 두고 푹신푹신한 의자에 나란히 앉았다. 찰리가 눈을 반짝이며 담므 블랑시를 먹기 시작했다.

"이 경이로운 놈 좀 봐요."

마르쿠스가 포도주저장고에서 가져온 와인 병을 들어 보이며 말했다. 벌써부터 잔뜩 흥분이 고조된 얼굴이었다.

"1997년산 스크리밍 이글이잖아. 지금 제정신이야? 특별한 손님 테이블에만 나가는 술인데 그걸 가져오면 어쩌자는 거야?"

"그냥, 크리스마스 선물로 치세요. 모처럼 기분 좋게 한 잔 해야죠."

장난삼아 마르쿠스에게 핀잔을 주었던 조나단도 빙그레 웃으며 고개를 끄덕였다. 마르쿠스라면 차라리 식당에서 술을 마시게 하는 편이 나았다. 눈앞에 보여야 감시할 수 있을 테니까. 괜히 술병을 빼앗아 봐야 사고위험만 높아질 뿐이었다. 어리숙하고 순진한 마르쿠스가 만취 상태로 술집을 떠돌다 사고를 저지른 게 어디 한두 번인가?

술에 떡이 돼 괜히 포커 판에 끼어들었다가 돈을 홀라당 잃고도 모자라 차용증을 써주고 빌린 돈까지 몽땅 날려버리는 게 마르쿠스의 특기였다. 조나단이 나서서 일일이 차용증을 회수하고 뒤처리를 하느라 생고생을 한 것만 해도 부지기수였다.

"명품 와인이라 역시 다르네. 이 빛깔 좀 봐요."

와인을 앞에 둔 마르쿠스가 잔뜩 기대감에 도취해 말했다.

마르쿠스는 프란체스카와 이복 남매였다. 그의 어머니는 퀘벡 출신의 컨트리 송 가수였고, 아버지는 뉴욕 출신의 사업가 프랭키 데릴로였다. 그 두 사람이 어쩌다가 마르쿠스를 낳게 됐는지는 모른다. 그의 아버지는 세상을 떠나면서도 그에게 유산을 단 한 푼도 남기지 않았다. 얼마 전, 어머니마저 돌아가시자 프란체스카와는 더욱 소원한 사이가 됐다.

마르쿠스는 돈 한 푼 없어도 만사 천하태평이었다. 외모에 신경 쓰는 건 관심 밖이었고, 예절이나 사회규범은 무시하며 살았다. 정해진 시간에 식당 일을 거들긴 했어도 하루에 열두 시간씩 잠을 자는 그에게 규칙적인 생활이나 노동시간 준수를 기대하는 건 무리였다. 좋게 말해 괴짜인 그는 맹하고 단순하긴 해도 정이 가는 사람이었다. 그가 하루가 멀다 하고 저지르는 사고들을 처리하고 다니다보면 화도 나고 지치기도 했지만 결코 싫어할 수 없는 사람이었다.

프란체스카와 사는 동안 조나단은 한때 그가 어딘가 모자라는 사람이라 생각했다. 게다가 자신과는 전혀 공통점이라고는 없는 사람이라 여겼다. 그런 그가 프란체스카와 이혼하고 힘들어 할 때 유일하게 옆에 남아 힘이 되어주었다. 우울증이 심각하게 도져 찰리마저도 돌보지 못하던 시절이었다. 삶의 좌표를 잃고 슬픔과 무력감에 빠져 잭 다니엘과 조니 워커만 축내고 살던 시절.

눈곱만큼도 삶에 대한 희망을 가질 수 없었던 그 시절 믿기지 않는 기적이 일어났다. 백수로 지내며 세월이나 축내며 살던 마르쿠스가 그를 위해 팔을 걷어붙이고 나선 것이다. 마르쿠스는 오래된 이탈리아식당 한곳을 눈여겨 봐두었다가 주인을 찾아가 식당을 프랑스식 비스트로로 새단장하고 주방을 조나단에게 맡기면 틀림없이 성공을 거둘 거라고 설득했다.

마르쿠스가 재기의 다리를 놓아주는 바람에 조나단은 마침내 실의를 딛고 일어설 수 있었다. 하지만 조나단이 기운을 차리기 무섭게 마르쿠스는 언제 그랬냐는 듯 다시 게으른 백수생활로 돌아갔다.

"건배!"

마르쿠스가 조나단에게 와인을 따라 건넸다.

조나단이 패서디나 벼룩시장에서 사온 아르데코 스타일의 라디오를 켰다.

록 채널에 주파수를 맞추자 라이브 공연을 녹음한 〈라이트 마이 파이어〉가 흘러나왔다.

"아, 역시 좋아."

마르쿠스가 긴 의자에 몸을 파묻으며 탄성을 질렀다. 카베르네 소비뇽이 좋다는 건지 〈도어즈〉의 노래가 좋다는 건지 알 길이 없는 말이었다.

조나단은 와이셔츠의 목 단추를 풀어헤치고, 재킷을 벗다가 테이블 위에 놓아둔 휴대폰이 눈에 들어오자 갑자기 화가 치밀었다.

휴대폰이 바뀌는 바람에 중요한 예약을 여러 건 놓치게 생겼어!

입에서 저절로 한숨이 새어나왔다. 단골손님들은 직접 그에게 전화를 걸어 자리를 예약하는 경우가 많았다. 〈프렌치 터치〉 단골손님들만의 특권이었다.

마르쿠스가 슬그머니 휴대폰으로 손을 뻗었다. 조나단은 의자에서 잠이 든 찰리를 애틋한 눈길로 바라보았다. 마음 같아서는 열흘 정도 휴가를 내고 찰리와 시간을 보내고 싶었지만 형편이 닿지 않았다.

몇 년 전만 해도 내일에 대한 희망이라곤 없었는데 이제 겨우 숨을 돌리게 되었다. 한 번 파산한 경험이 있다 보니 신용대출이나 연체료 이야기만 들어도 머리카락이 곤두서고 정신이 번쩍 들었다.

피곤이 몰려와 지그시 눈을 감자 프란체스카의 얼굴이 떠올랐다. 벌써 2년이라는 세월이 흘렀지만 고통은 마치 어제 일처럼 생생했다. 그는 프란체스카의 환영을 떨쳐버리려고 눈을 번쩍 뜨면서 포도주를 한 모금 삼켰다. 바라던 삶은 아니지만 현실을 받아들일 수밖에.

"와! 이 여자, 몸매가 제법인데!"

마르쿠스의 끈적거리는 손가락들이 액정화면 위를 오가는 사이 사진들이 연이어 보였다.

조나단도 호기심이 발동해 목을 앞으로 쭉 뺐다.

"어디, 나도 좀 봐."

나름 요염한 포즈를 취한 사진도 몇 장 있었다. 하늘하늘한 레이스, 새틴 가터, 수줍은 듯 한쪽 가슴을 가리고 있거나 허리 곡선을 쓸어 올리듯 감싼 손, 흑백의 이미지로 남은 뇌쇄적인 포즈들이었다. 일부러 야동을 찍어 인터넷에 유포시키는 사람도 있는데 그 정도는 애교로 봐줄만 했다.

"나도 좀 봐요, 아빠."

찰리가 눈을 비비며 부스스 일어나며 말했다.

"넌 안 돼. 애들은 보는 게 아니야."

고고하고 도도한 척하며 어디서나 한껏 멋을 내며 살 것 같던 재수탱이 여자가 이런 농염한 포즈로 사진을 찍었다는 사실이 놀라웠다.

조나단은 호기심을 느끼며 여자의 얼굴을 클로즈업했다. 얼핏 보면 자발적으로 포즈를 취한 사진 같지만 환한 미소 이면에서는 살짝 거북스러워하는 느낌이 감지되었다. 잠깐 동안 자신을 사진작가 헬무트 뉴튼으로 착각한 남자가 찍은 사진이 분명했다.

사진을 찍어준 남자는 누굴까? 남편? 애인?

공항에서 애인인 듯한 남자를 언뜻 보긴 했는데 얼굴이 기억나지 않았다.

"됐어. 이 정도로 해두자."

조나단이 휴대폰을 테이블에 내려놓자 마르쿠스의 눈에 실망감이 가득했다.

조나단은 남의 사생활을 훔쳐봤다는 생각에 문득 변태라도 된 것처럼 기분이 찜찜했다.

"괜히 자책하지 말아요. 이 여자도 우리와 다를 바 없을 테니까."

마르쿠스가 한 마디 했다.

"그러거나 말거나 신경 안 써. 내 휴대폰을 아무리 뒤져봐라. 이런 사진이 나오나."

조나단이 와인을 한 모금 홀짝이며 큰소리를 땅땅 쳤다.

"내 거시기 사진이라도 한 장 들어 있을 거라 생각한다면 큰 오산이지."

목을 타고 넘어가는 카베르네 소비뇽에서 포도와 향신료, 빵맛이 뒤섞인 듯 오묘한 맛이 났다. 천천히 와인 맛을 음미하려 했지만 자꾸만 여자에게 가 있는 휴대폰 생각이 났다. 휴대폰에 어떤 내용이 들어 있는지 도무지 기억나지 않았다.

어쨌든 은밀한 내용이나 문제의 소지가 될 만한 건 없어.

조나단은 불안해지는 마음을 애써 다독였다. 하지만 그의 생각은 착각이었다.

파리

오전 7시 30분

최신형 재규어XF가 파리외곽순환도로의 푸르스름한 금속성 여명 속을 질주하고 있었다. 흰색 가죽, 월넛 벌 무늬목, 브러시드 알루미늄 같은 내장재로 격조 있게 꾸민 차의 실내는 편안하고 안전한 느낌을 주었다. 차 뒷좌석에 모노그램 캔버스 여행가방 몇 개와 골프 가방 한 개, 《피가로 매거진》 한 권이 보였다.

"오늘 당장 가게 문을 열려고?"

라파엘이 다시 한 번 물었다.

"또 그런다. 벌써 몇 번째 같은 질문을 하는 거야?"

매들린이 발끈했다.

"좀 더 쉬다 일하면 좋을 것 같아서……."

라파엘도 물러서지 않았다.

"이대로 도빌까지 내달려 노르망디바리에르호텔에서 하룻밤 자고 내일 우리 부모님을 모시고 같이 점심식사를 하면 좋잖아."

"미안! 그러면 좋겠지만 난 그럴 입장이 안 돼. 당신도 내일 건축현장에서 고객과 약속이 있다며?"

"그래, 당신 하고 싶은 대로 해."

라파엘은 결국 매들린의 고집을 꺾지 못한 채 주르당대로로 접어들었다.

차는 당페르로슈로, 몽파르나스, 라스파이를 거쳐 14구를 가로지르다시피 달리다가 캉파뉴 프리미에르 거리 13번지의 푸르죽죽한 대문 앞에 멈춰 섰다.

"내가 저녁 때 가게로 데리러 갈까?"

"괜찮아. 오토바이를 타고 갈게."

"날씨가 추워 몸이 꽁꽁 얼어버릴 텐데?"

"몸이 얼어도 난 트라이엄프를 타는 게 좋아."

매들린이 라파엘의 입술에 키스하며 포옹했다.

두 사람의 포옹은 성질 급한 택시기사의 신경질적인 경적 소리에 놀라 금세 끝이 났다.

차에서 내린 매들린은 문을 닫고 남자친구에게 손 키스를 날렸다. 비밀번호를 누르자 문이 열리며 나무들이 예쁘게 서 있는 뜨락이 나타났다. 이 뜰 일층에 그녀가 파리에 처음 와 지금껏 살고 있는 아파트가 있었다.

"으으 추워."

매들린이 아파트 안으로 들어서며 몸을 오들오들 떨었다. 복층아파트 형태로 된 이 집은 19세기 말 이 동네에 유행처럼 들어섰던 아틀리에 중 한 곳이었다. 당시에는 예술가들이 작업실 겸 주거 용도로 사용했던 곳.

매들린은 성냥을 그어 온수기에 불을 붙이고, 차를 마시려고 전기 주전자를 콘센트에 꽂았다. 과거 한때 화가들이 살았던 아틀리에는 거실과 주방, 반半 이층 침실이 있는 원 베드룸 아파트로 개조되었다. 높은 천장과 벽면을 가득 채운 넓은 유리창, 색을 칠한 마룻바닥은 오래 전 이곳에서 창작의 열정을 불태웠던 예술가들의 소명을 상기시키며 아직도 멋스럽고 매력적인 분위기를 자아냈다.

매들린은 라디오를 켜고 〈TSF 재즈채널〉에 주파수를 맞추고 나서 라디에이터가 틀어져 있는지 확인했다. 그녀는 냉기가 가시길 기다리며 루이 암스트롱의 트럼펫 소리에 맞춰 몸을 좌우로 가볍게 흔들며 차를 한 모금 마셨다.

욕실로 들어간 매들린은 짧게 샤워를 마치고 몸을 부르르 떨며 밖으로 나와 옷장에서 방한용 티셔츠와 청바지, 두툼한 셰틀랜드 양모 스웨터를 꺼내 입었다. 그 위에 가죽점퍼를 걸치고 문 앞에 선 그녀는 킨더 부에노 초콜릿바를 와작와작 씹어 먹고는 목도리를 두르고 집을 나섰다.

매들린은 8시가 조금 넘어 애지중지하는 방울토마토 색 오토바이에 올라타 시동을 걸었다. 가게가 바로 지척이었지만 저녁 때 일을 끝내고 라파엘에게로 갈 때 다시 집에 들르지 않기 위해 오토바이를 타고 가기로 마음먹었다.

매들린은 머리카락을 날리며 백 미터 남짓한 길을 달렸다. 그녀가 좋아하는 길이었다. 한때 랭보와 베를렌이 시를 썼고, 아라공과 엘자가 사랑에 빠졌던 길. 장 뤽 고다르 감독의 처녀작에도 등장하는 길. 등에 총알이 박힌 장 폴 벨몽도가 미국인 약혼녀가 지켜보는 가운데 숨을 헐떡거리며 쓰러지는 마지막 장면도 이 길에서 촬영했다.

매들린은 오른쪽으로 나가 라스파이대로를 타고 달리다가 들랑브르 거리로 방향을 꺾어 〈환상의 정원〉 앞에 오토바이를 세웠다. 그녀는 2년 전 꽃집을 개업해 자긍심을 가지고 운영해왔다.

매들린은 왠지 불안한 마음으로 철제셔터를 끌어올렸다. 이렇게 오래도록 가게를 비운 건 처음이었다. 그녀는 파리화훼디자인학교 졸업을 앞두고 있는 일본인 견습생 타쿠미에게 가게를 맡기고 라파엘과 뉴욕으로 휴가를 떠났었다.

매들린은 가게 안을 한 번 둘러보고 나서야 안도의 한숨을 내쉬었다. 타쿠미가 그동안 가게를 빈틈없이 꾸린 걸 확인하는 순간이었다. 꽃집 안은 타쿠미가 하루 전 〈랭지스〉에서 떼다 놓은 싱싱한 꽃들로 가득했다. 서양란, 흰 튤립, 백합, 포인세티아, 헬레보어, 라눙쿨루스, 미모사, 수선화, 제비꽃, 아마릴리스. 떠나기 전에 그녀가 타쿠미와 장식한 크리스마스트리가 화려하게 반짝였고, 겨우살이와 호랑가시나무 다발들이 천장에 보기 좋게 매달려 있었다.

점퍼를 벗고 앞치마를 걸친 매들린은 전지용 가위, 물뿌리개, 호미 같은 작업 도구들을 챙기고 나서 기분 좋게 일을 시작했다. 우선 무화과나무 잎을 깨끗하게 정리하고, 난초를 큰 화분으로 옮겨 심고, 분재를 다듬었다.

매들린은 이 꽃집을 시와 마법의 공간, 달콤한 몽상에 젖는 온실, 팍팍한 도시생활을 잠시나마 잊을 수 있는 마음의 안식처로 만들고 싶었다. 꽃집 문턱을 넘는 순간 누구나 근심을 떨쳐버릴 수 있는 곳. 크리스마스를 앞둔 〈환상의 정원〉은 동화 같은 분위기를 풍겼다. 유년시절에 맡았던 냄새들, 사라진 향기들이 꽃집 안에서 되살아나고 있었다.

급한 일을 끝낸 매들린은 트리용 전나무들을 유리 진열대 앞으로 옮겨 전시해놓고 정각 9시에 가게 문을 열었다. 그녀는 남자손님이 개시를 해주는 날은 장사가 잘된다는 업계의 오랜 미신을 떠올리며 가게 안으로 들어서는 남자손님을 웃는 얼굴로 맞이했다. 그러나 주문을 받는 순간 그녀의 얼굴이 어두워졌다.

남자손님은 아내에게 익명으로 꽃다발을 배달해주길 원했다. 매들린은 이름을 밝히지 않고 꽃을 보내 아내의 반응을 떠보는 게 의처증을 가진 요즘 남자들 사이에서 유행한다는 말을 들은 적이 있었다. 퇴근해 집에 갔을 때 아내가 꽃다발을 받았다는 말을 꺼내지 않으면 필시 다른 남자가 생겼다고 결론을 내린다는 것이었다. 계산을 치른 남자손님은 꽃다발을 어떤 식으로 만들어달라는 주문도 하지 않고 서둘러 가게를 나갔다.

특별한 요구사항이 없을 경우 눈치껏 알아서 꽃다발을 만들 수밖에 없었다. 열 시쯤 가게에 나오는 타쿠미가 배달을 나갈 때 불라르 거리에 위치한 은행에 보낼 생각으로 꽃다발을 만들기 시작하는데 점핑 잭 플래시의 〈리프〉가 꽃집 가득 울려 퍼졌다. 남자의 휴대폰이 들어 있는 가방주머니에서 울리는 소리였다. 매들린이 받을까 말까 망설이는 동안 벨소리는 잦아들었다. 잠시 아무런 소리도 들리지 않더니 짧고 묵직한 소리가 다시 가방 밖으로 새어나왔다. 아마도 누군가 음성메시지를 남긴 모양이었다.

매들린은 어깨를 으쓱 추어올렸다.

아무리 궁금해도 음성메시지를 들을 수야 없지. 내가 뭐 그리 할 일 없는 여자도 아니고. 내가 경망스럽고 정 떨어지던 그 인간 일에 일일이 신경쓸 이유가 없잖아. 그런데……

매들린은 유혹을 견디다 못해 휴대폰을 집어들었다. 귀에서 음성메시지가 들려왔다. 심각해 보이는 목소리가 머뭇거리며 이야기를 꺼냈다. 이탈리아 악센트가 묻어나는 미국여자 목소리. 여자는 울음을 참느라 무척이나 애쓰는 듯했다.

조나단, 이 메시지를 듣는 즉시 제발 나에게 전화 좀 해줘. 당신에게 꼭 해줄 말이 있어. 내가 당신을 배신한 건 맞아. 하지만 당신은 아직 내가 그렇게 할 수밖에 없었던 이유를 몰라. 조나단 제발 돌아와줘. 찰리를 위해 그리고 우리 두 사람을 위해. 당신이 그 일을 절대 쉽게 잊지는 못하겠지만 난 용서하리라 생각해. 인생은 단 한 번뿐이야. 우리 재결합해서 찰리에게 동생을 만들어주자. 우린 예전처럼 잘 살 수 있잖아. 당신이 없으면 난 사는 게 아니야.

슬픔에 목이 멘 여자는 더 이상 말을 잇지 못했다.
양팔에 소름이 쫙 돋았다. 매들린은 갑자기 한기를 느끼며 미처 눈물이 마르지 않은 휴대폰을 카운터에 올려놓고 앞으로 이 문제를 어떻게 처리할지 심각하게 고민했다.

# 3 비밀

비밀이 없는 사람은 없다. 사람마다 비밀의 내용이 다를 뿐이다.
─스티그 라르손

조나단은 클러치를 밟고 기어를 3단으로 바꾸었다. 갑자기 고물차의 트랜스미션에서 끼익 거리는 고철소리가 났다. 그는 마르쿠스의 차를 직접 운전하는 중이었다. 집이 코앞이었지만 술에 취한 마르쿠스에게 핸들을 맡길 수는 없었다.

조수석에 널브러진 마르쿠스는 연신 브라센스의 낯 뜨거운 노랫말을 흥얼거렸다.

페르낭드를 생각하면
난 발기가 되지, 난 발기가 되지…….

"마르쿠스, 애도 있는데 목소리 좀 낮추지 그래."
조나단이 백미러를 힐끔 쳐다보며 찰리가 잠에서 깨진 않았는지 확인했다.

"미안!"

몸을 일으켜 세운 마르쿠스가 차창을 내리고 바깥으로 머리를 쑥 내밀었다. 차가운 밤공기를 들이마셔 술을 깰 생각인 듯했다.

아무튼 저 똘기를 누가 말려.

조나단이 속도를 더욱 줄이는 바람에 차는 엉금엉금 기다시피 샌프란시스코에서 가파르기로 유명한 필버트 스트리트의 서쪽방면 길을 오르기 시작했다. 차는 오르막이 시작되는 지점부터 심하게 털털댔다. 당장 길바닥에 퍼질 것 같던 차는 코이트타워의 하얀 불빛이 쏟아지는 언덕 정상에 다다랐다. 샌프란시스코 시내가 한눈에 내려다보이는 곳이었다.

차를 파킹한 조나단은 무사히 도착한 것에 안도하며 찰리를 안아들고 유칼립투스와 야자수, 부겐빌리아 사이로 난 좁은 길을 따라 걷기 시작했다.

여전히 술이 깨지 않은 마르쿠스가 비틀거리며 뒤따라왔다. 그는 차안에서 부르던 외설적인 노래를 다시 목청껏 부르기 시작했다.

"거기, 잠 좀 잡시다!"

이웃집 남자가 빽 소리를 질렀다.

"매형은 하나밖에 없는 내 친구라니까. 아암, 유일한 내 친구지."

혀가 꼬여 발음이 엉망인 마르쿠스가 조나단의 목에 매달렸다. 동거하는 세 남자(미국 드라마 〈세 남자의 동거〉에서 따온 표현 : 옮긴이)는 텔레그래프 힐의 급경사면을 따라 있는 나무계단을 천천히 걸어 내려갔다. 무성한 수풀 사이로 구불구불 이어지는 계단을 따라 가다 보면 판자를 덧대어 아담하게 지은 주택가가 나타났다. 1906년 샌프란시스코

대지진에도 끄떡없었던 집들이었다. 처음 지을 당시만 해도 선원들과 부두의 하역인부들이 주로 살았지만 요즘에는 돈 많은 예술가들과 지식인들이 들어와 살고 있었다.

셋은 드디어 집에 도착했다. 푸크시아와 진달래를 누르고 승리한 잡초가 무성하게 자라 있는 뜰이 대문 너머로 보였다.

"자, 각자 방으로 들어가."

조나단이 가장답게 위엄을 세워 말했다. 그는 잠든 찰리의 옷을 벗겨 침대에 눕히고, 이불을 꼼꼼하게 덮어 주고는 볼에 뽀뽀했다. 마르쿠스에게도 뽀뽀만 빼고 찰리와 똑같이 해주었다.

겨우 한숨을 돌린 조나단은 부엌에서 물을 한 잔 마시고 노트북을 들고 테라스로 나왔다. 그는 시차 때문에 하품이 절로 나오는 걸 간신히 참아가며 티크의자에 털썩 주저앉았다.

"이봐 친구, 안 졸려?"

조나단은 소리가 나는 쪽으로 고개를 들었다. 집에서 애완용으로 키우는 앵무새 보리스였다.

내가 녀석을 깜빡했네.

전 주인은 이 집을 사서 들어오는 사람은 무조건 앵무새를 맡아 키워야 한다는 사전조항을 유언장에 남기고 세상을 떠났다. 나이가 예순 살이 넘은 보리스는 전 주인이 수십 년 동안 말을 가르쳐 수천 가지 단어와 수백 가지 표현을 적절하게 구사할 수 있었다.

보리스는 새 식구들에게 금세 적응했다. 특히 찰리에게는 인기 만점이었다. 마르쿠스를 유난히 잘 따르는 앵무새는 해독 선장(만화 〈탱탱의 모험〉에 등장하는 인물 : 옮긴이)이 즐겨 하는 욕을 죄다 배워 입에 달고 살았다.

조나단은 성질이 고약하고 수다스러운 이 별종 앵무새를 그다지 좋아하지 않았다.

　"안 조오오올려?"

　앵무새가 한 번 더 물었다.

　"당연히 졸리지. 하지만 너무 피곤해서인지 잠이 안 와."

　"곰보빵!(해독 선장이 자주 하는 욕 : 옮긴이)"

　조나단이 보리스에게로 다가갔다. 앵무새는 갈고리처럼 생긴 큰 부리와 단단하고 날카로운 발톱으로 위용을 과시하며 횃대에 앉아 있었다.

　보리스는 고령의 새였지만 아직 황금빛과 터키옥빛이 어우러져 나 있는 깃털에서 반짝반짝 윤이 났다. 눈가에 동그랗게 띠를 이룬 검은빛 솜털에서는 도도하고 거만한 느낌이 묻어났다.

　앵무새가 긴 꼬리를 툭툭 털더니 날개를 활짝 펼쳤다.

　"사과 좋아, 자두 좋아, 바나나 좋아."

　조나단이 새장 안을 살폈다.

　"오이와 꽃상추가 아직 그대로 남아 있잖아."

　"꽃상추 지겨워. 잣 좋아, 호두 좋아, 땅콩 좋아."

　"넌 그런 게 좋니? 난 미스유니버스가 좋은데."

　조나단이 고개를 절레절레 흔들며 노트북을 켜고는 그동안 보지 못한 메일을 확인했다. 식자재공급업자 두 사람이 보낸 메일이 와 있어 답장을 해주고, 식당 예약 건을 확인했다. 그런 다음 담배를 피워 물고 멀리 바다에서 반짝이는 불빛들을 물끄러미 바라보았다.

　오클랜드로 건너가는 베이브리지의 실루엣을 배경으로 파이낸셜 디스트릭트의 고층빌딩들이 보였다. 그때 정적을 깨며 휴대폰벨이 울렸다. 파가니니 카프리스 도입부의 바이올린 연주, 매들린 그린의 휴대폰에서 나는 소리였다.

잠을 자려면 휴대폰부터 꺼놨어야지.

시차를 고려해보자면 휴대폰 벨이 갈수록 빈번하게 울릴 게 뻔했다. 조나단은 이번 전화를 마지막으로 휴대폰을 꺼두기로 마음먹었다.

"여보세요?"

"너야, 친구?"

"……."

"많이 피곤하겠다. 여행은 잘 다녀왔어?"

"아주 잘했어요. 여러모로 신경써줘서 고마워요."

"전화 받는 분 누구세요? 매들린의 휴대폰 아닌가요?"

"아니, 맞습니다."

"그럼 혹시 라파엘?"

"아니, 저는 샌프란시스코에 사는 조나단이라는 사람입니다."

"저는 줄리앤 우드라고 해요. 반가워요. 그런데 제 친구 휴대폰을 왜 댁이 갖고 있는지 궁금하네요."

"공항에서 우연히 휴대폰이 바뀌었어요."

"샌프란시스코에서요?"

"아니, 뉴욕 JFK공항에서요. 어떻게 된 사연인지 설명하자면 좀 길죠."

"아, 그렇군요. 아무튼 정말 재미있는 일이네."

"남의 일이라면 당연히 재미있겠죠. 그러니까 그쪽은……."

"어쩌다 휴대폰이 바뀌게 되었는데요?"

"이봐요, 시간도 늦었고, 그다지 흥미로운 이야기도 아니니까 이제 그만 관심 끄시죠."

"아니요, 저는 무척이나 흥미진진해요. 어서 이야기해줘요."

"유럽에서 전화하는 거죠?"

"여긴 런던이에요. 매들린에게 어떻게 된 일인지 물어보는 게 낫겠어요. 매들린의 전화번호가 어떻게 되죠?"

"뭐라고요?"

"그쪽 전화번호요."

"……."

"매들린과 통화하려면……."

"누군지도 모르는 사람에게 전화번호를 함부로 알려줄 수야 없죠."

"매들린이 그쪽 휴대폰을 갖고 있으니까 알려달라는 거죠."

"나, 참! 친구라면서 연락할 방법이 휴대폰밖에 없어요? 가만, 라파엘이라는 분한테 전화를 걸어보면 되겠네요."

별 시끄러운 여자를 다 보겠네!

조나단은 전화를 끊었다.

"여보세요, 여보세요!"

전화기 반대편에서 줄리앤이 소리를 빽 질렀다.

뭐 이런 무례한 인간이 다 있어!

상대가 일방적으로 전화를 끊었다는 사실을 안 줄리앤은 약이 잔뜩 올라 발을 동동 굴렀다.

*

조나단은 호기심 어린 눈으로 휴대폰 안에 저장된 매들린의 사진을 보고 있었다. 육감적인 포즈를 취한 사진을 빼면 대부분 유명 관광지에서 애인과 여행을 즐기며 찍은 사진들이었다. 로마의 나보네 광장,

베네치아의 곤돌라, 안토니오 가우디가 설계한 바르셀로나의 건축물들, 리스본의 전차 안, 알프스 스키장…….

두 연인은 관광지에서 깊은 애정을 과시하고 있었다. 그도 프란체스카와 한창 사랑을 나눌 때 가본 적이 있는 곳들이었다. 행복한 연인들의 사진을 보자 다시 고통스런 기억이 떠올랐다.

조나단은 여전히 휴대폰을 손에서 내려놓지 못했다. 그는 이번에는 음악폴더를 열었다. 톰 웨이츠, 루 리드, 데이비드 보위, 밥 딜런, 닐 영. 모두들 그가 좋아하는 뮤지션들이었다. 어슴푸레한 여명의 우울과 어긋난 운명을 노래하는 보헤미안 풍의 우수어린 곡들.

사람을 겉모습만 보고 판단할 수는 없지만 매니큐어를 잔뜩 칠한 손에 루이뷔통 가방을 들고 한껏 멋을 내고 있던 여자가 세상의 고통을 노래하는 음악을 즐겨 듣는다는 게 언뜻 잘 이해되지 않았다.

이번에는 여자가 다운로드를 받은 영화제목들이 눈에 들어왔다. 이번에도 예상은 완전히 빗나갔다. 로맨틱 코미디 영화나 〈섹스 앤드 더 시티〉, 〈위기의 주부들〉 같은 드라마를 즐겨 볼 거라 예상했는데 〈파리에서의 마지막 탱고〉, 〈크래쉬〉, 〈피아니스트〉, 〈라스베이거스를 떠나며〉 같은 영화들을 다운로드 받았다. 보고 나면 왠지 마음이 무겁고 불편해지는 영화들.

조나단의 눈길은 〈라스베이거스를 떠나며〉라는 제목에 한동안 머물렀다. 자살 충동에 시달리는 알코올 중독자와 불행한 창녀가 만나 사랑하는 이야기. 그가 가장 좋아하는 영화 중 하나였다. 그 영화를 볼 당시만 해도 일과 가정 모두 순탄하게 흘러갈 때였다. 하지만 실패한 인생의 고뇌를 술로 달래는 니콜라스 케이지의 방황을 보면서 전혀 낯선 느낌을 받진 않았다. 아물어가는 상처를 헤집고, 오랫동안 잠들어 있던 내면의 악마를 흔들어 깨우고, 자기 파괴적인 본능을 다시 부채질하는 이야기. 영화를 보는 사람의 심리에 따라 한껏 거부감을 느낄 수도 있고, 내면을 들여다보는 계기로 삼을 수도 있는 영화…….

예상을 벗어난 매들린의 취향에 어리둥절해진 조나단은 이제 이메일과 문자메시지를 읽기 시작했다. 일 때문에 주고받은 메일을 제외하면 대부분 라파엘(한눈에 봐도 그녀를 몹시 사랑하는 매들린의 애인)이나 줄리앤(입심 좋은 수다쟁이지만 의리파 친구)과 주고받은 메일들이었다.

조나단은 파리에 있는 한 인테리어업체에서 보낸 수십 통의 메일을 읽으며 매들린과 라파엘이 생제르맹 앙 라에에 구해놓은 집으로 이사할 날이 임박했다는 걸 알 수 있었다.

두 사람은 공을 들여 신혼집을 꾸미고, 구름 위를 걷는 듯한 기분으로 하루하루를 보내고 있으리라. 그런데…….

본격적인 '탐색' 단계로 접어든 조나단의 눈에 매들린의 일정관리 프로그램이 들어왔다. 그녀가 에스테반이라는 남자와 정기적으로 약속을 잡는다는 사실을 알 수 있었다. 조나단은 직감적으로 매들린에게 아르헨티나 출신의 플레이보이 애인이 있다고 결론 내렸다.

매들린은 매주 두 번, 그러니까 월요일과 일요일, 저녁 6시에서 7시 사이에 남미 출신의 카사노바와 데이트를 즐기고 있는 게 틀림없었다.

순진한 라파엘은 약혼녀가 바람을 피운다는 사실을 알까? 아마도 알 턱이 없을 거야. 나도 프란체스카의 외도를 눈으로 확인하기 전까지 까맣게 몰랐으니까. 나와 프란체스카만은 운명의 시험에 들지 않으리라 자신했었으니까. 아무튼 여자들은 다 똑같다니까.

파란색 셔츠 위에 늘어뜨린 스웨터를 걸친 라파엘. 그는 왠지 사윗감으로는 만점일지 몰라도 남자로서는 무미건조할 것 같은 느낌이 들었다.

에스테반이 두 연인 사이를 갈라놓을지도 몰라.

조나단은 애인이 외도를 하고 있다는 사실을 까마득히 모르는 라파엘에게 연민의 정을 느꼈다.

*

산부인과도 일정관리에 주기적으로 등장했다. 매들린은 6개월 전부터 정기적으로 산부인과 전문의 실비 앙드리외를 찾아가 검진을 받고 있었다. 불임문제로 산부인과를 수시로 찾고 있는 듯했다.

남의 사생활을 훔쳐보는 것에 대해 죄책감이 밀려왔지만 매들린에 대한 호기심을 떨쳐버릴 수 없었다. 매들린은 지난 몇 주에 걸쳐 불임검사에 필요한 기초 검사(체온 변화 체크, 각종 샘플 체취, 초음파, 엑스레이 촬영)를 받았다. 조나단은 찰리를 갖기 전 매들린과 비슷한 과정을 밟았기에 불임문제에 관한 한 전문가가 다 되어 있었다.

조나단은 시간을 들여 기초검사결과를 꼼꼼하게 읽어나갔다. 매들린은 생리도 규칙적이고, 호르몬 수치도 정상이고, 배란을 촉진할 필요도 없었다. 라파엘 역시 정자 수도 충분하고 정자의 운동성도 좋아 생식력에 전혀 문제가 없다고 되어 있었다. 라파엘은 분명 검사결과를 보고 나서 안도의 한숨을 쉬었을 것이다.

'심스 휴너 검사'만 추가로 받으면 불임검사는 완전 마무리되는데, 매들린의 일정관리를 보니 세 달 전부터 계속 검사를 연기해온 것으로 되어 있었다.

정말 이상한 일이야.

조나단은 프란체스카와 함께 불임검사를 받던 당시의 심리상태를 지금도 생생하게 기억하고 있었다. 매우 까다로운 과정(배란일 이틀 전부터 배란일 사이에 피임 도구 없이 성관계를 갖고 나서 열두 시간 이내에 검사가 이루어져야 한다)을 거쳐야 하기 때문에 결코 쉬운 검사는 아니었다.

다만 이왕 검사를 받을 바에야 한시라도 빨리 끝내고 결과를 확인하고 싶은 게 사람의 마음이 아닐까? 매들린은 왜 검사 날짜를 세 번이나 연기했을까?

조나단은 답을 얻을 수 있는 문제가 아니라는 걸 잘 알면서도 계속 머리를 쥐어짰다. 산부인과 의사나 라파엘 쪽에서 사정상 검사 날짜를 연기했을 수도 있었다.

"가서 자, 요 녀석아."

보리스가 모처럼 옳은 소리를 했다.

새벽 두 시에 잠도 자지 않고 이게 무슨 짓이람? 아주 잠깐 마주쳤을 뿐인 여자의 휴대폰을 필사적으로 들여다보고 있다니.

*

조나단은 가서 자야겠다고 생각하고 벌떡 일어서긴 했지만 휴대폰이 마치 자력을 발산하듯 계속 호기심을 자극했다. 그는 휴대폰을 와이파이에 연결하고 다시 사진을 보기 시작했다. 사진을 천천히 한 장씩 넘기다 보니 언뜻 지나치며 인상적으로 느꼈던 사진이 나왔다.

조나단은 거실로 들어가 프린터를 켰다. 프린터가 드르륵드르륵 소리를 내며 베니스의 그랜드운하를 배경으로 찍은 아메리칸 샷(무릎 위로 전신을 찍는 샷 : 옮긴이) 한 장을 인쇄했다.

조나단은 프린트된 사진을 들고 매들린과 눈을 맞췄다. 그녀의 얼굴에는 뭔지 알 수 없는 신비감이 숨어 있었다. 조나단은 그녀의 환한 미소 뒤에 감춰진 일종의 균열감과 치유 불가능한 상처를 감지했다. 그 사진은 도저히 해독할 수 없는 잠재의식 속 메시지를 담아내고 있었다.

조나단은 다시 테라스로 나왔다. 그는 마치 최면에 걸린 듯 매들린이 다운로드 받아놓은 앱들을 일일이 확인했다. 신문, 파리 지하철 노선도, 날씨……

"당신이 숨기고 있는 비밀이 대체 뭐야, 매들린 그런?"

조나단이 휴대폰 화면을 쓸어내리며 나지막이 중얼거렸다.

"매들린 그리이이이이인!"

보리스가 어설프게 그를 따라 했다.

그때 앞집의 불이 들어왔다.

"제발 잠 좀 잡시다."

조나단의 귀에 이웃 남자의 원성이 들려왔다.

보리스를 호되게 야단치려던 바로 그 순간 조나단은 〈매직 캘린더〉라는 특이한 제목의 앱을 발견했다. 캘린더와 똑같이 구성된 앱 속에는 생리 날짜, 배란일, 가임일, 평균생리주기 같은 지극히 사적인 정보가 들어 있었다. 〈다이어리〉에는 체중과 체온, 기분 변화 등이 기록돼 있었고, 하트 모양으로 표시한 부분은 애인과 성관계를 가진 날짜를 의미하는 듯했다.

조나단은 달력에 찍힌 하트 표시를 들여다보다가 한 가지 놀라운 사실을 발견했다. 매들린이 아이를 갖고 싶다면서 실제로는 가임 기간을 교묘하게 피해 성관계를 갖고 있다는 걸 알 수 있었다.

# 4 시차

섬세함으로 짜인 미로와 같은 여자의 속마음은 투박한 남자의 머리로 감당하기에는 너무나 벅차다.
정말로 여자를 소유하고 싶다면 일단 그녀처럼 생각하고, 그녀의 영혼부터 사로잡아야 한다.
— 카를로스 루이스 사폰

이 시간, 파리에서는······.

"타쿠미, 심부름 좀 하나 해줄래?"

괘종시계가 막 11시를 쳤다. 틀어 올린 머리를 침봉으로 고정시킨 매들린이 접이사다리 위에서 큼지막한 크리스마스 장식용 호랑가시나무 다발을 매달고 나서 말했다.

"말씀하세요, 마담."

"그 '마담'이라는 소리 좀 그만할 수 없니?"

매들린이 사다리에서 내려오며 짜증 섞인 목소리로 말했다.

"알았어요, 매들린."

타쿠미의 양 볼이 볼그름히 물들었다.

타쿠미의 입장에서는 주인과 스스럼없이 이름을 부르고 지낼 만큼 격의 없는 사이가 되는 게 오히려 불편했다.

"우체국에 가서 이 소포 좀 부쳐줘."

매들린이 조나단의 휴대폰을 넣은 작은 버블봉투를 내밀었다.

"알았어요, 마다……아니, 매들린."

"샌프란시스코에 보낼 택배야."

매들린이 20유로짜리 지폐 한 장을 타쿠미에게 건넸다.

타쿠미가 봉투에 적힌 주소를 읽었다.


Jonathan Lempreur

French Touch

1606 Stockton Street

San Francisco, CA 94133

USA


"조나단 랑프뢰르라면……혹시 셰프 아닌가요?"

타쿠미가 배달용 전동자전거에 오르며 물었다.

"이 사람을 잘 알아?"

인도까지 따라 나왔던 매들린이 깜짝 놀란 표정을 지었다.

"아마 모르는 사람이 없을 걸요."

"뭐야, 타쿠미? 그럼 나만 모른다는 뜻이야?"

"그게 아니라 제 말은……."

타쿠미가 우물거리며 뒷말을 얼버무렸다.

숫기가 없는 타쿠미의 이마에 땀방울이 송송 맺혔고, 시선은 땅에서 떨어질 줄을 몰랐다.

"타쿠미, 이 사람에 대해 아는 만큼 얘기해봐."

타쿠미가 침을 꼴깍 삼켰다.

"몇 년 전 제 부모님이 대학졸업 기념으로 이 분이 운영하는 식당에서 밥을 사주신 적이 있어요. 그 당시에는 뉴욕 최고의 식당이었죠. 일 년 동안 예약이 꽉 차 있고, 다른 곳에서는 도저히 맛볼 수 없는 요리를 선보이는 식당이었어요."

"그렇다면 아마도 동명이인이겠지."

매들린이 봉투를 가리켰다.

"받는 주소가 식당이 맞긴 한데 별 다섯 개짜리가 아니라 그냥 허름한 식당 같던데."

타쿠미가 더 이상 묻지 않고 소포를 받아 배낭에 집어넣고는 자전거에 올랐다.

"다녀올게요."

매들린은 손을 살짝 들어 인사하고는 가게 안으로 들어왔다.

타쿠미의 말이 부쩍 호기심을 자극했지만 그녀는 다시 일에 집중했다. 오늘따라 손님이 끊이지 않았다. 밸런타인데이처럼 크리스마스도 사람들에게 각양각색의 감정을 불러일으키는 날이 틀림없었다. 사랑, 증오, 외로움, 우울 같은……

오늘은 하나같이 별스런 사람들이 꽃을 사러 왔다. 열두 도시에 사는 열두 명의 애인에게 꽃다발을 부쳐달라는 바람둥이 영감님도 있었고, 직장동료들 앞에서 우쭐한 기분을 맛보려고 본인 앞으로 서양란을 배달해달라는 중년여자도 있었다. 눈물을 흘리며 가게 문을 밀치고 들어와 파리지엔느 애인에게 결별을 통고하는 의미로 시든 꽃다발을 보내달라는 젊은 미국여자도 있었다. 동네 빵집 아저씨는 장모님을 위한 선물이라며 길고 뾰족한 가시가 있는 멕시코산 선인장을 주문하기도 했다.

매들린은 아버지로부터 플로리스트로서의 재능과 열정을 물려받았다. 처음에 그녀는 혼자서 화훼장식을 익혔다. 그러다가 앙제에 있는 유명화훼학교인 〈피베르디에르〉에 들어가 체계적으로 공부를 하고 나서 전문 플로리스트가 되었다.

매들린은 사람의 생애에서 가장 중요한 사건들(탄생, 세례, 첫 데이트, 결혼, 화해, 승진, 은퇴, 장례식)을 기념하는 직업을 가졌다는 것에 자긍심을 느꼈다. 꽃이야말로 요람에서 무덤까지 사람과 늘 함께 하지 않던가.

매들린은 정신을 집중해 꽃다발을 만들다가 금세 일손을 놓았다. 타쿠미에게서 들은 이야기가 자꾸만 머릿속에서 맴돌아 일에 집중할 수 없었다.

매들린은 가게 업무용 컴퓨터로 인터넷에 접속했다. 구글에 들어가 검색어로 조나단 랑프뢰르를 치자 60만 개가 넘는 검색결과가 떴다. 위키피디아를 클릭하자 조나단 랑프뢰르의 사진과 더불어 장문의 인물설명 자료가 화면 가득 떠올랐다. 사진 속의 남자는 한결 젊고 섹시해보였지만 공항에서 마주친 그 남자가 분명했다.

매들린은 얇은 보조안경을 걸치고 연필을 잘근잘근 씹으며 조나단에 대한 정보를 읽어 내려가기 시작했다.


조나단 랑프뢰르

1970년 9월 4일생. 프랑스 태생의 유명 요리사이자 사업가로 주로 미국에서 활동했다.


요리에 눈뜨다!

조나단은 가스코뉴 지방의 오슈 시에서 식당을 하는 평범한 부모 밑에서 태어났다. 그는 아주 어려서부터 리베라시옹광장에서 라 슈발리에르라는 식당을 운영하는 아버지를 도우며 요리와 친해졌다. 열여섯 살 때부터 본격적으로 요리수업을 시작한 그는 뒤카스, 로뷔숑, 르노트르 식당 등에서 주방보조로 일했고, 생폴드방스의 〈라 바스티드 레스토랑〉에서 프로방스 최고의 요리사 자크 르루를 보조하는 부수석 요리사로 일했다.

**재능을 인정받다!**

조나단 랑프뢰르는 그의 멘토이기도 한 자크 르루의 자살로 〈라 바스티드 레스토랑〉의 주방을 책임지게 되었다. 그는 주변의 우려를 단숨에 불식시키며 〈라 바스티드 레스토랑〉의 명성을 그대로 유지시키는 데 크게 공헌했다. 그 결과, 그는 스물다섯이라는 젊은 나이에 미슐랭가이드 쓰리 스타 레스토랑의 최연소 수석 셰프의 영예를 차지하게 되었다.

코트다쥐르의 앙티브 소재 5성호텔 〈뒤 캅〉에서 라 트라토리아 레스토랑을 개업하면서 조나단 랑프뢰르를 수석 셰프로 스카우트했다. 이 레스토랑 역시 개업 일 년 만에 미슐랭가이드에 쓰리 스타 식당으로 등재됐다.

조나단은 세계적으로 네 명밖에 없는 별 여섯 개짜리 요리사 그룹에 합류했다.

**성공가도를 달리다!**

2001년, 조나단은 은행가 마크 채드윅과 결혼해 신혼여행 차 〈호텔 뒤 캅〉을 찾은 미국의 유명사업가 프랭크 데릴로의 딸 프란체스카 데릴로를 만났다. 두 사람은 첫눈에 반했고, 당시 면사포를 쓴 지 일주일 밖에 안됐던 프란체스카는 즉시 이혼절차를 밟았다. 프란체스카는 그 일로 가족과 절연했고, 조나단도 호텔 이미지를 실추시켰다는 이유로 수석 셰프 자리에서 해고되었다.

두 사람은 뉴욕에 보금자리를 마련하고 결혼식을 올렸다. 조나단은 프란체스카의 적극적인 내조를 받아 록펠러센터 꼭대기 층에 〈림퍼레이터L' imperator(조나단의 성 랑프뢰르를 영어식으로 번역 표기한 이름으로 황제라는 뜻 : 옮긴이) 레스토랑〉을 개업했다.

그때부터 조나단은 본격적으로 자신만의 독창적인 요리세계를 선보이기 시작했다. 전통적인 지중해식 요리에 그만의 새로운 기술을 실험적으로 접목하는 데 성공한 그는 '분자 요리'의 창시자로 불리며 식당도 호황을 누렸다. 그의 식당은 문을 연 지 몇 달 만에 유명스타와 정치인, 음식비평가들이 즐겨 찾는 명소로 자리 잡았다.

조나단은 '황홀한 미각여행을 이끄는 요리사'라는 찬사 속에 서른 다섯의 젊은 나이에 4백 명의 음식비평가로 구성된 국제평가단으로부터 세계 최고의 요리사로 뽑히는 영예를 안았다. 전 세계에서 그의 요리를 맛보기 위해 뉴욕을 찾는 사람만 해도 수만 명을 웃돌았다. 이제 그가 만든 요리를 맛보려면 일 년 전에 예약을 해야 가능하게 되었다.

### 미디어의 아이콘이 되다!

조나단은 각종 TV프로그램에 고정 출연하기 시작하면서 유명 요리사로서뿐만 아니라 대중스타로서의 입지를 굳혀갔다. BBC아메리카에서 제작한 〈조나단과의 한 시간〉, 폭스 채널이 기획한 〈셰프의 비밀〉

은 매주 절찬리에 방영되며 수백만 시청자들의 사랑을 듬뿍 받았다. 그와 관련된 책과 DVD도 활발하게 제작되어 큰 인기를 끌었다.

2006년, 조나단은 당시 뉴욕 주 상원의원이던 힐러리 클린턴의 지지를 받으며 뉴욕 주 학생들의 급식 개선에 발 벗고 나섰다. 그는 수많은 학생, 학부모, 교사들을 직접 만나 머리를 맞대고 급식 문제를 개선할 방안을 모색했다. 그의 열정적인 노력 덕분에 뉴욕지역 각급 학교 학생들은 영양소가 균형 있게 함유된 급식을 먹을 수 있게 되었다.

부드러운 미소, 가죽점퍼, 살살 녹이는 듯한 불어 악센트로 상징되는 조나단은 현대요리의 아이콘으로 부상했고, 《타임》지가 선정한 가장 영향력 있는 인물 중 한 명으로 꼽히기도 했다. 《타임》지는 그에게 '주방의 톰 행크스'라는 애칭을 붙여주었다.


"이 장식품들도 팔아요?"

"네?"

매들린은 화들짝 놀라며 컴퓨터에서 눈을 뗐다. 조나단의 인생이야기에 푹 빠져 있느라 여자 손님이 가게로 들어오는 걸 미처 보지 못한 것이다.

"이 장식품들도 파는 거냐고요?"

손님이 시루징(목재의 잔 구멍을 백연 같은 재료로 메워 자연스럽게 결을 살리는 방법 : 옮긴이)을 한 파스텔 톤 나무선반을 가리키며 물었다. 가게의 선반 위에 아기자기하게 올려져 있는 앤티크 온도계, 낡은 뻐꾸기 시계, 새장, 뒷면 도금이 벗겨진 오래된 거울, 허리케인 램프, 향초 등이 여자 손님의 눈길을 끈 모양이었다.

"죄송합니다. 파는 게 아니라 가게에서 장식용으로 쓰는 물건들입니다."

매들린은 어서 컴퓨터에 나오는 조나단 스토리를 더 보고 싶어 손님에게 거짓말을 했다.

### 〈림퍼레이터 그룹〉 설립과 함께 사업가로 비상하다!

조나단은 대중적인 인기에 힘입어 프란체스카와 함께 〈림퍼레이터 그룹〉을 설립했다. 그들 부부는 요리와 관련된 각종 파생상품 제작으로 브랜드의 다각화에 힘쓰는 한편 비스트로, 브라스리, 와인바, 고급 호텔을 연이어 선보이며 사세를 확장해 나갔다.

조나단 부부의 요식업 제국은 라스베이거스에서 마이애미에 이르는 미국 도시들뿐만 아니라 북경, 런던, 두바이 등 해외에서도 큰 성공을 거두었다. 2008년을 기준으로 〈림퍼레이터 그룹〉은 전 세계 15개국에 2천 명이 넘는 임직원을 거느리고 연간 수천만 달러 이상의 매출을 올리는 글로벌기업으로 성장했다.

### 극심한 경영난 끝에 은퇴를 선언하다!

조나단이 운영하는 뉴욕레스토랑은 여전히 문전성시를 이루었지만 그는 시간이 갈수록 혹독한 비난의 표적이 되었다. 몇 년 전까지만 해도 그의 독창성과 재능에 찬사를 아끼지 않던 음식비평가들조차 앞다투어 〈림퍼레이터 그룹〉의 문어발식 사세 확장을 질타했다. 그들은 조나단이 '돈 버는 기계'로 전락했다며 맹렬히 성토했다. 문어발식으로 확장한 사업이 손익분기점을 넘지 못해 적자에 시달리던 〈림퍼레이터 그룹〉은 결국 2009년 12월 부도위기에 직면했다. 이혼까지 겹쳐 개인적으로 엄청난 심적 고통을 겪던 조나단은 결국 경영권 포기 및 사업권 양도를 공식적으로 발표하기에 이르렀다.

조나단은 그 자리에서 '이제 비판에 질렸다', '더 이상 새로운 영감이 떠오르지 않는다', '미식의 세계에 환멸을 느낀다'는 소회를 털어놓았다. 현대요리사에 큰 족적을 남긴 조나단은 서른아홉의 나이에 영구 은퇴를 선언했다.

마지막에 조나단이 2005년에 출간한 《사랑에 빠진 어느 요리사의 고백》이라는 책에 대한 소개가 나와 있었다. 다시 검색을 시작한 매들린은 몇 번의 클릭을 거쳐 그가 현재 샌프란시스코에서 운영하고 있는 〈프렌치 터치〉의 인터넷사이트에 접속했다. 거의 업데이트가 되지 않은 식당 홈페이지에는 24달러를 내면 맛볼 수 있는 저렴한 세트메뉴들이 소개되어 있었다. 어니언 수프, 감자를 곁들인 검정 부댕(프랑스식 소시지 : 옮긴이), 무화과 타르트 등 세계 최고의 요리사에게서 기대할 수 있는 요리는 눈을 씻고 찾아봐도 없었다.

사람이 어쩌다 이렇게 됐을까?

매들린은 전나무 트리와 난초들 사이를 오가며 생각에 잠겼다. 가게 안쪽에 꾸며놓은 미니정원으로 걸어간 그녀는 천장에 나무를 박아 매달아놓은 그네에 앉아 멍하니 허공을 바라보다가 별안간 울리는 전화벨소리에 정신이 번쩍 들었다.

"매들린, 타쿠미인데요."

"타쿠미, 아직 우체국이야?"

"파업 때문에 우체국이 문을 닫았어요."

"할 수 없지 뭐. 그냥 돌아와. 들어오는 길에 서점에 들러 책을 한 권만 사다줘. 지금 메모 가능하지? 제목이 《사랑에 빠진 어느 요리사의 고백》이고, 저자는……."

# 5 유브 갓 메일 You' ve got mail

한 사람을 온전히 알고 싶다는 욕구는 일종의 소유욕이고 착취욕이다.
반드시 버려야 하는 낯부끄러운 기대이다.
—조이스 캐럴 오츠

## 샌프란시스코, 한밤중

조나단이 욕실 거울 위에 달린 형광등 줄을 세게 잡아당겼다. 잠을
이룰 수 없었다. 포도주를 마시고 나서부터 계속 신경이 곤두서고 속
이 쓰렸다. 파리한 불빛 속에서 약장을 뒤져 진정제와 위장약을 각각
한 알씩 꺼낸 그는 주방으로 가 광천수와 함께 입 안으로 털어 넣었다.

집안은 죽은 듯이 고요했다. 마르쿠스, 찰리, 심지어 보리스마저도
모르페우스 신의 품에 안겨 정신없이 곯아떨어졌다. 오르내리창이 활
짝 열려 있는데도 실내는 전혀 춥지 않았다. 후덥지근한 바람이 대나
무 풍경을 건드리며 잔잔한 울음소리를 냈고, 창을 통해 스며든 달빛
이 충전 중인 휴대폰 화면에 부딪쳐 은은한 빛을 냈다.

조나단은 유혹을 뿌리치지 못하고 다시 휴대폰 버튼을 살짝 눌렀
다. 전원이 켜지며 휴대폰이 말갛고 환한 빛을 발산했다. 빨간 막대 모

양의 아이콘에 불이 들어왔다. 이메일이 도착했다는 표시였다. 다시 호기심의 포로가 된 그는 본능적으로 아이콘을 누르고 메일을 읽어 내려가기 시작했다. 그 메일은 놀랍게도 그의 앞으로 온 것이었다.

조나단(랑프뢰르 씨 같은 호칭은 아예 생략할게요. 당신이 지금 메일을 읽는 중이라면 내 휴대폰에 넣어둔 사진 앨범도 다 봤으리라 생각해요. '예술' 사진 몇 장이 들어 있으니 눈요기도 실컷 했겠군요. 제 사진을 정말 봤다면 한 마디로 당신은 변태적인 취향을 가진 사람이라고 할 수 있겠네요. 뭐, 당신이 변태든 아니든 나와는 상관없지만 그 사진들을 페이스북에 올리는 짓 따위는 하지 말길 바랄게요. 저와 결혼할 사람이 보면 기분이 몹시 상할 테니까.)

조나단(이제 본론으로 들어갈게요), 저는 지금 점심시간(파리는 벌써 열두 시가 넘었어요)을 이용해 당신에게 메일을 쓰고 있어요. 사르트지방 리예트(돼지나 거위 고기를 잘라 지방과 함께 흐물흐물할 때까지 삶은 음식. 주로 샌드위치에 넣어 먹는다 : 옮긴이) 생산자 조합의 영예로운 회원이자 아직도 전통적인 제빵 방식을 고집하는 〈피에르와 폴Pierre & Paul〉 식당의 두 주인이 르망산 리예트를 발라 정성껏 만든 샌드위치를 먹고 있어요. 지금 제가 앉아 있는 식당 안으로 눈부신 햇살이 쏟아져 들어오고 있네요. 제 스웨터에는 빵 부스러기가 떨어져 온통 난리가 났고, 입으로는 리예트를 가득 물고 있어요. 기름기가 묻어 끈적끈적한 손으로 당신의 예쁜 휴대폰을 만지작거리고 있죠. 지금 내 모습을 보면 결코 우아하다고 할 수는 없지만 맛은 한 마디로 정말 기가 막히네요. 물론 맛에 대해서라면 전문가인 당신이 나보다 훨씬 잘 알겠죠.

조나단(이제야말로 진짜 용건을 이야기할게요), 사실 당신에게 전할 소식이 두 가지 있어요. 좋은 소식 한 가지와 나쁜 소식 한 가지씩 있죠.

일단 나쁜 소식부터 전할게요. 혹시 당신도 이미 알고 있을지 모르지만 학생들이 방학을 맞은 이때에 하필이면 공공노조가 파업을 해 프랑스 전체가 마비되었어요. 공항, 고속도로, 대중교통, 우체국까지 모두 제 기능을 상실했죠. 방금 전, 우리 가게에서 일하는 타쿠미를 몽파르나스대로에 있는 우체국에 보냈는데 문이 닫혀 있더라네요. 당분간 당신의 휴대폰을 보내줄 수 없게 되었다는 뜻이죠.

이만 줄일게요.

매들린

조나단이 즉각적인 반응을 보였다. 매들린이 메일을 보낸 지 정확히 12분 만에 조나단이 번개처럼 답장을 보내왔다.

지금 사람 놀리는 거예요? 난데없이 파업이라니?

조나단은 휴대폰을 먼저 돌려받지 않는 이상 매들린의 휴대폰을 돌려줄 생각이 없었다.

30초 뒤, 매들린이 뒤질세라 맞불을 놓았다.

이 늦은 시간에 아직 자지 않고 깨어 있었군요? 당신은 잠을 안 자나보죠? 당신의 그 못된 성질머리가 혹시 수면부족 탓은 아니죠?

조나단이 긴 한숨을 내쉬며 다시 답장을 보냈다.

그건 그렇고 나쁜 소식과 좋은 소식이 한 가지씩 있다더니만…….

매들린이 남은 샌드위치를 마저 입에 털어 넣고 속사포처럼 응수했다.

좋은 소식이라면 공공노조가 파업을 벌이고 있고 온도가 영하권에 머물고 있긴 해도 날씨가 무척이나 화창하다는 거예요.

매들린의 예상대로 조나단에게서 답장이 곧장 날아왔다.

그래요. 이번만큼은 긴가민가할 필요조차 없네요. 당신은 지금 사람을 데리고 몹쓸 장난을 치고 있는 게 분명해요.

매들린은 피식 웃어넘겼지만 사실 좌불안석이었다. 프랑스 공공분야의 파업 때문에 휴대폰을 돌려주지 못하는 바람에 예기치 않게 심적 부담을 떠안게 된 것이다.

조나단의 전처 프란체스카가 재결합을 간청하는 메시지를 남겼다는 말을 해줘야 할지 말아야 할지 갈피를 잡을 수 없었다.

매들린은 자신의 의지와 무관하게 한 커플의 운명을 결정지을 수도 있는 정보를 알게 됐다는 사실이 무척이나 꺼림칙했다. 그녀는 포도주를 두 잔째 마시며 창밖으로 휙휙 지나가는 행인들과 자동차들을 바라보았다.

근처에 대형슈퍼 체인점들이 있어서인지 들랑브르 거리는 크리스마스를 앞둔 주말을 맞아 활기가 넘쳤다. 거리는 파리지엔느들의 꼭 끼는 겨울코트, 중고생들이 즐겨 입고 다니는 두툼한 패딩점퍼, 알록

달록한 목도리, 어린아이들의 털모자, 또각거리는 소리를 내는 구두 굽, 맨홀 구멍들에서 솟아나는 뜨거운 김들이 한데 어우러지며 형형색색의 향연을 펼쳤다.

매들린은 포도주 잔을 비우고 조나단에게 보낼 문자를 썼다.

조나단

지금은 오후 한시, 점심시간이 막 끝났으니 차라리 잘됐네요. 이 식당에 일분이라도 더 있다간 아마도 아이스크림을 소복하게 올린 애플 타르트 타탱과 다양한 종류의 맛깔스런 디저트를 먹고 싶은 유혹을 뿌리치기 힘들 테니까요.

당신 나라 식으로 표현하자면 맛은 '죽여주지만' 크리스마스이브를 일주일도 남겨두지 않은 이때 음식의 유혹에 넘어간다는 건 그리 현명하지 못한 일이겠죠.

그 고약한 성질머리를 받아주느라 조금 괴롭긴 했지만 짧게나마 당신과 이야기를 나눌 수 있어 즐거웠어요. 뿌루퉁하고 퉁명스럽고 툴툴대긴 해도 그런 모습이 당신의 '트레이드마크'라며 좋아하는 여자도 간혹 있긴 하겠죠.

마지막으로 몹시 궁금한 것 세 가지만 물어볼게요.

1) 한때 잘나가던 '세계 최고의 셰프'가 어쩌다 조그만 비스트로에서 스테이크와 프렌치프라이나 만들게 됐는지요?

2) 대체 새벽 네 시인데 잠 안 자고 뭐해요?

3) 이혼한 전 부인을 아직도 사랑하나요?

'보내기'를 누르고 나니 괜한 짓을 했다는 생각이 들었다. 후회막급이었지만 이미 엎질러진 물이었다.

매들린은 술기운이 제법 오른 상태로 〈피에르&폴〉 식당을 나섰다.

"어이, 깡통! 눈 똑바로 달고 다녀!"

젊은 히피 녀석이 벨리브(파리시에서 운영하는 대여 시스템을 통해 빌려 타는 자전거 : 옮긴이)를 타고 그녀를 칠 듯이 지나치며 소리쳤다. 눈도 제대로 보이지 않을 만큼 머리카락을 길게 기른 녀석이었다.

깜짝 놀란 매들린은 몸을 움찔하며 자전거를 피하려고 뒷걸음질을 치다 이번에는 오른쪽으로 방향을 틀던 사륜구동 차의 경적세례를 받았다. 간발의 차이로 충돌을 피한 그녀는 잔뜩 겁을 집어먹은 얼굴로 서둘러 인도로 올라섰다. 급히 발을 놀리는 바람에 앵클부츠의 한쪽 굽이 부러졌다.

이런 젠장!

매들린은 문을 열고 〈환상의 정원〉 안으로 들어서면서 안도의 한숨을 내쉬었다. 파리는 좋아하지만 파리지앵들은 정말 질색이었다.

"괜찮아요, 마담?"

타쿠미가 충격을 받은 얼굴로 들어서는 매들린을 보고 물었다.

"타쿠미, 또 마담이야? 말 한 번 트고 지내는 데 정말 오래 걸린다."

매들린이 공연히 트집을 잡고 나섰다.

"죄송해요. 그나저나 괜찮아요, 매들린?"

"괜찮아, 이 망할 놈의 굽만 빼……."

매들린은 말을 하다 말고 물을 살짝 끼얹어 얼굴을 적시더니 갑자기 양말과 점퍼를 벗어 붙였다. 타쿠미가 얼이 빠진 눈으로 그녀를 쳐다보았다.

"그렇게 음흉한 눈으로 쳐다봐야 소용없어. 스트립쇼는 여기까지가 끝이니까."

순진한 타쿠미의 얼굴이 별안간 홍당무가 되었다. 매들린은 괜한 말로 순진한 타쿠미를 당황하게 만든 걸 후회하며 얼른 한 마디 덧붙였다.

"타쿠미, 나가서 점심을 먹고 와. 가게 일은 내가 하면 되니까 천천히 다녀와도 괜찮아."

매들린은 가게에 혼자 남게 되자 두근거리는 마음으로 조나단의 휴대폰을 켰다. 막 답장이 와 있었다.

매들린

당신의 궁금증이 이 정도로 해소될 수 있을지는 모르겠지만 어쨌든 질문에 대한 답변을 준비했어요.

1) 한때는 '세계 최고의 셰프' 였는지 모르지만 이미 오래 전부터 평범한 요리사로 지내오고 있어요. 글쎄, 뭐랄까, 작가들 식으로 말하자면 더 이상 창조적인 영감이 떠오르지 않고, 혁신적인 요리를 선보여야겠다는 열정도 사라진 지 오래됐어요. 그건 그렇고, 라파엘과 함께 샌프란시스코에 들르게 되면 우리 식당에서 만드는 '스테이크와 프렌치프라이' 를 꼭 맛보고 가도록 하세요. 제가 만드는 프라임 립은 정말 육질이 기가 막히게 연한데다 입에 착착 달라붙을 만큼 감칠맛이 나고, 프렌치프라이는 감자를 튀겨 얇게 저민 마늘과 다진 바질, 파슬리를 그 위에 뿌려 내놓는답니다. 이 지역 로컬 생산자가 소량 생산하는 '벨 드 퐁트네' 감자를 사용하는데, 노릇노릇 익혀 손님 테이블에 내놓으면 아주 입 안에서 살살 녹아 모두들 정말 좋아한답니다.

2) 새벽 네 신데 왜 아직 안자냐고요? 정말 궁금한 게 두 가지 있는데 그걸 생각하느라 잠이 오지 않네요.

3) 신경 끄시지!

타쿠미는 오데사거리에 있는 단골식당으로 들어갔다. 그는 주인에게 인사하고는 사람이 적고 조용한 두 번째 홀 구석자리에 가서 앉았다. 그는 오늘도 염소 치즈를 끼운 토마토 밀푀이유를 주문했다. 매들린 덕분에 생전 처음 먹어본 음식으로 맛을 본 즉시 반했다.

타쿠미는 앙트레가 나오길 기다리는 동안 포켓용 사전을 가방에서 꺼내 '음흉한'이라는 단어의 뜻을 찾아보고는 무척이나 당혹했다. 그는 범행을 저지르다 현장에서 들킨 사람처럼 갑자기 식당 손님들의 시선이 일제히 자신을 향해 쏟아지는 듯한 착각에 빠져들었다.

매들린은 자주 그를 짓궂은 말로 자극하고, 그의 신념과 삶의 지표를 뒤흔들어놓는 경우가 많았다. 타쿠미는 그녀가 자신을 이성보다는 남동생쯤으로 대하는 게 늘 못마땅했다. 처음 본 순간부터 매들린은 한 송이 신비한 꽃처럼 그의 마음을 가득 채우는 존재였다. 그에게 매들린은 찬란한 태양이었고, 해바라기처럼 긍정의 에너지와 자신감, 열정을 불어넣어주는 사람이었다. 하지만 그런 그녀가 가끔은 어둡고 불가사의하게 느껴지기도 했다. 그녀는 가끔 한겨울에 종려나무 위에서 꽃을 피운다는 마다가스카르의 검은 서양란처럼 신비한 존재가 되곤 했다. 섬을 방문한 수집가들이 즐겨 찾아 헤맨다는 그 서양란…….

*

손님 한 사람이 눈치도 없이 가게 문을 밀치고 들어왔다. 매들린은 쓰고 있던 메일을 당장 중단하고 휴대폰을 앞치마 주머니에 넣으며 손님을 맞았다. 열대여섯 가량으로 보이는 베이비 로커 차림의 남학생이었다. 부자 동네에서 하교시간에 마주칠 법한 남학생. 캔버스 운동화, 슬림 진, 흰색 셔츠, 몸에 착 달라붙는 브랜드 재킷, 헝클어진 듯 자연스러운 헤어스타일이 눈길을 끌었다.

"뭘 도와드릴까요?"

"제가……음……그러니까 꽃을 사고 싶은데요."

남학생이 기타가 든 플라이트케이스를 의자에 내려놓으며 말했다.

"크루아상을 달라고 했으면 큰일인데 천만다행이네."

"네?"

"아니, 그냥 혼잣말이에요. 부케 모양으로 동그랗게 만들어 줄까요? 아니면 큰 꽃대 몇 개로 길쭉하게 만들어 줄까요?"

"글쎄요, 저는 뭐가 뭔지 잘 몰라서."

"파스텔 톤으로? 아니면 화려한 색상으로?"

"예?"

남학생은 외계인이 하는 말을 들은 것처럼 또다시 어벙벙한 표정을 지었다.

아무리 나이를 감안해도 그다지 꾀바른 편은 아닌 학생이야.

매들린은 미소를 잃지 않고 차분하게 손님을 대하기 위해 무진장 애를 썼다.

"좋아요, 그건 그렇고 예산은 얼마 정도로 잡고 있어요?"

"글쎄요, 삼백 유로 정도면 될까요?"

절로 한숨이 나오는 상황이었다. 그녀는 돈에 대한 인식이 없는 사람들을 경멸했다. 어린 시절의 기억이 주마등처럼 눈앞을 스쳐지나갔다. 실업자 아버지, 그녀를 공부시키느라 고생한 가족들……. 은수저를 입에 물고 태어난 이 부잣집 녀석과는 너무나 다르게 살았던 어린 시절이었다.

똑같은 사람으로 태어났는데 왜 삶이란 저마다 이다지도 다른 걸까?

"내 말 잘 들어요, 학생. 꽃다발 하나 사는데 삼백 유로씩 쓸 필요는 없어요. 다른 꽃집은 어떤지 모르지만 우리 집에서는 그래요. 내 말, 잘 알아들었어요?"

"예."

남학생이 심드렁하게 대답했다.

"꽃은 누구한테 줄 거죠?"

"여자요."

매들린은 다시 기가 차서 눈을 위로 치켜떴다.

"엄마, 아니면 여자친구?"

"그게……저……우리 엄마 친구요."

학생은 조금 당황한 기색을 드러냈다.

"이 꽃다발에 어떤 메시지를 담고 싶어요?"

"메시지요?"

"보통 아무런 이유도 없이 꽃을 선물하지는 않잖아요? 생일 때 선물로 받은 스웨터를 잘 입겠다던가, 아니면 뭐 다른 이유라도."

"으, 그게……두 번째에 해당될 것 같은데요."

"젠장! 사랑에 눈이 멀어 바보가 된 거니, 아니면 원래 좀 맹한 편이니?"

매들린이 고개를 절레절레 흔들었다.

남학생은 이제 질문에 대답하지 않는 편이 낫겠다고 생각한 듯 입을 꾹 다물었다.

매들린은 카운터 앞으로 나와 꽃다발을 만들기 시작했다.

"이름이 뭐야?"

"제레미요."

"엄마 친구라는 분은 연세가 어떻게 되시니?"

"그게 그러니까……그쪽보다 많은 건 확실해요."

"네가 보기에 내 나이가 몇 살로 보이는데?"

제레미는 그 질문에는 대답을 회피했다. 생각만큼 어벙한 녀석은
아닌 듯했다.

"자, 내가 최대한 예쁘게 만들었어."

매들린이 그에게 꽃다발을 건넸다.

"내가 좋아하는 꽃이야. 툴루즈 바이올렛인데 수수하면서도 세련되
고 우아한 느낌을 주지."

"정말 예뻐요. 그런데 이 꽃의 꽃말은 뭐죠?"

매들린이 어깨를 으쓱 추어올렸다.

"꽃말 같은 건 신경 쓰지 않아도 돼. 네가 보기에 예쁜 꽃을 선물하
면 되는 거야."

"그래도요."

제레미가 끈질기게 물었다.

매들린은 잠시 기억을 더듬는 시늉을 했다.

"굳이 분류하자면 바이올렛은 겸손과 수줍음을 뜻해. 비밀스러운
사랑을 상징하기도 하지. 꽃말이 마음에 들지 않으면 내가 장미꽃다
발을 만들어줄 수도 있어."

"바이올렛이 딱 좋겠어요."

제레미가 비로소 함박웃음을 지었다. 그는 계산을 하고 나서 가게를 나서면서 매들린에게 고맙다고 인사했다.

다시 혼자 있게 된 매들린은 얼른 휴대폰을 꺼내 미처 다 쓰지 못한 문자를 쓰기 시작했다.

당신 사생활인데 생각 없이 끼어들어 정말 미안해요. 술을 한 잔 마셨더니 손이 제멋대로 움직였나 봐요(점심에 꿀, 장미 그리고 복숭아 향이 나는 부브레 산 화이트와인을 마셨죠. 당신도 그 맛을 잘 알 테니 너그럽게 용서하시길).

우체국 파업이 장기화될 것 같지는 않지만 택배회사를 통해 휴대폰을 보내드리는 편이 아무래도 안전할 것 같아요. 택배회사에 연락해 두었으니 오늘 오후 늦게 아마도 당신 휴대폰을 가져갈 거예요. 택배회사 관계자가 말하길 주말과 연휴가 끼었지만 수요일 이전에는 당신에게 전달될 거라고 하더군요.

그럼, 아들과 함께 즐거운 연말연시 보내길 빌게요.

매들린

P.S. 미안해요, 요놈의 호기심이 탈이네요. 궁금한 게 두 가지 있는데, 그 생각을 하느라 한밤중에도 잠을 못 이루고 깨어 있다고 했잖아요. 뭐가 그리 궁금하냐고 묻는다면 너무 큰 실례가 될까요?

*

매들린

잠을 못 이루게 하는 두 가지 수수께끼가 뭔지 궁금하다니 얘기해 드리죠.

1) 에스테반이라는 사람이 누군지 궁금해요.

2) 당신은 왜 주변사람들에게 아기를 가지려고 애쓰는 사람처럼 보이려고 하죠? 실상은 그렇지도 않으면서.

*

매들린은 화들짝 놀라며 휴대폰 전원을 껐다. 그녀는 마치 위험천만한 물건이라도 되는 양 휴대폰에서 멀찌감치 떨어져 앉았다.

이 남자가 내 비밀을 알고 있어. 내 휴대폰을 뒤져 에스테반과 아기에 관해 알아낸 거야.

일순 등줄기를 타고 식은땀이 주르르 흘러내렸다. 심장이 가파르게 뛰고, 손이 벌벌 떨리고, 다리에 힘이 쫙 빠졌다.

어떻게 알았을까? 다이어리와 메일을 보고 알았겠지?

별안간 가슴이 텅 비어오며 몸이 떨렸다.

침착해야 한다. 이 정도 내용으로 나에게 해코지를 할 수는 없을 테니까. 그래, 다른 정보를 더 손에 넣지 않는 한 크게 문제 될 건 없어.

하지만 더 깊이 파고들면 아무도 봐서는 안 될 파일이 나올 수도 있었다. 진작 없애야 했던 파일, 세상 어느 누구도 보아서는 안 되는 파일이 휴대폰에 들어 있었다. 그녀의 삶을 망가뜨린 비밀, 그녀를 광기와 죽음의 문턱으로 내몰았던 비밀.

이론적으로만 보자면 조나단이 그 비밀을 알아낼 위험은 극히 적었다. 그가 아무리 남의 사생활을 캐내길 좋아하는 사람이라도 컴퓨터

박사도 아니고 공갈협잡꾼은 더더욱 아닌 것 같으니까. 그는 그저 그녀를 골탕 먹이며 장난이나 치고 싶은 게 틀림없으니까. 이쪽에서 먼저 건드리지만 않는다면 그는 제풀에 지쳐 떨어져 나갈 것이다. 아니, 그녀의 희망사항이 그렇다는 얘기다.

# 6 끈

동류인 두 사람에게만, 상대에게서 자신과 똑같은 고독을 발견한 두 사람에게만 있는……
끈으로 연결된 사람들이었기 때문이다.
—파올로 지오르다노

샌프란시스코

오전 9시 30분

마르쿠스는 떠지지 않는 눈을 억지로 떴다. 몽유병자처럼 흐느적거리며 욕실의 샤워부스로 걸어 들어간 그는 팬티와 티셔츠를 벗지도 않고 그대로 물줄기를 맞았다. 온수 통이 비고, 찬물이 쏟아지기 시작하고 나서야 그는 겨우 정신이 들어 한쪽 눈을 번쩍 떴다.

마르쿠스는 후닥닥 몸을 털어 말리고 어기적거리며 방으로 돌아와 서랍장의 속옷 칸을 열었지만 안이 텅 비어 있었다. 그 대신 빨래바구니에 팬티와 티셔츠가 넘치도록 쌓여 있었다. 그는 짐작 가는 데가 있다는 표정으로 한쪽 눈썹을 찡긋 치켜 올렸다. 조나단이 절대로 빨래를 안 해주겠다고 협박하더니만 결국 실행에 옮긴 게 분명했다.

"매형!"

조나단을 부르던 마르쿠스는 문득 오늘이 토요일이라는 생각이 났다. 조나단이 일주일에 한 번씩 장을 보러 가는 날이었다. 조나단은 지금 엠바르카데로의 파머스 마켓에 가 있을 것이다.

마르쿠스는 여전히 몽롱한 상태로 빨래더미에 손을 쑥 집어넣었다. 그는 대충 '재활용' 할 만한 속옷을 찾아 입고 흐느적흐느적 부엌으로 걸어갔다. 조나단이 아침마다 보이차를 끓여 넣어두는 보온병이 보였다. 그는 털썩 의자에 앉아 보온병 주둥이를 입에 대고 한참동안 벌컥벌컥 차를 마셨다. 이제야 뉴런에 기름칠이 된 듯 한 가지 기가 막힌 생각이 떠올랐다. 그는 개수대 앞에 서서 재빨리 벗은 속옷을 주방세제를 묻혀 빨기 시작했다. 그는 대충 빤 속옷을 꽉 짜 전자레인지에 넣고 타이머를 8분에 맞췄다.

알몸의 마르쿠스는 흐뭇한 표정을 지으며 테라스로 나갔다.

"안녕, 술고래!"

보리스가 인사를 건넸다.

"잘 잤어, 털북숭이!"

마르쿠스가 앵무새의 털을 살살 긁어주었다.

보리스가 살짝 날아올라 머리를 숙이며 부리를 벌리더니 이미 죽처럼 된 과일을 내밀었다. 보리스 나름의 극진한 우정의 표현이었다.

마르쿠스는 고맙다는 인사를 하고는 턱이 빠지도록 하품을 하면서 한참동안 기지개를 켰다.

"일어나! 일어나!"

앵무새가 소란스럽게 **빽빽**거렸다.

보리스의 잔소리에 자극을 받은 마르쿠스는 가장 중요한 하루 일과를 시작하기로 했다. 그는 정원으로 내려가 장미나무 뒤쪽에 몰래 숨겨 키우고 있는 열댓 포기의 카나비스를 살펴보며 물을 끌어오는 소형 펌프가 제대로 작동하고 있는지 확인했다.

조나단은 카나비스를 키우는 걸 탐탁지 않게 생각했지만 못 본 척 눈감아주고 있었다. 캘리포니아는 어차피 미국 최대의 인도대마초 생산지고, 샌프란시스코는 똘레랑스와 저항문화를 상징하는 도시가 아니던가.

마르쿠스는 정원을 거닐며 여유롭게 햇살을 음미했다. 날씨가 추운 몬트리올에서 나고 자란 그는 캘리포니아의 온화한 기후를 무척이나 좋아했다.

텔레그래프 힐에서는 지금이 크리스마스 시즌이라는 사실이 실감 나지 않았다. 재스민의 금빛 나팔꽃은 벌써 망울을 터뜨리기 시작했고, 종려나무와 관상용 자두나무, 협죽도는 따스한 햇살을 받아 우아한 자태를 뽐냈다. 담쟁이덩굴로 뒤덮인 텔레그래프 힐의 목조주택들은 녹음에 파묻혀 게으른 참새들과 알록달록한 벌새들의 노랫소리를 듣고 있었다.

토요일치고는 꽤 이른 시간인데도 벌써부터 필버트 계단을 따라 산책하는 사람들이 다수 눈에 띄었다. 아무리 나무와 풀이 무성한 집이라고는 하지만 외부의 시선으로부터 완벽하게 비밀을 보장받을 수는 없었다. 집 앞을 지나는 사람들은 앵무새와 음담패설을 주고받는 벌거숭이 괴짜를 그냥 지나치지 못했다. 재밌어 죽겠다는 표정을 짓는 사람들이 있는가 하면 뜨악한 얼굴로 서둘러 자리를 피하는 사람도 있었다. 아무리 타인의 시선에 초연한 마르쿠스라도 대놓고 사진기를 꺼내드는 사람들 앞에서는 더 이상 버티지 못했다.

"나 원, 이젠 내 집에서도 편안하게 못 지내겠네."

마르쿠스가 투덜거리며 집안으로 몸을 피해 들어가는 순간 부엌에서 '조리' 완료를 알리는 알람소리가 울렸다. 그는 재빨리 전자레인지를 열었다. 어느새 속옷이 따끈따끈 뽀송뽀송 말라 있었다. 게다가 브리오슈 빵 냄새까지 보너스로!

마르쿠스는 코를 킁킁거리며 속옷의 냄새를 맡아보고는 매우 만족한 표정을 지었다. 그는 거울 앞에 서서 팬티의 밴드 부분을 잡고 좌우로 움직여보기도 하고, 티셔츠를 손바닥으로 쓸어내려 팽팽하게 폈다. 그는 플로키 인쇄로 글자를 새긴 그 티셔츠를 특별히 아꼈다.

OUT OF BEER[1]

(life is crap)

배에서 꾸르륵 소리가 났다. 마르쿠스는 별안간 허기를 느끼며 냉장고를 뒤져 쓸만한 재료를 찾아낸 다음 위험천만한 조합을 시도했다. 그는 식빵 한쪽에다 땅콩버터를 듬뿍 바른 다음 정어리 통조림을 올리고, 그 위에 바나나를 썰어 얹었다.

기가 막히는군!

마르쿠스의 입에서 흐뭇한 한숨이 새어나왔다. 샌드위치를 몇 입 베어 먹고 나서야 그의 눈에 주방 벽을 도배하다시피 채우고 있는 사진들이 눈에 들어왔다.

매들린의 사진.

코르크보드에 압정으로 꽂아 놓고, 철제 찬장 문에 자석으로 붙여

---

[1] 맥주가 떨어졌다(빌어먹을 인생).

놓고, 간혹 스카치테이프로 벽에 붙여놓은 사진이 족히 오십 장은 넘어 보였다. 사진을 모두 인쇄하는 데 꽤 오랜 시간이 걸렸을 것이다. 독사진, 다른 사람과 함께 찍은 사진, 정면에서 찍은 사진, 옆에서 찍은 사진 등 종류도 다양했다. 개중에는 눈과 얼굴만 일부러 클로즈업해 뽑은 사진도 있었다.

마르쿠스는 샌드위치를 먹다 말고 어리둥절한 얼굴로 사진들이 붙어 있는 곳으로 다가갔다. 사실 표를 내지는 않았지만 그는 조나단의 행동을 주시해왔다.

왜 사진을 붙여놨을까? 매들린 그린의 눈빛에 뭔가 비밀이라도 숨어 있다고 생각하는 걸까?

조나단은 겉보기와는 달리 여리고 예민한 사람이었다. 상처를 모두 '회복'한 것처럼 보여도 그가 아직 불안한 심리상태에 놓여 있다는 걸 모르지 않았다. 사람이라면 누구나 공허와 상처, 버림받은 느낌, 외로움을 가슴에 묻고 산다.

마르쿠스는 조나단의 가슴 속에 깊은 상처가 나 있다는 걸 잘 알고 있었다. 그런 만큼 이런 행동이 좋은 징조일 리 없었다.

*

같은 시각, 집에서 몇 킬로미터 떨어진 곳에서는……

"아빠, 저키(육포 : 옮긴이) 맛을 봐도 돼요? 카우보이들이 즐겨 먹는 고기래요."

찰리를 목마 태운 조나단은 한 시간째 옛 부두 옆 광장에 들어선 노천시장을 둘러보고 있었다. 토요일마다 노천시장에 들러 식재료를 구

입하고 다음 주 메뉴를 짜는 일은 그에게 빼놓을 수 없는 주말 일과가
되었다.

생산자마켓은 샌프란시스코의 살아 있는 역사였다. 페리빌딩을 중
심으로 백여 명의 농부, 어부, 유기농 야채 생산자들이 직접 재배한 식
료품을 노천시장에 내다 팔았다. 노천시장의 생산자마켓은 샌프란시
스코에서 가장 싱싱한 채소, 맛있는 과일, 선도가 높은 생선, 연한 육
질의 고기를 파는 곳이라 해도 과언이 아니었다. 관광객들부터 요리
사, 맛있는 먹을거리를 찾아다니는 미식가에 이르기까지 다양한 사람
들이 이 생산자마켓을 즐겨 이용했다.

"저기서 육포를 팔아요. 한 번도 못 먹어봤단 말이에요."

목마를 타고 있다 내려선 아이는 진열대를 향해 쏜살같이 달려갔
다. 잔뜩 기대를 품고 육포 한 조각을 입에 넣었던 아이는 이내 인상을
찡그리면서도 싫은 티를 내지 않으려고 애썼다.

조나단이 심술궂게 윙크를 날렸다.

조나단은 온갖 맛의 향연이 펼쳐지는 노천시장에 오면 집에 있는
것처럼 마음이 편안했다. 그는 바질, 올리브유, 호두, 염소 치즈, 아보
카도, 애호박, 토마토, 가지, 허브, 단호박, 샐러드용 야채 등을 집어
들고 일일이 냄새를 맡고 맛을 보며 음식재료를 구입했다.

'재료 본연의 맛을 살리지 않는 요리사는 무능하다.' 는 게 스승 자
크 르루의 가르침이었다. 스승은 그에게 신선한 재료를 고르는 방법,
제철 식재료 사용의 중요성, 믿을 만한 식재료 공급업자를 찾아내는
방법 등 요리사가 갖춰야 할 노하우를 두루 전수해주었다.

무공해 유기농식품을 먹는 것은 한때 히피들의 전유물로 여겨졌지
만 지금은 샌프란시스코뿐만 아니라 캘리포니아 전역에서 확고한 라

이프스타일로 자리 잡았다. 조나단은 찰리를 계속 주시하면서 살이 통통하게 오른 가금 다섯 마리, 가자미 열 토막, 가리비조개 한 상자를 샀고, 랍스터 10마리와 스캠피 새우 5킬로그램을 구입했다.

조나단은 구입한 식재료를 배달받을 수 있게 자신의 픽업을 세워둔 주차장 번호를 주인들에게 일일이 알려주었다.

"어이, 조나단, 이 굴 맛이 어떤지 좀 봐주게!"

포인트레이스에서 온 굴장사가 조나단을 불러 세우더니 굴을 한 개 내밀었다. 이 지역에서는 생굴을 그냥 접시에 담지 않고 꼭 물에 깨끗이 헹군 다음 담았다. 그런 관습이 싫어 조나단은 일부러 굴 요리를 식당 메뉴에 올리지 않았는데, 굴 장사는 그걸 잘 알면서도 늘 그렇게 짓궂은 장난을 쳤다. 그는 고맙다고 인사하고는 레몬즙을 짜 굴에 몇 방울 떨어뜨리고는 빵 한 조각과 함께 얼른 입 안으로 넣었다.

잠시 여유 시간이 생긴 조나단은 매들린의 전화기를 점퍼에서 꺼냈다. 아직 그가 보낸 문자에 매들린의 답장이 와 있지 않았다. 실망한 그는 문자를 보내 사과해야 할지를 고민했다.

내가 너무 심했나?

하지만 매들린에 대한 궁금증은 커져만 갔다. 간밤에 사진을 인쇄하고 나서 휴대폰 용량이 배분된 내역을 들여다보던 그는 매우 특이한 사실을 알게 되었다.

디스크 용량 : 32GB

사용 가능한 공간 : 1.03GB

사용 중인 공간(%) : 96.8

남은 공간(%) : 3.2

조나단은 깜짝 놀랐다. 대체 어떤 파일이 들어 있기에 메모리가 포화 상태일까? 얼핏 봐서는 영화 다섯 편과 앱 열대여섯 개, 노래 2백여 곡이 전부였다. 이 정도로는 스마트폰 용량을 다 채울 리 없다는 걸 전문가가 아니더라도 능히 알 수 있었다. 그렇다면 하드디스크에 다른 데이터가 저장돼 있다는 뜻이었다.

조나단은 샌프란시스코 만이 내려다보이는 난간에 팔을 기대고 서서 담배에 불을 붙였다. 토기장 앞에 쭈그리고 앉아 있는 찰리의 모습이 보였다. 분명 흡연이 법으로 금지된 곳이었지만 잠이 모자라 무거워진 머리를 맑게 하려면 니코틴을 흡입하는 것 말고는 방법이 없었다.

조나단은 안면이 있는 요리사가 인사를 하자 고개를 끄덕여 마주 인사하고는 담배를 한 모금 깊숙이 빨아들였다. 그는 동료 요리사들로부터 요즘처럼 호의적인 대접을 받은 기억이 없었다. 그들도 이제는 조나단이 더 이상 위협적인 존재가 아니라는 사실을 잘 알았다. 그들은 존경과 연민이 뒤섞인 눈으로 조나단을 바라보곤 했다. 이 바닥에서 조나단을 모르는 사람은 없었다. 조나단 랑프뢰르, 한때 동시대 요리사 중에서 가장 독창적이었던 사람, 한때 주방의 모차르트라 불렸던 사람, 한때 세계에서 가장 유명한 식당을 운영했던 사람……. 한때, 한때, 한때…….

조나단은 이제 보통 요리사였다. 법적으로는 식당을 개업할 권리조차 없었다. 그는 자신의 이름을 딴 사업권을 매각하면서 요리에서 손을 떼겠다고 약속했다.

한 번은 《샌프란시스코 크로니클》지의 여기자가 조나단을 인터뷰한 기사를 썼다. 그녀는 지면을 통해 조나단의 근황을 전했다. 그녀는 조나단의 비스트로를 저렴한 가격에 소박한 음식을 파는 식당이라 소개하면서 그가 주방장을 맡고 있지만 예전 〈림퍼레이터 레스토랑〉과의 직접 비교는 사실상 불가능하다고 적었다.

조나단은 지면을 통해 여전히 음식에 대한 영감이 돌아오지 않아 앞으로 새로운 요리를 개발하고 선보이는 일은 없을 것이다, 더 이상 요리계의 왕좌를 노리는 일은 일어나지 않을 것이라는 입장을 분명히 밝혔다.

인터뷰 기사가 나가면서 요리 천재 조나단 랑프뢰르의 귀환을 두려 워했던 셰프들의 불안감은 단번에 해소되었다.

"아빠, 와사비콩 먹어봐도 돼요?"

찰리가 오리 혓바닥과 거북이 수프 등을 파는 일본 노인의 진열대 앞에 서서 호기심 어린 표정으로 말했다.

"안 돼, 먹어보면 분명 맛없다고 할 거야. 와사비콩이 얼마나 매운 지 모르지?"

"제발 한 번만 먹어볼게요. 내가 보기에는 진짜 맛있게 보여요."

조나단이 어깨를 으쓱 추어올렸다.

왜 인간은 아이나 어른이나 유익한 조언을 해줘도 듣지 않을까?

"네 맘대로 하렴."

조나단은 담배를 피우며 얼굴에 쏟아지는 햇빛 때문에 눈살을 찌푸 렸다. 롤러스케이트를 타는 사람들, 걷거나 자전거를 타는 사람들, 모 두들 해변도로에서 화창한 날씨를 즐기고 있었다. 멀리서 바닷물이 반짝거렸고, 갈매기들은 시야에 먹잇감이 들어오기만을 기다리며 군 청색 하늘을 유유히 선회하고 있었다.

찰리는 육포 때문에 된통 혼이 났으면서도 파삭파삭하게 튀긴 완두 콩의 산뜻한 초록색에 기어이 혹하고 말았다. 아이는 추호의 의심도 없이 와사비콩을 한 움큼 집어 들고 입 안에 털어 넣었다.

"웨엣! 아, 매워!"

찰리가 와사비콩을 잽싸게 뱉어냈다.

노인은 그 모습을 재미있다는 듯이 쳐다보고 있었고, 찰리는 조나단을 돌아보며 소리를 질렀다.

"왜 무진장 맵다고 진작 말 안 해줬어요."

찰리가 속상해 죽겠다는 듯 아빠를 원망했다.

"자, 가자, 아빠가 핫 초콜릿 사줄게."

조나단은 담배를 끄고는 찰리를 번쩍 들어 어깨에 앉혔다.

*

**같은 시각, 파리**

택배업체 직원이 〈환상의 정원〉 문을 밀고 들어선 때는 저녁 7시가 조금 넘은 시간이었다. 꽤 늦은 시간인데도 가게 안은 여전히 손님들로 북적거렸다.

매들린은 여러 명의 손님을 동시에 상대하느라 몸이 열 개라도 모자랄 지경이었다. 모자를 벗는 순간 택배직원은 마치 다른 차원의 공간에 들어선 듯한 기분이었다. 가을빛을 담뿍 담은 꽃들, 공기 중에 떠다니는 온갖 꽃향기들, 낡은 철제 물뿌리개. 마치 어린 시절에 여름방학을 보냈던 시골할머니 댁 정원을 보는 것 같았다. 그는 도심 속에서 자연을 만나자 마음이 편안해지면서 정말 오랜만에 크게 한 번 심호흡을 했다.

"뭘 도와드릴까요?"

타쿠미가 다가와 물었다.

"페덱스에서 왔습니다."

잠깐 동안 몽상에 잠겼던 남자가 깜짝 놀라며 대답했다.

"접수하신 소포를 픽업하러 왔는데요."

"네, 여기 이 봉투입니다."

택배직원은 타쿠미가 내민 하드커버 봉투를 받아들었다.

"그럼 안녕히 계세요."

택배직원은 가게 문을 열고 나가 길에 주차해둔 오토바이에 올랐다. 그는 클러치를 밟고 시동을 켠 다음 액셀러레이터를 밟았다. 그가 큰길 쪽으로 10여 미터쯤 갔을 때 백미러를 통해 한 여성이 손짓하며 뛰어오는 모습이 보였다. 택배직원은 브레이크를 밟고 오토바이를 세웠다.

"제가 소포를 접수한 매들린 그린인데요."

"취소하시게요?"

"네, 물건을 돌려주세요."

택배직원은 군말 없이 매들린에게 봉투를 돌려줬다. 발송 접수를 해놓고 마지막에 마음을 바꾸는 사람들이 간혹 있긴 했다.

매들린은 발송취소서류에 서명하고 나서 20유로를 수수료로 지불했다. 매들린은 과연 잘한 일인지 당장은 확신할 수 없었지만 휴대폰을 들고 다시 가게로 돌아왔다. 휴대폰을 돌려주지 않을 경우 조나단을 자극하게 될지도 모른다. 다만 앞으로 며칠 동안 휴대폰을 가지고 있다가 조나단에게서 연락이 오지 않으면 천천히 돌려줄 생각이었다. 만약 사태가 심상치 않게 돌아갈 경우 휴대폰이라도 쥐고 있어야 그에게 연락을 취할 수 있을 테니까.

매들린은 그런 번거로운 일이 발생하지 않기만을 바랐다.

\*

**샌프란시스코**

조나단은 페리빌딩의 아케이드에 들러 장을 보았다. 엠바르카데로에 위치한 페리빌딩은 100년이 넘는 역사를 가진 건물이었다. 쇼핑몰로 바뀌기 전에는 부두의 여객터미널로 이용되었다. 1920년대만 해도 세계 최대 규모를 자랑하는 여객터미널이었다. 현재 페리빌딩에는 수제치즈가게, 빵가게, 델리가게, 이탈리아 음식 캐터링 업체, 고급 식료품 가게들이 다수 입점해 있어 미식가들의 발길을 끌었다.

조나단은 페리빌딩 쇼핑몰에서 포도, 키위, 레몬, 석류, 오렌지 같은 과일을 골고루 주문하고 나서 찰리를 샌프란시스코 만이 내다보이는 카페로 데려가 핫 초콜릿을 사주었다. 입 안을 화끈거리게 만든 와사비콩 맛을 달콤한 코코아로 씻어 내리고 나서야 찰리의 얼굴에 비로소 화색이 돌았다.

조나단은 보이차를 시켜놓고 앉아 딴생각을 하고 있었다. 그는 차를 한 모금씩 넘기면서 수시로 휴대폰을 확인했다. 아직 매들린이 새로 보낸 문자는 없었다. 마음속 목소리가 이제 그만두라고 충고를 보냈다.

대체 무슨 짓이야? 뭘 입증해 보이고 싶은 거야? 자꾸만 낯모르는 여자의 뒤를 캐봐야 시끄러운 일밖에 더 생기겠어?

하지만 조나단은 내면에서 울리는 충고의 목소리를 외면했다. 간밤에 매들린의 휴대폰에 깔린 자료를 모두 살펴보다가 매우 흥미로운 앱을 발견했다. 컴퓨터에서 휴대폰으로 옮겨놓은 PDF파일, 이미지 파일, 비디오 파일 같은 대용량 파일을 재생하기 위해 필요한 저장 공간을 확보해둔 곳이었다. 매들린이 휴대폰 안에 몰래 파일을 숨겨 놨다면(메모리 사용을 분석해본 결과 충분히 그런 유추가 가능했다) 분명 거기일 것이다. 그런데 앱을 열기 위해서는 패스워드가 필요했다.

ENTER PASSWORD

커서가 깜빡깜빡하며 비밀번호 입력을 요구했다. 조나단은 떠오르는 대로 MADELINE과 GREENE을 차례로 입력해보았지만 어림없었다.

조나단은 접속에 실패하고 나서 손목시계를 내려다보다가 기겁하고 놀랐다. 주말마다 식당에 나와 일을 돕는 보조 요리사에게 식당 열쇠가 없다는 사실이 떠올랐기 때문이다. 게을러빠진 마르쿠스가 제시간에 나와 식당 문을 열어줬을 리 없었다.

"마린보이, 닻을 올려."

조나단이 찰리에게 외투를 입으라고 손짓했다.

"아빠, 바다사자 좀 보고 가면 안 돼요?"

찰리는 아빠와 함께 바다사자를 보러 가는 걸 무척이나 좋아했다. 1989년 샌프란시스코 대지진 이후 이 특이한 해양생물들은 피어39에 둥지를 틀었다.

"지금은 안 돼. 아빠는 당장 일하러 가야 해."

조나단은 아들의 청을 거절하자니 미안한 마음이 들었다.

"내일 보데가 만에 가서 바다사자를 보자. 바다낚시도 하고."

"좋아요."

그제야 기분이 풀린 찰리가 의자에서 폴짝 뛰어내렸다.

조나단은 찰리의 코밑에 수염처럼 묻은 초콜릿을 냅킨으로 닦아주었다. 찰리와 함께 주차장에 도착했을 때 그의 주머니 속에 들어 있던 휴대폰이 드르르 진동했다. 전화기를 꺼내 보니 에스테반이라는 이름이 화면에 떠 있었다.

*

받을까 말까 고민할 필요조차 없었다. 배달 온 인부가 짐 싣는 걸 도와달라고 해서 함께 일하다보니 전화를 받을 새도 없이 진동이 잦아들었다. 찰리도 신이 나서 짐 싣는 걸 도왔다. 셋이 함께 힘을 쓰자 식재료 상자들은 눈 깜짝할 사이에 식당 로고가 붙은 1960년대식 나무 프레임의 오스틴 미니 컨트리맨 안에 모두 실렸다.

"찰리, 안전벨트 매."

조나단은 노스비치를 향해 차를 몰며 선바이저 포켓에 휴대폰을 꽂았다. 그런데…….

에스테반이 보낸 메시지가 도착해 있었다. 남자 목소리를 기대하고 스피커폰을 켰는데 감미로운 여자 목소리가 흘러나왔다.

"안녕하세요, 매들린 그린 씨. 로랑스 에스테반 정신과입니다. 다음 주 월요일로 예약된 진료시간을 한 시간 정도 조정할 수 있을까요? 전화 부탁드립니다. 그럼 좋은 주말 보내세요."

조나단은 몸을 흠칫했다. 에스테반은 남미계 애인이 아니라 담당 의사였던 것이다. 호기심이 발동해 전화번호부 앱을 실행시키고 있는데 찰리가 걱정스럽게 한 마디 했다.

"아빠, 길 똑바로 보고 운전해요."

"알았어, 네가 아빠 좀 도와줄래?"

아빠에게 도움을 주게 돼 기분이 좋아진 찰리가 화면에 나타난 온라인 전화번호부 검색창에 데이터를 입력했다. 찰리는 아빠가 부르는 대로 '닥터 에스테반', '파리'를 차례로 입력하고 나서 검색 탭을 터치했다. 단 몇 초 만에 검색결과가 화면에 떠올랐다.

로랑스 에스테반
신경정신과
라 캬즈 거리 66-2번지
파리 75007

매들린의 외도는 오해로 밝혀졌지만 그녀가 정신적으로 몹시 고통받고 있다는 사실을 새롭게 알 수 있었다. 누구나 카메라 앞에 서면 잠깐 동안 행복을 가장할 수 있다. 그러나 일주일에 두 번씩 정신과의사의 상담을 받고 있다면 매우 심각한 문제가 있다고 봐야 하리라.

# 7 조나단 랑프뢰르의 몰락

허무를 짊어지고 가기 위해 망각이, 우리 둘이 쉬어 갈 오두막이 필요했다.……서로의 고독에 의지하며 황망히 길에 오른 두 영혼.
—로맹 가리

파리 8구

새벽 1시

포부르 뒤 룰의 아파트

파리의 지붕들 위로 진눈깨비가 떨어졌다.

오리털 이불에 따뜻하게 몸을 파묻은 매들린은 나이트 라이트 불빛 아래서 타쿠미가 아침에 사다 준 조나단 랑프뢰르의 책 《어느 사랑에 빠진 요리사의 고백》의 마지막 남은 몇 페이지를 읽고 있었다.

옆에 누운 라파엘은 벌써 두 시간째 곯아떨어져 있었다. 그는 은근히 연인의 '애무'를 기대하며 이불 속으로 파고들었지만 책에 깊이 빠진 약혼녀는 그를 거들떠보지도 않았다. 그는 매들린이 옆에 눕기를 기다리다 지쳐 먼저 잠이 들었다.

매들린은 한밤중의 고요 속에서 책을 읽는 게 좋았다. 라파엘의 아파트는 샹젤리제와 아주 가까운 동네였지만 경찰차의 사이렌소리나 고성방가로 시끄럽게 구는 사람 없이 고요했다.

매들린은 정신없이 책을 읽어내려가며 조나단에 대해 경외심과 동시에 반감을 느꼈다. 책은 2005년에 출간됐는데, 그 당시 조나단 랑프뢰르의 명성이 최전성기였다는 건 책 뒤표지에 적힌 찬사들만으로도 능히 짐작할 수 있었다. '맛의 마술사', '미식계의 모차르트', '세계 최고의 천재 셰프'.

여러 인터뷰를 통해 조나단은 음식에 대한 철학을 피력했다.

'요리는 회화나 문학처럼 독자적인 예술의 영역이라 할 수 있습니다. 음식은 단순히 혀 돌기의 감각을 만족시키는 데 머무르지 않고 예술성을 지닙니다. 저는 스스로 요리사라기보다는 예술가라 생각합니다. 제가 하는 일은 작가와 비슷합니다. 저는 '창작요리'를 하고 있고, 제가 만든 요리가 단순히 장인적 노동의 산물이 아니라 스토리가 있는, 영감을 불러일으키는 행위가 되었으면 합니다.'

조나단은 그런 관점에서 자신이 추구하는 요리의 근간은 무엇인지, 그 창작요리의 밑바탕에는 어떤 생각이 깔려 있는지 설명했다. 그는 또 맛에 대한 감각은 어떻게 형성되었는지, 어떤 과정을 거쳐 두 가지 맛이 전혀 새로운 한 가지 맛으로 탄생할 수 있는지, 요리에서 질감과 외관은 각각 어떤 의미를 지니는지 설명했다.

'저는 호기심이 많은 사람입니다. 박물관에 가고, 미술 전시회에 가고, 음악을 듣고, 영화를 보고, 자연 경관을 바라보는 행위 하나 하나가 모두 창작의 원천입니다. 하지만 제 아내 프란체스카야말로 제가 가장 많은 영감을 얻고 있는 보물창고입니다. 저는 일 년에 세 달은 반드시 식당 문을 닫고 캘리포니아의 작업실에 틀어박혀 지냅니다. 재

충전도 할 겸 다음 해에 〈림퍼레이터 레스토랑〉에서 선보일 새로운 메뉴를 개발하기 위한 시간이죠.'

매들린은 또 책의 여러 부분이 꽃과 관련된 내용에 할애된 걸 보고 크게 놀랐다. 조나단은 꽃들이 지닌 다채로운 맛을 활용한 요리를 여러 가지 선보이고 있었다. 한련 꽃봉오리 절임, 장미잼을 넣은 바삭바삭한 푸아그라말이, 바이올렛을 곁들인 개구리 넓적다리 캐러멜리제, 미모사 셔벗, 라일락 머랭그, 전통 느무르 코클리코 과자를 곁들인 봉봉 글라세……

매들린의 배에서 꼬르륵 소리가 났다. 음식에 대한 글을 한참 동안 읽다 보니 배가 고파진 것이다. 그녀는 조용히 침대에서 내려와 담요를 둘둘 감고 이웃집 지붕들이 내려다보이는 미국식 주방으로 걸어갔다. 찻주전자를 레인지에 올려놓은 그녀는 냉장고를 열어 요깃거리를 찾았다.

음, 먹을 만한 게 없잖아.

찬장을 뒤지다보니 다행히 포장을 뜯은 그래놀라바가 하나 나왔다. 물이 끓기를 기다리는 동안 그녀는 그래놀라바를 꺼내 한 입 크게 베어 물고는 책 뒤에 붙은 별첨부록을 읽기 시작했다. 뉴욕 〈림퍼레이터 레스토랑〉의 명성을 얻게 한 요리들의 레시피가 소개돼 있었다.

〈림퍼레이터 레스토랑〉에서는 매일 저녁 손님들에게 스무 가지 정도의 요리를 맛보기로 서비스하는 미각여행코스 메뉴를 선보였다. 한 편의 영화시나리오에 버금갈 만큼 정확한 순서에 따라 요리의 맛을 보여주었다. 미각여행코스 메뉴들은 곳곳에 놀라움과 반전이 숨어 있었다. 레시피를 보는 것만으로도 매들린의 입에 침이 고였다.

1막

바다가재 그라탱

베이컨과 파르메산치즈 크로캉

성게&누가 스크램블 에그

마시멜로우 아카시아 꽃잎 도넛

향신료 빵가루를 입혀 마늘 향을 낸 기름에 튀긴 잠두

원조 니스식 피살라디에르


2막

마카롱을 곁들인 가리비조갯살과 아몬드 가리비조갯살 리조토

화이트 초콜릿 에멀션 송로버섯 리조토

바스크 지방 송아지 관절 재스민 조림

꿀과 타임이 들어간 양 카레와 양 누와제트 콤보


3막

장작불에 구운 마시멜로우를 얹은 아이스크림

목련 꽃잎 파인애플

금박 장식을 입힌 한련 꽃과 딸기

올리브 오일과 꿀을 첨가한 크림을 넣은 라일락 머랭그

바나나 코코넛 구이와 딱총나무꽃 리올레

코코넛 무스 캐러멜리제 스푼

솜사탕 봉봉 글라세


매들린은 찻잔을 손에 들고 노트북 앞에 앉았다. 창 너머로 함박눈

이 지붕들 위로 떨어져 내리고 있었다. 그녀는 조나단 랑프뢰르라는 인물과 그의 갑작스러운 은퇴를 둘러싼 미스터리에 강한 호기심이 일었다.

조나단은 왜 아직 젊은 나이에, 커리어의 정점에서, 요리 예술의 절정기에 돌연 은퇴 결정을 내렸을까?

매들린은 구글 검색창에 '조나단 랑프뢰르'와 '레스토랑 폐업'을 입력한 다음 검색 아이콘을 클릭했다.

\*

이 시각, 샌프란시스코에서는······.

오후 네 시, 조나단은 살구와 로즈마리 타르트를 마지막 디저트로 내보내고는 앞치마를 풀고 손을 씻었다.

일과 끝!

조나단은 주방을 나와 홀을 지나다가 아는 손님이 보여 인사를 건네고는 카운터 뒤로 들어가 보조 요리사와 함께 마실 에스프레소를 만들었다. 그는 에스프레소 잔을 들고 열 손실을 최소화하고 커피 향을 잘 보존할 수 있는 온도인지 체크했다. 노스비치는 커피에 대해서만큼은 타협이 불가한 곳이었다. 리스트레토 맛을 망치거나 상하이에서 뉴욕까지 전 세계 커피 맛을 천편일률적으로 통일시킨 캡슐 에스프레소 머신을 사용하는 건 상상할 수조차 없는 일이었다.

조나단은 찰리가 잘 노는지 보기 위해 커피를 들고 테라스로 나갔다. 히터 아래에 앉은 아이는 액정 화면 속 공룡들의 세계에 깊이 빠져들어 아빠가 옆에 와 앉는데도 눈길조차 주지 않았다.

조나단은 워싱턴 스퀘어를 지나가는 행인들과 아이들을 물끄러미 바라보다가 슬쩍 담배를 꺼내 물고 불을 붙였다. 그는 노스비치의 분위기가 정말 좋았다. 요즘은 주민 대부분이 아시아계로 채워졌지만 이탈리아 아메리칸의 전통이 아직 많이 남아 있는 곳. 이동식 아이스크림 가게들, '초록색·흰색·빨간색'으로 이루어진 이탈리아 국기를 감고 서 있는 가로등들, 페스토 파스타·판나 코타·티라미스를 맛볼 수 있는 각양각색의 패밀리 레스토랑들이 있는 곳. 작가 잭 케루악이 살았고, 마릴린 먼로가 결혼식을 올렸고, 프랜시스 코폴라 감독의 사무실과 레스토랑이 있는 곳.

조나단은 호주머니에서 매들린의 휴대폰을 꺼냈다. 여전히 새로운 메시지는 없었다. 그는 어떻게든 비밀번호를 알아내겠다고 생각하며 앱을 실행시켰다.

ENTER PASSWORD

자, 차근차근 순서대로 생각해보자. 각종 계정의 보안에 필요한 비밀번호가 은행카드 비밀번호만큼 중요하다는 건 누구나 수다하게 들어서 알고 있다. 그렇다. 안전한 패스워드를 설정하려면 반드시 몇 가지 유념해야 할 사항이 있다고 귀가 아프게 듣는다. 지나치게 짧은 단어는 피하고, 가급적 주변사람들이 알고 있는 정보는 사용하지 말고, 반드시 숫자와 글자, 특수문자를 혼합한 패스워드를 설정하라는 것.

그런 관점에서 보자면 '!Ef(abu#$vh%rgiubfv°0alk?s,dCX' 정도면 해킹이 불가능한 패스워드일 것이다.

다만 기억하기 어려우니까 문제지…….

조나단은 단숨에 리스트레토 잔을 비웠다. 분명히 아주 간단한 비밀번호일 것 같다는 확신이 들었다. 요즘 사람들은 비밀번호의 홍수

속에서 살아가고 있다. 신용카드, 소셜네트워크, 메일 계정, 각종 행정 서비스⋯⋯.

어떤 형태의 서비스든 패스워드가 필요하다. 기억에만 의존하기에는 너무나 벅찬 양이다 보니 사람들은 손쉬운 해결책으로 짧고 친숙하며 기억하기 쉬운 비밀번호를 선택하는 경향이 있다. 보안 규칙을 무시하고 흔히 본인의 생년월일, 아내와 아이들 이름, 반려동물 이름, 전화번호, 연속되는 일련숫자나 알파벳을 패스워드로 사용하는 것이다.

조나단은 고심 끝에 '123456', 'abcde', 'raphael', 'greene' 그리고 매들린의 휴대폰 번호를 차례로 입력해 보았다.

실패.

매들린의 이메일 히스토리를 뒤지던 조나단은 아주 흥미로운 메일을 발견했다. 그 메일에는 그녀가 오토바이 판매상에게 보낸 번호판 신청 서류들이 들어 있었다. 그 중에는 신분증 카피도 있었다. 우연히 매들린의 생년월일을 알게 된 조나단은 '19780321', '1978march21', '78/03/21', 영어식으로 '03211978', 'march211978', '03/21/78' 을 차례로 넣어 보았다.

이번에도 역시 실패.

매들린의 이메일 주소가 maddygreene78@hotmail.com인 점을 감안해 'maddygreene', 'maddygreene78' 도 찍어 보았다.

역시 실패.

조나단은 막막하다 못해 화가 치밀었다. 그는 주먹을 꽉 쥐며 한숨을 쉬었다. 비밀의 문 바로 앞까지 왔는데 들어갈 수 없다니, 속 터지는 노릇이 아닐 수 없었다.

*

매들린은 노트북 창에 뜬 검색결과를 좀 더 편안하게 읽기 위해 안경을 꼈다.

'백기를 든 랑프뢰르', '권좌에서 내려온 랑프뢰르', '랑프뢰르의 실각'.

프랑스 일간지들은 경쟁이라도 하듯 말장난(랑프뢰르가 불어로 황제라는 뜻을 염두에 둔 것 : 옮긴이)을 하며 조나단의 '은퇴' 소식을 전하고 있었다. 그녀는 《리베라시옹》지의 인터넷기사 링크를 눌렀다.


CULTURE 2009/12/30

랑프뢰르의 몰락

아방가르드 요리의 천재 조나단 랑프뢰르가 어제 저녁 맨해튼에서 전격적으로 기자회견을 열고 자신이 운영하는 레스토랑의 폐업과 사업권 매각을 발표했다.

덥수룩한 수염, 눈 아래 드리워진 다크 서클, 초췌한 얼굴, 펑퍼짐한 몸매. 뉴욕 미식계의 황제로 군림해온 프랑스 출신 셰프 조나단 랑프뢰르는 초라한 모습으로 기자회견장에 들어섰다. 그는 미슐랭가이드 쓰리 스타급인 자신의 레스토랑 〈림퍼레이터 레스토랑〉를 즉시 폐업하고, 아내 프란체스카 데릴로와 함께 설립한 〈림퍼레이터 그룹〉의 모든 사업권을 즉시 매각할 계획이라고 발표했다. 〈림퍼레이터 그룹〉 임직원 2천 명의 앞날이 불투명해지는 순간이었다.


**걸출한 셰프**

록펠러센터 최고층, 전설적인 레인보우 룸에 자리 잡은 〈림퍼레이터 레스토랑〉은 영국의 유력한 레스토랑 매거진에 의해 여러 차례 '세계 최고의 식당'으로 선정되었다.

조나단 랑프뢰르는 10년 전부터 미식 비평가들로부터 통찰력과 창의력을 겸비한 요리천재라는 평을 듣는 한편 사기꾼이자 협잡꾼이라는 상반된 평을 이끌어내기도 한 인물이었다.

### 권태

조나단 랑프뢰르는 은퇴의 배경을 '피곤하다', '의욕을 상실했다', '지쳤다'는 표현으로 대신 설명했다. 그는 한순간도 긴장을 늦추지 못하고 1년 365일, 하루 18시간씩 전투적으로 일하는데 지쳤다고 은퇴와 관련한 소회를 털어놓았다.

"저는 모든 일에서 손을 뗄 겁니다. 영원히."라고 입장을 밝힌 조나단 랑프뢰르는 다른 유명식당에 수석 셰프로 스카우트될 것이라는 세간의 가능성 제기를 일축했다.

"그동안 제가 열정을 다 바친 요리예술의 세계에서 이제는 더 이상 기쁨을 찾지 못하겠습니다. 앞으로 그런 날이 다시 올 것 같지 않습니다."

조나단 랑프뢰르는 자신의 요리를 이해하지 못하는 비평가들에게 염증을 느꼈다는 말도 남겼다.

### 부부 문제

조나단 랑프뢰르의 갑작스러운 은퇴는 부부 문제가 결정적으로 영향을 미친 것으로 보인다.

"아내 프란체스카와 저는 아주 각별한 사이였죠. 최근 우리 부부가 헤어지게 된 것도 저의 은퇴 결정에 깊은 영향을 끼쳤다는 것을 부인하지 않겠습니다."

조나단 랑프뢰르는 부부 문제가 은퇴에 영향을 준 사실을 인정하면서도 사생활에 대한 기자들의 구체적인 질문에는 답변을 피했다.

### 재정난

"회사의 심각한 재정난도 제가 은퇴를 결심할 수밖에 없는 이유였습니다."

조나단 랑프뢰르는 〈림퍼레이터 그룹〉이 사실상 몇 년 전부터 악성 채무에 시달려 왔고, 고비용 저효율 경영체계 속에서 위험한 투자를 계속해오면서 심각한 경영난에 처하게 됐다고 밝혔다. 결국 목에 칼이 들어오고 나서야 조나단 랑프뢰르는 자신의 명의로 된 사업권 일체를 고급 호텔 체인인 〈원 엔터테인먼트 그룹〉에 매각하겠다는 결정을 내리게 된 것이다.

### 불확실한 미래

아직 불혹을 넘지 않은 조나단 랑프뢰르는 앞으로 어떤 길을 갈 것인가? 휴식? 재충전? 새로운 모험? 그는 장래계획에 대해 구체적으로 답변하지 않은 채 서둘러 기자회견을 마무리하고는 회견장을 빠져나갔다. 비록 지친 모습이었지만 그는 더 이상 '황제'의 가면을 쓰지 않아도 된다는 사실에 안도했을지도 모른다.

매들린은 다른 링크를 클릭했다. 조나단의 은퇴를 전혀 다른 시각으로 조명하는 인터넷 판 《뉴욕타임스》 기사가 화면에 나타났다.

바텔 신드롬
12/30/2009
테드 부커


아방가르드 요리의 상징적 리더인 조나단 랑프뢰르도 결국 바텔 신드롬²⁾에 무릎을 꿇은 것일까? 요리의 거장 중에서 돌연 은퇴선언을 하고 요리에서 손을 뗀 인물은 조나단 랑프뢰르 말고도 더러 있었다. 베르나르 루아조에서 자크 라루에 이르는 당대 최고의 요리사들이 영락에 대한 끊임없는 불안감 속에서 살았다는 건 주지의 사실이다.

조나단 랑프뢰르는 지난 10년간 창의적인 요리를 선보여 비평가들의 인정을 받고, 사업가로도 수완을 발휘하며 두 마리 토끼를 모두 잡는 데 성공했다. 하지만 오늘 저녁, 기적에 가까웠던 위태위태한 균형은 여지없이 깨지고 말았다.


추도문을 연상시키는 주변사람들의 증언이 기사 뒤에 나와 있었다. 기자가 인터뷰를 한 사람들은 한결같이 그를 죽은 사람 취급하고 있었다.

마이클 블룸버그 뉴욕시장은 뉴욕을 제2의 고향으로 삼은 뉴요커 조나단 랑프뢰르의 출중한 재능을 입이 마르도록 칭찬했다. 힐러리 클린턴은 '교육현장에서 학생들에게 맛의 세계를 깨우쳐준 그의 노력과 열정을 잊지 못할 것'이라고 회고했다.

프레데릭 미테랑 프랑스 문화부장관 역시 '프랑스 미식을 세계적인

---

2) 프랑스 콩데 공작의 요리장을 지낸 바텔은 1671년, 주인이 주최한 연회 테이블에 나갈 생선이 제때 도착하지 않고, 가금류 식재료가 모자랄 것 같자 결국 연회 도중 자살한 것으로 후세에 알려지고 있다.

반열에 올리는데 공헌한 창작요리의 천재'에 대한 찬사를 아끼지 않았다.

칭찬 일색 기사들과 성격이 아주 다른 인터뷰기사가 매들린의 눈길을 끌었다. 조나단에게 세계 최고 셰프의 자리를 내준 스코틀랜드 출신 요리사 알렉 백스터의 인터뷰였다. 조나단에게 앙심을 품고 있던 그는 굳이 기쁜 마음을 감추려하지 않았다.

"조나단 랑프뢰르는 요리 세계에서 반짝했다 사라지는 유성에 지나지 않는 존재였습니다. 미디어가 만들어낸 영웅이죠. 하지만 불행하게도 그는 자신을 영웅으로 만들어준 미디어시스템의 희생양이 되었습니다. 앞으로 십 년 후 과연 그의 이름을 기억해줄 사람이 있을까요?"

매들린이 가장 인상 깊게 읽은 기사는 〈림퍼레이터 레스토랑〉의 부수석 셰프 클레르 리지외의 인터뷰로 지극히 사적이면서 가슴을 울리는 내용이었다.

"제가 사장님 밑에서 일한 지는 십 년쯤 됐어요. 지금 제가 할 수 있는 요리는 모두 사장님께 배웠습니다. 사장님은 제가 종업원으로 일하던 매디슨의 한 카페에 매일 아침을 드시러 오셨어요. 저는 그때 운 좋게도 사장님께 발탁됐습니다. 당시에 저는 워킹비자가 없었는데, 사장님께서 〈림퍼레이터 레스토랑〉에 취직시켜주시고 합법적인 체류 신분을 취득할 수 있게 도움을 주셨어요. 사장님은 의지가 아주 강한 분이죠. 일에 있어서는 엄격하고 철저하시지만 다른 면에서는 아주 너그러운 분입니다."

'사장을 흠모하는 사람이군.'

매들린은 중얼거리며 계속 기사를 읽어 내려갔다.

"사장님은 강하면서도 마음이 여린 분이시죠. 개성이 지나치게 강하세요. 미디어와 대중적인 인기를 혐오하면서도 한편으로는 동경하는 양면성을 가지고 계시죠. 최근에는 극심한 우울증에 빠져 지내셨어요. 그동안 끊임없는 긴장감 속에서 바쁘게 지내셨죠. 완벽주의의 노예가 되었다고나 할까요. 아침부터 밤까지 쉬지 않고 일하다 보니 심신이 지칠 대로 지치셨어요. 저는 사장님이 휴가를 쓰시는 걸 한 번도 본 적이 없습니다. 사모님이 곁에 계실 때는 그나마 잘 버티셨는데 헤어지고 나서는 혼자 그 힘든 상황을 감당하기 힘드셨나 봐요. 사람들이 사장님에 대해 오해하는 부분이 많습니다. 사실, 그 분이 보여준 인정을 향한 갈망, 성공에 대한 야망, 스타시스템과의 타협은 지나친 과대망상 때문이 아니었습니다. 오로지 사모님을 즐겁게 해드리기 위해 그렇게 한 것이죠. 아내를 기쁘게 하고, 사랑받으려는 행위였을 뿐입니다. 그런데 사모님과 헤어지고 나서 의욕을 모두 상실해버린 겁니다. 문득 세상사가 갑자기 무의미하게 느껴졌던 거예요."

"매들린, 잠 안 자고 뭐해?"

매들린은 큰 잘못이라도 하다 들킨 사람처럼 소스라치게 놀라며 뒤를 돌아봤다. 드레싱가운을 걸친 라파엘이 영문을 모르겠다는 표정을 짓고 서 있었다.

"아니, 아무것도 아니야."

매들린은 재빨리 노트북을 덮었다.

"계산을 좀 하느라고. 사회보험료, 위르사프(사회보험료 징수조합 : 옮긴이), 공과금, 어디 계산할 게 한두 가지라야지. 당신도 사업을 하고 있으니까 잘 알잖아."

"아무리 그래도 지금은 새벽 두 시야."

"잠이 안 와."

매들린이 안경을 벗으며 말했다. 그녀는 차갑게 식은 차를 한 모금 마시고는 그래놀라바가 담긴 통을 들여다보았다. 안이 비어 있었다.

라파엘이 상체를 숙여 그녀의 입술에 가볍게 입을 맞추었다. 그리고 그녀가 입고 있는 베이비 돌 안으로 손을 슬쩍 집어넣어 배를 애무하기 시작했다. 그의 입술이 어느새 그녀의 목을 따라 움직였다. 그는 천천히 실크 네글리제의 한쪽 어깨를 내리고 나서 다른 쪽 어깨를…… 느닷없이 〈점핑 잭 플래시〉의 리프가 울리며 산통을 깼다. 라파엘이 흠칫 놀라며 몸을 뒤로 뺐냈다.

매들린이 노트북 옆에서 부르르 떨고 있는 조나단의 전화기를 향해 겸연쩍은 시선을 던졌다. 짙고 그윽한 눈동자를 지닌 갈색머리 여자가 심각한 표정으로 휴대폰 화면에 나타났다. 얼굴 위에 그녀의 이름이 찍혀 있었다.

프란체스카

매들린은 주저하지 않고 전화를 받았다.

*

"아빠, 추워요."

조나단은 그제야 휴대폰 화면에서 눈을 뗐다. 그는 벌써 한 시간째 매들린의 비밀번호를 알아내기 위해 머리를 굴렸지만 아무런 성과도 얻어내지 못했다. 매들린이 주고받은 이메일을 일일이 읽어보며 끈기 있게 분석하고, 단서가 될 만한 자료가 눈에 들어올 때마다 패스워드를 만들어 입력해보았다.

"들어가서 스웨터를 걸치고 나와."

조나단이 코가 줄줄 흐르는 찰리에게 종이냅킨을 한 장 더 건넸다.

해는 이미 자취를 감추었고, 테라스 너머의 공원과 거리는 희뿌연 안개에 뒤덮여 있었다. 샌프란시스코를 포그 시티라 부르는 이유가 있었다. 순식간에 도시 전체와 골든게이트를 뒤덮어버리는 안개는 신비스러우면서도 당혹스러운 느낌을 주곤 했다.

찰리가 터틀넥 스웨터를 입고 다시 테라스로 나오자 조나단은 손목시계를 내려다보았다.

"조금 있다 보면 알렉산드라 누나가 올 거야. 누나와 같이 나가서 뮤지컬 〈위키드〉를 보고 오는 게 어때?"

찰리가 고개를 끄덕이다 갑자기 환호성을 질렀다.

"저기 와요."

찰리는 베이비시터의 얼굴이 보이자 신이 나서 폴짝폴짝 뛰며 좋아했다.

알렉산드라는 오래전부터 노스비치에서 이탈리아식당을 운영하는 산드로 산드리니의 딸이었다. 버클리대학에 다니는 그녀는 찰리가 캘리포니아에 와서 지낼 때마다 조나단의 부탁으로 아이를 돌봐주고 있었다.

조나단이 알렉산드라에게 인사를 건네는데 손에 들려 있던 휴대폰이 진동했다. 화면을 들여다보니 프란체스카의 전화번호가 찍혀 있었다.

"여보세요?"

프란체스카는 전화를 걸었더니 웬 파리지엔느가 받는 바람에 휴대폰이 바뀌었다는 걸 알았다고 했다. 그녀는 안부가 궁금했고, 찰리와 통화하고 싶어 전화했다고 했다.

"찰리, 엄마 전화야."
조나단이 전화기를 찰리에게 건넸다.

# 8 우리가 사랑하는 사람들

기끔은 사랑하는 사람을 보내주는 것 역시 사랑이다.
─조셉 오코너

소노마 카운티

캘리포니아

일요일 아침

"아빠는 이제 엄마를 사랑하지 않아요?"

찰리가 물었다.

조나단이 운전하는 오스틴 미니 컨트리맨이 태평양의 톱니 모양 해
안선을 따라 1번 하이웨이를 달리고 있었다. 조나단은 꼭두새벽부터
일어나 찰리와 함께 바다낚시에 나섰다. 검은 모래사장이 펼쳐진 뮤
어비치와 보헤미안 풍 볼리나스 마을이 차창 밖으로 지나갔다. 볼리
나스 주민들은 수십 년 전부터 도로표지판을 철거해 마을이 관광지로
전락하는 걸 막고 있었다.

"아빠, 아직 엄마를 사랑해요?"

아이가 표현을 달리해 물었다.

"찰리, 그걸 왜 묻니?"

조나단은 라디오볼륨을 낮추었다.

"엄마가 아빠를 보고 싶어 하고, 지금도 셋이 함께 살고 싶어 한다는 걸 잘 아니까요."

조나단은 고개를 가로저었다. 그는 아들에게 엄마 아빠가 잠시 헤어져 지내는 것이라는 환상을 심어주기 싫었다. 아이들이란 표현은 안 해도 언젠가 부모가 재결합하는 날이 오기를 간절히 바란다는 걸 경험상 잘 알고 있었기 때문이다.

"아빠 엄마가 다시 함께 살 수 있을 거란 생각은 버려. 그런 일은 절대로 일어나지 않을 테니까."

"아빠, 조금 전에 제가 물어본 말에 아직 대답 안 했잖아요. 아빠도 아직 엄마를 사랑하죠? 그렇죠?"

아이가 끈질기게 물었다.

"찰리, 아빠 얘기를 잘 들어봐. 엄마 아빠가 따로 떨어져 사는 게 너에게는 정말이지 마음 아프고 견디기 힘든 일이라는 걸 잘 알아. 할머니 할아버지도 아빠가 네 나이쯤 되었을 때 헤어지셨기 때문에 그 마음을 누구보다 잘 알거든. 그래, 아빠도 너처럼 많이 슬펐지. 두 분이 다시 화해하고 결합했으면 좋으련만 아무런 노력도 하지 않는 것 같아 정말이지 많이 원망스럽기도 했단다. 아빠도 우리 가족이 서로 사랑하며 한집에서 살 때가 지금보다는 훨씬 행복했다는 걸 인정해. 하지만 사랑은 영원히 지속되지는 않아. 서글픈 일이지만 그 시절은 이미 지나갔어. 다시는 돌아오지 않아."

"흠……."

"아빠는 엄마를 아주 많이 사랑했어. 그 사랑의 결실로 널 얻었지. 그것만으로도 아빠는 네 엄마와 함께 한 시간들을 후회하지 않는단다."

"흠……."

조나단은 아들 앞에서 한 번도 프란체스카를 원망하거나 엄마로서의 자격을 의심해본 적이 없었다. 그에게는 실망스런 아내일지 몰라도 찰리에게만큼은 여전히 훌륭한 엄마였으니까.

"부모 자식은 부부 관계와 달리 평생 가는 거야."

조나단은 정신과전문의들이 쓴 책에서 읽은 내용을 아들과의 대화에 적용시켜 보려고 애썼다.

"넌 엄마 아빠 중에서 굳이 한쪽을 선택하지 않아도 돼. 엄마는 언제나 네 엄마이고, 아빠는 언제나 네 아빠일 테니까. 우리 둘이 함께 네 교육을 책임질 거고, 기쁠 때나 슬플 때나 늘 곁에서 응원해줄 거야."

"흠……."

조나단은 차창을 스치는 풍경을 물끄러미 바라보았다. 황량한 해안 도로가 바다를 따라 구불구불 이어지고 있었다. 해풍을 맞으며 삐죽삐죽 솟아 있는 절벽들은 프랑스의 브르타뉴 지방이나 아일랜드를 연상시켰다.

조나단은 찰리가 이해하기 쉽게 설명하지 못하는 것이 안타까웠다. 그는 찰리에게 그들 부부 사이에서 벌어진 문제를 자세히 이야기한 적이 없었다. 그러는 게 옳다고 판단했기 때문이다. 부부 문제는 당사자들이 아니면 어느 누구도 이해할 수 없을 만큼 복잡하게 꼬여 있기 마련이다. 더구나 아이 엄마의 부정으로 빚어진 문제를 어떻게 아이가 알아듣게 설명할 수 있단 말인가?

조나단은 아주 조심스럽게 이야기를 꺼냈다.

"아빠는 과거를 부정하고 싶지는 않구나. 지난날 아빠는 네 엄마를 무척이나 사랑했지. 그러다가 어느 순간 네 엄마가 아빠가 알던 사람이 아니라는 걸 깨닫게 되었어. 네 엄마와 헤어지기 전 몇 년 동안 아빠는 환상을 사랑하고 있었던 거야. 무슨 말인지 알겠니?"

"흠……."

"그 '흠' 소리 좀 그만해라. 아빠 말이 무슨 뜻인지 알겠지?"

"잘 모르겠어요."

찰리가 입을 삐죽 내밀고 퉁명스럽게 대답했다.

빌어먹을! 아이한테 괜한 말을 했어.

조나단은 마음이 아팠다.

차는 언덕에서 평화롭게 풀을 뜯는 소떼를 지나 좀 더 달리다가 마침내 목적지에 도착했다. 샌프란시스코에서 북서쪽으로 60킬로미터가량 떨어진 보데가 만에 위치한 이 작은 해변마을은 알프레드 히치콕 감독이 영화 〈새〉를 촬영한 이후 세계적인 명소가 되었다.

겨울 아침을 맞은 해변마을에 서서히 활기가 살아났다. 조나단이 텅 빈 주차장에 차를 세우기 무섭게 찰리는 배다리로 달려갔다. 아이는 기분 좋은 소리를 내며 해바라기 중인 물개들을 구경했다.

부둣가의 노점상들은 살아 꿈틀대는 게를 팔고 있었고, 해변을 따라 늘어선 식당들에서는 아직 이른 시간인데도 의자에 앉아 게와 브레드 볼 클램 차우더로 식사를 하는 사람들이 눈에 띄었다.

조나단은 찰리와의 약속대로 마르세유 뾰족배와 비슷하게 생긴 작은 배를 한 척 빌렸다.

"자, 마린보이, 출항이다."

해수면이 잔잔해 항해하기에는 더없이 완벽한 날씨였다. 그들이 탄

배는 항구에서 2마일 가량 떨어진 연안에 닻을 내렸다. 찰리가 가방에서 낚싯대를 꺼냈다. 아이는 조나단의 도움을 받아 미끼를 매단 낚싯줄을 바다에 드리웠다.

조나단은 주머니에 들어 있는 매들린의 휴대폰을 꺼냈다. 바다에서 신호가 잡힐 리 없었다. 그는 낚시에 열중하는 아들을 지켜보며 담배를 꺼내 불을 붙였다. 물새 떼들이 배 주변을 맴돌았다. 그는 새들을 쳐다보면서 담배를 한 모금 빨았다. 알프레드 히치콕이 영감을 얻고도 남을 만큼 아름다운 풍경이었다. 갈매기, 가마우지, 깍도요 같은 새들이 바다상공을 날며 내는 울음소리가 배들의 농무경적 소리와 뒤섞이며 어지럽게 울려 퍼졌다.

"담배를 많이 피우면 빨리 죽는다는데 아빠는 왜 피워요?"

찰리가 물었다.

조나단이 못 들은 척하며 아들에게 물었다.

"고기가 잘 무는 것 같니?"

찰리가 이번에는 그냥 넘어갈 수 없다는 듯 소리쳤다.

"난 아빠가 빨리 죽는 게 싫어요."

아이의 두 눈이 촉촉이 젖어들었고, 조나단의 입에서는 가느다란 한숨이 새어나왔다.

그걸 무슨 재주로 막겠니?

그랬지만 조나단은 결국 담배를 비벼 껐다.

"이제 됐지?"

"됐어요."

아이의 얼굴이 금세 다시 환해졌다.

*

같은 시각, 프랑스 도빌······.

거실의 괘종시계가 막 저녁 7시를 알렸다.

벽난로에서는 장작이 활활 타오르고 있었다. 라파엘은 아버지와 당구 실력을 겨루는 중이었고, 매들린은 엠보싱 가죽소파에 앉아 장차 시어머니가 될 이조르의 수다를 건성으로 받아주며 가끔 기계적으로 고개를 끄덕이고 있었다. 이 집에서 키우는 잉글리시 코카스파니엘이 매들린의 발밑에 쭈그려 앉아 새 구두 위에 침을 뚝뚝 흘리며 애정을 표했다. 오후로 들어서며 내리기 시작한 비는 여전히 그치지 않고 유리창을 때려댔다.

"어머! 내가 진짜 좋아하는 프로가 나오네."

이조르가 반색하며 갑자기 TV로 시선을 돌리더니 리모컨을 들고 볼륨을 높였다. 매년 이맘때면 어김없이 나오는 프로그램.

매들린이 기다렸다는 듯 소파에서 일어났다.

"담배 좀 피우고 올게요."

"당신, 담배 끊을 줄 알았는데?"

라파엘이 싫은 표정을 지었다.

"매들린, 담배 피우면 일찍 죽는단다."

이조르가 한 술 더 떴다.

"어차피 한 번은 죽을 텐데 이유라도 있어야지요."

매들린은 파카를 걸치고 테라스로 나갔다.

어둠이 깔린 지 한참 지났는데도 영국 풍 별장주변은 여전히 환했다. 첨단 스포트라이트 조명이 콜롱바주(나무로 기둥과 틀을 세운 다음 그 사이에 벽돌을 채우고 진흙을 발라 만드는 건축 스타일 : 옮긴이)와 파란색 수영장 표면을 비추고 있었다.

매들린은 지붕 덮인 테라스로 걸어 나가 난간에 팔을 기대고 섰다. 경마장이 굽어보였고, 도빌 휴양지의 모습이 한눈에 들어왔다. 그녀는 담배를 한 모금 깊이 빨아들였다. 매서운 바람이 얼굴에 와 닿았다. 파도소리에 마음이 편안해진 그녀는 눈을 감고 생각을 비우려고 애썼다. 부르주아적인 안락함 속에서 보내게 된 주말이 그녀에게 상반된 감정을 불러일으켰다. 한없이 편안하긴 했지만 왠지 달아나고 싶은 욕구와 반감이 이는 것도 무시할 수 없었다.

익숙해지다 보면…….

밤공기가 차가웠다. 그녀는 파카 지퍼를 목까지 올리고 후드를 파카 밖으로 빼낸 다음 주머니에서 휴대폰을 꺼냈다. 지난밤 통화한 뒤로 그녀는 줄곧 프란체스카를 생각하고 있었다. 그녀의 신비로운 목소리, 살아온 내력이 묘한 매력으로 다가왔다. 비록 짧은 통화였지만 강렬한 인상이 남았고, 머리에서 쉬이 떨쳐버릴 수가 없었다.

매들린이 저간의 사정을 말하자 프란체스카는 자신이 남긴 음성메시지를 지워달라고 했다. 조나단에게도 절대로 이야기하지 말아달라고 신신당부했다. 그때는 너무 마음이 약해졌었다면서.

매들린은 그녀의 심정을 충분히 이해하고도 남았다.

매들린은 휴대폰의 웹브라우저를 실행시킨 다음 검색엔진의 '이미지' 검색창에 프란체스카의 이름을 입력했다. 재벌가의 상속녀인 프란체스카는 경영학을 전공하던 대학시절에 이미 유명 브랜드의 광고모델로 활동하기 시작했다. 인터넷에 패션쇼와 광고에 등장했던 그녀의 사진들이 올라와 있었다. 그녀의 외모에서는 데미 무어, 캐서린 제타 존스, 모니카 벨루치의 느낌이 동시에 묻어났다. 조나단과 그녀가 함께 포즈를 취한 사진도 여러 장 있었다. 금슬이 좋던 시절 그들 부부는 사생활까지도 과감하게 기업홍보에 활용한 흔적이 엿보였다.

빗줄기가 더욱 거세졌다. 천둥이 치고 하늘에서는 번개가 번쩍거렸지만 프란체스카의 과거를 들여다보고 있는 매들린은 전혀 아랑곳하지 않았다. 액정화면 위를 미끄러지듯 움직이던 그녀의 손가락이 아이콘 하나를 터치하자 《베니티페어》지의 인터넷기사가 나타났다. 몇 년 전 《베니티페어》지에서 〈요리, 사랑의 다른 이름〉이라는 제목으로 조나단 부부에게 장장 여섯 페이지를 할애해 실은 기사였다.

요리에 관한 인터뷰 내용과 큰 연관이 없는 섹시한 포즈로 찍은 그들 부부의 사진이 다수 실려 있었다. 부부가 똑같은 문신을 한 견갑골을 드러내고 찍은 사진도 있었다.

매들린은 문신의 문구를 확대시켜 보았다.

You'll never walk alone.

평생을 함께할 수 있다면 얼마나 멋진 일이겠어.

지금은 갈라선 부부의 사진이 갑자기 처량해보였다.

"매들린, 그러다가 감기 걸리겠어."

라파엘이 테라스로 통하는 문을 열고 그녀를 불렀다.

"이제 들어갈 거야."

매들린은 그제야 휴대폰에서 눈을 뗐다.

사진들을 보는 동안 한 가지만은 확실하게 알 수 있었다. 프란체스카는 혼자 있을 때와 조나단과 함께 있을 때 완전 딴판으로 달라보였다. 이 매력 넘치고 자신감에 차 있는 톱모델은 남편 앞에서는 히메나(스페인의 전설적 영웅 '엘 시드'가 사랑한 여인 : 옮긴이)의 눈동자를 가진 사랑스러운 여인으로 변모했다. 물론 사진기자들을 위해 연출한 장면들이겠지만 두 사람의 진실한 사랑은 사진 밖에까지 전달돼왔다.

두 사람은 왜 헤어진 걸까?

매들린은 의문을 품은 채 거실로 돌아왔다.

*

"두 분은 왜 헤어졌어요?"

찰리가 낚싯대를 트렁크에 넣다 말고 물었다.

"두 분이라면 누구 말이니?"

"할머니와 할아버지요."

조나단은 미간을 찌푸렸다. 그는 차의 시동을 걸며 찰리에게 안전벨트를 매라는 손짓을 보냈다. 보데가 만을 출발한 차는 샌프란시스코를 향해 달리기 시작했다.

조나단은 핸들을 잡은 채 지갑 속에서 사진 한 장을 꺼냈다. 자그마한 시골식당을 찍은 사진이었다.

"할아버지 할머니는 프랑스 남서부 지방에서 작은 식당을 운영하셨어."

조나단이 사진을 아이 쪽으로 돌렸다.

"라 슈-발-리-에-르."

찰리가 눈을 가늘게 뜨고 식당 간판을 또박또박 읽었다.

조나단이 고개를 끄덕였다.

"할아버지가 잠시 할머니가 아닌 다른 여자를 몰래 만났어. 식당에 샴페인을 공급해주는 회사의 영업사원이었지."

"아아!"

"비밀스런 만남은 일 년 넘게 지속됐어. 조그만 동네라 소문이 금세 퍼지기 때문에 두 사람은 극도로 조심하며 만났지. 다행히 아무도 눈치 채지 못했어."

"할아버지는 왜 다른 여자를 만났는데요?"

조나단은 정오의 햇살이 따가워 선바이저를 아래로 내렸다.

"사람들은 왜 바람을 피운다고 생각해?"

조나단은 큰소리로 질문을 던지고는 잠시 생각하다가 말을 이었다.

"결혼생활에 싫증이 났을 수도 있고, 더 나이 들기 전에 누군가로부터 자신의 매력을 확인받고 싶을 수도 있고, 그저 지나가는 바람이려니 생각할 수도 있겠지. 모두 다 고개가 끄덕여지는 이유들이긴 해. 할아버지에게 돌을 던질 수는 없지만, 그렇다고 할아버지가 용서되는 건 아니야."

"아빠가 돌아가시기 전까지 할아버지를 오랫동안 만나지 않은 건 그 일 때문이었어요?"

"반드시 그 일 때문은 아니야. 그 문제 말고도 할아버지와 갈등이 많았단다."

찰리가 묘한 표정으로 아빠를 쳐다보았다. 하지만 조나단은 이왕 이야기를 꺼냈으니 계속할 작정이었다.

"할아버지는 결국 은밀하게 만나오던 여자와 헤어졌어. 관계를 모두 청산하고 여섯 달이 지나서야 할아버지는 할머니에게 바람을 피운 사실을 모두 털어놓았어."

"왜요?"

아이가 눈을 동그랗게 뜨고 물었다.

"진실을 숨겼다는 죄책감 때문이었겠지."

조나단은 깜빡이를 켜고 허름한 주유소의 하나밖에 없는 주유기 앞에 차를 세웠다.

"그래서 어떻게 됐어요?"

찰리가 아빠를 따라 내리며 물었다.

조나단이 주유 호스를 빼내 기름을 넣기 시작했다.

"할아버지는 두 아이를 생각해서라도 가정을 지키자며 용서를 빌었지만 할머니는 그 일 때문에 깊은 충격을 받았어. 오랜 세월 공들여 쌓아온 사랑이 하루아침에 무너져내렸다고 생각한 거야. 두 분은 끝내 갈라서기로 결정했어."

"그냥 그렇게요?"

기름을 가득 채운 조나단이 계산을 치르고 차로 돌아왔다.

"할머니는 그런 분이셨으니까."

조나단은 차의 시동을 걸고 출발했다.

"어떤 분이었는데요?"

"에너지와 열정이 넘치는 순수 이상주의자였지. 사랑하는 사람이 자신을 속였다는 걸 알고 나자 날벼락을 맞은 기분이었던 거야. 부부 사이에서 가장 중요한 건 신뢰라 여긴 분이었으니까. 아빠도 할머니와 생각이 같아. 부부 관계는 신뢰가 깨지는 순간 끝장이야."

찰리가 모르는 척 눈감아주지 못하고 한 마디 했다.

"아빠 엄마와 비슷한 이유네요."

조나단이 고개를 끄덕였다.

"그래, 난 네 엄마와 모든 걸 함께 했고, 어떤 어려움도 사랑으로 극복해낸 부부였지. 그런데 어느 날……사랑이 변해버렸어."

찰리는 쓸쓸한 표정으로 고개를 끄덕였다. 아이는 집에 도착할 때까지 입을 열지 않았다.

# 9 남모를 비밀

그들은 남모를 비밀을 내밀히 나누게 된 사이였다.
—마그리트 유스나르

샌프란시스코

일요일

이른 오후

찰리가 현관문을 벌컥 열어젖히고 거실로 뛰어 들어갔다.

"마르쿠스 삼촌, 내가 고기를 두 마리나 잡았어요."

마르쿠스는 다리를 쩍 벌리고 소파에 늘어져 대마초를 피우고 있었다.

"집에서 이상한 냄새가 나요."

아이가 코를 움켜쥐며 말했다.

"헤헤, 안녕 꼬마 친구."

조나단이 마르쿠스를 무섭게 노려보았다.

"내가 도대체 몇 번을 말했지?"

조나단이 불같이 화를 냈다.

"뭐, 그렇게 화를 낼 일은 아니잖아요. 하늘이 무너진 것도 아닌데 인상 좀 풀어요."

"화를 낼 일이 아니라고? 자네가 이런 짓을 계속하면 양육권을 빼앗 길지도 몰라. 그건 내게 하늘이 무너질 일이야."

조나단이 창문을 열어 환기를 시키는 사이 찰리는 아이스박스에서 큼지막한 금눈돔 한 마리와 아직 파닥파닥 살아 뛰는 작은 넙치 한 마 리를 꺼냈다.

"고기가 아직 살아 있어요."

아이가 의기양양하게 말했다.

"마르쿠스 삼촌하고는 영 딴판으로 싱싱하구나."

조나단이 찰리를 웃길 생각으로 마르쿠스를 생선에 빗대 비아냥거 렸다.

후줄근한 팬티, 짝짝이 양말, 자메이카 국기 위에 대마 잎이 선명하 게 그려진 티셔츠를 착용한 마르쿠스는 '일요일 복장(불어 표현에서 〈일 요일 복장〉이 성장盛裝을 뜻하는 데 착안한 작가의 말장난 : 옮긴이)'에 대해 독 특한 철학을 가진 사람이 틀림없었다.

"과일 먹을래?"

조나단이 바다낚시에 싸들고 갔다 남은 음식을 냉장고에 넣다 말고 물었다.

"난 마르쿠스 삼촌이 만들어주는 트리오샌드위치를 먹고 싶은데……."

"쳇, 그게 뭐가 맛있다고?"

조나단이 짐짓 심통이 난 표정을 지었다.

"네, 여부가 있겠습니까? 당장 준비해드립죠."

마르쿠스가 신이 나서 요리재료를 준비하기 시작했다.

찰리는 벌써 군침을 삼키며 바 앞 스툴에 올라앉았다.

마르쿠스는 샌드위치용 빵에 버터를 듬뿍 바르고, 코코넛 가루를 얇게 뿌리고, 그 위에 연유를 잼처럼 골고루 펴 바르고, 마지막으로 단풍나무시럽을 양껏 덮었다.

살짝 깨물어 맛을 본 찰리가 샌드위치를 큼지막하게 베어 물며 말했다.

"지자 마시서오, 고마스니다."

어깨가 으쓱해진 마르쿠스가 똑같은 샌드위치를 하나 더 만들어 조나단에게도 권했다.

"하나 드세요."

'내가 왜 고열량 덩어리 샌드위치를 먹어!'

조나단은 그 말이 목구멍까지 차올라왔지만 곧 생각을 바꾸었다. 굳이 즐겁고 화목한 분위기를 깰 이유가 없었기 때문이다. 마르쿠스는 골칫덩어리긴 해도 집안 분위기를 밝게 만들어주는 분위기메이커이기도 했다. 특히 찰리를 웃기는 재주라면 마르쿠스를 따라올 사람이 없었다.

조나단은 늘 찰리가 안쓰러웠다. 한창 감수성이 예민한 나이라 더욱 신경이 쓰였다.

"그럼 나도 하나 먹어볼까!"

조나단이 마르쿠스와 찰리가 앉아 있는 테이블로 다가가 앉았다. 그는 두 사람에게 보이차를 한 잔씩 따라주고 나서 라디오를 켜고 캘리포니아 록음악 채널에 주파수를 맞췄다. 셋은 이글스와 토토, 플리트우드 맥의 히트곡을 들으며 샌드위치를 먹었다.

"찰리, 마르쿠스 삼촌의 '트리오샌드위치'를 식당 메뉴에 포함시키면 대박날 것 같지 않니?"

찰리가 아빠의 농담에 한바탕 크게 웃고 나더니 갑자기 놀라는 표정으로 주방 벽에 도배해놓은 매들린의 사진들을 가리켰다.

"저 사진들은 왜 붙여놨어요?"

조나단은 갑자기 얼굴이 화끈거렸다. 지난 이틀 동안 주체할 수 없는 호기심에 이끌려 괜한 짓을 벌였다. 왜 그런 짓을 했는지 그 자신도 이해할 수 없었다.

왜 그녀의 삶에 빨려 들어갔던 걸까? 왜 그녀의 비밀을 캐내려고 안달이 났던 걸까?

"별것 아니야. 이제 사진을 떼내야겠어."

조나단은 그나마 이제라도 정신을 차린 것에 안도했다.

"같이 떼죠, 뭐."

마르쿠스가 돕겠다고 나섰다.

조나단과 마르쿠스는 의자에서 일어나 주방 벽에 붙여놓은 사진들을 한 장씩 떼기 시작했다.

베니스의 매들린, 로마의 매들린, 뉴욕의 매들린⋯⋯.

"어, 이 사람은 에릭 칸토나잖아?"

"뭐?"

마르쿠스가 막 벽에서 뗀 사진 한 장을 조나단에게 건넸다. 몸에 꼭 끼는 셔츠 위에 가죽점퍼를 걸친 매들린이 초가 스물아홉 개 꽂힌 생일케이크 앞에서 환하게 웃고 있었다. 5,6년 전쯤에 찍은 사진으로 보였다.

사진 속의 매들린은 공항에서 잠깐 마주쳤을 때보다 눈에 띄게 어려 보였지만 우아한 매력은 지금보다 못해보였다. 그녀는 선머슴처럼 포동포동한 얼굴에 눈 아래쪽에 다크 서클이 선연하게 자리 잡혀 있었다.

사진의 배경은 사무실로 보였다. 하드커버로 철해놓은 서류들, 구형컴퓨터 한 대, 머그잔에 꽂힌 연필들, 스타빌로 필기구들, 문구용 가위 하나. 사진 상태가 그다지 좋진 않았지만 맨체스터의 레드데블스 유니폼을 입은 에릭 더 킹Eric The King[3]의 포스터가 제법 눈에 선명하게 들어왔다.

"매형, 이 사진 어디서 찍었는지 알겠어요?"

마르쿠스가 물었다.

"나야 잘 모르지."

"내 생각에는 경찰서 같은데요."

"어째서?"

마르쿠스는 배경 뒤로 작고 희미하게 보이는 노랑과 검정 실루엣을 손으로 가리켰다.

"이 두 사람이 입은 옷을 보세요. 분명 경찰복장이거든요."

"말도 안 돼."

"화면을 좀 더 확대시킬 수 있죠?"

"자넨 우리가 CSI라도 되는 줄 알아?"

"일단 한 번 해보자니까요."

조나단은 미심쩍어 하면서도 매들린의 사진을 다운받아 놓은 노트북을 들고 왔다. 그는 포토샵의 줌 기능을 이용해 사진을 확대했다. 프린터로 출력한 사진보다 디테일이 훨씬 더 선명하게 잡혔다. 배경의

---

3) 맨체스터 유나이티드에서 활동하던 시절, 프랑스 출신 축구 선수 에릭 칸토나의 애칭.

노랑과 검정실루엣은 영국 일부지역에서 입는 경찰제복이 틀림없었다.

사진에서 또 한 가지 흥미로운 점이 발견되었다. 매들린의 머그잔에 새겨진 'GMP'라는 세 글자였다.

"GMP? 뭐 떠오르는 게 없어?"

조나단이 검색엔진을 열고 'GMP+Police'를 검색창에 쳤다. 그레이터 맨체스터 폴리스Greater Manchester Police, 즉 맨체스터 카운티 경찰의 인터넷사이트가 첫 번째 검색 결과로 떠올랐다.

"자네 말이 맞는 것 같아. 사진의 배경이 된 곳은 바로 경찰서야."

"일반인들 중 경찰서에서 생일축하를 받는 사람이 있을까요?"

이제 답은 뻔했다. 매들린의 전직은 경찰이라는 것.

매들린을 둘러싼 미스터리를 풀 열쇠를 손에 쥐는 순간이었다. 그런데 막상 목표를 달성하고 나자 회의감이 들기 시작했다.

내가 대체 무슨 권리로 그녀의 비밀을 훔쳐본단 말인가? 과거를 건드려봐야 상처만 덧낼 뿐이라는 걸 누구보다 잘 아는 내가?

"이걸 봐요."

어느 틈에 노트북을 가로챈 마르쿠스가 조나단의 갈등을 없애주었다. 그가 검색창에 Madeline+Greene+Police+Manchester'를 입력했다.

수백 개에 이르는 검색결과 중에서 《가디언》지에 실렸던 기사 한 꼭지가 가장 먼저 화면에 떠올랐다.


**앨리스 딕슨 사건 담당 수사관 매들린 그린, 자살 기도**

# 10 타인들의 삶

인간 존재의 고통은 영원히 혼자라는 사실에서 비롯된다. 그런 까닭에 우리가 기울이는 모든 노력, 우리가 하는 모든 행동은 오롯이 고독을 벗어나는 데 집중된다.
―기 드 모파상

파리

12월 19일 월요일

새벽 4시 30분

몇 분 전부터 파리8구에는 떡가루 같은 눈송이가 내리고 있었다. 밤새 추위에 꽁꽁 얼어붙은 포부르 뒤 룰 거리에는 오가는 인적이 드물었다.

흰색 푸조 파트너 밴 한 대가 깜박이를 넣더니 베리 거리 한복판에 정차했다. 잠시 후, 후드 달린 파카로 몸을 감싼 여자의 실루엣이 고급 아파트를 빠져나와 밴 안으로 쏙 들어갔다.

"온도 좀 높여봐. 얼어 죽겠어."

매들린이 안전벨트를 매며 구시렁댔다.

"이미 최대한도로 높였어요. 그나저나 일요일은 잘 쉬셨어요?"

타쿠미가 액셀러레이터를 밟으며 물었다.

매들린이 못 들은 척하며 양털장갑을 꼈다. 차 안이 따뜻해지려면 얼마간 시간이 더 걸릴 것이다.

타쿠미는 더 묻지 않고 운전에 열중했다. 차는 아르투와 거리를 지나 라 보에시 거리로 우회전해 달리다가 샹젤리제 대로로 나갔다.

매들린은 목에 맨 머플러를 느슨하게 풀고 호주머니에서 담뱃갑을 꺼내 한 개비 피워 물었다.

"담배를 끊은 줄 알았는데 아니었어요?"

"타쿠미, 너까지 왜 이러니? 세르주 갱스부르가 뭐라고 했는지 알아? '나는 마시고, 나는 피운다. 알코올은 과일을, 연기는 고기를 상하지 않게 보존시킨다.'"

잠시 생각에 잠긴 듯했던 타쿠미가 말했다.

"첫째, 그건 원래 헤밍웨이가 했던 말인데 갱스부르가 자기 말처럼 한 거고요."

"둘째는 뭐야?"

"둘째, 두 사람 다 저 세상으로 갔죠."

"내가 담배 피우는 게 싫으면 다른 일자리를 알아보든지, 아니면 간접흡연으로 소송을 걸든지 맘대로 해."

"다 사장님을 위해서 한 말인데 정말 너무 하시네요."

"사람, 숨 좀 쉬고 살자. 그리고 제발 이 쓰레기 같은 음악 좀 꺼줄 수 없니?"

매들린이 조니 홀리데이가 일본어로 부른 〈사랑해〉가 흘러나오는 카오디오를 손으로 가리켰다.

타쿠미가 CD를 빼자 매들린이 라디오 채널을 이리저리 돌리다가

드뷔시의 〈베르가마스크 모음곡〉이 흘러나오는 클래식음악 채널에 주파수를 고정했다.

마음이 한결 차분해진 매들린은 창밖으로 고개를 돌려 인도에 쌓이기 시작하는 눈을 바라보았다.

타쿠미는 포르트 도핀 로터리에서 도심 외곽순환도로 방향으로 차를 몰았다. 매들린의 기분이 아침부터 저기압인 건 오늘이 처음은 아니었다.

타쿠미는 매들린의 눈치를 살피며 하품이 나오는 입을 가까스로 틀어막았다. 꼭두새벽부터 일어나야 하는 건 싫었지만 〈랭지스〉에서 새벽시장을 보는 건 정말 좋았다. 요즘은 이렇게 사서 고생을 하는 플로리스트는 그리 많지 않았다. 상당수의 플로리스트는 인터넷으로 꽃을 주문하고 가게에 편하게 앉아 배달을 받았다.

매들린은 그런 방식을 싫어했다. 그녀는 완벽한 물건을 고르는 것이야말로 플로리스트가 갖춰야 할 첫 번째 덕목이라 생각했다.

타쿠미는 눈이 내려 도로가 제법 미끄러웠지만 야간운전에 재미를 붙여 계속 싱글벙글했다. 시원하게 뚫린 도로를 달리다보면 저절로 기분이 상쾌해졌다. 오를리공항 방향으로 6번 고속도로를 타고 좀 더 가다보면 세계 최대 농수산물 공판장인 〈랭지스〉로 들어서는 통행료 부스가 나타났다.

\*

〈랭지스〉는 타쿠미를 매료시키는 곳이었다. 이 '파리의 배(레알 시장을 배경으로 펼쳐지는 에밀졸라의 소설 《파리의 배》에 빗댄 표현 : 옮긴이)'는 프랑스의 수도권에서 소비되는 생선과 과일, 야채의 절반을 공급하고 있었다. 파리의 요식업자들과 까다롭기로 소문난 요리의 장인들이 모두들 이곳에서 식재료를 구입했다.

지난 봄, 타쿠미는 일본에서 부모님이 오셨을 때 에펠탑이 아니라 〈랭지스〉를 가장 먼저 구경시켜 주었다. 〈랭지스〉는 독자적인 도시를 연상시킬 만큼 방대한 규모를 자랑했다. 하루에만 수천 명의 인파가 오가고, 별도의 경찰서와 역, 소방서, 은행, 미용실, 약국, 식당들이 입주해 있었다.

〈랭지스〉 특유의 맛과 향이 스민 공기 속에서 사람들은 부지런히 트럭에 물건을 싣고 내렸다. 타쿠미는 〈랭지스〉에서 거래가 절정에 달하는 새벽 네 시에서 다섯 시 사이의 활기찬 모습이 더없이 좋았다.

매들린이 통행료 부스에서 구매자 카드를 내밀어 통행료를 계산했다. 차를 몰고 시장 안으로 들어선 타쿠미는 마르셰 거리와 비예트 거리 사이, 화훼업자들에게 지정된 지붕 덮인 주차장 한쪽에 차를 세웠다.

그들은 큰 카트를 하나 밀면서 유리와 강철로 지은 거대한 온실로 들어갔다. 면적이 2만2천 평방미터에 달하는 C1동은 절화切花만을 파는 곳이었다. 자동문이 스르르 열리며 새로운 세계가 눈앞에 나타났다. 우중충한 바깥풍경이 거짓말처럼 사라지고, 화려한 색과 향기의 향연이 펼쳐졌다.

그제야 활력을 되찾은 매들린은 눈을 비비며 남아 있던 잠기운을 마저 떨쳐냈다. 그녀는 성큼성큼 온실 안으로 걸어 들어갔다. 축구장 세 개를 합쳐 놓은 크기의 창고형 온실 안에는 50여 명의 도매업자가 운영하는 판매대들이 줄지어 서 있었다. 통로마다 미모사 길, 아이리스 길, 아네모네 길 등 꽃 이름이 붙어 있었다.

"우리 예쁜 아가씨가 오셨네?"

자전거 핸들 모양으로 콧수염을 기른 에밀 포쉬르방이 매들린에게 반갑게 인사를 건넸다. 작업복 위에 밀짚모자를 쓰고 손에는 전지용 가위를 들고 서 있는 그는 〈랭지스〉에서 전설로 통하는 인물이었다. 그는 1969년 개장 때부터 변함없이 장사를 계속해오고 있었고, 시장의 관행과 생리를 누구보다 잘 꿰뚫고 있는 것으로 정평이 나 있었다.

"숏 에스프레소에 설탕 없이?"

에밀이 커피자판기에 동전을 집어넣으며 물었다.

매들린은 감사의 뜻으로 고개를 끄덕였다.

"카추시도 차를 마실 건가?"

에밀이 타쿠미에게 눈을 부라리며 물었다.

"제 이름은 타쿠미거든요. 저는 카푸치노로 할래요."

타쿠미가 쌀쌀맞게 대답했다.

에밀이 여전히 고압적인 목소리로 말했다.

"차시미는 카푸치노."

무례한 대접에 기분이 상한 타쿠미가 고개를 푹 숙이며 말없이 일회용 컵을 받아들었다.

에밀이 새로운 손님을 맞기 위해 자리를 뜬 사이 매들린이 타쿠미에게 나직한 목소리로 말했다.

"타쿠미, 언젠가 날을 잡아서 저 인간 면상을 한 대 갈겨줘. 그건 내가 대신 해줄 수 있는 게 아니잖아."

"하지만 에밀은 노인이잖아요."

"노인도 노인 나름이지. 네 머리 위에 머리 세 개를 더 얹어놓은 듯한 키에 몸무게도 두 배쯤 더 나가는 노인이야. 너에게 위로가 될지는 모르겠다만 나도 에밀에게 육 개월쯤 호된 신고식을 치렀어. 만날 때마다 에밀이 날 로스비프(로스트 비프의 줄임말로 영국 사람을 경멸조로 부르는 말 : 옮긴이), 아니면 잉글리시라고 불러댔으니까."

"그런 조롱이 언제쯤 끝났는데요?"

"오늘처럼 커피를 권하기에 얼른 받아들고 얼굴에다 확 부어버렸지. 그 다음부터는 날 공주님 모시듯 하더라고."

타쿠미는 난감한 표정을 지었다. 일본에서는 다툼과 불화, 공격적인 태도를 피하는 게 좋다고 가르치기 때문이었다.

"아무리 그래도……노인한테 어떻게 그런 짓을 해요. 저는 못해요."

매들린이 쥐고 있던 컵을 구겨 휴지통에 던지며 말했다.

"자긴 남자 아니야? 남자라면 이런 상황쯤은 정면으로 돌파해야지."

"저, 이래봬도 남자라고요, 매들린."

매들린은 어이없어 하는 타쿠미를 내버려두고 에밀을 도와 일하는 베랑제르와 함께 다른 판매대 몇 곳을 둘러봤다. 그녀는 필러 플라워를 두 단 사고, 밀고 당기는 줄다리기 끝에 튤립, 데이지, 동백꽃을 사고, 탐스러운 에콰도르 산 장미도 세 단이나 구입했다.

매들린은 꽃은 제값을 주고 사야 한다는 신조를 갖고 있어 웬만해서는 '가격 흥정'으로 상대의 진을 빼는 일은 없었다.

타쿠미는 구입한 물건들을 차에 싣고 나서 매들린이 기다리고 있는 관엽식물동으로 향했다.

매들린이 전문가적인 안목을 발휘해 베고니아와 물망초 화분을 고르는 동안 타쿠미는 '크리스마스 특수 식물'인 호랑가시나무, 겨우살이, 포인세티아, 헬레보어를 구입했다.

매들린은 기업 주문량이 늘어 판매가 쏠쏠한 공기정화식물을 고르는 일은 타쿠미에게 맡겼다. 아무리 돈을 많이 벌어준다고 해도 그런 식물들에는 왠지 흥미가 일지 않았다. 그 대신 그녀는 〈환상의 정원〉에서 대표상품으로 떠오른 흰색과 파스텔 계열의 서양란을 고르는 데 대부분의 시간을 썼다.

그 다음은 '소품'을 전문적으로 파는 온실을 돌아볼 차례였다. 매들린은 손님들이 저렴한 가격에 아이디어 상품을 사서 주변에 선물할 수 있도록 향초, 식충식물, 하트 모양 선인장, 에스프레소 잔에 심은 커피 잎 등을 구입했다.

이제 인테리어 용품을 파는 진열대를 둘러보던 매들린은 꽃집 진열창에 전시하면 기막히게 어울릴 거라 생각하며 연철로 만든 천사 모양 장식품을 구입했다.

타쿠미는 매들린의 입에서 나오는 온갖 말들을 스펀지처럼 빨아들이며 그녀의 뒤를 따라다녔다. 비록 몸은 왜소해보여도 그는 힘든 일을 마다하지 않았다. 한 번씩 멈춰 설 때마다 그가 밀고 있는 카트의 무게가 점점 더 불어났다. 그는 카트를 미는 중간 중간 10킬로그램짜리 부식토 포대와 큼지막한 테라코타 화분도 번쩍 들어 카트에 옮겨 실었다.

강한 바람이 불자 온실이 흔들렸다. 온실창 너머에서는 반짝거리는 눈송이들이 공중을 맴돌다 떨어지며 아스팔트를 하얀 결빙의 포말로 뒤덮고 있었다.

매들린은 강추위 속으로 나가는 게 싫어 고치 속 같은 안온한 온실을 어슬렁거리며 시간을 끌었다. 히아신스, 황수선화, 갈란투스 같은 봄꽃 구근을 고르다 보니 어느새 우울한 기분은 온데간데없이 사라졌다. 연말연시를 싫어하는 그녀에게 초겨울은 연중 제일 우울한 계절이자 생명의 귀환이 간절하게 기다려지는 시기였다. 그런 그녀에게 봄꽃 구근은 가장 귀한 크리스마스 선물이었다.


### 6시 30분

구입한 물건을 몽땅 밴에 실은 타쿠미가 트렁크 문을 조심스럽게 닫았다. 밴은 가득 실은 물건들 때문에 터지기 일보직전이었다.

"가자, 내가 아침을 쏠 테니까."

"오늘 아침에 처음으로 듣는 상냥한 말이네요."

두 사람은 화훼공판장 중앙에 위치한 비스트로 코르델리에르의 문을 열고 들어갔다. 카운터에 앉아 적포도주 잔술 한 잔, 커피 한 잔을 시켜놓고 이야기에 열중해 있는 사람들이 눈에 띄었다. 일간지 《파리지앵》을 열심히 읽고 있는 사람도 있었고, 로또나 PMU(스포츠 복권 : 옮긴이)에 번호를 기입하느라 생각에 골몰해 있는 사람도 있었다. 사람들에게 단연 인기가 높은 화제는 차기 대통령 선거였다.

사르코지가 재선에 성공할까? 사회당에서 내세운 후보가 경쟁력이 있을까?

매들린과 타쿠미는 조용한 자리를 찾아 앉았다. 매들린은 더블 에스프레소를 주문하고 타쿠미는 기름기가 많은 케밥을 시켰다.

"너, 비위도 정말 좋다. 나에게는 담배를 피운다고 훈계를 하더니만 네가 먹는 콜레스테롤은 괜찮은 거야?"

"제가 워낙 세계 음식 문화에 개방적인 사람이잖아요."

타쿠미가 케밥을 한입 크게 베어 물며 말했다.

매들린은 장갑을 벗고 파카 단추를 풀고는 속주머니에서 조나단의 휴대폰을 꺼냈다.

"그 휴대폰, 아직 안 돌려주셨어요? 사실 그리 놀랄 일은 아니죠."

"놀랄 일이 아니라니? 비꼬는 거야?"

"그게 아니라 조나단 랑프뢰르라는 사람에게 관심을 보일 줄 알았거든요."

한결 누그러진 표정이 된 매들린이 잠깐 망설이다가 지난밤에 인쇄한 종이 한 장을 타쿠미 앞에 내밀었다.

"넌 미국에 산 적이 있으니까 이 사건에 대해 들어봤겠지?"

타쿠미가 호기심이 발해 재빨리 종이를 받아 펼치더니 제목부터 읽어 내려갔다.


절친한 친구에게 배신당한 조나단 랑프뢰르

유명한 셰프 조나단 랑프뢰르가 단 며칠 만에 부인과 자신의 식당 그리고 절친한 친구를 모두 잃었다. 이중으로 배신을 겪은 그의 스토리를 밀착 취재했다.

－《피플 매거진》 2010년 1월 3일자


"이런 잡지를 읽는 줄 몰랐어요."

"사람 속 뒤집는 소리 좀 그만해라."

기사와 함께 실린 네 장의 사진은 달리 해석할 여지가 없어 보였다. 2009년 12월 28일, 바하마제도의 나소에서 조르주 라튤립이라는 남자와 밀애를 나누는 프란체스카의 사진이었다. 지상낙원이라 불리는 케이블비치에서 어느 파파라치의 카메라에 포착된 장면이었다. 비록 '도둑질한' 사진들이었지만 완성도는 매우 높았다. 밝은 색상의 면 소재 옷을 입은 전직 모델 프란체스카가 반짝이는 터키옥색 바닷물이 찰싹이는 백사장을 조르주라는 남자와 손을 잡고 걷고 있었다. 마지막 사진은 콜로니얼 양식의 한 카페테라스에서 두 연인이 달콤한 키스를 나누는 장면이었다. 1990년대 캘빈클라인 광고처럼 섹시하면서도 빈티지한 느낌이 묻어나는 사진들이었다.

주로 남성 대중스타들의 폭로기사를 실어온 이 잡지가 작정이라도 한 듯 '프란체스카의 불륜'을 집중적으로 다루고 있었다. 그녀의 외도는 이중적이고 위선적인 요즘 세상에 어울리는 비극적 요소를 모두 갖춘 완벽한 기삿거리였다.

첫째, 남편의 절친한 친구와 바람이 나 휴양지로 밀월여행을 떠난 매혹적인 여자.

둘째, 뉴욕에 남아 아들을 돌보며 파산 직전의 레스토랑을 살리려고 안간힘을 쓰는 여자의 남편.

셋째, 앞의 두 주인공 못지않은 비중을 가진 여자의 정부.

정말이지 훤칠한 키에 갈색 머리, 우수에 찬 눈동자를 가진 조르주 라튤립은 매력적인 정부의 역할을 멋지게 소화해내고 있었다. 그의 성은 조금 우스꽝스러워도 생김새는 전성기의 리처드 기어를 빼닮은 '완소남' 조연이었다.

매들린은 기사를 다 읽어보고 나서야 조르주 라튤립이 〈림퍼레이터 레스토랑〉에서 조나단을 보좌해 일한 부수석 셰프였다는 사실을 알 수 있었다. 그는 조나단과 가장 가까운 친구이자 동료였다. 조나단을 만나기 전까지만 해도 조르주는 맨해튼에서 흔히 볼 수 있는 이동식 가판대에서 핫도그를 팔며 여기저기 오디션을 보러 다녔다. 사람의 잠재력을 볼 줄 아는 혜안을 가진 조나단이 조르주를 발굴해 요리수업을 시키고 레스토랑의 부수석 셰프로 발탁했다. 그 덕분에 조르주는 안정적인 직업, 경제적인 풍요, 죽을 때까지 실직 걱정을 하지 않아도 될 만큼 눈부신 커리어를 쌓을 수 있게 되었다. 그런데 그가 보은은 커녕 은인의 부인을 가로채간 것이다.

"어떻게 생각해?"

"세상에는 나쁜 여자들이 정말 많구나, 생각해요."

"자꾸 그런 헛소리를 하면 다시는 이런 멋진 식당에서 밥을 사주지 않을 거야, 그리고……."

타쿠미가 투덜거리는 매들린의 말을 중간에서 잘랐다.

"잠깐만요. 조르주 라튈립이라는 이름이 왠지 귀에 익어요. 혹시 우리가 꽃 배달을 간 적 있는 사람 아닌가요?"

"그럴 리가? 이런 특이한 이름이라면 내가 기억하고도 남았을 거야. 게다가 그가 파리에 살고 있을 리 없잖아."

하지만 타쿠미는 자신의 직감을 믿고 싶어 했다.

"혹시 컴퓨터 갖고 오셨어요?"

매들린이 한숨을 내쉬며 가방에서 노트북을 꺼냈다. '고객 데이터 베이스'가 그녀의 노트북에 따로 저장돼 있었다.

타쿠미가 노트북을 켜고 '라튈립'을 입력하자 금세 화면에 이름이 나타났다.


조르주 라튈립

카페 팡팡, 빅토르 위고 거리 22-2번지

파리 75116


"팔 개월 전에 자주색 다알리아 꽃다발을 배달한 적이 있는 사람이에요. 16구에서 꽃집을 하는 이지도르 브로퀴스 사장님한테서 하청을 받은 주문이었죠. 식당 앞으로 거래명세서를 작성했기 때문에 아마 이 사람 성이 사장님에게는 낯설게 들렸을 거예요."

"그럼 넌 이 사람을 기억한단 말이야?"

"아니요. 그냥 이 사람이 데리고 있는 직원한테 꽃다발을 전해주고 왔어요."

도무지 믿기지 않는 일이었다. 조르주 라튈립이 식당을 인수해 운영 중인 것으로도 모자라 파리에 살고 있다니…….

세상 참 좁네.

"자, 그럼 슬슬 움직여볼까? 케밥은 차 안에서 마저 먹어. 하지만 시트에 기름 한 방울이라도 흘리면 국물도 없을 줄 알아."

"가게로 들어가게요?"

"너는 가게로 들어가고, 나는 '팡팡 라튈립(프랑스 코믹 어드벤처 영화 〈팡팡 라튈립〉의 매력적인 주인공 팡팡 라튈립에 빗대어 붙인 이름 : 옮긴이)'의 얼굴이나 한 번 보러 가야겠으니까."

"무슨 이유를 대고 그의 얼굴을 보자고 할 건데요?"

"이 매들린이 반드시 이유가 있어야 사람에게 접근할 수 있다고 생각하면 큰 오산이지."

# 11 수사

본질적으로 인간은 비밀의 총체다. 가여운 비밀 보따리.
−앙드레 말로

샌프란시스코

조나단은 최면이라도 걸린 듯 컴퓨터에서 눈을 떼지 못하고 같은 기사를 세 번째 읽고 있었다.

앨리스 딕슨 사건 담당 수사관 매들린 그린, 자살 기도
guardian.co.uk − 2009년 7월 8일자

치탬브리지 − 실종 소녀 앨리스 딕슨 사건을 수사하던 경찰이 잔혹한 증거물을 입수하면서 실종자의 생존가능성을 포기한 지 한 달, 담당 경찰인 매들린 그린 경감(33세)이 지난밤 자신의 집에서 들보에 목을 매달아 자살을 기도했다.

매들린 경감은 다행히 유리 옷장 위로 떨어져 목숨을 건졌다. 옷장

이 바닥에 넘어지며 깨지는 소리에 깜짝 놀라 잠이 깬 이웃 줄리앤 우드가 신속하게 경찰에 신고해 응급처치를 한 덕분이다. 매들린 경감은 응급처치 후 뉴턴 히스의 병원으로 이송돼 치료를 받고 있다. 담당 의사들은 그녀가 중상을 입었지만 생명에는 지장이 없을 것 같다고 밝혔다.

### 참혹했던 수사 후유증

매들린 경감은 어쩌다 이런 극단적인 선택을 하게 됐을까? 죄책감? 업무 과다? 끔찍했던 수사에서 정신적인 스트레스를 극복하지 못한 탓일까? 현재로서는 마지막 이유가 가장 개연성이 높아 보인다. 헨리 폴스터 맨체스터 경찰청장은 앨리스 딕슨의 사망사실을 접한 매들린 경감이 휴가를 내고 쉬던 중이었다고 공식입장을 발표했다. 앨리스 딕슨(14세)은 며칠 전 머지사이드 경찰에 체포된 악명 높은 시리얼킬러 해럴드 비숍의 마지막 희생자였다. 매들린 경감의 자살 기도 소식을 접한 동료들은 충격과 울분을 감추지 못했다. 매들린과 함께 앨리스 딕슨 사건을 담당했던 동료 짐 플러허티 경위는 '리버풀의 푸주한 놈이 철창 안에서까지 또 한 명의 희생자를 만들 뻔했어요.' 라며 안타까운 심경을 토로했다.

조나단은 머리를 긁적긁적했다. 몇 달 동안 영국 전역을 숨죽이게 만들었던 사건인데 왜 미국에까지 알려지지 않았을까?

"혹시 '앨리스 딕슨 사건', '리버풀의 푸주한'에 대해 들어본 적 있어?"

조나단이 혹시나 해서 마르쿠스에게 물었다.

"전혀 못 들어봤는데요."

하긴 구름 위를 떠다니듯 현실을 망각하고 사는 몽상가에게 물은 내가 잘못이지.

마르쿠스는 빌 클린턴이 여전히 미국 대통령이고, 베를린장벽이 아직 건재하고, 바에서 핀볼게임과 팩맨게임을 즐기는 세상에 살고 있는 사람이었다.

이제 해답은 명확해졌다. 조나단은 즉시 매들린의 휴대폰을 켜고 패스워드가 걸려 있는 앱을 화면에 띄웠다.

ENTER PASSWORD

조나단이 패스워드 공란에 'ALICE'라고 치자 앱이 실행되기 시작했다.

*

매들린의 휴대폰에는 개인적인 메모와 신문기사, 사진, 동영상 등 '앨리스 딕슨 사건' 관련 파일이 수백 개도 넘게 저장돼 있었다.

조나단은 파일을 하나씩 열어보면서 나중 일을 생각해 자신의 노트북에 모두 옮겨 저장했다. 처음에는 단순히 한 소녀의 납치와 살인사건을 다룬 언론기사를 스크랩한 파일들이겠거니 생각했는데 그의 예상은 완전히 빗나갔다. 그는 새로운 파일을 하나씩 접할 때마다 그녀가 왜 그토록 데이터를 보호하려고 애썼는지 알 수 있었다. 그녀는 경찰신분으로 마지막 수사를 맡았던 앨리스 딕슨 사건의 모든 정보를 일일이 스캐닝하고, 복사하고, 이중카피를 떠놓았다. 그녀가 직접 적은 메모들, 지문 채취 결과, 구속된 피의자를 심문할 때 찍은 동영상들, 사건의 증거품들을 찍어놓은 사진들, 사건내용을 상세하게 기록한 글들, 주변 인물 수십 명에 대한 탐문 수사 결과가 특별한 분류체계 없이 뒤죽박죽으로 저장돼 있었다. 그밖에도 맨체스터 카운티 경찰청 직인이 찍힌 기밀문서들, 경찰청과 법원 외부로 반출이 금지된 비밀 문서들이 수없이 눈에 띄었다.

"아빠, 그 사진들은 다 뭐예요?"

찰리가 선혈이 낭자한 사진들을 아빠의 노트북에서 보고 걱정스럽게 물었다.

"아이들이 봐서는 안 되는 것들이야."

조나단은 노트북을 다른 방향으로 돌려놓으며 다운로드 속도를 확인했다. 와이파이 접속인데 속도가 그다지 빠르지 않아 자료를 모두 다운로드 받으려면 족히 두 시간은 더 걸릴 것 같았다.

"찰리, 밖에 나가 마르쿠스 삼촌하고 농구나 할까?"

조나단이 짐짓 들뜬 목소리로 제안했다.

세 사람은 리바이스 플라자에 인접한 농구장으로 갔다. 게임은 팽팽한 접전이었다. 농구장을 누비며 20점을 득점한 찰리는 녹초가 되어 집으로 돌아왔다. 샤워를 마친 찰리는 오늘 자신이 낚시를 해 잡은 생선을 요리해 먹고 나서 드라마 〈세 남자의 동거〉를 보다 잠이 들었다.

조나단은 아이를 안아들고 방에다 눕혔다. 바깥에는 벌써 어둠이 짙게 깔려 있었다. 테라스로 나간 마르쿠스는 못다 핀 대마초를 하바나 여송연마냥 입에 물고 보리스와 수다를 떨고 있었다.

조나단은 냉장고를 열고 얼음에 재워둔 체리 보드카 병을 꺼냈다. 식당의 단골손님인 러시아 여자가 선물로 준 보드카였다. 노트북이 켜지는 동안 그는 보드카를 한 잔 따랐다. 병의 라벨에는 자작나무 숯을 사용해 증류한 다음 다이아몬드 여과 과정을 거친 술이라 표기되어 있었다.

별거 아니네.

조나단은 매들린의 데이터가 노트북에 차질 없이 옮겨졌는지 꼼꼼하게 확인했다. 매들린은 수백 개에 달하는 문서를 휴대폰에 넣어가지고 다녔던 것이다. 음산하고 비극적인 사건의 퍼즐을 구성하는 천 개 가량의 조각들. 매들린이 몸이 상하는 것도 모르고 장장 육개월 동안 이 사건에 매달리며 밤낮으로 일한 증거였다. 그녀의 목숨마저도 빼앗아갈 뻔했던 충격적 사건⋯⋯.

조나단은 가장 마지막에 다운로드한 사진 몇 장을 열어 보았다. 차마 눈 뜨고는 볼 수 없을 만큼 참혹한 장면을 찍은 사진이었다.

조나단은 그 순간 갈등했다.

나에게 과연 한 소녀의 실종과 살인사건 속으로 뛰어들 의지와 용기가 있을까?

대답은 '없다'였다.

*

하지만 단숨에 보드카 잔을 비운 조나단은 한 잔을 더 따라 들고는 매들린이 그랬던 것처럼 지옥 같은 사건의 중심부로 빨려들어가고 있었다.

# L'appel de l'ange

## 제2부 앨리스 딕슨 사건

# 12 앨리스

싱그럽고 푸른 여름이었다. 프랭키는 열두 살이었다.
소녀는 어떤 그룹에도, 세상 그 어디에도 소속되지 않았다.
마음 붙일 곳 없었던 소녀는 여기저기 기웃거리다 두려움에 떨었다.
─카슨 매컬러스

3년 전

2008년 12월 8일

맨체스터 북동부 치탬브리지경찰서

매들린이 언성을 높였다.

"도무지 이해가 안 되니까 좀 더 확실하게 설명해 봐요. 당신은 아이의 엄마라면서 아이가 사라진 지 일주일이 지나도록 도대체 뭘 했죠?"

파리한 낯빛에 푸스스한 머리를 한 에린 딕슨이 매들린 앞에 있는 의자에 앉아 몸을 배배 꼬았다. 그녀는 몹시 불편한 기색으로 눈을 깜박거리며 커피를 마시고 난 일회용 컵을 구겼다 펴기만을 반복했다.

"사춘기 아이들이 어떤지는 형사님도 잘 아시잖아요? 가끔 아무 말 없이 집을 나갔다가 돌아오는 건 예삿일이죠. 아까도 말했지만 앨리스는 무척이나 독립적인 아이였고, 자기 일은 스스로 알아서 하는 아이였는데……."

"그래봐야 이제 겨우 열네 살이에요."

매들린이 격앙된 얼굴로 여자의 말을 잘랐다.

에린 딕슨이 고개를 절레절레 흔들었다.

"형사님, 밖에 나가 담배 한 대만 피우고 오면 안 될까요?"

"꿈 깨요."

매들린이 눈살을 찌푸리며 거절하고는 잠시 심문을 중단했다. 그녀의 앞에 앉은 여자의 나이는 서른셋으로 그녀와 동갑내기였는데 군데군데 이가 빠져 있고, 취조실 천장의 강렬한 조명 아래 고스란히 드러난 여자의 얼굴은 피로감과 혈종 때문에 안쓰러울 만큼 푸석푸석했다.

한 시간 전에 경찰서에 온 에린 딕슨은 종잡을 수 없는 태도를 가지가지 보여주었다. 처음 경찰서에 들어섰을 때만 해도 그녀는 딸이 실종되었다며 대성통곡하기 시작했다. 심문이 길어지고 일주일이 지나서야 실종신고를 한 이유를 캐묻자 여자는 조리 있게 답변하지 못하고 횡설수설하더니 별안간 화를 내기도 하며 어쩔 줄을 몰라 했다.

매들린의 추궁이 계속되자 에린은 몹시 피곤해하는 기색을 보였다.

"아이 아빠는 뭐라고 하던가요?"

에린이 어깨를 으쓱 추어올렸다.

"그 인간은 사라진 지 오래 됐어요. 솔직히 앨리스의 애비가 누군지 나도 잘 모르겠어요. 그 당시는 이 남자 저 남자 닥치는 대로 자던 때라……."

매들린은 별안간 짜증이 치밀었다. 그녀는 마약반 담당 형사로 5년 동안 일한 경험이 있어 마약중독자들의 행태를 잘 알고 있었다. 상대방의 눈을 똑바로 쳐다보지 못하는데다 시종 불안해하고 들떠 있는 여자의 태도로 보아 마약중독자가 분명했다. 입술 주위의 가벼운 화상 자국들은 필시 파이렉스 파이프 때문에 생긴 흔적일 것이다.

에린은 두말할 필요 없이 코카인중독자였다.

"자, 이제 나가 봅시다, 짐."

매들린이 직무용 권총과 점퍼를 집어 들었다. 그녀가 상사의 방에 잠깐 들러 이야기를 나누는 사이 동료 형사 짐이 에린을 주차장으로 데리고 나가 담배를 한 대 권하고 불을 붙여 주었다. 오전 10시였지만 하늘에는 먹구름이 잔뜩 끼어 있어 아직 해가 뜨지도 않은 것처럼 보였다.

*

"응급실 중앙관제센터에서 온 전화인데 응급실에 실려 온 환자 중에서 앨리스 딕슨이라는 이름을 가진 사람은 없었대."

짐이 전화를 끊으며 말했다.

"내 그럴 줄 알았어."

매들린이 기어를 바꾸며 말했다.

그녀가 운전하는 포드 포커스가 젖은 도로 위에서 급선회를 하더니 경광등을 켜고 사이렌을 울리며 북쪽 주택가를 향해 달리기 시작했다. 그녀는 오른손에 무전기를 잡고 한 손으로 운전하며 실종 사건 수사에 필요한 응급조치를 취했다. 그녀는 일단 앨리스의 사진을 전국 경찰서에 배포하고, 실종 사실을 신문사와 방송국에 알린 다음 과학수사팀을 급파해줄 것을 요청했다.

"살살 좀 가자. 그러다 사람 잡겠어."

순찰차가 인도 턱을 위험천만하게 스치자 짐이 투덜거렸다.

"시간을 많이 허비하지 않았다고 생각하지?"

"그깟 십 분 빨리 간다고 달라질 게 뭐가 있어?"

"넌 어찌된 사람이 그렇게 말귀를 못 알아들어?"

순찰차는 한 빈민가 사거리에 이르렀다. 붉은색 벽돌집이 끝없이 늘어선 치탬브리지는 공동화된 대도시 근교 공장지대의 전형적인 모습을 갖춘 곳이었다. 지난 몇 해 동안 노동당에서 맨체스터 북동부 재정비 사업에 대규모 예산을 쏟아 부었지만 치탬브리지는 별반 혜택을 보지 못했다. 사람이 살지 않는 빈 집이 한둘이 아니었고, 사람의 손길이 닿지 않은 정원은 황량하기 이를 데 없이 방치되었다. 장기간 경기 침체를 겪고 있는 현실을 감안하자면 앞으로도 사정이 크게 달라지는 않을 것이다.

에린 딕슨이 치탬브리지 중에서도 빈민들의 주거 밀집지역인 팜 힐 로드에 살고 있다면 굳이 가보지 않아도 상상이 가능했다. 팜 힐 로드는 범죄가 극성을 부리는 빈곤의 섬이었다.

에린 딕슨을 앞세운 매들린과 짐은 불법점유자들과 매춘부들, 코카인 딜러들에게 점령당한 폐가들을 지나갔다. 에린 딕슨의 집으로 들어서는 순간 매들린은 구역질을 느꼈다. 눈앞에 보이는 거실 풍경은 음산하고 불쾌한 느낌을 주기에 충분했다. 바닥에 놓인 매트리스, 마분지와 베니어합판으로 막아 놓은 유리창, 상한 음식에서 풍기는 악취…….

에린은 집에다 '마약 주사방(마약중독자들이 단속 걱정 없이 마약을 맞을 수 있는 곳. 마약중독자들이 꼭 필요한 양만 사용하게 하고, 교육을 통해 양을 점차 줄여 나갈 수 있게 도와 준다 : 옮긴이)'을 차려놓고, 마약중독자들에게 돈을 조금씩 뜯어 생활하는 듯했다. 에린은 경찰이 집을 수색하리라는 걸 충분히 예상했을 텐데도 수입원을 감추려는 노력을 조금도 하지 않은 것 같았다. 음료수 캔으로 만든 사제 파이프가 빈 맥주병 몇 개, 피다가 만 대마초가 뒹구는 재떨이와 함께 창턱에 놓여 있었다.

매들린과 짐은 서로 걱정스러운 눈길을 주고받았다. 이 집을 드나드는 골통들의 숫자를 감안할 때 수사가 만만치 않을 것 같았기 때문이다. 두 사람은 이층으로 올라가 앨리스의 방문을 밀고 들어갔다. 그런데……

*

아래층과는 확연히 대비되는 풍경이 펼쳐져 있었다. 책상 하나, 책꽂이, 책들이 방을 꾸미고 있는 인테리어의 전부였지만 방은 깔끔하게 정돈되어 있었다. 공기 중에는 방향제에서 흘러나오는 아이리스향과 바닐라향이 은은하게 퍼져 있었다.

여긴 완전 딴 세상이야.

매들린은 고개를 들어 앨리스가 그동안 관람한 공연의 입장권과 프로그램을 붙여 아기자기하게 꾸며놓은 벽을 살펴보았다. 로리극장에서 본 오페라 〈카르멘〉과 〈돈 지오반니〉, 플레이하우스극장에서 본 연극 〈유리 동물원(미국 유명 극작가 테네시 윌리엄스의 작품 : 옮긴이)〉, BBC 필하모닉 오케스트라 공연장에서 본 발레 〈로미오와 줄리엣〉.

"이 아이는 외계인이야 뭐야?"

짐이 놀란 듯이 물었다.

"걔가 좀……."

에린 딕슨이 웅얼거리며 끼어들었다.

"앨리스는 항상 그랬어요. 책과 그림, 음악에 파묻혀 살았죠. 대체 누굴 닮아서 그런지 원."

당신을 닮지 않은 건 확실하네.

매들린은 마음속으로 그렇게 말했다. 마치 꿈을 꾸고 있는 것 같았다. 앨리스의 책상 양편에 레플리카 두 점이 마주보게 붙어 있었다. 청색 시대에 그린 피카소의 〈자화상〉과 장 오노레 프라고나르의 명화 〈빗장〉.

짐은 책꽂이에 빼곡하게 꽂힌 책들을 쓱 훑어보았다. 고전소설들과 다양한 희곡집들…….

"혹시 치탬브리지에 사는 중고생 중에서 《카라마조프의 형제들》이나 《위험한 관계》를 읽는 아이를 봤어?"

짐이 책 두 권을 꺼내 뒤적이며 물었다.

"아주 옛날에 딱 한 명 봤지."

매들린이 아득한 표정으로 대답했다.

"누구?"

"나……."

매들린은 떠오르는 추억을 머릿속에서 떨쳐냈다. 어린 시절의 상처가 마치 어제 일처럼 생생하게 떠올랐지만 지금은 자기 연민에 빠져 있을 때가 아니었다.

매들린은 재빨리 라텍스 장갑을 끼고 서랍을 하나씩 열어보며 단서가 될 만한 증거품을 찾느라 방안을 이 잡듯이 뒤졌다.

앨리스의 벽장에서 오레오 쿠키 여러 봉지와 작은 플라스틱 용기에 들어 있는 딸기맛 네스퀵 여러 개가 발견됐다.

"그 아이는 거의 우유에다 비스킷만 찍어 먹고 살았어요."

에린이 한 마디 했다.

앨리스는 맨몸으로 집을 '떠났다'. 아이가 연주하던 바이올린은 아직 침대 위에 그대로 놓여 있었고, 요즘은 골동품 취급을 받는 구형 맥북이 책상 한 귀퉁이를 차지하고 있었고, 일기장은 침대 발치에 떨어져 있었다.

매들린은 궁금한 마음에 일기장을 열어보다가 두 번이나 꼭꼭 접어 포켓에 끼워 놓은 50파운드짜리 지폐 한 장을 발견했다. 그 순간 에린의 눈이 반짝 빛을 발하며 엉큼한 욕심을 드러냈다. 경찰보다 먼저 아이 방을 뒤져볼 생각을 못했던 걸 원망스러워하는 눈치였다.

예감이 나빠. 아이가 가출했다면 돈을 두고 갔을 리 없잖아.

매들린은 머릿속으로 다양한 시나리오를 떠올렸다. 그녀가 긴급 요청한 과학수사팀이 막 현장에 도착했다. 과학수사요원들은 핀셋과 메스, 끌을 이용해 샘플을 채취한 다음 꼼꼼하게 밀폐용기에 담았다.

현장에 출동한 경찰들이 증거가 될 만한 물품들을 차로 실어 나르는 동안 매들린은 앨리스가 학교에 제출했다 돌려받은 과제물을 모아 정리해둔 파일들을 펼쳤다. 과제물마다 높은 점수를 받았고, 교사들의 평가도 칭찬 일색이었다.

앨리스는 끔찍한 일상으로부터 탈출하기 위해 공부라는 안식처가 필요했던 것이다. 공부와 지식을 방패삼아 폭력과 공포, 좌절로부터 자신을 보호하기 위해.

*

팜 힐 로드에는 경찰차가 다섯 대나 출동해 있었다. 과학수사팀 책임자는 앨리스가 사용한 빗에서 머리카락을 다수 확보했다며 쓸 만한 DNA샘플이 나오리라 확신했다.

매들린은 순찰차 보닛에 비스듬히 기대서서 앨리스의 사진을 꼼꼼하게 들여다보았다. 날씬하고 예쁜 얼굴에 나이보다 성숙해 보이는 아이였다. 연한 주근깨가 박힌 얼굴은 척 보기에도 아일랜드 혈통이라는 걸 말해주었다.

모딜리아니의 그림에 나오는 여인처럼 눈초리가 갸름하고 순한 앨리스의 눈에서는 어린 나이답지 않게 세상에 대한 권태가 묻어났다. 팜 힐 로드 같은 곳에서는 예쁜 얼굴이 오히려 독이 될 수도 있었다. 예쁜 외모를 숨겨야 했던 팜 힐 로드의 서글픈 현실이 소녀의 강단어린 눈빛에 그대로 드러나 있었다.

출발부터 순탄하지 않은 삶이었고, 아무런 변화를 기대할 수 없는 환경이 소녀를 암담하게 만들었을 것이다.

무엇을 기대한단 말인가? 온통 마약중독자들과 막장 인생들이 판을 치는 곳에서 온전한 정신을 갖고 산다는 건 애초부터 불가능했을 것이다.

앨리스는 인생낙오자들에게 점거된 이 시궁창 같은 동네에서 떠나기로 결심한 것일까?

앨리스, 아빠가 누군지도 모르는 엄마로부터 달아난 거니?

매들린은 마음속으로 그렇게 물었지만 일단 가출 가능성은 배제하고 수사에 임해야만 했다. 앨리스는 영리하고 주도면밀한 아이니까.

나이어린 소녀 혼자 이 버림받은 거리에서 도망을 친다? 어디로 가서 누구와 무얼 하려고?

매들린은 담배 한 개비를 다시 피워 물었다. 앨리스의 방을 둘러보는 동안 지난날의 기억이 마치 어제 일처럼 생생하게 떠올랐다. 그녀 또한 우울증을 앓는 어머니와 허구한 날 술병을 끼고 사는 아버지 밑에서 불우한 유년기를 보냈다. 청소년이 되면 지옥 같은 삶에서 벗어나겠다고, 다른 곳으로 떠나 새 삶을 살 거라 다짐했다. 언젠가는 파리에 정착해 살고 싶다는 게 그녀의 오랜 꿈이었다.

매들린은 법대에 합격했을 만큼 모범생이었지만 나고 자란 동네의 암담한 현실을 외면할 수 없어 경찰제복을 입었다. 경찰이 되어 고속승진을 거듭하며 커리어를 쌓아왔지만 결국 치탬브리지라는 전망 없는 곳에서 한 발짝도 벗어나지 못하며 사는 신세가 되었다. 그렇다고 현재의 처지에 불만이 많은 건 아니었다. 그녀는 하루하루 의미 있는 일을 하며 살아갈 수 있다는 점이 좋아 경찰에 투신한 걸 후회하지 않았다.

매들린은 위험한 범죄자들을 격리시키고, 잔혹한 살인자들을 체포해 유가족들이 편안하게 희생자를 떠나보낼 수 있게 해줄 때마다 경찰이라는 직업에 보람을 느꼈다. 물론 아무리 경찰이라고 해도 매일이다시피 자부심을 갖고 사는 건 불가능했다. 경찰 내부에는 요즘 불안감이 깊고 널리 퍼져 있었다. 경찰은 요즘 존경 받는 건 고사하고 모욕과 위협의 대상이 되곤 했다. 치탬브리지에서는 그 사실을 보다 더 분명하게 느낄 수 있었다.

치탬브리지로 발령이 난 경찰관들은 자신의 직업을 비밀로 했다. 자신의 아이들에게 학교에서 아빠의 직업이 뭔지 말해선 안 된다고 입단속을 시켰다. 사람들은 드라마나 영화에 등장하는 경찰은 멋있다고 추켜세우면서도 정작 동네치안을 책임지는 경찰에 대해서는 괜한 불신과 적대감을 드러내거나 욕지거리를 퍼붓기 일쑤였다.

상황이 이렇다보니 경찰은 일상적인 업무 관련 스트레스는 물론이고 관할 지역 주민들의 불신, 상부의 무관심한 태도까지 두루 감내해야만 했다. 순찰차를 타고 시내를 돌다 보면 돌팔매가 예사로 날아들었다. 아직 무전기도 없는 순찰차가 허다했고, 사무실에서 펜티엄2 프로세서가 장착된 구닥다리 컴퓨터를 사용하고 있을 만큼 열악한 환경이었다.

아무리 사명감이 투철한 경찰이라도 간혹 버티기 힘든 순간에 직면하게 된다. 허망한 사망 사고, 심각한 가정폭력에 무방비로 노출된 여성들, 아동학대, 희생자 가족들의 고통을 대하다 보면 자기도 모르게 감정이입이 되어 심각한 심리적 동요를 일으키는 경찰들이 허다하다.

매들린의 동료들 중에도 우울한 생각에 빠져 지내다가 제어불능이 된 사람들이 더러 있었다. 작년에는 매들린의 동료 형사가 용의자를 검문하던 중 별안간 머리가 돌아 합당한 명분 없이 깡패 보스를 쏘아 죽인 사건이 벌어지기도 했다. 육개월 전에는 연수를 받던 여경이 직무용 권총으로 자살한 사건도 있었다.

매들린은 다행스럽게도 경찰이라는 직업에 환멸을 느끼지도, 우울증에 빠져 괴로워하지도 않았다. 그녀는 치탬브리지에 자청해서 남은 사람이었다. 고참이든 신참이든 이 험한 동네에서 오래 버티지 못하기는 마찬가지였다. 그럴수록 그녀에게는 더욱 많은 기회가 주어졌다. 그녀는 치탬브리지경찰서 내에서 확고한 입지를 확보했고, 그 결과 가장 끔찍하고 잔인한 사건들을 도맡아 어느 정도 자율권이 주어진 속에서 수사를 진행할 수 있게 되었다.

"아무리 봐도 아이가 제 발로 집을 나간 것 같진 않아."

짐이 다가오며 말했다.

"단순 가출이었다면 이미 아이의 행방을 찾았겠지. 집을 나가면서 책갈피에 숨겨둔 오십 파운드를 그냥 놔두고 갔을 리도 없고."

"에린이 사는 처지로 보아 몸값을 노린 범행은 아닌 게 분명해."

짐이 자신의 생각을 말했다.

"그 말은 맞지만 일단 앨리스 주변의 마약중독자들을 수사해볼 필요는 있어. 원한 문제가 개입됐을 수도 있고, 불량배들이 푼돈을 노리고 범행을 저질렀을 수도 있으니까."

"아무튼 아이를 곧 찾아낼 수 있을 거야."

짐이 동의를 구하듯 매들린을 바라보며 말했다.

영국은 대서양 건너 미국이나 추리소설에 나오는 세계와는 전혀 다른 곳이었다. 영국에서는 미제로 남는 실종사건이 거의 없다시피 했다.

2년 전, 매들린과 짐은 집 앞 잔디밭에서 놀다가 실종된 어린아이 사건을 맡아 수사를 진행한 적이 있었다. 즉시 실종신고가 접수됐고, 경찰도 재빨리 대대적인 인력과 장비를 동원해 어린아이를 찾는 수색 작업에 나섰다.

매들린과 짐은 수사 개시 몇 시간 만에 납치용의자 차량을 포착하고 범인을 체포했다. 심문과정에서 범인은 범행사실 일체를 자백했다. 그날, 해가 지기도 전에 경찰은 결박 상태로 오두막에 감금돼 있는 아이를 찾아냈다. 아이는 다행스럽게도 건강한 상태였다.

매들린은 초동수사의 중요성을 증명해준 그 당시 사건을 떠올리다 화가 치밀었다.

"빌어먹을!"

매들린은 갑자기 분을 삭이지 못하고 포커스의 보닛을 주먹으로 세게 내리쳤다.

"딸이 실종됐는데 일주일이 지나서야 신고를 하다니? 일이 잘못되면 에린이라는 여자부터 감방에 처넣어 버리겠어!"

실종사건은 초동수사가 중요하다. 실종 이후 48시간이 사건해결에 결정적인 역할을 하기 때문이다. 그 시간을 넘기고도 실종자를 찾아내지 못하면 사건은 미궁에 빠질 공산이 크다.

"진정해, 매들린."

짐이 매들린을 달랬다.

"내가 아이의 휴대폰번호를 입수했어. 위치 추적이 가능한지 한번 시도해보자고."

다시 앨리스의 사진을 들여다보던 매들린은 목이 메었다. 그녀의 눈에 앨리스가 마치 딸처럼 느껴졌다. 열일곱 살 때 그녀도 에린 딕슨처럼 아이를 가질 뻔한 경험이 있었다. 토요일 밤, 나이트클럽에서 친구들과 놀다가 같은 동네에 살던 사내놈의 로버200을 얻어 타고 돌아오던 길에 차 뒷좌석에서 겁탈을 당했다.

어디 있니, 앨리스?

매들린이 사진 속의 앨리스에게 물었다.

매들린은 앨리스가 살아 있을 것 같다는 확신이 들었다. 수사를 하면서 이런 느낌이 오는 경우는 드물었다. 설령 아직 살아 있다 해도 위험한 상황에 처해 있을 게 분명했다. 사이코패스에게 납치돼 축축하고 어두컴컴한 지하실에 감금돼 있을 수도 있고, 어린 여자를 납치해 사창가에 팔고 돈을 받는 마피아 조직에 잡혀 있을 수도 있었다.

어쨌든 한 가지만은 분명했다.

앨리스는 지금 공포에 떨고 있다는 것.

그것도 아주 지독한 공포에.

# 13 실패의 연속

Everybody counts or nobody counts.
—마이클 코넬리

살아 있는 앨리스 딕슨을 마지막으로 본 '목격자'는 바로 감시 카메라였다. 피클 크로스 사거리에 설치된 카메라에 가방을 어깨에 메고 버스에서 내리는 앨리스의 모습이 찍혀 있었다. 앨리스가 학교에 가기 위해 길 모퉁이를 돌아 걸어가는 모습이 선명하게 보였다.

그걸로……끝이었다. 그 다음은 침묵과 무관심, 의문의 날들이 이어졌다. 앨리스를 본 사람도, 소문을 들은 사람도 없었다. 아이는 마치 증발이라도 된 것처럼 어디론가 사라졌다.

*

대부분의 영국 대도시들처럼 맨체스터에도 CCTV가 거미줄처럼 설치돼 24시간 작동하고 있었다. 10년 전부터 대대적인 CCTV 설치 정책을 펼친 결과 도시 구석구석, 좁은 골목 안까지 감시 카메라가 닿지 않는 곳이 없었다. 집을 나서는 순간부터 하루에 최대 3백 번까지 CCTV에 잡힐 수도 있다는 통계가 나와 있었다.

정치권에서는 범죄예방을 위해 불가피한 조치라며 CCTV 설치를 주장했지만 정작 카메라가 정상적으로 작동하지 않는 경우도 부지기수였다. 고장 난 CCTV가 그대로 방치되고 있는 건 정부의 예산부족 때문이었다. 앨리스가 실종되던 날 아침에도 학교 근처에 CCTV가 수없이 설치돼 있었지만 하나같이 오작동하거나 고장이 나 아예 작동하지 않았다. 간혹 작동한 카메라도 판독이 불가능할 정도로 화질이 나빴다.

*

수사가 시작된 직후 매들린은 150명의 인력을 동원해 앨리스가 사라진 학교 반경 3킬로미터 이내에 있는 집과 지하실, 공원을 샅샅이 수색했다. 수사 과정에서 수백 명의 증언을 수집했고, 경찰에서 신원을 파악하고 있는 소아성애자들을 특별히 수사했다. 여러 명의 학생들이 일관되게 봤다고 주장하는 흰색 픽업트럭을 용의차량으로 간주하고 행방을 추적하기도 했다.

*

매들린은 에린 딕슨이 앨리스의 실종과 깊은 연관이 있다고 확신하고 그녀를 즉시 구속해 스무 시간 넘게 심문했다. 에린 딕슨은 심각한 코카인중독자로 마약이 떨어지면 무슨 짓이라도 할 수 있을 것 같았기 때문이다. 그녀는 자기 딸을 사창가 포주에게 팔아넘기고도 남을 흡혈귀 같은 여자였다.

매들린은 장시간 에린을 심문했지만 끝내 유죄를 입증할 만한 단서를 찾아내지 못했다. 에린은 담당변호사가 부추기는 말을 듣고 거짓말탐지기 검사를 받겠다고 쇼를 벌여 결국 무사히 석방되었다.

경찰서에서 풀려난 에린은 카메라 앞에 서서 울먹이는 소리로 납치범들에게 아이의 석방을 호소하는 광경을 연출했다.

*

치탬브리지경찰서의 디지털수사팀이 앨리스의 노트북 패스워드를 해킹해 찾아냈다. 앨리스는 좋아하는 소설인 《폭풍의 언덕》의 주인공 히스클리프HEATHCLIFF를 패스워드로 사용하고 있었다. 하드 디스크와 메일함을 분석했지만 안타깝게도 단서는 발견되지 않았다.

*

매들린은 일기장을 뒤적이다 미성년자인 앨리스가 줄곧 나이를 속이고 아르바이트를 했다는 사실을 알게 되었다. 그렇게 모은 돈으로 책을 사고 공연도 보러 다녔을 것이다. 지난 몇 달 동안 앨리스는 대학가 옥스퍼드 로드의 《소울 카페》에서 일했다. 카페 사장은 미성년자고용 혐의로 구속 기소되었지만 납치와 관련해서는 무혐의로 밝혀졌다.

*

　12월 15일, 잠수부들이 어크 강 서쪽 기슭을 따라가며 2킬로미터가 넘는 강바닥을 샅샅이 수색했다. 앨리스가 다닌 학교에서 4백미터 가량 떨어진 록웰 연못에서도 수색작업을 벌였다. 잠수부들이 바닥에 가라앉은 차체, 쇼핑카트, 엔진 자전거 한 대, 냉장고, 경찰 바리케이드 따위를 건져 올렸지만 정작 앨리스의 시신은 발견되지 않았다.

*

　짐은 앨리스의 휴대폰 통화내역을 면밀히 분석했다. 앨리스와 한 번이라도 통화기록이 있는 사람들을 모두 소환해 조사했지만 주목할 만한 성과를 거두지 못했다.

*

　수사가 전혀 진척을 보이지 않는 가운데 크리스마스가 훌쩍 지나갔다. 매들린은 크리스마스 휴가도 반납한 채 수사에 매달렸다. 그녀는 불면증이 지속되자 단 몇 시간이라도 눈을 붙이기 위해 수면제를 복용하기 시작했다.

　매들린은 신참형사도 아니었고, 이런 경험도 처음은 아니었다. 여러 해 동안 이 암울한 동네에서 근무하다 보니 폭력과 납치, 공포는 이미 그녀의 일상이 돼버렸다. 그동안 그녀는 강력범죄현장을 누비고, 사망자의 부검을 참관하고, 악질 범죄자들을 구속 수사했다. 살인자를 추격하고, 강간범과 마약 밀거래자들을 체포하고, 아동 성추행범들을 검거하고, 마약 거래 조직을 일망타진하는 게 그녀에게 주어진 일과였다.

매들린이 수사를 맡아 진행한 살인사건만 해도 셀 수 없이 많았다. 3년 전에는 갱단들의 총격전 현장에 출동했다가 하마터면 목숨을 잃을 뻔한 적도 있었다. 그 당시 357매그넘 탄환이 머리를 아슬아슬하게 스쳐지나갔다. 겨우 목숨을 건졌지만 그 당시의 상처가 머리에 남아 있어 요즘도 그 부분을 머리카락으로 교묘히 가리고 다녀야 했다. 항상 강박증과 고독감에 시달리고, 늘 생명의 위협을 받으며 살고 있지만 그녀에게 수사는 삶에서 가장 중요한 부분이 되었다. 밤낮없이 수사에 매몰돼 있다 보니 그녀는 친구들과 가족, 동료들에게는 마치 유령 같은 존재가 돼버렸다.

매들린은 이번에야말로 어떤 어려움이 따르더라도 사건을 반드시 해결하고 싶었다. 이제는 그녀 자신이 유령이 되어 또 다른 유령을 찾아 나서야 할 때였다.

*

1월, 짐이 이끄는 수사팀은 앨리스의 실종 시각을 전후해 학교에서 가장 근거리에 위치한 기지국을 통해 이루어진 휴대폰 통화내역을 모두 찾아내 분석했다. 통화기록이 있는 사람과 경찰이 보유한 전과기록을 일일이 교차 대조했다. 그 결과 전과자가 2백 명이 넘는 것으로 나왔다. 대부분 경범죄자로 확인됐지만 그들은 전원 경찰에 소환되어 심문을 받고, 알리바이를 입증하고, 가택수사를 받았다.

짐은 그들 중에서 20년 전 강간사건으로 유죄 판결을 받은 적이 있고, 흰색 픽업트럭을 소유한 플레처 왈쉬라는 50세의 남성에게 주목했다.

*

플레처 왈쉬의 알리바이는 완벽했지만 수색견을 풀어 그의 집 차고를 뒤진 결과 흰색 픽업트럭 뒷좌석에서 혈흔이 발견되었다. 경찰은 즉시 혈흔을 채취해 버밍햄의 법의학연구소에 보냈다. 그때부터 치텀브리지경찰은 초조하게 혈흔 판독 결과를 기다리며 용의자를 24시간 밀착 감시했다.

*

2월 13일, GMP(맨체스터 카운티 경찰청) 대변인은 플레처 왈쉬의 픽업트럭에서 발견된 혈흔은 판독 결과 앨리스 딕슨의 것이 아니라고 발표했다.

*

그 후 앨리스 실종사건에 대한 언론의 관심은 급격히 시들해졌다. 사건에 배치됐던 수사 인력도 다른 사건에 할당됐고, 수사는 지지부진해졌다.

*

　매들린은 밤마다 앨리스에 대한 꿈을 꾸었다. 아이의 시선은 밤새 도록 그녀를 붙잡고 놓아주지 않았다. 그녀는 매일 아침마다 새로운 단서가 발견되거나 지금껏 생각해내지 못한 획기적 수사방향을 찾아 내길 기대하며 잠에서 깨곤 했다.

　동료형사들이나 상사들은 항상 매들린을 심지가 굳고 강단 있는 경 찰로 평가했다. 그런 그녀도 이번에는 속절없이 무너져 내리고 있었 다. 지금껏 그녀를 지탱하게 해준 건 희생자에 대한 연민이었다. 그녀 는 감정이입을 통해 희생자에게서 느끼는 절절한 연민을 수사에 적극 활용했다. 희생자의 고통을 철저하게 내면화하는 순간 그녀의 수사는 어느 때보다 높은 효율성을 보였다. 수사용어로 '근접성 효과'라고 했 다. 위험천만한 방법이지만 수사에는 매우 효과적인 게 분명했다.

　매들린은 앨리스 실종사건을 수사하면서 바로 그런 경험을 했다. 실종신고가 들어온 순간부터 그녀는 감정을 제대로 추스를 수가 없었 다. 앨리스는 어린 시절 자신의 처지와 꼭 닮은 아이였다. 피해자와의 동일시, 본능적인 이끌림, 무의식적인 애착이 자신을 얼마나 괴롭힐 지 잘 알면서도 그녀는 그런 생각을 떨쳐버리려는 노력조차 하지 않 았다. 그녀는 개인사적인 관심을 뛰어넘어 막중한 책임감을 느꼈다. 아이를 진심으로 걱정해주는 사람이라고는 자신밖에 없다고 확신했 다. 이제 아이 엄마가 아니라 바로 자신에게 실종의 책임이 있다는 부 담감이 어깨를 짓눌러왔다.

　매들린은 앨리스 실종사건을 처음 접한 날 밤 자신과 약속했다. 앨 리스를 살아 있는 상태로 찾아내지 못한다면 앞으로 절대 아이를 갖 지 않겠다고……．

*

　매들린은 참담할 만큼 무력감에 시달렸다. 가끔은 차라리 죽는 게 낫겠다는 생각이 들었다. 앨리스가 겪고 있을 끔찍한 고통이 한순간도 머리에서 떠나지 않았다.

　매들린은 지푸라기라도 잡는 심정으로 무당을 찾아갔다. 무당은 앨리스가 입던 옷을 만지작거리면서 아이는 이미 죽었으니 시신이 묻힌 장소를 알려주겠다고 했다. 무당이 말해준 대로 인부들을 시켜 문제의 장소를 샅샅이 파헤쳤지만 시신은 나오지 않았다.

*

　매들린이 사건 수사에 무당을 동원했다는 보고를 받은 상관은 어처구니없어 하며 그녀에게 며칠간 휴가를 내고 휴식을 취할 것을 명령했다.

　"매들린, 현실을 직시할 필요가 있어. 앨리스가 실종된 지 삼 개월이 지났어. 안타까운 일이지만 이제 실종자를 찾을 가능성이 희박하다는 건 자네가 더 잘 알 거야. 자네를 필요로 하는 다른 사건과 업무들을 생각해서라도 한시바삐 냉정을 찾아야지."

*

　매들린은 앨리스 사건을 밀쳐두고 '다른 사건과 업무들'을 맡을 자신이 없었다. 실낱같은 희망이라도 남아 있다면 무슨 짓이든 할 결심이었다.

*

매들린은 직접 악마를 찾아가기로 결심했다.

# 14 친밀한 적

우리에겐 언제나 선택의 여지가 있다. 우리는 선택의 집합체라고도 할 수 있다.
—조셉 오코너

매들린은 도일 가문이 몇 세대에 걸쳐 소유해온 아일랜드 펍 〈블랙 스완〉 앞에 차를 멈춰 세웠다. 맨체스터 도심에서 북동쪽으로 3킬로미터 가량 떨어진 치탬브리지는 인구 3만이 채 안 되는 소도시였다. 한때 공장지대였던 이 도시에 가장 먼저 들어와 터를 잡은 사람들은 아일랜드 출신들이었다.

그 후에 인도, 서인도제도, 파키스탄 출신 이민자들이 유입되더니 최근에는 동유럽 출신 이민자들이 대거 밀려들었다. 다양한 인종들이 모여 살다보니 서로 이질적인 문화로 인해 충돌이 잦았다. 그 결과 갱단들 간의 유혈 사태가 끊이지 않았고, 온갖 범죄가 빈발하다보니 경찰이 치안을 유지하는 데 어려움이 클 수밖에 없었다.

매들린이 펍 안으로 들어설 때 어디선가 빈정거리는 목소리가 들려왔다.

"안녕 매디! 맨체스터 경찰을 통틀어 당신 엉덩이가 최고로 섹시하지."

매들린은 소리가 난 구석 쪽으로 고개를 돌렸다. 바에 팔꿈치를 괴고 앉은 대니 도일이 파인트 흑맥주 잔을 높이 치켜들며 아는 체를 했다. 주변에 서 있는 그의 보디가드들이 능글맞은 표정으로 키득거렸다.

"안녕 대니얼, 오랜만이야."

매들린이 대니 도일을 향해 다가갔다.

대니 '덥' 4) 도일은 맨체스터에서 활동하는 강력한 조직폭력단의 보스였다. 그는 범죄의 온상이 되다시피 한 치탬브리지에서 50년이 넘게 대대로 군림해온 범죄가문의 대부였다. 서른일곱의 나이에 이미 옥살이를 여러 차례 경험한 그는 전과기록이 너무 많아 한눈에 다 들어오지 않을 정도였다. 고문, 마약 밀거래, 강도, 돈세탁, 포주업, 경찰 폭행⋯⋯.

대니 도일은 라이벌 갱단의 두목을 당구대에 눕히고 못을 박아 살해할 만큼 난폭하기로 유명했다. 그와 그의 수하들이 잔인한 폭행을 가해 저 세상으로 보낸 사람이 스무 명도 더 된다는 설이 나돌았다.

"맥주 한 잔 어때?"

대니 도일이 매들린에게 술을 권했다.

"보르도와인이라면 한 잔 하지. 맛대가리 없는 기네스를 받아 마셨다가는 당장 구토가 날 것 같아서 사양할래."

매들린이 넉살좋게 말했다.

대니 도일의 보디가드들이 술렁거렸다. 지금껏 대니에게 그런 식으로 말하는 사람을 단 한 번도 본 적이 없기 때문이었다. 게다가 상대방

---

4) 덥(Dub)은 '어두침침한'이란 뜻을 가진 아일랜드 이름 더브(Dubh)의 변형이다.

이 여자라면 상상하기조차 어려운 일이었다.

매들린은 대니 도일을 호위하고 서 있는 보디가드들을 한심하다는 듯 훑어보았다. 덩치가 산만한 살덩어리도 있고, 작은 키에 어깨가 떡 벌어진 땅딸보도 있었다. 아무래도 〈스카페이스〉나 〈대부〉 같은 영화를 너무 열심히 본 작자들 같았다. 그러나 그들의 상스러운 행동거지와 하이 톤 목소리로는 죽었다가 깨어나도 콜레오네 가문(영화 〈대부〉의 주인공 비토 콜레오네를 가리킴 : 옮긴이) 남자들의 카리스마 넘치는 포스를 따라잡지는 못할 것이다.

대니 도일이 여전히 차분하고 낮은 목소리로 바텐더에게 지하실에 보르도와인이 있는지 물었다.

"보르도와인은 없습니다. 리암이 러시아 놈에게서 슬쩍해놓은 상자들을 뒤져보면 혹시 나올지도 모르겠네요."

"당장 가서 확인해 봐."

매들린이 대니 도일의 눈을 똑바로 쳐다보며 말했다.

"대니얼, 여긴 너무 어둡지 않아? 모처럼 날씨도 좋은데 우리 테라스로 나가 대화를 나누는 게 어때?"

"그래, 나도 테라스가 좋겠어."

대니 도일은 가학적이고 복잡한 심성의 소유자였다. 그는 어머니 뱃속에서 단 5분 늦게 나왔다며 자신을 형으로 인정하지 않는 쌍둥이 동생 조니 도일과 함께 조직을 이끌어오고 있었다. 조니 도일은 편집증적 정신분열증을 앓고 있어 가끔씩 병이 도질 때마다 발작해 잔혹한 폭력을 휘둘렀다. 그때마다 조니 도일은 감옥이 아닌 정신병원에 강제로 수용되었다.

매들린은 난폭하고 무자비한 조니 도일을 제압하기 위해서라도 대니 도일이 폭력세계와의 고리를 끊지 못할 것이라는 느낌을 받아왔다. 두 사람이 테라스로 나가자 빨간 머리 남자가 몸수색을 위해 다가왔다.

매들린이 빨간 머리 남자를 제지했다.

"만약 털끝만큼이라도 내 몸을 건드렸다간 아예 네 놈의 몸뚱이를 반 토막내주지."

대니 도일이 피식 웃으며 손을 들어 올려 흥분한 부하들을 제지했다. 부하들이 두 사람을 남겨두고 자리를 비켜주고 나서야 대니 도일은 매들린에게 몸에 소지한 무기를 꺼내놓으라고 했다. 그러더니 등이나 발목에 숨겨 들여온 권총이 없는지 직접 몸수색을 했다.

"대니얼, 몸수색을 하는 척하며 은근슬쩍 몸을 더듬을 생각은 아니겠지?"

"매디, 당신을 너무 믿었다가 괜히 뒤통수 맞는 일이 생기면 안 되잖아. 경찰이 언젠가 날 처치할 계획을 세운다면 분명 그 일을 당신 손에 맡길 거라 생각해. 당신도 그걸 모르진 않지?"

두 사람은 담쟁이넝쿨이 둘러쳐진 정자 아래에서 에나멜을 입힌 철제 테이블을 사이에 두고 마주앉았다.

"프랑스의 프로방스 지방이나 이탈리아에 와 있는 기분이야."

대니 도일이 어색한 분위기를 의식하며 화제를 돌렸다.

매들린은 그제야 악마 같은 갱단 보스와 마주하고 있다는 실감이 났다.

대니 도일은 그녀의 초등학교 동창이자 고교시절 첫 키스 상대였다.

"그래, 나에게 할 말이란 게 뭐야?"

대니 도일이 팔짱을 끼며 물었다.

중간키에 갈색머리, 매끈하고 각진 얼굴의 대니 도일은 나름 옆집 아저씨 같은 평범한 인상을 풍기려고 애를 썼다. 매들린은 그가 영화 〈유주얼 서스펙트〉에서 케빈 스페이시가 연기한 카멜레온 같은 캐릭터를 흠모한다는 걸 잘 알고 있었다.

대니 도일은 1천 파운드는 족히 나가는 검정색 에르메네질도제냐 양복에 검정색 넥타이를 갖춰 매고 앉아 있었다. 얼치기 부하들과는 척 보기에도 무게감부터 달랐다. 그에게서는 여자에게 무심한 남자 특유의 매력이 느껴졌다.

"앨리스 딕슨 사건 때문에 당신을 찾아왔어."

"실종된 여자아이?"

"내가 그 사건 담당 형사야. 혹시 그 사건에 대해 아는 게 없어?"

대니 도일이 고개를 가로저었다.

"내가 왜 그 사건에 대해 안다고 생각하지?"

"정말 그 사건과 아무런 관련이 없다는 걸 맹세할 수 있어?"

"내가 뭐가 아쉬워 그런 어린 아이를 납치하겠어?"

"납치해서 강제로 일을 시키거나 어딘가에 팔아먹거나……."

"겨우 열네 살짜리를?"

매들린이 지갑에 들어 있는 앨리스의 사진을 꺼냈다.

"외모만 보자면 열여섯 살은 족히 넘어 보여. 게다가 예쁘기까지 하지."

매들린이 대니 도일 앞에 사진을 들이대고 흔들었다.

"어때, 이 아이를 품고 싶은 마음이 없다고는 말 못하겠지?"

인내심이 한계에 다다른 대니 도일이 매들린의 머리채를 잡아채 앞으로 잡아당기며 그녀의 눈을 무섭게 응시했다.

"그래, 나라는 놈은 원래 막돼먹은 인간이 맞아. 이 두 손에 수없이 피를 묻혔지. 그 덕분에 이미 지옥 깊숙한 곳에 내가 갈 자리를 마련해두었어. 하지만 지금껏 단 한 번도 어린아이를 건드려본 적은 없어."

"대니얼, 그럼 제발 날 좀 도와줘."

매들린이 재빨리 몸을 뒤로 빼며 애원하듯 말했다.

그제야 긴장을 늦춘 대니 도일이 신경질적으로 물었다.

"매디, 날더러 뭘 어떻게 도와달라는 거야?"

"당신은 이 동네에서 모르는 사람이 없잖아. 어떤 식으로든 당신에게 빚을 지지 않은 사람이 없을 거야. 이웃 간에 다툼이 생기면 당신이 나서서 해결해주고, 상인들 간에 싸움이 나면 중재해주고, 가난한 집 아이들에게 크리스마스 선물을 나눠주기도 하니까."

"그래, 나에게 로빈 후드 같은 면이 있긴 하지."

대니 도일이 빈정거리듯 말했다.

"사람들이 당신에게 신세를 지게 만들려는 것이지."

"그래, 그게 바로 비즈니스의 기본이니까."

"대니얼, 당신 인맥을 활용해 앨리스의 행방에 대한 정보를 알아봐주면 안될까?"

"나에게 무슨 정보를 원하는데?"

"사람들이 경찰 앞에서 드러내놓고 말하길 꺼려하며 쉬쉬 하는 증언들이 있을 거야."

대니 도일이 한숨을 내쉬며 잠시 생각에 잠겼다.

"아이가 실종된 지 이미 세 달이나 지났어. 당신도 알다시피 아이를 찾을 수 있는 가망이 없⋯⋯."

"내가 그런 헛소리나 듣자고 여기까지 온 게 아니란 걸 잘 알잖아?"

매들린이 대니 도일의 말을 자르며 말을 이었다.

"당신은 썩어빠진 정치가들이나 사업가들을 많이 알고 있을 거야. 혹시라도 콜걸과의 섹스파티 장면이 찍힌 사진이 언론이나 부인 손에 들어갈까 봐 전전긍긍하는 놈들 말이야. 그런 놈들은 약점이 잡혀 당신이 죽으라면 죽는 시늉이라도 하겠지. 당신이 창녀들을 돈 주고 산다니까 자세한 내막이야 나보다 훨씬 더 잘 알겠지."

대니 도일의 입술이 신경질적으로 움찔했다.

"그 이야긴 어디서 들었어?"

"대니얼, 난 경찰이야. 우리가 당신 전화를 도청하고 있다는 걸 잘 알잖아?"

"내가 사용하는 전화만 해도 열댓 개는 되니까 도청은 걱정하지 않는데?"

대니 도일이 어깨를 으쓱 추어올리며 말했다.

"당신과 친분이 있는 '화이트칼라들'을 활용해 여론을 다시 움직이는 건 어때?"

바텐더가 보르도와인 한 병을 들고 그들 앞에 나타났다.

"마드모아젤, 마음에 드십니까?"

바텐더가 물었다.

"샤또 오 브리옹 1989년산이야."

매들린이 라벨을 읽다말고 깜짝 놀랐다.

"이 비싼 와인을 어떻게 따지? 크뤼 끌라세잖아."

대니 도일이 고개를 끄덕이자 바텐더가 잔에 와인을 따라 그들 앞에 내려놓았다.

"원래는 러스코프라는 개자식이 가지고 있던 술이야. 그놈은 지금 육 피트나 되는 땅 속에 묻혀 있지. 그놈을 위해 건배하니까 기분이 쨰지는군."

매들린은 대니 도일의 기분을 맞춰주기 위해 포도주로 가볍게 입술을 축였다.

"만약 그 아이를 찾아주면 내게 어떤 소득이 있지?"

"당신 마음이 한없이 뿌듯해질 거야. 아마 신께서도 당신이 저지른 잘못 중 몇 가지 정도는 쾌히 눈감아주시겠지. 일종의 속죄라고나 할까?"

대니 도일이 실실거리며 웃었다.

"그런 거 말고 좀 더 그럴 듯한 건 없어?"

매들린은 좀 더 용기를 내기 위해 포도주를 한 모금 쭉 들이켰다. 이미 이런 식의 협상이 진행될 거라 예상했기에 마음의 준비를 단단히 해두었다. 대니 도일은 절대로 받는 거 없이 공짜로 주는 사람이 아니었다. 이제 마지막까지 아껴두었던 히든카드를 꺼낼 시점이었다.

"벌써 몇 달째 우리가 풀어놓은 끄나풀이 당신 조직의 동향을 낱낱이 물어다주고 있어."

매들린이 운을 떼자 대니 도일이 고개를 절레절레 흔들었다.

"우리 애들 중에 첩자가 있단 말이야? 나 원, 공갈도 어느 정도라야 믿어주지."

"다음 주 금요일에 버터플라이은행의 현금수송차량을 털 계획이지? 그걸 누가 말해주었을 것 같아?"

대니 도일이 여전히 냉정을 유지하며 말했다.

"매디, 내가 당신 일을 도우면 그 새끼 이름을 당장 넘길 수 있어?"

매들린이 의자에 깊숙이 몸을 파묻었다.

"대니얼, 그렇게는 안 돼. 이미 당신에게 중요한 정보를 털어놓았잖아. 스파이를 찾아내는 건 당신이 직접 알아서 해결할 문제야."

"나에게 도움받길 원하지만 손에 피 묻히는 일은 피하겠다?"

"내가 이름을 넘겨주면 아마도 스파이는 오늘이 생의 마지막 날이 되겠지?"

"그야 당연한 수순 아닌가?"

매들린을 바라보는 그의 시선에 책망과 애정이 어지럽게 뒤얽혀 있었다.

두 사람의 관계는 특이했다. 그녀 말고는 어느 누구도 그를 '대니얼'이라 부르지 않았고, 그만이 그녀를 '매디'라 부를 수 있었다.

"매디, 이 일은 모 아니면 도의 방식으로 풀어야 해. 그 아이를 도우려면 물속으로 첨벙 뛰어들어. 아니면 발에 물을 적시지 마."

"나에게 아예 선택의 여지를 주지 않는군."

"'우리에게는 언제나 선택의 여지가 있다. 우리는 선택의 집합체라고 할 수 있다.' 어떤 책이었더라? 내가 처음 감방에 들어갔을 때 당신이 넣어준 책에서 읽은 글이야."

부하들 앞에서는 한껏 무식한 척했지만 사실 대니 도일은 학식이 있는 사람이었다. 쌍둥이 동생인 조니 도일과는 달리 그는 예술에 조예가 깊었고, 감옥에 가는 바람에 중도에 그만둘 수밖에 없었지만 런던과 캘리포니아 대학에서 경제학과 경영학을 공부했다.

매들린이 두 번 꼭꼭 접은 종이 한 장을 주머니에서 꺼내 대니 도일에게 건넸다.

"당신이 원하는 사람 이름이야."

매들린은 그 말을 끝으로 자리에서 일어났다.

"오 분만 더 있다가 가."

매들린은 팔을 잡는 대니 도일의 손길을 뿌리쳤다. 그러자 그가 호주머니에서 라이터를 꺼내 매들린이 건네준 종이를 펼쳐보지도 않고 태웠다. 그녀를 조금이라도 더 붙잡아두고 싶다는 뜻이었다.

"좋아, 당신이 이겼어."

매들린이 다시 자리에 앉자 그가 포도주를 한 잔 더 따라주었다.

"당신은 왜 이 지역을 못 뜨고 있지? 당신은 늘 파리에서 살고 싶다고 입버릇처럼 말했잖아?"

대니 도일이 담배에 불을 붙이며 물었다.

"그러는 당신은 왜 미국에 가지 않지? 그동안 로스앤젤레스에 부동산중개업소와 레스토랑을 많이 사들였잖아. 그런 건 왜 샀어? 돈세탁하려고?"

대니 도일이 갑자기 생각이 떠오른 듯 화제를 돌렸다.

"지난날 당신은 파리에서 꽃집을 하고 싶다고 했어."

"지난날 당신은 희곡을 쓰고 싶다고 했지."

대니 도일의 입가에 희미하게 미소가 번져갔다. 중학교 시절 연극반에 함께 있을 때 나눈 이야기들이었다. 1988년, 열네 살 시절.

"내 인생의 책은 주인공이 태어나기도 전에 이미 다 써졌어. 대니 도일이라는 이름을 달고 치탬브리지에서 태어난 이상 난 이미 정해진 운명에서 벗어날 수 없게 된 거야."

"난 언제나 우리에게도 선택의 여지가 있다고 믿었는데……."

매들린이 의미심장한 말을 던졌다.

대니 도일의 눈빛에 돌던 선한 기운이 환한 미소로 변했다. 그의 얼굴에서 갑자기 정감이 흘러 넘쳤다. 한 달 전, 그의 이름을 사칭한 우크라이나인의 팔다리를 잘라버린 사람이라고는 도저히 믿을 수 없었다.

매들린은 인간의 내면에는 늘 선과 악이 공존한다고 믿어왔다. 단지 주어진 상황에 따라 악을 발현시키는 사람들이 있을 뿐이라고. 대니 도일이 만약 악의 길로 접어들지 않고 선한 면모를 발현시켰더라면 방금 전에 본 그 환한 미소를 늘 대할 수 있었을지도 모른다.

그 이삼 초 동안 시간은 정지했다. 그 이삼 초 동안 그들은 열네 살 시절로 돌아가 서로에게 환한 미소를 보냈다.

대니얼은 갱단의 보스도 아니고 한 사람도 죽이지 않았다. 매들린은 경찰이 아니고, 앨리스는 실종되지 않았다. 그 이삼 초 동안 삶은 여전히 미래에 대한 약속으로 가득했다.

\*

이삼 초의 순간…….

\*

대니 도일의 부하가 테라스에 나타나는 순간 과거의 마법은 사라졌다.

"이제 가볼 시간입니다, 보스. 더 이상 지체했다가는 자메이카 놈을 놓칩니다."

"먼저 차에 가서 기다려라."

대니 도일이 포도주잔을 마저 비우고 자리에서 일어섰다.

"내가 도와줄 테니 너무 걱정하지 마, 매디. 어쩌면 이번이 우리가 마지막으로 보는 날이 될지도 몰라."

"그건 또 무슨 소리야?"

"내가 얼마 못 가 죽을 것 같거든."

매들린이 어깨를 으쓱했다.

"대체 몇 년 전부터 들은 소린지 모르겠네."

대니 도일이 지친 표정으로 눈꺼풀을 비볐다.

"다들 날 죽이지 못해 안달하고 있어. 러시아 놈들, 알바니아 놈들, 형사들, OFAC[5], 눈에 뵈는 게 없는 신세대 깡패 놈들까지……."

"언젠가는 당신 인생이 그렇게 끝날 줄 알았잖아, 아니야?"

"그래, 언젠가는."

대니 도일이 그녀에게 총을 돌려주었다.

마지막으로 그녀를 한 번 더 쳐다보던 대니 도일의 입에서 생각지도 못했던 말이 튀어나왔다.

"매디, 난 그날의 키스를……생각할 때가 정말 많아."

매들린이 시선을 아래로 떨어뜨렸다.

"이십 년도 더 지난 일이야, 대니얼."

"그래, 하지만 나는 늘 그날의 기억을 잊지 않고 살아가지. 나는 그 순간을 절대로 잊지 못할뿐더러 후회하지 않는다는 걸 알아줬으면 해."

매들린이 그를 똑바로 쳐다보았다. 가만히 듣고 있기도 힘들고, 인정하기도 힘들고, 아직 가슴이 두근거려지는 말이기도 했다. 세상에는 흑백 논리만 존재하는 게 아니니까.

"대니얼, 나도 후회하지 않아."

---

5) Office of Foreign Assets Control (해외 자산 관리국) : 돈세탁 행위를 감시 감독하는 업무를 주로 하는 미국 재정부 산하 기구.

# 15 The girl who wasn't there

지옥이 부재의 다른 이름이라는 걸 그녀는 모르지 않았다.
—폴 베를렌


매들린이 대니 도일을 만나고 온 다음 주부터 갑자기 증인들이 경찰서에 '자진 출두' 하기 시작했다. 흰색 픽업트럭의 행방에 대한 추적에도 탄력이 붙었다. 배관공이나 전기설비기사들이 흔히 타고 다니는 상용차에 열다섯 살 가량의 금발머리 소녀가 타고 있는 걸 봤다고 증언하는 사람도 여러 명 나타났다.

경찰은 그들의 진술을 바탕으로 나이가 서른에서 마흔 사이이고, '알바니아 인' 으로 추정되는 용의자의 몽타주를 제작해 CPS(왕립 검찰청)의 승인을 받아 대량 배포했다.


\*


대니 도일은 www.alicedixon.com이라는 웹사이트를 비밀리에 만들어놓고 영국 전역의 기차역과 버스터미널, 쇼핑몰에 설치할 광고판 제작에 소요되는 경비를 모금하기 시작했다.

*

3월 21일, 6개국 럭비 대항전, 잉글랜드 대 스코틀랜드의 경기가 열리는 트위크넘 경기장을 찾은 관중들을 대상으로 앨리스 실종사건 전단지가 8만2천 장이나 뿌려졌다.

4월 7일, UEFA챔피언스리그 4강전, 맨체스터 유나이티드와 FC 포르투의 경기가 열리는 올드트래포드 스타디움에서 7만 관중이 지켜보는 가운데 앨리스의 얼굴 사진이 대형 전광판에 등장했다. 그 장면은 전 세계의 수억 명이나 되는 시청자들에게 생중계되었다.

*

그 날 이후, 치탬브리지경찰서에는 앨리스 실종사건과 관련해 수많은 증언이 봇물 터지듯 접수됐다. 정신이상자들에게서 걸려온 전화나 장난전화도 상당수 있었지만 수사에 도움을 주는 증언들도 다수 포함돼 있었다. 어느 의사는 실종 당일 브뤼셀 행 유로스타(런던, 파리, 브뤼셀을 잇는 고속철도 : 옮긴이)에서 앨리스를 봤다고 증언했다. 어느 매춘부는 '유리 진열창' 속의 핍쇼로 유명한 암스테르담의 홍등가 드 발렌에서 앨리스와 함께 일했다고 증언했다. 어느 마약중독자는 맨해튼의 소호에서 앨리스와 마약을 나눠 주사한 적이 있다고 증언했다.

폴란드의 고속도로휴게소에서 검정색 벤츠에 타고 있는 앨리스를 봤다고 주장하는 장거리 화물트럭운전사도 있었다.

태국의 고급 호텔 수영장에서 찍었다며 앨리스와 구분이 힘들 정도로 닮은 소녀의 사진을 보내온 관광객도 있었다. 그는 사진에 찍힌 소녀가 어떤 노인과 함께 호텔에 투숙했었다고 증언했다. 문제의 사진은 즉각 인터넷에 유포되었고, 형태학 전문가들에 의해 철저하게 분석되었다. 그 결과 앨리스와 전혀 상관없는 소녀로 판명되었다.

*

한 정신이상자는 경찰에 보낸 익명의 편지에서 자신이 앨리스를 납치해 강간하고 살해한 범인이라고 증언했다. 과학수사팀이 편지에 찍힌 지문을 정밀 분석해 발신인의 신원을 확인한 결과 앨리스가 실종되던 날 그는 복역 중이었던 것으로 밝혀졌다.

*

4월 12일, 모스사이드의 어느 주차장 지하 3층에서 야구방망이로 가격당해 숨진 리암 킬로프의 시신이 발견되었다. 그는 대니 도일의 최측근 부하 중 한 사람으로 알려진 인물이었다. 경찰은 이례적으로 그 사건을 공개수사하지 않았다. 그는 맨체스터 최대 폭력단의 대부인 대니 도일을 제거하기 위해 경찰이 심어둔 첩자였기 때문이다.

*

그날 밤, 매들린은 잠을 이루지 못했다.

# 16 소포

피에 손을 담그는 자는 눈물로 손을 씻게 되리라.
－독일 격언

6월 15일, 치탬브리지경찰서로 의문의 소포 한 상자가 배달됐다. 수신인은 앨리스 딕슨 사건 담당 형사인 매들린 그린 경감으로 되어 있었다. 피크닉용 아이스박스와 유사한 플라스틱 밀폐용기였다.

매들린이 뚜껑을 열자 잘게 부순 얼음조각들이 나타났다. 얼음조각을 헤치면서 아래쪽으로 파내려가자 점점 붉은색이 드러났다.

매들린은 얼음조각을 붉은색으로 물들이고 있는 액체가 피라는 생각이 드는 순간 심장이 요동치기 시작했다. 잠시 동작을 멈춘 그녀는 숨을 고르고 마음을 진정시켰다. 그런 다음 다시 얼음조각 속으로 손을 집어넣었다. 밑바닥에서 반쯤 해동된 핏덩어리를 보는 순간 그녀는 구토를 참기 힘들었다. 사람의 몸에서 떼어낸 장기였다. 메스를 이용해 거칠게 떼어낸 심장.

사람의 심장.

앨리스의 심장.

*

앨리스의 유전자 데이터를 이미 충분히 확보하고 있던 버밍햄법의학연구소는 몇 시간 만에 경찰에 분석결과를 통보해주었다. 문제의 심장에서 추출된 바이오 샘플들은 앨리스의 머리카락에서 나온 DNA 지문들과 정확히 일치한다는 분석이었다.

이제 의심의 여지가 없었다.

앨리스는 죽었다.

*

그날, 매들린은 마음 깊은 곳에서 소중하게 쌓아온 탑이 무너져 내리는 소리를 들었다. 몽유병자처럼 정신없이 집으로 돌아온 그녀는 위스키를 연거푸 몇 잔 마신 다음 수면제 두 알을 먹고 잠이 들었다.

다음날, 매들린은 경찰서에 출근하지 않았다. 다음날, 그 다음날에도 그녀의 결근은 계속되었다. 그 후 3주 동안 매들린은 의욕을 잃고 술과 약에 의지해 가사상태로 누워 지냈다. 견딜 수 없을 만큼 허망한 결말이었고, 살아간다는 게 무의미하게 느껴졌다. 살인을 저지른 미치광이를 체포하는 일조차 부질없이 여겨졌다.

매들린은 갑자기 좌표를 잃었다. 더 이상 미래로 나아갈 수 없을 것 같았다. 당장 삶의 'OFF' 버튼을 눌러버리고 싶었다.

*

6월 19일, 《더 선》지는 에린 딕슨이 한 영화사와 앨리스의 실종과 살해 과정을 그린 영화 제작을 허락한다는 계약을 맺고, 5만 파운드의 계약금을 받았다고 보도했다.

*

6월 26일, 머지사이드 경찰은 일상적인 검문 과정에서 해럴드 비숍이라는 남자를 체포했다. 음주운전혐의로 체포된 해럴드 비숍의 밴 뒷좌석에서는 피 묻은 흉기들이 발견되었다.

해럴드 비숍은 보우랜드 숲을 지나던 중에 밴에 치인 멧돼지를 토막 내느라 사용한 도구들이라고 주장했다. 경찰은 그의 말에 일관성과 신빙성이 결여되었다고 판단하고 프레스콧경찰서로 송치해 곧바로 알코올 해독실에 집어넣었다.

본격적인 수사가 시작되었고, 담당 형사들은 해럴드 비숍이 몇 년 전부터 언론에서 '리버풀의 푸주한' 이라는 별명을 붙여준 살인마라는 확신을 갖게 되었다.

해럴드 비숍은 경찰 심문 과정에서 2001년부터 2009년까지 무려 이십 명이 넘는 젊은 여성들과 여학생들을 살해했고, 그보다 많은 수의 여성들을 강간했다고 자백해 세상을 경악하게 했다. 영국 역사상 유례없을 만큼 잔혹한 살인마가 체포된 것이다. 10년 동안 미궁에 빠졌던 수십 건의 살인사건과 납치사건이 일제히 해결되는 순간이었다.

끈질긴 심문 끝에 해럴드 비숍은 자신이 마지막으로 앨리스 딕슨을 살해했다고 자백했다. 그는 앨리스의 심장을 도려내 맨체스터 경찰청으로 보냈으며 시신은 머지 강에 던져버렸다고 증언했다.

\*

해럴드 비숍 사건은 장장 몇 주 동안 모든 언론의 헤드라인을 장식했다. 경찰은 그를 수십 차례나 심문했다. 그가 뚜렷하게 기억하지 못하는 피해자도 다수 있었고, 수시로 범행 날짜를 혼동했고, 몇몇 살인사건에 대해서는 애매한 답변으로 일관했다.

경찰이 비숍의 집을 수색하는 과정에서 셀 수도 없이 많은 유골이 발견되었다. 결국 유골들에 대한 정확한 신원확인은 불가능하게 되었다.

\*

7월 7일 한밤중, 매들린은 반 이층에 위치한 침실의 천장 들보에 빨랫줄을 맸다.

여기서 멈춰야 해.

매들린은 위스키 한 잔을 삼키고 손에 쥐고 있던 수면제와 진정제를 한꺼번에 입 안으로 털어넣었다. 그런 다음 의자에 올라가 미리 준비한 빨랫줄에 매듭을 만들었다. 그녀는 목을 동그란 매듭 안에 집어넣고 끈을 조였다.

여기서 멈춰야 해.

벌써 한 달째 참혹한 환영들이 그녀를 괴롭히고 있었다. 견딜 수 없을 만큼 끔찍한 이미지들이 쉴 틈을 주지 않고 그녀를 막다른 골목으로 밀어붙였다. 앨리스가 겪었을 고통을 똑같이 느끼게 해주는 끔찍한 이미지들이었다.

여기서 멈춰야 해.

여기서 멈춰야 해.

*

매들린은 의자를 밀어냈다.

# 17 검은 서양란

혼자다……나는 늘 혼자다, 그 어떤 상황에서도.
—마릴린 먼로

**샌프란시스코**

**월요일 아침**

텔레그래프 힐 위로 해가 떠올랐다. 새벽 햇살이 스테인리스 냉장고에 뿌려지며 어두컴컴하던 부엌이 별안간 환하게 밝아왔다.

조나단은 갑자기 눈이 부셔 한 손을 비스듬히 이마에 갖다 댔다.

이런 벌써 아침이잖아…….

컴퓨터 앞에서 꼬박 밤을 새웠더니 몸이 천근만근이었다. 그는 눈꺼풀을 꾹꾹 눌러 마사지했다. 눈은 **뻑뻑하고**, 귀에서는 수시로 윙윙거리는 소리가 났고, 머릿속은 온통 끔찍한 이미지들로 가득 채워졌다.

조나단은 힘겹게 몸을 일으켜 커피머신에 전원을 넣고 스위치를 눌렀다. 그리고 나서 강펀치를 연이어 얻어맞아 그로기 상태가 된 권투선수처럼 멍하니 허공을 바라보았다.

간밤에 지옥을 경험하고 받은 충격 때문에 아직도 머리가 띵했다. 조나단은 몸이 저절로 움츠러들었다. 앨리스의 유령이 매들린의 호위를 받으며 여전히 집 안을 떠돌고 있었다. 머릿속이 온통 뒤죽박죽이었다. 리버풀의 푸주한이 내뿜는 살인의 광기, 치탬브리지의 빈곤, 코카인의 폐해, 도무지 마음속을 짐작할 수 없는 대니 도일이라는 인물, 피·눈물·죽음······.

조나단은 혐오스럽고 메스꺼웠지만 오직 한 가지 욕망에 가득 차 있었다. 얼른 다시 컴퓨터를 켜고 아직 열어보지 못한 파일들을 계속해서 읽고 싶었다. 곧 찰리가 깨어나면 아침식사를 차려 줘야하니까 그 전에 샤워를 하며 밤새 머리를 무겁게 짓눌렀던 악몽을 깨끗이 씻어낼 생각이었다.

조나단은 한동안 뜨거운 물줄기를 맞으며 가만히 서 있었다. 뇌에 박힌 악몽을 떨쳐버리기라도 하듯 그는 비누칠을 하고 피부가 벗겨질 정도로 몸을 박박 문질렀다. 밤새 머릿속을 맴돌며 그를 괴롭혔던 의문이 다시금 밀려왔다.

비숍은 그 불쌍한 소녀를 살해하기 전에 어떤 고통을 가했을까? 비숍을 체포하고 나서 앨리스에 관해 새롭게 밝혀진 사실들이 있을까? 매들린은 그후 대니 도일을 다시 만난 적이 있을까? 맨체스터의 독종 경찰 매들린이 어쩌다가 파리에서 꽃집을 운영하는 플로리스트 아가씨가 됐을까?

*

파리16구

## 오전 10시

매들린은 빅토르 위고 거리 초입의 이륜차 전용 주차 공간에 트라이엄프 오토바이를 세웠다. 그녀는 헬멧을 벗고 머리카락을 쓱쓱 빗어 올리면서 〈레글롱〉이라는 간판이 붙은 전통 비스트로의 문을 열고 들어갔다.

고급스러운 동네 분위기와는 달리 소박하고 서민적인 식당이었다. 그녀는 창문가 첫 번째 테이블에 자리를 잡고 앉았다. 조르주 라튤립이 운영하는 〈카페 팡팡〉을 관찰하기에는 최적의 자리였다. 유리창 너머로 길 건너편에 멋지게 자리 잡은 고급 식당 〈카페 팡팡〉의 모습이 보였다.

매들린은 차와 크루아상을 주문한 다음 배낭에서 노트북을 꺼냈다.

지금 내가 여기서 뭐하는 짓이지?

매들린은 머리에서 불쑥 튀어나온 갑작스런 질문에 당혹했다.

'내가 갑자기 점차 안정되어 가는 삶의 궤도를 이탈한 이유가 뭐지? 지금 내가 있어야 할 자리는 타쿠미와 손님들이 기다리는 꽃집이지, 일면식도 없는 남자의 식당을 감시하겠다고 잠복 중인 이 자리가 아니잖아. 난 이제 경찰이 아니야.'

매들린은 마음을 고쳐 먹기 위해 머릿속으로 계속 그 말을 되뇌었다. 하지만 한 번 형사는 영원한 형사라고 했던가.

매들린은 조금만 더 이성의 소리를 잠재우기로 했다. 그녀는 주머니에서 조르주와 프란체스카의 불륜을 폭로한 타블로이드 신문을 꺼냈다.

머리를 제대로 좀 굴려봐!

매들린이 신문기사를 테이블 위에 펼치며 속으로 말했다. 그녀는 프란체스카의 외도 사실을 명백하게 입증하는 기사의 사진들을 유심히 들여다보기 시작했다. 그런데 아무리 봐도 어딘가 석연치 않은 구석이 있는 사진들이었다. 뭐랄까, 파파라치가 찍은 사진치고는 지나치게 예술적이었다. 프란체스카는 전직 모델인 만큼 완벽한 포즈를 취할 수도 있고, 사진에서 빛을 활용하는 방법도 잘 알고 있을 것이다. 아무리 그렇더라도 이 사진은 파파라치에게 도둑맞은 사진이 아니라 치밀한 계산을 거쳐 연출된 사진이라는 느낌이 왔다.

그렇다면 연출자는 누구일까? 과연 무슨 목적으로?

매들린은 크루아상을 먹으며 노트북을 인터넷에 연결했다. 그녀는 〈카페 팡팡〉 홈페이지에 접속해 전화번호를 손쉽게 찾아냈다. 그녀가 〈카페 팡팡〉에 전화해 조르주를 바꿔달라고 하자 종업원이 '라튤립' 사장님은 11시가 돼야 나온다고 정중하게 대답했다.

매들린은 조르주가 식당에 나타나기 전까지 좀 더 홈페이지를 검색해보기로 했다. 홈페이지 역시 식당 이미지와 마찬가지로 모던하고 고급스러웠다. 식당 소개를 읽던 그녀는 〈카페 팡팡〉이 사실상 고급 호텔 체인인 〈원 엔터테인먼트 그룹〉 소유라는 사실을 알게 되었다.

〈원 엔터테인먼트 그룹〉이라면 조나단의 사업권 일체를 인수한 회사잖아.

가격이 비싼 식당 메뉴 중에 낯익은 요리가 눈에 띄었다. 조나단의 이름을 세상에 알린 바로 그 요리들이었다.

흥! 여자를 빼앗은 걸로도 모자라 조나단의 요리까지 슬쩍하다니……. 정말 비겁한 작자가 틀림없어.

매들린은 조르주 라튤립이라는 이름으로 다시 검색을 하다가 그가 운영자로 있는 블로그를 발견했다.

스쿠버 다이빙 블로그?

조르주 라튤립은 해저 수중 촬영에 심취해있었다. 완벽하게 업데이트된 그의 블로그에는 그간의 여행기들과 함께 형형색색의 물고기, 거대한 거북, 눈부신 산호초를 찍은 수백 장의 사진이 올라와 있었다. 그는 그런 장관을 카메라에 담기 위해 수년 전부터 전 세계를 누비고 다녔을 것이다. 벨리즈, 하와이, 잔지바르, 몰디브, 브라질, 멕시코……

여행기들은 행선지에 따라 일목요연하게 분류돼 있었고, 사진 밑에는 간단한 해설까지 붙어 있었다. 매들린은 수많은 사진들 중에서 특별히 표범상어에게 눈길이 갔다. 사진 밑에 붙은 해설에 따르면 이 연골어류는 2009년 12월 26일, 몰디브 섬에서 촬영되었다.

무심결에 사진의 날짜를 보던 전직 경찰 매들린은 눈썹을 치켜 올렸다. 타블로이드 판 신문기사에는 프란체스카와 조르주 라튤립이 사진을 찍은 날짜와 장소가 2009년 12월 28일 바하마제도의 나소로 되어 있었다. 몰디브 섬과 바하마제도는 무려 1만5천 킬로미터나 떨어진 대척점에 위치해 있었다. 물론 비행기를 이용하면 이틀 만에 이동하는 게 이론적으로는 불가능하지 않았다. 하지만 비행기를 갈아타는 시간을 감안하면 현실적으로 쉽지 않은 일이었다.

매들린은 분명 뭔가 석연치 않은 문제가 개입돼 있다고 확신하며 한 페이지씩 면밀히 읽어 나갔다. 그 결과 라튤립이 대개는 여행지에서 평균 일주일 이상 머물렀다는 사실을 알 수 있었다.

'지구 반대편까지 날아가 스쿠버다이빙을 하니 당연히 일주일 정도의 시간이 필요하겠지.'

그런데 표범상어 사진을 찍었을 당시 몰디브에 체류한 기간은 불과 이틀밖에 되지 않았다. 조르주 라튤립이 돌연 일정을 중단하고 프란체스카를 만나러 날아갔다는 뜻이었다.

매들린은 그 순간 배 안쪽이 짜릿해지며 가슴이 두근거렸고, 얼굴에 가벼운 열기가 떠올랐다. 사건의 첫 번째 단서를 손에 쥐었을 때의 전율이 느껴졌다.

'넌 이제 경찰이 아니야.'

내면의 목소리가 또다시 그녀를 제지했지만 못 들은 척했다. 그녀는 날아갈 듯한 기분으로 카페 밖 인도에 나가 담배를 피웠다.

*

샌프란시스코

"아빠."

"잘 잤어, 아들."

조나단이 찰리를 번쩍 안아들고 뽀뽀를 한 다음 주방 스툴에 앉혔다. 아직 잠이 덜 깬 찰리가 눈을 비비며 볼에 담긴 핫 초콜릿을 마셨다. 조나단은 식빵에 버터를 바르고 아카시아 꿀을 살짝 얹어 찰리에게 주었다. 찰리는 식사를 하는 동안 작은 텔레비전으로 만화 프로그램을 봐도 되는지 물었다.

조나단은 오늘 아침 만큼은 찰리를 붙잡고 TV의 폐해에 대해 일장 연설을 할 생각이 없었다.

"물론이지."

조나단은 직접 리모컨을 찾아 TV를 틀어주기까지 했다.

찰리가 TV 앞으로 다가가 앉았다. 조나단은 아들이 넋을 놓고 〈스폰지밥〉을 보는 사이 노트북 앞에 앉아 아직 못다 읽은 '앨리스 딕슨 사건 자료' 들을 마저 읽기 시작했다.

조나단은 이어폰을 노트북에 꽂고 압축 동영상 파일 하나를 열었다. 화질이 좋지 않은 것으로 보아 휴대폰으로 찍었거나 2000년대 중반에 나온 구형 디지털카메라로 찍은 게 분명했다. 하지만 소리는 그럭저럭 들을 만했다.

화면 앞쪽에 눈을 감은 매들린의 모습이 나타났다. 병원침대에 누워 있는 그녀는 혼수상태이거나 깊은 잠에 빠진 것 같았다. 잠시 후 '카메라'를 들고 서 있던 남자가 나이트 테이블에 카메라를 내려놓고 렌즈가 자기 쪽으로 향하게 했다. 남자다운 외모, 갈색머리, 각진 얼굴. 남자의 우울한 눈빛에는 짙은 피로감이 배어 있었다.

"이번에는 일어날 수 있겠지, 매디……."

남자가 딱딱한 말투로 혼잣말을 했다.

그는 바로 대니 도일이었다.

\*

파리

11시 30분이 조금 넘은 시간에 포르쉐 파나메라 한 대가 레스토랑 앞에 멈춰 섰다. 차에서 내린 조르주 라튤립이 주차요원에게 차 열쇠를 맡기고 식당 안으로 들어갔다.

맞은편 카페에 앉아 있던 매들린은 조르주의 모습을 자세히 보려고 눈을 찡그렸다. 블로그에 올라온 사진에 비해 좀 더 나이가 들어 보였지만 그는 여전히 미남이었다.

조르주는 운동선수처럼 늘씬하고 탄탄한 몸매에 신경을 많이 쓴 옷차림을 하고 있었다. 관자놀이 언저리에 희끗희끗 흰머리가 보였지만 아직 노신사로 분류될 만큼은 아니었다. 이 시간에 식당에 출근하는 것으로 보아 그는 주방 일보다는 대외업무에 치중하는 듯했다. 그렇다면 점심시간 이후에는 식당에 오래 머물지 않을 것이라는 결론이 나왔다. 점심시간이 다가올수록 그녀가 앉아 있는 레글룽식당도 점차 손님들로 붐비기 시작했다.

매들린은 여주인이 다가와 식사를 시키겠냐고 묻자 자리를 지키기 위해 그러겠노라 대답했다. 그녀는 오늘의 특선메뉴를 시켰다. 음식의 질이야 길 건너편 식당과 비교되지 않겠지만 한껏 허기를 느낀 그녀는 '타임과 캐러멜을 입힌 양파를 곁들인 툴루즈 소시지'를 허겁지겁 먹어치웠다.

매들린은 어느새 사건 수사 현장으로 돌아와 있었다. 잠복근무, 미행, 추리, 현장에서 때우는 식사 한 끼……. 형사시절의 본능과 수사 감각이 되살아났다.

뭘 입증해 보이고 싶은 거야? 형사시절의 동물적 감각이 아직 살아 있다는 걸 보여주고 싶어? 아직은 복잡하게 뒤얽힌 사건의 실타래를 가뿐히 풀 수 있다는 걸?

지난 2년 동안 과거를 지우기 위해 안간힘을 썼는데 악마가 갇혀 있던 상자 밖으로 튀어나오듯 지난 과거가 다시 그녀 앞에 불쑥 나타났다. 결코 유혹에서 벗어날 수 없는 마약중독자나 알코올중독자가 돼버린 느낌이었다.

매들린은 과거를 떠올리는 순간 눈물이 핑 돌았다.

감상은 떨쳐버리자. 앨리스 생각은 하지 말자.

매들린은 경찰시절 마지막으로 맡은 사건의 수사 때문에 끝없는 나락으로 떨어지는 듯한 경험을 했었다. 자살이 실패로 돌아가고 혼수 상태에 빠졌다가 이틀 만에 깨어나 보니 손에 휴대폰이 들려 있었다. 그녀는 여전히 의식이 혼미한 상태로 휴대폰 화면을 물끄러미 바라보았다. 침상 옆 나이트 테이블에는 바이올렛 한 다발과 봉투 한 장이 놓여 있었다.

봉투 속에는 명함 한 장이 들어 있었다.

우리에겐 언제나 선택의 여지가 있다.
몸조리 잘해.

대니얼.

매들린은 손에 쥔 휴대폰으로 눈길이 가는 순간 누군가 자신의 휴대폰으로 동영상을 찍었다는 사실을 알게 되었다. 파일을 열자 대니 도일의 얼굴이 나타났다. 여태껏 그의 얼굴에서 그토록 지치고 '인간적인' 모습이 어려 있는 걸 본 적이 없었다.

"이번에는 일어날 수 있겠지, 매디."

대니가 딱딱한 말투로 이야기를 꺼냈다.

*

"이번에는 일어날 수 있겠지, 매디. 하지만 다음번에는 다를지도 몰라. 난 형사에 대해서라면 누구보다 잘 안다고 자부하지. 형사들은 나같은 인간과 크게 다르지 않아. 종국에 형사들은 자신의 직업에 대해 환멸을 느끼게 되지. 형사들 중에 유독 우울과 폭력, 고통, 집착, 죽음에 이르는 사람이 많은 건 바로 환멸 때문이야.

　당신은 매일이다시피 권총을 손에서 놓지 못한 채 잠을 청하고, 늘 두려움에 시달리고 있을 거야. 당신이 몸을 뒤척이며 지새우는 불면의 밤은 이미 오래 전에 유령과 시체, 악마들에게 점령당했어. 당신은 의지가 강하지만 우울한 감성의 소유자이기도 해. 당신은 중고등학교 시절부터 감성이 풍부한 여자였어. 그런 당신은 형사라는 직업을 갖게 되면서 산송장이나 다름없게 되었어. 당신의 얼굴에서는 이제 더 이상 예전의 맑고 순수하고 밝은 빛을 찾아볼 수 없어. 당신의 얼굴에는 이제 집요한 추적자로서의 집념만이 남았어. 당신은 코카인에 집착하는 그 아이 엄마와 별반 다르지 않아. 당신은 추격과 체포에 대한 할당량을 채워야 비로소 아드레날린이 분비되고 힘을 얻지. 당신은 결국 마약중독자나 다름없다는 뜻이야. 당신은 범죄를 좇아 헤매는 하이에나일 뿐이야. 당신에게는 범죄해결이 헤로인 주사고, 마약이고, 환각이지. 당신은 날마다 몸에 마약을 주사하고 있는 거야. 그러다가 언젠가는 비참하게 죽어가겠지……."

　대니 도일은 잠시 말을 멈추고 담배에 불을 붙였다. 병원은 엄격한 금연 구역이었지만 그에게는 적용되지 않는 규칙이었다.

　"당신은 진실에 목말라 있겠지. 그 절대적 가치에 대한 신봉이 당신을 피폐하게 만들고 있는데도 당신은 절대로 멈추지 못하지. 앨리스처럼 끔찍하게 죽어가는 사람이라면 앞으로도 얼마든지 나올 수 있어. 당신이 반드시 체포해 감옥에 처넣어야 하는 흉악범들은 얼마든지 더 나오게 돼 있어. 그럴 때마다 당신의 우울과 고독, 방황은 심화되겠지. 당신은 악을 처단하기 위해 전력을 쏟고 있지만 결과는 어땠지? 정작 악의 세계는 당신 따윈 안중에도 없어 하지. 악은 당신을 파괴하고, 철저히 외롭게 만들 거야. 종국에는 항상 악이 승리하니까. 내 말을 믿는 게 좋아. 당신은 더 이상 빠져나올 수 없는 나락으로 떨어지기 전에 어서 악순환의 고리를 끊어야 해. 당신은 지금처럼 살아서는 안 돼. 난 당신이 만신창이가 되어가는 걸 보고 싶지 않아. 이 빌어먹을 도시에서 어서 도망쳐, 매디. 파리에 가서 예전부터 하고 싶다고 했던 꽃집을 열어. 당신은 이미 꽃집 이름까지 지어놨잖아. 뭐였더라? 옛날 샹송 제목이었는데. 그래, 맞아, 〈환상의 정원(가수 샤를르 트레네가 부른 60년대 샹송 : 옮긴이)〉이었어."

갑자기 거기서 말이 뚝 끊겼다. 대니 도일이 셔츠 단추를 하나 풀더니 카메라렌즈로 향했던 시선을 다른 쪽으로 돌리며 긴장된 표정으로 담배를 몇 번 빨았다. 그는 눈을 비비고 한숨을 내쉬고 나서 꼭 할 말이 있다는 듯 입술을 달싹였다. 갑자기 카메라를 끌 것처럼 앞쪽으로 손을 뻗었던 그가 금세 다시 손을 뒤로 했다.

대니 도일은 마치 막다른 골목에 몰려 있는 사람처럼 몹시 쓸쓸해 보였다. 그의 뺨을 타고 눈물이 흘러내렸다. 그가 마치 어린아이처럼 어설픈 동작으로 눈물을 훔쳤다. 많이 울어보지 않은 사람다웠다. 그의 두 입술 사이에서 나지막한 한 마디가 흘러나왔다.

"사랑해."

화면이 치직거리며 흔들리다가 뿌옇게 변했다.

매들린은 대니 도일의 죽음을 직감했다. 나이트 테이블에 놓아둔 대니 도일의 명함 뒷면에 일련번호가 적혀 있었다. 그녀는 그의 전화번호라고 생각하며 휴대폰을 들고 당장 번호를 눌러보았다. 그러자 전화는 스위스의 은행으로 곧장 연결되었다. 그녀가 이름을 말하자 그녀 앞으로 계좌가 하나 개설되었으며, 30만 유로가 입금돼 있다는 은행 직원의 답변이 돌아왔다.

*

**샌프란시스코**

화면이 치직거리며 흔들리다가 뿌옇게 변했다.

조나단은 충격을 받고 몇 초 동안 텅 빈 스크린에서 눈을 떼지 못했다. 화면 속의 대니 도일에 대해 경외심마저 들었다.

대니 도일은 정말 특이한 사람이야. 2년 반이라는 세월이 흐른 지금 그는 어떻게 됐을까?

요즘 세상에 인터넷으로 찾아내지 못하는 게 과연 얼마나 될까? 역시나 구글은 실시간에 가깝게 해답을 제시했다.

**맨체스터 외곽에서 참혹한 시신으로 발견된 조직폭력계 대부!**

2009년 7월 10일자 기사였다. 동영상을 촬영하고 나서 이틀이 지난 시점이었다. 대니는 괜한 소리를 했던 게 아니었다. 그는 생명의 위협을 느끼고 있었던 것이다.

현장을 취재한 기자는 대니 도일이 팔다리가 절단되고 이빨이 모두 뽑힌 상태로 발견되었다고 전했다. 우크라니아 출신의 갱단이 저지른 잔혹한 복수극이었다.

등골이 오싹해지는 기사였다. 조나단은 다시 컴퓨터 초기 화면으로 돌아왔다. 이제 남은 파일은 단 하나, JPG사진 파일이었다. 그는 커서를 끌어다 이미지 위에 올려놓고 클릭했다. 그 순간, 그는 심장이 얼어

붙은 듯 깜짝 놀랐다.

\*

파리

빅토르 위고 거리

조르주 라튈립은 오후 2시가 넘어 식당을 나왔다. 매들린은 재빨리 오토바이에 올라 그가 탄 차를 뒤쫓기 시작했다. 그가 탄 포르쉐는 골든트라이앵글(몽테뉴 거리, 조르주 V거리, 샹젤리제 대로가 삼각형으로 에워싼 파리8구의 중심지. 고급 주택과 상점이 밀집한 곳으로 유명하다 : 옮긴이) 중심에 있는 클레망 마로 거리로 들어가 고급 부동산 중개업소 앞에 잠시 정차했다.

잠시 후, 젊은 여자 하나가 건물 밖으로 나와 차에 올라타더니 운전석에 앉은 조르주에게 격정적인 키스를 퍼부었다. 날씬한 몸매에 금발머리, 미니스커트 차림의 슬라브 출신 여자였다.

차는 8구를 빠져나와 센 강 좌안으로 넘어가 의과대학 거리의 공영 주차장으로 들어갔다. 잠시 후 주차장에서 나온 두 사람은 생 쉴피스 거리를 따라 걷다가 보나파르트 거리가 나오자 오른쪽으로 방향을 꺾어 계속 걸었다. 그들은 아베 거리에서 한 고급 주거용 건물 안으로 사라졌다.

매들린은 이제나저제나 건물 안으로 사람이 들어가기만을 기다렸다. 20분 가량 지났을 때 노파 한 사람이 건물로 들어가는 걸 보고 재빨리 따라 들어갔다. 우편함을 살펴보니 예상대로 조르주 라튈립이라는 이름이 보였다. 그는 최고급 차에 아름다운 애인, 생제르맹 데 프레에 고급 아파트까지 갖추고 보란듯이 잘 살아가고 있었다. 길거리에서 핫도그 노점상을 하던 사람이 이만하면 출세한 것 아닌가.

두 사람의 에로틱한 오락은 금세 끝이 났다. 15분 정도 지나자 그들은 다시 밖으로 나와 총총걸음으로 주차장을 향해 걸어갔다. 조르주는 애인을 다시 직장에 내려주고 나서 와그람 거리를 달려 테른 광장 쪽으로 향했다. 그는 여전히 미행 사실을 눈치 채지 못한 채 네바 거리로 차를 꺾어 희부연 빛이 나는 멋스러운 건물의 육중한 출입문으로 들어갔다.

매들린의 오토바이는 보도로 올라와 금색 동판으로 만든 건물 명패 앞에서 급정거했다. 위쪽을 올려다보니 모던한 글씨체로 데릴로 재단이라 적혀 있었다.

매들린은 플레이알 뮤직홀에서 멀지 않은 곳에 오토바이를 주차하고 건물 앞으로 돌아왔다. 아침에 내리던 눈이 그치고 해가 쨍쨍 내리쬐고 있었지만 입에서 하얀 김이 새어나올 정도로 추운 날씨였다.

메종 뒤 쇼콜라, 마리아쥬 프레르 같은 고급 가게들이 즐비한 동네였다. 매들린은 데릴로 재단 건물의 출입문도 살피고, 꽁꽁 언 몸도 녹일 겸 파리에서 최고로 명성이 높은 유명 찻집 마리아쥬 프레르의 문을 열고 들어섰다.

카운터 뒤쪽에 층층이 달아놓은 참나무 원목 선반들에는 고급 차를 담아놓은 검정색 양철통들이 세련되게 진열돼 있었다. 찻집 전체에 달콤한 향과 재스민 냄새가 은은하게 배어 있었다. 메뉴에 나온 차 종류는 끝이 없었다. 매들린은 시적인 작명에 이끌려 '히말라야의 안개'라는 차를 주문하고, 사브레 버터쿠키도 함께 시켰다.

매들린은 본능에 가깝게 가방에서 노트북을 꺼내 와이파이로 인터넷에 접속했다.

〈데릴로 재단〉은 프란체스카의 아버지 프랭크 데릴로가 사망하기 몇 년 전에 만들었다. 가정형편이 어려운 인재들이 학업을 계속할 수 있게 장학사업을 주로 벌여온 재단이었다. 세계적으로 명성이 자자한 이 비영리재단은 뉴욕에 본부가 있었고, 파리에 지부가 하나 있었다. 그 지부의 운영을 맡은 사람이 바로 조르주 라튈립이었다.

매들린은 헤이즐넛과 사향포도 향이 뒤섞인 차를 마시며 생각에 집중했다. 화살표들이 일제히 조르주 라튈립을 가리키고 있었다.

맨손으로 시작한 남자가 대체 무슨 요술을 부렸기에 조나단을 '내쫓은' 〈원 엔터테인먼트 그룹〉과 프란체스카의 환심을 사게 돼 이 자리까지 올라왔을까?

매들린은 양파 껍질이 벗겨지듯 새로운 사실이 드러날수록 흥분이 가중되었다. 그녀는 이제 진실 찾기 게임에 몰입해 있었다. 꽃다발이나 장식품, 꽃집은 이제 안중에 없었다. 오직 조르주 라튈립의 베일을 벗기겠다는 일념밖에 없었다. 그가 바로 프란체스카와 조나단의 이혼에 얽힌 열쇠를 쥐고 있는 인물이라는 확신이 들었다.

*

2시간 반 뒤

조르주가 〈데릴로 재단〉 건물을 나섰을 때는 이미 땅거미가 내려앉은 뒤였다. 매들린은 그를 기다리는 동안 차를 다양하게 주문해 맛을 보았다. 그의 모습이 보이자 그녀는 급히 차 값을 지불하고 오토바이를 세워둔 곳으로 뛰어갔다. 그러나 그녀가 막 오토바이에 오르는 순간 포르쉐는 이미 쿠르셀 대로에 진입해 있었다.

이런 젠장!

매들린은 시동을 걸고 재빨리 뒤따라갔지만 포르쉐는 그녀가 테른 광장에 이르렀을 때 이미 눈앞에서 사라지고 없었다.

침착하자.

매들린은 논리적인 유추 끝에 조르주가 저녁식사 시간에 맞춰 요리를 하기 위해 그의 식당으로 돌아올 거라는 결론을 내렸다.

역시!

개선문 원형 교차로에서 조르주의 차가 다시 눈에 띄었다. 매들린은 순간적으로 형사시절의 짜릿한 전율을 다시 한 번 느꼈다. 그녀는 점점 더 '수사'에 몰입해가고 있었다. 조르주의 비밀을 캐내고, 그의 아파트를 수색하고, 그를 심문해 자백을 받아내고, 그리고…….

그만! 넌 이제 경찰이 아니야!

내면의 목소리가 다시 그녀를 제지했다.

사실 경찰이 아닌 신분으로 수사를 진행하기란 쉽지 않았다. 용의자를 경찰서로 소환해 조사할 수도 없고, 가택수색도 불가능했다. 공권력의 힘을 빌릴 수 없다면 머리를 굴려 상황을 돌파하는 방법밖에 없었다. 그 중에서도 조르주에게 접근해 신뢰를 얻어내는 방법이 가장 좋을 것이다.

어떻게?

매들린은 얼굴에 칼바람을 맞으며 빅토르 위고 거리를 달렸다. 신호등이 빨간불로 바뀌어 포르쉐가 멈춰 서자 그녀도 오토바이를 세웠다. 〈카페 팡팡〉까지의 거리는 불과 20미터밖에 남아 있지 않았다.

당장 방법을 생각해내!

신호등이 파란불로 바뀌는 순간, 매들린은 갑자기 오토바이의 속도를 높이며 포르쉐와 나란히 섰다.

설마 뼈가 부러지진 않겠지!

알 수 없는 힘이 등 뒤에서 그녀를 밀고 있었다.

이러다가 오토바이를 고물로 만들겠어!

포르쉐가 속도를 늦추는 사이 그녀는 차 앞으로 치고 들어가 길을 막아서며 갑자기 브레이크를 밟았다. 포르쉐 범퍼에 오토바이 뒤쪽이 닿으며 오토바이가 옆으로 쓰러졌다. 미끄러지듯 아스팔트를 굴러가던 오토바이가 가로등을 들이받으며 가까스로 멈춰 섰다.

오토바이에서 튕겨져 나간 매들린은 차도를 몇 번이나 나뒹굴었다. 떨어질 때 머리를 바닥에 부딪쳤지만 다행히 풀페이스 헬멧을 착용한 데다 충돌 당시 포르쉐가 속도를 최대한 줄인 상태라 큰 부상은 입지 않았다.

차문을 열고 나온 조르주가 깜짝 놀란 얼굴로 매들린을 향해 달려왔다.

"정말……정말 미안하게 됐습니다. 갑자기 앞길을 막아서는 바람에 저로서도 어쩔 수가 없었어요."

매들린은 정신을 차리고 부상 정도를 확인했다. 점퍼가 아스팔트 바닥에 심하게 쓸리고, 청바지가 찢어지고, 손과 팔뚝에 찰과상을 입은 것 말고는 다행히 멀쩡했다.

"앰뷸런스를 부를게요."

조르주가 휴대폰을 꺼냈다.

"그럴 필요 없어요."

매들린이 헬멧을 벗으며 그를 안심시켰다. 그녀는 머리를 쓱쓱 쓸어 넘겨 매만지며 그를 향해 매혹적인 미소를 날렸다. 그 순간 조르주의 눈에 욕망의 빛이 반짝 일었다. 사냥꾼의 불꽃. 매들린은 그가 내미는 손을 잡고 몸을 일으키며 일단 상대의 마음을 사로잡는 데 성공했다는 사실을 직감했다.

1단계, 적진 침투 성공.

*

**샌프란시스코**

조나단은 마지막으로 남은 파일을 클릭했다. 사진이 꽉 찬 화면이 열렸다. 앨리스의 실종 당시 영국 전역에 나붙었던 벽보를 카메라로 찍은 것이었다.

전단지에 열다섯 살 가량 된 어린 소녀의 사진이 보였다. 뻣뻣한 금발머리, 슬픈 미소, 주근깨가 점점이 박힌 창백한 얼굴. 실종 당일, 소녀가 스웨트 셔츠를 입고 있었기 때문에 채택된 사진이었다. 분홍색과 회색이 섞인 에버크롬비&피치 플리스후드재킷. 너무 헐렁해 보이는 옷에 소녀가 손으로 직접 꿰맨 맨체스터 유나이티드의 휘장이 붙어 있었다.

조나단은 〈앨리스 사건〉 파일들 중에서 매들린의 개인 메모와 공식 문건들을 집중적으로 읽었을 뿐 앨리스의 사진을 직접 보는 건 처음이었다. 앨리스의 사진이 화면에 뜨는 순간부터 그의 심장은 요란하게 뛰었다. 그의 시선이 앨리스의 시선과 맞닿는 순간 배가 딱딱하게 뭉친 듯한 느낌이 왔다.

조나단은 사진 속의 소녀를 알고 있었다. 아니, 직접 만나 이야기를 나눈 적이 있었다. 그는 공포에 떨며 황급히 노트북을 덮었다. 심장이 달음박질치기 시작했고, 손이 저절로 벌벌 떨렸다. 냉정을 되찾으려고 크게 심호흡을 해봤지만 소용없었다. 실의에 빠졌던 시절, 소녀와 만났던 기억이 다시금 수면 위로 떠올랐다. 안간힘을 다해 꾹꾹 눌러도 소용없었다. 극심한 두려움에 온몸이 녹아내리는 듯했고, 머리부터 발끝까지 차가운 소름이 돋았다.

정신을 바짝 차리지 않으면 안 돼.

# 18 최면

가장 끔찍한 고통은 자기 스스로에게 가하는 고통이다.
—소포클레스

샌프란시스코

12월 19일 월요일

밤 10시 30분

조나단은 그레이스대성당에서 두 블록 떨어진 파월 스트리트에서 케이블카를 내렸다. 희뿌연 안개가 자욱하게 뒤덮인 거리는 적막하고 신비스런 분위기가 감돌았다. 그는 1백여 미터를 걸어 레녹스병원에 도착했다.

"모랄레스 박사님과 약속이 잡혀 있습니다."

조나단은 안내데스크로 다가가 말했다. 그는 로비에서 잠시 기다리라는 말을 듣고 소파에 털썩 앉아 프린터로 뽑은 앨리스의 사진을 호주머니에서 꺼냈다.

하루 종일 앨리스의 얼굴이 머릿속을 맴돌았다. 사람을 잘못 본 거

라고도 생각해봤고, 지난 기억을 떨쳐내려고 안간힘을 써봤지만 소용
없었다. 그가 만난 앨리스 딕슨은 분명 갈색 머리에 이름도 앨리스 코
왈스키였다. 그러나 소녀가 입고 있던 플리스후드재킷, 눈빛에 각인
된 상처만은 똑같았다.

"잘 지냈어요, 조나단?"

"반가워요, 아나 루시아."

머리카락이 새까맣고 피부가 까무잡잡한 미녀가 조나단 앞에 와서
섰다. 아담한 키의 모랄레스 박사는 수수하면서도 우아한 자태를 지
닌 여자였다. 그녀는 몸매를 은근히 과시하듯 흰 가운을 타이트한 재
킷처럼 셔츠 위에 걸치고 단추를 풀어두고 있었다.

"제 방으로 가실까요?"

조나단은 엘리베이터 안으로 그녀를 뒤따라 들어갔다.

"정말 오랜만이네요."

모랄레스가 6층 버튼을 눌렀다. 승강기가 소리 없이 올라가기 시작
했다. 조나단은 샌프란시스코에 정착한 지 얼마 되지 않아 이 병원 외
과의사인 엘리엇 쿠퍼의 소개로 정신과 전문의 아나 루시아 모랄레스
를 만나게 되었다.

조나단은 식당 단골이던 엘리엇 쿠퍼 박사와 가깝게 지냈고, 그의
소개로 모랄레스와 정신과 상담을 시작했다. 그의 인생이 이미 암흑
기에 접어들었던 때였다.

"배배 꼬인 제 인생은 해결 못해도 남을 돕는 건 잘하는 사람이야.
정신과 의사치고 너무 미인인 게 탈이긴 하지."

엘리엇 쿠퍼는 모랄레스가 정말로 매력적인 여자인 만큼 조심하라
고 충고했었다.

상담 초기에는 속내를 조금 털어놓았지만 몇 번 상담치료를 받고 난 이후로는 진정제 처방만 받고 돌아왔다. 나중에는 아예 발길을 끊었다. 정신분석 심리 상담은 그와 맞지 않았다. 아니, 마음의 준비가 되어 있지 않았다는 게 더 정확한 표현일 것이다.

마지막으로 상담한 지 몇 주가 지난 어느 날 저녁, 조나단은 노스비치의 어느 바에서 우연히 아나 루시아 모랄레스와 마주쳤다. 그 바는 카페 코스테스(파리에 소재한 5성급 코스테스 호텔 안에 있는 고급 바 : 옮긴이)보다는 오토바이 폭주족들이 즐겨 찾는 선술집에 가까웠다. 무대 위에 기타리스트 혼자서 한 발로 카혼을 두드리고 다른 발로는 샘플러를 조작하며 레드 제플린의 노래를 쓸쓸히 부르고 있었다. 조나단은 아직 마음속으로 프란체스카를 떠나보내지 못한 때였고, 모랄레스도 나라 반대편에 살고 있는 트레이더 애인에게 버림받은 때였다. 그녀는 독점욕 강한 에고이스트 애인을 깊이 사랑하고 있었다. 맥주가 몇 잔 들어가고 취기가 제법 오른 상태에서 잠시 추파가 오갔다. 그 결과 하마터면 두고두고 후회할 일을 저지를 뻔했다. 누구나 마음이 약해질 때가 있는 법이니까.

"얼굴이 안 좋아 보여요."

모랄레스가 침묵을 깨고 먼저 말을 걸었다.

"항상 이렇진 않아요. 부탁할 게 한 가지 있어 찾아왔어요."

엘리베이터의 문이 열리자 긴 복도가 나타났다. 하이드 스트리트가 내려다보이는 그녀의 아담한 진료실은 조명이 은은했다.

"부탁할 게 뭔지 어서 이야기해 봐요."

"예전에 제가 여기에 와서 심리치료를 받을 때 상담내용을 녹음해 놓는 것 같던데 제 기억이 맞나요?"

"네, 다 녹음을 해두긴 하는데 워낙 상담한 횟수가 몇 번 안돼놔서요."

모랄레스가 당장 키보드를 두드려 조나단의 이름을 입력했다. 그녀가 조나단의 상담 내역이 화면에 뜨는 걸 보며 말했다.

"녹음이 세 번 돼 있군요."

"그걸 저에게 보내줄 수 있을까요?"

"물론이죠. 지금 당장 메일로 보내드릴게요. 이것도 치료의 일환이니까. 뭐 다른 건 더 필요한 게 없어요?"

"없어요. 고마워요."

조나단은 자리에서 일어났다.

"그래요, 필요하면 나중에 이야기해요."

모랄레스도 자리에서 일어나더니 가운을 벗어 코트걸이에 걸었다.

"오늘 근무가 모두 끝났어요. 태워줄까요?"

밤색 가죽 트렌치코트를 걸친 모랄레스의 자태는 의사라기보다는 톱 모델에 가까웠다.

"저야 좋죠."

조나단은 그녀를 따라 지하주차장으로 내려갔다. 막 출고된 게 분명한 아우디 스파이더가 그녀를 기다리고 있었다.

"이런 차를 한 대 사려면 일주일에 몇 사람이나 진료를 해야 하죠?"

"글쎄요, 제 차가 아니라서 모르겠어요."

그녀가 자세한 대답을 피하며 차의 시동을 걸었다.

"이제 알았어요. 당신의 트레이더가 돌아왔죠?"

"당신 부인은 아직인가요?"

조나단은 그 질문에는 대꾸할 가치가 없다고 생각하며 어깨를 으쓱 추어올렸다.

아우디는 쏜살같이 부시 스트리트로 달리다가 리븐워스 스트리트로 방향을 틀었다. 스릴을 즐기는 모랄레스가 긴 직선도로인 캘리포니아 스트리트로 진입하기 무섭게 속력을 높였다.

"지금 뭐하는 겁니까?"

"미안해요."

모랄레스는 다시 속도를 줄이고는 깊은 생각에 잠겨 천천히 그랜드 애비뉴와 롬바드 스트리트를 지나갔다.

한참 만에 그녀가 입을 열었다.

"당신 같은 사람들은 참 많아요, 조나단. 자기 자신이 만든 망령에 갇혀 지내는 사람들. 당신을 짓누르는 그 유령들을 홀가분하게 어깨에서 내려놓아야 마음이 편안해질 수 있어요."

"유령이라면 그다지 무겁지는 않겠네요."

조나단이 실없는 농담을 했다.

"하지만 유령들이 끌고 다니는 쇠사슬은 적어도 몇 톤은 나가죠."

모랄레스가 기다렸다는 듯이 응수했다.

모랄레스의 말을 곱씹다보니 어느새 텔레그래프 힐 정상이 나왔다.

"그러는 당신은 예전보다 좀 나아요?"

조나단이 차 문을 열고 내리면서 물었다.

"아니, 제 문제는 별개죠."

"알았어요, 더 묻지 않을게요."

모랄레스는 희미한 미소를 지어 보이고 나서 도심의 불빛을 바라보며 전속력으로 언덕을 내려갔다.

조나단은 현관문을 열고 집으로 들어섰다. 마르쿠스는 스타트랙 에피소드를 보다가 소파에 누운 채 잠들어 있었다. 조나단은 TV를 끄고 찰리의 방으로 갔다. 아이는 태블릿PC를 깔고 주먹을 꼭 쥔 채 자고 있었다. 연두색 돼지들에게 복수하는 '앵그리 버드'를 열심히 돕다가 잠에 곯아떨어진 듯했다.

조나단은 짜증스럽게 태블릿PC 전원을 껐다. 찰리 나이 때에 그는 책을 읽다 잠이 든 적은 있었지만 컴퓨터 게임을 하다가 잠든 적은 없었다. 그는 아이만한 나이 때 《탱탱의 모험》,《삼총사》, 마르셀 파뇰, 쥘 베른을 즐겨 읽었다. 좀 더 자라서는 스티븐 킹과 존 어빙에 심취했다. 이미 까마득한 옛날 일이었다.

요즘은 TV, 게임기, 컴퓨터, 휴대폰, SNS 등이 우리의 일상을 지배한다. 득보다는 실이 많은 현대문명의 첨단 기기들이다.

내가 언제 이렇게 고리타분한 영감님이 됐지?

그 역시 금세 컴퓨터의 유혹에 넘어가고 말았다. 그는 노트북을 켜고 모랄레스가 보낸 메일이 도착했는지 확인했다.

세 번의 심리상담 내용을 녹음한 mp3 파일 세 개가 메일함에 들어 있었다. 그는 어떤 부분을 듣고 싶은지 정확하게 알고 있었다. 바로 두 번째 상담의 앞부분이었다.

조나단은 헤드폰을 끼고 불을 끈 다음 소파에 앉아 상담 내용을 들었다. 처음 몇 분 동안은 주로 모랄레스의 목소리가 들려왔다. 환자가 긴장을 풀고 일종의 최면상태로 들어가게 해주는 편안하고 차분한 목소리였다.

잠시 후, 모랄레스가 본격적으로 상담을 시작했다.

"지난주에 당신은 지금까지 살아오면서 가장 힘들었던 한 주가 있었다고 이야기했어요. 부인과 일을 한꺼번에 잃었던 일주일이 정말이지 견딜 수 없이 힘들었다고. 당신은 십오 년째 얼굴을 보지 못하고 지낸 아버지가 돌아가셨다는 소식까지 들어야 했어요. 장례식 참석을 오랫동안 망설였다고 했죠. 하지만 결국 당신은 파리 행 비행기에 올랐어요, 그렇죠?"

잠시 말이 없던 조나단이 조금씩 과거 이야기를 풀어놓기 시작했다. 언론의 주목을 끌었던 시절에는 TV출연이 아주 자연스러웠고, 인터뷰도 능수능란하게 주도하는 편이었다. 그런데 2년 전 자신의 목소리를 듣고 있자니 생경하기 짝이 없었다. 어조와 발음에 격한 감정과 고통이 짙게 배어 있었다.

"12월 31일, 오후 늦게 파리에 도착했어요. 프랑스 전역에 강추위가 몰아닥친 해였죠. 바로 일주일 전에 많은 눈이 내린 탓에 파리의 도로 곳곳이 스키장을 방불케 할 만큼 미끄러웠어요."

# 19★ 너를 만나다

성공이 꼭 행복을 입증하는 건 아니다. 성공은 도리어 남모르는 고통의 산물일 때가 많다.
―보리스 시륄닉

"12월 31일, 오후 늦게 파리에 도착했어요. 프랑스 전역에 강추위가 몰아닥친 해였죠. 바로 일주일 전에 많은 눈이 내린 탓에 파리의 도로 곳곳이 스키장을 방불케 할 만큼 미끄러웠어요."

파리

2년 전

2009년 12월 31일

나는 공항에서 승차감과 주행 안전성이 뛰어나다고 소문난 독일제 세단을 빌렸다. 비행기를 타고 툴루즈까지 갈 수도 있었지만 직접 차를 운전해 장지인 오슈까지 가기로 결정했다. 연휴가 끼어 아버지 장례식이 1월 2일로 연기되는 바람에 누이 내외와 빈소에서 새해를 맞아야 했다. 상상만으로도 끔찍했다.

결과적으로, 다음날 저녁 출발 때까지 24시간의 여유가 생겼다. 사흘 동안이나 눈을 붙이지 못했기 때문에 남는 시간에 밀린 잠이나 보충할 생각이었다. 일개 연대 병력이 먹고도 남을 만큼 다량의 수면제가 필요한 상황이었지만 내 수중에 단 한 알도 없다는 게 문제였다. 그렇다고 늦은 시간에 의사와 진료약속을 잡아 수면제나 진정제를 처방받기도 결코 쉬운 일이 아니었다. 사실은 그보다 더 시급한 문제가 있었다. 호텔 방을 구하는 게 급선무였다. 내가 파리에 올 때마다 묵곤했던 6구의 호텔에 빈 방이 없었기 때문이다.

"예약이 다 찼습니다."

데스크 직원은 쌀쌀맞게 말했다.

아마 지난 시절이었다면 아무리 예고 없이 들이닥쳐도 호텔 책임자들이 직접 달려 나와 요란하게 나를 영접하고 금세 빈 방을 잡아주었을 것이다. 그 당시만 해도 조나단 랑프뢰르는 유명인사였으니까. 조나단 랑프뢰르가 그들의 호텔에 묵는 것 자체가 영광이었으니까.

내 손으로 직접 사인한 사진이 호텔에 투숙한 VIP들의 사진과 어깨를 나란히 한 채 호텔살롱에 걸려 있었다. 워낙 소문이 빠른 업계라 내 소식이 벌써 호텔의 말단직원들에게까지 전해진 모양이었다. 누구 하나 나를 돕겠다고 나서는 사람이 없었다. 물론 호텔과 고급 요식업계에 내 인맥이 꽤 있었다. 하지만 나는 산송장이나 다름없는 모습으로 나타나 그들에게 방을 구걸할 만큼 마조히스트가 아니었다.

전화를 여러 통 돌린 끝에 나는 샤토 루즈 광장, 바르베스 대로와 풀레 거리가 만나는 곳에 위치한 자그마한 호텔에 겨우 방을 잡았다. 내가 묵게 된 방은 '소박하다' 못해 휑뎅그렁했다. 무엇보다 살 떨리게 추운 날씨가 문제였다. 아무리 난방 온도를 높여도 몸이 얼어붙을 듯한 상황은 전혀 달라지지 않았다.

오후 다섯 시, 밖은 벌써 캄캄했다. 나는 침대에 앉아 머리를 감싸 쥐었다. 아들이 그립고, 프란체스카가 그립고, 지나간 내 삶이 그리웠다. 나는 일주일 만에 모든 걸 잃어버렸다. 며칠 전만 해도 가족과 함께 맨해튼 트라이베카의 로프트 아파트에 살았고, 요리 제국을 이끌었고, 블랙카드(부자들에게 발급되는 한도가 없는 검은색 신용카드 : 옮긴이)를 지갑에 넣고 다녔다. 일주일에 서른 번도 넘게 언론으로부터 인터뷰 요청이 쇄도했다. 그런 나였는데…….

나는 울고 싶은 심정이었다. 파리의 허름한 호텔방에서 이렇게 쓸쓸하게 새해를 맞이해야 하다니?

You'll never walk alone…….

돌연 결말은 한 가지밖에 없다는 생각이 들었다. 나는 방을 나와 차를 세워둔 곳으로 갔다. 운전을 하면서 GPS 장치에 오네 수 부와, 막심 고리키 거리의 주소를 입력하고 나서 내비게이션에서 나오는 여자의 목소리가 시키는 대로 차를 운전해갔다. 조수석에는 공항에서 산 프랑스신문과 미국신문들이 쌓여 있었다. 지난 몇 년 동안 나에게 관심조차 없던 프랑스 언론은 신이 나서 '랑프뢰르의 몰락', '백기를 든 랑프뢰르', '랑프뢰르의 실각'을 대대적으로 보도하고 있었다.

나는 미디어의 생리를 잘 알고 있었기 때문에 이미 어느 정도 마음의 준비를 해두고 있었다. 하지만 막상 그런 제하의 기사를 접하고 나니 말할 수 없이 고통스러웠다. 기사를 한 줄 한 줄 읽어 내려갈 때마다 마치 얼굴을 정면으로 가격당하는 느낌이었다.

나는 재기에 대한 믿음을 완전히 상실했다.

요리를 개발하는 것 말고 내가 잘하는 게 뭐지?

거의, 아니 아무것도 없었다.

프란체스카를 잃는 순간 내 삶의 추진력도 사라졌다. 일개 미슐랭 가이드 등재 셰프에서 세계 최고의 식당 주인으로 도약하고자 했던 동기를 상실한 것이다. 미슐랭가이드 쓰리 스타 등재 레스토랑은 프랑스에만 스물다섯 개, 전 세계적으로는 팔십 개에 달하지만 일 년치 예약을 꽉 채우는 식당은 오로지 한 곳밖에 없었다. 바로 내가 운영하던 식당이었다. 프란체스카 덕분에 가능했던 일이었다. 내게는 프란체스카가 필요했다. 그녀로부터 독점적 사랑을 얻고 싶다는 열정과 그녀의 마음을 사로잡고 싶다는 갈망이 내 삶의 연료가 되어주었는데 이제는 모두 미망이 되어 버렸다.

서른한 살에 만났지만 프란체스카는 내가 애송이 시절부터 꿈꿔온 여자였다. 지구상 어딘가에 존재하기를 15년이나 애타게 기다린 끝에 만난 여자. 프란체스카는 캐서린 제타 존스의 미모와 시몬느 드 보부아르의 지성미를 겸비한 여자였다. 그녀의 옷 방은 스틸레토 힐 구두로 가득했지만 나에게 하이든이 베토벤의 음악에 미친 영향, 피에르 술라주의 회화에서 우연이라는 요소가 차지하는 비중을 조리 있게 설명해줄 수 있는 여자.

프란체스카가 방으로 들어서면 좌중의 시선이 일제히 그녀에게로 쏠렸다. 여자들은 친구가 되고 싶어 했고, 남자들은 사랑을 나누고 싶어 했고, 아이들은 부드러운 친절에 반했다. 기계적이고 반복적이고 필연적인 반응들이었다.

프란체스카와 나는 그런 뜨거운 열정 속에서 살았다. 우리 부부는 일을 분업화했다. 내게는 요리사로서의 명성이, 프란체스카에게는 사람들을 끌어들이는 흡인력과 섹시한 매력이 있었다. 10년 동안 우리의 사랑은 팽팽한 균형을 유지하며 열매를 맺었다.

고속도로를 탔더니 오네까지 20분밖에 걸리지 않았다. 나는 크리스토프 살베르의 집에서 멀지 않은 고리키 거리에 차를 주차했다.

"조나단이야."

나는 초인종을 누르며 소리쳤다.

"조나단?"

"조나단 랑프뢰르, 네 사촌형."

크리스토프는 내 이종사촌이었다. 3년 전, 나는 느닷없이 전화연락을 받고 처음으로 그를 만났다. 그는 뉴욕여행을 하다가 바에서 손님과 시비가 붙는 바람에 경찰에 체포된 신세였다. 맨해튼에 아는 사람도 없고, 수중에 돈 한 푼 남아 있지 않은 그는 생각다 못해 내게 도움을 요청한 것이다.

나는 사촌 형으로서의 도리를 생각해 보석금을 내줬다. 사건이 마무리될 때까지 식당에 딸린 건물에 잠자리도 마련해주었다. 크리스토프는 나에게 프랑스에서 하는 일에 대해 허심탄회하게 털어놓았다. 코카인 딜러라는 그의 말에 등줄기가 서늘했지만 미국에서는 거래한 적이 없다는 말에 그나마 조금 안심했다.

"웬일이세요?"

크리스토프가 문을 열어주며 깜짝 놀랐다.

"내 부탁 좀 들어줘야겠다."

나는 집 안으로 들어서자마자 다짜고짜 말했다.

"왜 하필 지금? '만땅' 채우고 막 나가려던 참인데."

"중요한 일이야."

"뭔데요?"

"총을 구해줘."

"총?"

"권총."

"누가 '총포사' 간판을 내걸고 장사라도 한데요? 연말연시에 대체 어디 가서 권총을 구해요?"

"힘드니까 애 좀 써보라는 거야."

크리스토프가 땅이 꺼져라 한숨을 쉬었다.

"우리 업종은 연말이 대목이란 말이에요. 약은 이럴 때 불티가 나거든요. 내일 구해주면 안 될까요?"

"오늘 저녁 당장 총이 필요해."

"오늘 저녁에는 정말 안 돼요. 내 몸이 열 개라도 모자랄 판이거든요."

"네 신세가 시궁창일 때 내가 도와준 걸 벌써 잊었어?"

"오늘 장사를 못하면 손해가 막심해요. 그 손해는 누가 보상해주게요?"

"그건 내가 보상해주지."

"그럼 일단 칠천 유로를 줘요. 사천 유로는 약을 팔지 못한 것에 대한 보상이고, 삼천 유로는 총을 사는데 필요하니까."

"알았으니까 걱정 마."

나는 앞뒤 생각 없이 대답했다.

"달러로 계산해도 괜찮지?"

나는 뉴욕을 떠나며 금고를 탈탈 털어 남아 있는 1만 달러를 현금으로 가져 왔다.

"한 시간만 쉬면서 기다려요. 이제 보니 얼굴이 말이 아니네."

나는 크리스토프의 말대로 쓰러지듯 소파에 누웠다. 티테이블에 먹다 남은 코냑이 한 병 있었다. 나는 큰 컵에 코냑을 연거푸 두 잔 마시고는 곯아떨어졌다.

크리스토프는 8시가 조금 넘어 돌아왔다.

"급한 대로 구한 거예요."

크리스토프는 손잡이가 까만 크롬 도금 리볼버 한 자루를 내밀었다. 콤팩트한 사이즈인데 무게는 꽤 많이 나갔다. 탄환을 다섯 발 넣으니 탄창이 꽉 찼다.

"38구경 스미스 & 웨슨60 스페셜 버전이에요."

나는 크리스토프의 설명을 귓전으로 흘려들었다. 돈을 건네자 그는 나에게 코카인 스무 봉지를 주었다. 사양하려다가 나중에 버릴 생각으로 받아두었다. 내 손 안에 있으면 최소한 누군가 이 약을 흡입하는 걸 막을 수 있을 테니까.

내 나름의 자기 합리화였다. 나도 안다, 가끔 내가 대책 없이 순진하다는 것을……

### 저녁 8시

나는 권총과 마약을 조수석 콘솔박스에 집어넣고 호텔로 돌아가기 위해 운전대를 잡았다. 왔던 길을 역으로 가면 된다고 생각해 GPS장치를 켜지 않고 출발했다. 1번 고속도로를 타고 포르트 드 라 샤펠 출구로 빠지면 될 테니까.

그러다가 그만 어이없게 출구를 놓치고 말았다. 그놈의 코냑 때문에 정신이 오락가락했다. 내가 어느 거리에 와 있는지조차 헷갈렸다.

나는 마레쇼대로(약 34킬로미터에 걸쳐 파리 외곽을 띠처럼 둘러싸고 있는 여러 대로들을 합쳐서 부르는 이름. 고속도로인 외곽순환도로와 평행으로 나 있는 마레쇼대로는 제한 속도가 50킬로미터인 일반 대로이다 : 옮긴이)로 들어가 포르트 드 클리냥쿠르와 포르트 드 클리쉬 중간 지점에서 길을 잃고 5백 미터 가량을 헤맸다.

분위기가 그다지 좋지 않은 동네였다. 창녀들이 광고판에서 반사되는 창백한 불빛을 받으며 지나다니는 행인들을 상대로 호객 행위를 하고 있었다. 이따금 차가 멈춰 서고 차창이 내려가면 창녀들이 쇼트 타임인지 오럴인지 묻고 가격 흥정을 벌였다. 돌아오는 답변에 따라 창녀들은 차에 타기도 하고 빈 차로 그냥 보내기도 했다.

앞쪽 신호등이 막 빨간불로 바뀌면서 나는 간이버스정류장 앞에 차를 세웠다. 미니스커트에 가죽부츠를 신은 동구권 출신 창녀가 차창을 두드리며 나를 유혹했다. 못 본 척 딴전을 피우는 내 시선을 잡아끌기 위해 그녀는 물랭루즈의 소공연을 연상시키는 댄스를 선보였다. 그녀의 눈빛은 우울하고 공허했다. 나는 훌륭한 춤 솜씨에 대해 칭찬이라도 한 마디 해주려고 창을 내렸다.

나도 안다, 내가 얼마나 대책 없이 순진한지…….

*

경찰차 두 대가 쏜살같이 나타났다. 내 차에서 불과 20미터 떨어진 거리였다. 거리 전체에 순식간에 사이렌 소리가 울려 퍼졌다. 한 해의 마지막 날에 작정하고 단속을 벌일 생각인지 경찰들은 완장까지 착용하고 나타나 여자들을 끌어다 차에 태우고 손님들의 신분을 일일이 확인했다.

황급히 차창을 올리고 자리를 뜨려는데 웬 여자가 차 문을 벌컥 열어젖히더니 다짜고짜 조수석에 올라탔다.

"빨리 가요. 잘못하다간 감방에 갈 수도 있어요."

여자가 다급한 표정으로 소리쳤다.

나이가 열다섯 살 정도 돼 보이는 앳된 소녀였다.

이렇게 어린애가 몸을 파는 건가?

"어서 액셀을 밟아요."

소녀가 악을 써댔다.

경찰에 잡혔다가는 나야말로 제대로 걸려들 판이었다. 혈중 알코올 농도가 2그램은 족히 될 음주운전에, 코카인이 가득 든 봉지와 권총이 들어 있는 콘솔박스에, 미성년자 콜걸을 차에 태웠으니 감옥행은 당연지사고 형기도 만만치 않게 받을 게 뻔했다.

나는 신호등이 파란불로 바뀌기도 전에 액셀러레이터를 밟았고, 첫 번째 교차로에서 급히 핸들을 꺾었다.

# 19★★

나는 포르트 드 생 투앙 대로를 전속력으로 달려 도심 외곽순환도로를 탔다.

"너, 왜 차에 허락도 없이 탄 거야?"

내가 조수석의 소녀에게 물었다.

"Just wanna escape these fucking cops.[6]"

미묘한 악센트가 느껴지는 영어였다.

나는 차의 속도가 느려지기를 기다렸다가 실내등을 켜고 소녀의 얼굴을 찬찬히 뜯어보았다. 대체로 예민하고 내성적인 느낌이 드는 소녀였다. 머리 전체를 까맣게 물들이고 일부에 진홍색 브리지 염색을 한 소녀의 헤어스타일이 내 시선을 끌었다. 긴 머리카락 몇 올이 소녀의 눈을 찌르며 창백한 얼굴로 흘러내렸다.

---

6) 재수 없는 경찰 놈들한테 잡힐까 봐요.

소녀는 스키니 진에 가죽 캔버스 화를 신었고, 줄무늬 티셔츠가 살짝 보이게 입은 분홍색과 회색 혼합의 후드재킷에는 맨체스터 유나이티드의 휘장이 붙어 있었다. 소녀의 왼쪽 콧등에는 깨알 같은 다이아몬드가 박혀 있었고, 목에는 은과 석류석으로 만든 중세 스타일의 목걸이가 걸려 있었다. 얼굴은 허옇게 파운데이션을 발라 창백한 느낌이 났고, 콜 펜슬과 아이라이너로 눈을 강조하는 화장을 했다. 얼핏 보면 시체처럼 차가운 느낌이 들었지만 나름 고심한 끝에 연출한 스타일인 듯했다. 새 신발에 브랜드 옷을 입고, 고급 액세서리까지 걸친 걸 보면 거리를 배회하는 불량청소년이 아니라 유복한 집 아이가 분명했다.

어쨌든 나로서는 제대로 난감한 일이었다. 도심 외곽순환도로 중간에서 소녀를 내리게 할 수는 없었으니까. 신상정보를 좀 더 알고 싶은데 소녀는 워낙 말수가 적었다. 나는 포르트 드 몽트뢰이 출구로 나가 처음 나타난 주유소 주차장에 차를 세웠다.

"이름이 뭐니?"

내가 영어로 물었다.

"아저씨가 내 이름을 알아서 뭐하게요?"

"타라고 한 적도 없는데 내 차에 덥석 올라탄 건 바로 너야. 큰소리칠 입장이 아니란 뜻이야. 오케이?"

소녀가 어깨를 으쓱하더니 고개를 휙 돌렸다.

"이름이 뭔지 정말 말 안 해줄래?"

내가 짐짓 화난 목소리로 한 번 더 물었다.

"앨리스 코왈스키."

소녀가 이름을 말하고는 한숨을 푹 내쉬었다.

"어디 살아?"

"내가 어디 살든 아저씨랑 뭔 상관이죠?"

"경찰들은 왜 피해서 달아났니?"

"그러는 아저씨는요?"

소녀가 내게 되물었다.

갑자기 정곡을 찔린 나는 우물거리며 변명을 했다.

"음주운전을 했거든."

그때 마침 제대로 닫지 않은 조수석의 콘솔박스가 스르르 열리며 입을 딱 벌렸다. 총과 마약이 보이자 소녀가 기겁하고 놀라 차문을 열고 달아났다. 나를 갱스터로 생각한 게 틀림없었다.

"얘야, 잠깐! 난 네가 생각하는 그런 사람이 아니야."

내가 아이를 쫓아가며 소리쳤다.

"저리 가요."

소녀는 나를 피해 주유소 건물 안으로 뛰어 들어갔다.

나는 밖에서 담배를 피워 물고 유리창 안을 들여다보았다. 소녀는 자동판매기 옆에 놓인 스툴에 앉아 있었다.

뭐하는 아이지? 뭐가 무서워 도망쳤을까?

그 순간 괜한 신경 쓰지 말고 호텔로 돌아가고 싶은 생각이 일었다. 나와는 상관없는 일 아닌가. 아이와 오래 있어 봤자 왠지 골치 아픈 일만 생길 것 같았다.

갈 때 가더라도 일단 건물 안으로 들어가 소녀를 보고 가야겠다고 생각했다. 우중충한 장식용 전구들, 헐벗은 전나무, 반짝이는 플라스틱 공들로 크리스마스 장식을 해놓은 건물 내부에서는 연말 분위기가 물씬 났다. 라디오에서는 80년대의 흘러간 옛 노래가 처량하게 흘러나오고 있었다.

"아저씨한테 에스프레소 한 잔 사줄래?"

"나, 돈 없어요."

소녀가 고개를 가로 저었다.

나는 지갑을 뒤져 동전을 꺼냈다.

"넌 뭐 마실래?"

내가 자판기에 동전을 넣으며 물었다.

"난 됐어요."

나는 소녀를 타일렀다.

"얘야, 우리가 좋은 상황에서 만난 게 아니라는 건 분명하지만……."

"아저씨는 그냥 갈 길을 가세요. 내 일은 내가 알아서 할 테니까요."

"무일푼에 붙어도 한 마디 못하면서 어떻게 알아서 하겠다는 거야? 널 그냥 두고 가는 건 어른으로서 책임 있는 태도가 아니지."

소녀가 눈을 치켜뜨고 천장을 한 번 올려다보더니 마지못해 내가 내미는 동전을 받아들었다. 자판기에 동전을 집어넣은 소녀가 딸기 우유 한 병과 오레오 쿠키 한 봉지를 **빼냈다.** 아이가 과자를 먹는 사이 나는 테이블에 굴러다니는 《메트로》지를 집어 들었다.

"여기 신문에 내 사진이 나왔네. 잘 봐라, 사회면 기사는 아니니까."

소녀가 신문기사를 내려다보더니 나를 다시 한 번 쳐다보았다.

"그러고 보니 아저씨를 TV에서 본 적이 있어요. 어떤 프로인가에 나와 채식주의자들한테 막 화를 내며 소리를 지르고 그랬죠."

나는 어떤 TV프로에 출연해 미국에서 푸와그라 식용 금지를 주장하는 활동가들과 맹렬한 설전을 벌인 적이 있었다.

"아저씨처럼 유명한 사람이 왜 새해 전날에 콘솔박스 가득 코카인을 채우고 이십 유로짜리 창녀들이 모여 있는 사창가를 어슬렁거렸어요?"

이제 보니 소녀의 말투는 거침없고 공격적이었다.

"이제 그만! 알았으니까 따라오기나 해."

나는 아이에게 말했다.

새삼 텔레비전이 고마웠다. 유명 인사니까 조금은 믿을 수 있다고 생각했는지 소녀는 멀찌감치 떨어져 나를 뒤따라왔다.

"일단 해명을 하자면 난 창녀를 사러 가지 않았어. 너도 그렇게 생각할 거야. 그렇지 않았으면 아무리 경찰을 피해 도망치는 상황이라도 내 차에 타지는 않았을 테니까."

소녀는 대답이 없었다. 내가 정곡을 찔렀다는 증거일까?

"그리고 코카인은 내 물건이 아니야."

나는 코카인이 든 지퍼락을 꺼내 주차장 쓰레기통에 던져버렸다.

"설명하자면 좀 복잡하지만 이 권총이 필요해서 어쩔 수 없이 코카인을 덤으로 받은 거야."

"권총은 왜 필요한데요?"

"그냥 호신용."

더 이상 따져 묻지 않고 내 말에 수긍하는 걸 보니 소녀는 미국인이 틀림없었다.

"자, 이제 네 차례야. 네가 누군지, 어디에 사는지 말해주지 않으면 경찰을 부를 수밖에 없어."

"정말 바보 같은 짓이라는 건 알아요."

아이가 말문을 열었다.

"가출했어요. 원래 뉴욕에 사는데 부모님과 휴가를 보내러 왔어요. 코트다쥐르에 별장이 있어요."

"코트다쥐르, 어디에?"

"앙티브 곶."

앙티브 곶은 내가 손바닥 들여다보듯 훤히 아는 곳이었다. 내가 처음으로 '식당다운' 식당을 연 곳이니까.

"집으로 돌아가고 싶었는데 TGV(고속철도 : 옮긴이)에서 가방을 도둑맞는 바람에 그만 휴대폰도 지갑도 몽땅 잃어버렸어요."

진실한 아이인 것 같은데, 어딘지 모르게 석연치 않은 구석이 있어 보였다.

"못 믿겠으면 우리 엄마한테 전화해 보세요."

나는 휴대폰을 꺼내 아이가 불러주는 번호로 전화를 걸었다. 벨이 한 번 울리자마자 코왈스키 부인이라는 사람이 전화를 받았다. 그녀는 아이가 아침에 자신과 말다툼을 벌이고 가출해 몹시 걱정했다며 이제야 가슴을 쓸어내리며 안심하는 눈치였다. 수화기 너머에서 그녀가 딸의 안위를 걱정하는 마음이 생생하게 느껴졌다.

나는 앨리스에게 휴대폰을 건네며 어서 엄마를 안심시켜드리라고 말했다. 나는 전화를 엿듣는 걸로 비칠까봐 밖으로 나와 차 보닛에 팔꿈치를 괴고 담배를 피워 물었다. 하지만 밖에서도 소녀가 엄마와 통화하는 내용을 거의 다 들을 수 있었다.

두 사람은 한참동안 통화했다. 앨리스는 눈물을 뚝뚝 흘리며 엄마에게 잘못했다고 말했다. 앨리스에게서 전화기를 건네받은 나는 코왈스키 부인에게 딸을 집에까지 데려다주겠다고 했다. 아버지 장례식 때문에 어차피 남쪽으로 내려가야 하는 만큼 내일 오전이면 앙티브에 도착할 수 있을 거라 말해주었다.

코왈스키 부인은 한참 동안 망설이다가 내 제안을 받아들였다.

*

우리는 삼십 분쯤 차를 달리고 있었다. 잿빛 하늘에 눈발이 날리는 가운데 태양의 고속도로(각각 리옹과 마르세이유에 이르는 6번, 7번 고속도로를 합쳐 부르는 이름 : 옮긴이)를 타고 출발해 이제 막 에브리를 지났다.

앨리스는 내 결혼생활과 사업실패를 상세하게 다룬 미국 신문들을 정신없이 읽고 있었다.

"아줌마가 정말 미인이시네요."

소녀는 프란체스카의 사진을 뚫어지게 들여다보았다.

"그래, 지난 십 년 동안 최소한 하루에 한 번은 들었던 말이지."

"그래서 이제 그런 칭찬만 들어도 징글징글하구나?"

"그래, 잘 봤어."

"왜요? 이렇게 예쁜 분인데."

"예쁘지 않았다면 바람을 피우지 않았을지도 모르니까."

"예쁜 것과 바람을 피운 건 전혀 상관없지 않나요?"

열다섯 살이면 그 정도는 잘 안다는 듯이 말했다.

"아니, 상관 있어. 예쁠수록 치근대는 사람이 많으니까. 유혹이 많으면 넘어갈 확률도 커지겠지. 산술적으로 계산해 봐도 그렇지 않니?"

"그건 아저씨에게도 똑같이 적용될 수 있는 말 아닌가요? 아저씨도 TV에서 섹시한 셰프 이미지로……."

"아니!"

나는 냉큼 아이의 말을 잘랐다.

"나는 그런 사람이 아니니까."

"그럼 아저씨는 어떤 사람인데요?"

"애 좀 봐. 어른을 제대로 어이없게 하네."

"아저씨도 말 한 번 건설적으로 하시네요."

내가 입을 꾹 다물고 있자 아이가 라디오를 켜고 채널을 이리 저리 돌렸다. 당연히 아이들이 좋아하는 음악 채널을 찾는 줄 알았는데 내 생각과 달리 클래식음악 채널에 주파수를 맞추었다.

앨리스는 금세 라디오에서 흘러나오는 음악에 몰입했다. 섬세하고 세련된 피아노곡이었다.

"음악이 좋다."

"슈만의 〈다비드 동맹 무곡 op. 6〉."

곡이 끝나고 진행자가 '여러분은 지금 로버트 슈만의 〈다비드 동맹 무곡〉을 피아니스트 마우리치오 폴리니의 연주로 들으셨습니다.' 라는 말을 했다.

"브라보!"

앨리스의 반응은 겸손했다.

"별로 어려운 것도 아니었는데요 뭘."

"솔직히 난 슈만을 잘 몰라. 그 곡은 방금 전에 처음 들었어."

"슈만이 사랑했던 여인 클라라에게 바친 곡이죠."

아이가 잠시 뜸을 들였다가 말을 이었다.

"어떤 때 사랑은 정말 파괴적이에요. 어떤 때는 멋진 예술작품으로 승화되기도 하지만……."

"넌 피아노를 하니?"

아이는 대답하지 않고 잠시 머뭇거렸다. 이렇게 조심스러운 반응을 보이는 게 오늘 밤만 해도 벌써 몇 번째였다. 말실수를 할까봐 그러는 것 같기도 하고, 자기 이야기를 너무 많이 할까봐 조심스러워하는 것 같기도 했다.

"바이올린을 배워요. 음악은 내 분신이나 다름없죠."

"어느 학교에 다녀? 몇 학년? 공부는 잘 해?"

아이가 피식 웃었다.

"이제 됐어요, 아저씨. 반드시 이야기를 하면서 가야 한다는 부담감은 갖지 말아요."

"가출은 왜 했니?"

"이번에는 아저씨가 날 제대로 어이없게 하네요."

아이는 읽던 신문으로 다시 눈길을 주었다.

*

두 시간 동안 곤하게 자던 앨리스가 본느 근처에서 깼다. 차는 여전히 리옹 방면으로 6번 고속도로를 달리고 있었다.

"아버지 장례식은 언제죠?"

아이가 눈을 비비면서 물었다.

"내일 모레."

"왜 돌아가셨는데요?"

"나도 모르겠어."

아이가 이상하다는 듯 나를 쳐다보았다.

"만나지 않은 지 십오 년쯤 됐으니까."

대충 얼버무리고 넘어갈까 하다가 아버지와 내가 소원하게 지내게 된 자초지종을 이야기해주었다.

"아버지는 오슈 시의 리베라시옹 광장에서 〈라 슈발리에르〉라는 평범한 식당을 하셨어. 미슐랭가이드의 별을 받는 게 아버지의 평생소원이었지. 결국 그 꿈을 이루지 못하셨지만……."

나는 차선을 바꿔 앞서가던 차를 몇 대 추월한 다음 이야기를 계속했다.

"열네 살 시절 여름방학 때 나는 아버지의 식당에서 주방보조로 일을 하게 됐어. 일이 다 끝나고 나면 난 주방에 혼자 남아 머릿속에 떠오르는 아이디어들을 요리로 만들어보곤 했어. 그때 메인요리 세 가지와 디저트를 두 가지 개발했어. 부주방장 아저씨가 내가 개발한 요리를 메뉴에 올려보자고 하니까 아버지도 마지못해 그러자고 하셨지. 그런데 내가 개발한 요리들이 입소문을 타고 순식간에 유명해진 거야. 내 요리들을 맛보기 위해 식당을 찾는 사람들이 줄을 이었어. 평생 식당을 하며 살아온 아버지는 어린 아들에게 추월당하는 게 몹시 싫었나봐. 새 학기가 되자마자 아버지는 날 프랑스 남동부에 있는 앙티폴리스의 기숙학교로 보내버렸어."

"매정해요."

"내가 집을 떠나고 몇 달 뒤 미슐랭가이드에서 아버지 식당에 별 하나를 줬어. 미슐랭은 별을 주게 된 이유로 내가 개발한 요리들을 특별히 언급했어. 그 일이 있고 나서 아버지는 날 무척이나 원망했지. 내가 아버지의 영광에 먹칠을 했다는 것이었어."

"바보같이!"

"우린 그 일로 소원해졌어."

앨리스가 발밑에 내려놨던 주간지 《타임 아웃 뉴욕》을 집어들더니 동그라미를 쳐놓은 부분을 손으로 가리켰다.

"이 이야기, 틀림없는 사실이죠? 설마 맘대로 부풀린 이야기는 아니겠죠?"

"운전을 하라는 거니, 말라는 거니?"

"신문을 보니 아저씨가 마카롱으로 부인을 꼬드겼다고 나와 있던데 그게 사실인가요?"

"몸통을 다 잘라낸 이야기일 뿐이야."

나는 빙그레 웃으며 말했다.

"어떻게 된 내막인지 다 이야기해 주세요."

"그 당시, 은행가와 막 결혼식을 올린 프란체스카가 내가 일하던 코트다쥐르의 호텔로 신혼여행을 왔어. 나는 바이러스에 감염되듯 첫눈에 사랑에 빠졌지. 어느 날 저녁, 남편 없이 혼자 담배를 피우며 해변을 산책하는 프란체스카를 만났어. 내가 그녀에게 다가가 제일 좋아하는 디저트가 뭔지를 물었지. 그녀는 할머니가 만들어주었던 바닐라 리올레라고 대답했어."

"그래서요?"

"그날 밤, 어렵사리 그녀의 할머니와 전화통화를 했어. 그분에게 바닐라 리올레를 만드는 방법을 정확하게 배웠지. 다음날, 나는 하루 종일 리올레 마카롱을 만들었어. 한 열 개쯤 만들어 그녀에게 선물했지. 그 다음은 알다시피 전설이 되었어."

"아저씨, 너무 멋져요."

앨리스가 입을 다물지 못했다.

"그렇게 말해주니 고맙다."

"아저씨는 슈만하고 비슷해요. 슈만은 클라라를 위해 콘체르토를 작곡했고, 아저씨는 부인을 위해 마카롱을 만들었으니까요."

샬롱 쉬르 손느, 투르뉘, 마콩…… '리옹 : 60km' 라는 도로 표지판을 보았을 때는 자정이었다.

　　"아저씨, 해피 뉴이어."

　　앨리스가 말했다.

　　"너도 해피 뉴이어."

　　"배고파 미치겠어요."

　　"어디 주유소에라도 들러 샌드위치나 하나씩 먹고 가자."

　　"샌드위치? 세계 제일의 요리사와 새해 첫날을 맞게 되었다고 좋아했는데 겨우 셀로판지에 싼 샌드위치를 먹으라는 거예요?"

　　아이가 어이없다는 듯 소리를 질렀다.

　　나는 일주일 만에 처음으로 크게 한 번 웃었다. 알고 보니 보통 귀여운 아이가 아니었다.

　　"그럼 어떡할까? 차 안에서 요리를 할 수도 없고."

　　"어디에 차를 좀 세우면 안 될까요?"

　　우리는 사실 450킬로미터를 쉬지 않고 달린 탓에 몹시 지친 상태였다.

　　"네 말이 맞는 것 같다. 좀 쉬었다가 가자."

　　나는 20분 가량 더 달리다가 '폐라슈 역' 출구로 빠져나갔다. 리옹 시내로 들어선 나는 배달트럭 전용 주차공간에 차를 세웠다.

　　"따라와라."

　　추운 날씨인데도 거리는 활기가 넘쳤다. 음악 소리, 폭죽 소리, 즐거운 농담을 주고받으며 모여 선 사람들, 낯 뜨거운 노래를 목청껏 불러대는 사람들.

"난 12월 31일이 단 한 번도 좋았던 적이 없어요."

앨리스가 후드재킷의 지퍼를 목까지 끌어올리며 말했다.

"나도 그래."

리옹에 오는 게 얼마나 오랜만인지 몰랐다. 열일곱 살 때 롱그 거리와 플레네 거리가 만나는 오페라하우스 근처 식당에서 세 달 동안 주방보조로 일한 이후 처음이었다.

"문이 닫혔어요."

앨리스가 〈라 푸르쉐트 아 고쉬〉 식당 앞에 도착해 말했다.

"내가 바라던 바야. 내가 이 식당에서 일하던 때도 사장님은 크리스마스와 새해 첫날 저녁에는 손님을 받지 않았어."

우리가 서 있는 길에서 대각선 방향으로 좁은 골목이 하나 나 있었다. 그 골목을 따라가면 플라트르 거리가 나왔다. 그 골목의 중간쯤에 쪽문이 하나 나오고, 그 문을 밀고 들어가면 식당주방으로 통하는 안뜰이 나온다는 걸 나는 잘 알고 있었다. 문에는 자물쇠가 채워져 있었지만 이미 여러 번 범법 행위를 저지른 마당에 그 정도는 전혀 문제가 될 수 없었다.

*

"경보장치가 없는 게 확실해요?"

내가 출입문 유리를 박살내는 걸 지켜보던 앨리스가 조심스럽게 물었다.

"뭐든 확실한 건 없어. 그렇게 사지가 오그라들면 차로 돌아가 기다리던가. 무서운 게 죄는 아니니까."

"피이, 무서워서 그러는 게 아니거든요."

앨리스가 볼멘소리로 변명했다.

주방은 생각대로 깔끔하게 정돈돼 있었다.

"벌써 잊었니? 요리를 해달라고 조른 사람은 너야."

앨리스가 짐짓 나를 노려보며 말했다.

"오케이. 그럼 내가 스파게티를 만들 테니까 아저씨는 마카롱을 만들어주세요."

"마카롱? 마카롱은 안 돼. 마카롱을 제대로 만들려면 최소한 이십사 시간은 걸려. 냉장고에 넣어 충분히 숙성시키지 않으면……."

"아, 알았어요. 지레 겁먹으셨네."

앨리스의 말이 내 자존심을 건드려 순간적으로 발끈했다.

"그래? 까짓것 그럼 한번 만들어보지. 넌 스파게티를 어떻게 만들 건데?"

"페소토 소스로요."

앨리스가 냉동실을 열었다.

"냉동실에 신선한 바질이 들어 있어요."

앨리스는 재료를 한 가지씩 꺼내 요리 준비를 시작했고, 나는 오븐을 예열시켰다.

"거기 바닥이 오리 궁둥이처럼 생긴 그릇 좀 이리 줘봐라."

내가 스테인리스 믹싱 볼을 가리키며 말했다.

앨리스가 내 표현이 웃긴지 자지러지게 웃었다. 평소 잘 웃지 않는 아이가 시원스럽게 웃자 그렇게 예쁠 수가 없었다.

나는 설탕과 아몬드 가루, 코코아 가루를 체에 내려 믹싱 볼에 담았다. 앨리스는 냉동실에서 꺼낸 바질을 미지근한 물에 담갔다 꺼내더니 줄기는 버리고 잎만 뜯어 마른 행주에 펼쳐 물기를 뺐다.

"그라나 파다노 치즈로 할까요, 아니면 파르미자노 레자노 치즈로 할까요?"

아이가 결정을 내리지 못하고 망설였다.

"파르미자노 레자노로 해. 그나저나 넌 왜 가출했니?"

아이가 파르메산 치즈를 그레이터에 대고 가는 걸 보다가 내가 뜬금없이 물었다.

"그게……프랑스로 수학여행 왔을 때 사귄 파리지앵 남자친구가 있어요. 그 아이를 만나러 가겠다니까 엄마 아빠가 안 된다고 해서 그만."

아이는 설명하기가 영 거북스런 기색이었다. 단어 선택에 고심하느라 말하는데 한참이나 시간이 걸렸고, 코와 턱을 만지작거리며 자꾸만 내 시선을 피했다. 거짓말을 하고 있다는 증거였다.

"그게 사실이 아니라는 건 너도 잘 알지?"

그러자 아이의 눈이 더 이상 곤란한 질문은 하지 말아달라고 호소했다.

나는 거품을 낸 계란 흰자에 방금 전 체에 내려놓은 설탕, 아몬드 가루, 코코아 가루를 뿌리듯이 부어 골고루 잘 섞었다. 그 사이 앨리스는 막 갈아놓은 치즈와 바질, 잣, 마늘, 올리브유를 믹싱 볼에 넣어 섞고 있었다.

나는 골고루 섞여 걸쭉하게 된 마카롱 반죽을 짤주머니에 넣고 동그란 모양으로 짜기 시작했다.

앨리스는 간을 보고 나서 소금과 후추, 올리브유를 조금씩 더 넣더니, 너무 묽지도 되지도 않게 점성이 생길 때까지 소스를 계속 저었다.

"요리는 누구한테 배웠니?"

"혼자 터득했어요."

앨리스가 당연하다는 듯 대답했다.

나는 마카롱 반죽이 마르길 기다리면서 과자 사이에 들어갈 크림을 만들 준비를 시작했고, 앨리스는 끓는 물에 통밀 스파게티 면을 넣고 삶았다.

나는 주방 찬장에서 꽤 괜찮은 다크 초콜릿을 찾아냈다. 내가 크림을 만들기 위해 초콜릿 세 개를 잘게 자르는 걸 보던 앨리스가 초콜릿 한 쪽을 떼어내 맛있게 먹었다.

"부드러운 크림을 만들려면 냉장고에 오래 넣어두어야 해."

시계를 쳐다보니 새벽 두 시가 가까워져 있었다. 나는 예열이 끝난 오븐에 마카롱을 넣은 다음 즉시 오븐 온도를 낮추었다.

"아저씨는 왜 갑자기 식당 문을 닫았으며, 그동안 쌓은 명성과 영예를 한꺼번에 내팽개쳤는지 얘기해주지 않았어요."

앨리스가 컵에 우유를 한 잔 따르며 말했다.

"사연이 좀 복잡하단다. 말해줘도 넌 이해하기 힘들 거야."

부도를 막기 위해 전 자산을 〈원 엔터테인먼트 그룹〉에 매각할 수밖에 없었다. 내 명성과 내가 개발한 요리를 모두 빼앗아간 그들의 횡포가 떠오르자 다시금 치가 떨려왔다. 이제 〈원 엔터테인먼트 그룹〉에서 운영하는 모든 식당은 내 요리들을 메뉴에 올릴 수 있는 법적 권리를 갖게 되었다. 부도덕하고 파렴치한 놈들이 일생을 바쳐 개발한 내 요리들을 날름 가로채버린 것이다. 16년 동안 공들여 쌓은 탑이 와르르 무너지던 순간이었다.

테이블에 놓여있는 긴 칼이 눈에 들어왔다. 상아색과 검정색 체크 무늬 손잡이가 달린 라귀올(유명한 프랑스산 수제 주방칼 상표 : 옮긴이) 칼이었다. 나는 칼을 들어 앞으로 세게 던졌다. 마치 춤을 추듯 빙글빙글 원을 그리며 날아간 칼이 둔탁한 소리를 내며 주방 출입문 한가운데에 꽂혔다.

"세상에 '랑프뢰르'는 한 사람밖에 없어. 랑프뢰르는 바로 나야."

앨리스가 말없이 걸어가 문에 꽂힌 칼을 빼냈다. 바로 그때, 오븐의 알람이 경쾌한 소리를 냈다. 마카롱이 다 구워졌다는 신호였다.

\*

나는 유산지 뒷면에 분무기로 물을 살살 뿌렸다. 수증기가 생기면서 마카롱이 유산지에 달라붙지 않고 쉽게 떨어지게 하는 비결이었다.

"기가 막힌 아이디어네요."

옆에서 지켜보던 앨리스가 놀라워하며 한 마디 했다.

나는 아이와 함께 마카롱 과자 한쪽에 크림을 듬뿍 바르고 그 위에 과자 하나를 덮어 초콜릿 마카롱을 완성했다.

"제대로 만들려면 하루 더 냉장고에 넣어둬야 해. 지금은 여건이 안되니까 속성으로 냉동실에 한 시간만 넣었다 꺼내자."

나는 마카롱을 냉동실에 넣고 나서 앨리스가 만든 페스토 소스 스파게티를 먹었다. 아이는 음식을 먹는 내내 재잘거리며 쉴 새 없이 떠들어댔다.

열네 살 때 모차르트가 알레그리의 〈미제레레〉를 딱 한 번 듣고 악보로 옮겼다는 이야기에서부터 알비노니의 〈아다지오〉는 사실 그의 작품이 아니라는 이야기, 말년의 피카소가 팬들이 사인을 받아 파는 걸 싫어해 팬들의 몸에 직접 사인을 해줬다는 이야기, 비틀즈의 〈헤이 주드〉에서 드럼이 세 번째 소절부터 등장하는데 그 이유는 드럼 주자인 링고 스타가 화장실에 다녀왔기 때문이라는 이야기까지!

긴장을 풀고 편안하게 이야기를 하는 아이의 영어 악센트가 알듯 말듯 아까와는 살짝 달라져 있었다. '우물우물 씹는' 듯한 억양이 두드러지게 들렸고, 목소리도 이전보다 탁하고 투박해져 있었다. 갤러거 형제[7]가 연상되는 발음이었다. 앨리스는 영국 북부에 살았던 적이 있는 게 틀림없었다.

앨리스는 백과사전적 지식을 가졌지만 절대 현학적인 태도를 보이지는 않았다. 호기심이 왕성하고, 자신의 지식을 다른 사람과 공유하는 걸 즐기는 아이일 뿐이었다. 부모라면 누구나 한 번쯤 꿈꾸는 그런 아이…….

---

7) 록그룹 오아시스의 기타리스트와 보컬인 갤러거 형제는 맨체스터 출신이다.

# 19✦✦✦

우리는 계속 남쪽을 향해 달렸다. 두 시간 만에 270킬로미터를 달렸고, 그 동안 앨리스는 마카롱 서른 개를 먹어치웠다.

"배 아파요."

앨리스가 투덜댔다.

"그것 봐라. 마구 먹어대더니."

우리는 액스 앙 프로방스에 못 미처 있는 휴게소에 차를 세웠다. 내가 주유를 하고 돈을 지불하는 사이 앨리스는 급히 화장실로 달려갔다. 몇 분 후, 아이가 창백한 얼굴로 걸어왔다.

"차를 한 잔 마실래?"

"아니요. 먼저 차에 들어가 있을게요."

**코트다쥐르**

## 오전 7시

수평선 위로 봉긋 솟아오른 태양이 하늘에 황홀한 분홍색 띠를 만들었다. 니스와 칸 사이에 위치한 앙티브 곶은 바위들과 해송들에 둘러싸여 있었다.

"이제부터는 네가 길을 가르쳐줘야 해."

내가 지중해 연안을 달리며 앨리스에게 말했다.

나는 5성급 에덴 록 호텔을 지나 앨리스가 가리키는 대로 상 수시 골목의 제일 끝집 대문 앞에 차를 세웠다. 앨리스의 부모는 고급 호텔들과 백만장자들의 저택이 늘어선 이 부자 동네에 별장을 가지고 있는 모양이었다.

철문이 활짝 열려 있었다. 솔밭 사이로 난 자갈길을 따라 200미터가량 더 들어가자 바다를 향해 돌아앉은 30년대식 대저택이 모습을 드러냈다. 늘씬한 몸매에 기품이 묻어나는 여자가 현관 계단에 나와 우리를 기다리고 있었다.

앨리스는 차 문을 열고 달려가 그녀를 부둥켜안았다.

"앨리스 엄마예요."

그녀가 자신을 소개하며 악수를 청했다. 기껏해야 서른다섯 살 정도로 보였고, 아주 젊은 나이에 앨리스를 출산한 듯했다. 금발머리를 뒤로 우아하게 땋아 올린 그녀의 눈빛은 맑고 강렬했다. 이목구비가 곱고 섬세한 미인 형 얼굴인데 눈썹에서 시작해 뺨을 거쳐 입의 가장자리까지 이르는 긴 흉터가 나 있다는 게 옥에 티였다. 누구나 궁금증을 불러일으킬 만한 상처였다. 그녀는 아이를 데려다줘서 고맙다며 집에 들어가 커피라도 한 잔 마시고 가라고 했다.

나는 급히 갈 데가 있다며 거절했다. 내가 막 차에 오르는데 앨리스가 달려오더니 열대여섯 개나 남은 마카롱을 야무지게 챙겼다.

"간식용."

앨리스가 내게 윙크하고 나서 엄마가 있는 쪽으로 걸어갔다.

돌아서서 한참 걸어가던 아이가 갑자기 뒤를 돌아보더니 심각한 표정을 지으며 내게 말했다.

"아저씨, 몸조심하세요."

*

나는 왔던 길을 역으로 돌아 나와 오솔길이 시작되는 해변에 차를 세우고, 조수석 콘솔박스에 들어 있던 리볼버를 꺼내 주머니에 넣었다. BMW의 문을 잠근 나는 걸어서 오솔길 산책로로 들어섰다. 머릿속이 오만 가지 생각으로 복잡했다.

오슈가 고향이지만 앙티브는 내게 행복한 추억이 많은 곳이었다. 열네 살 때 아버지가 여기서 멀지 않은 소피아 앙티폴리스의 기숙학교에 나를 보냈다. 열다섯 살 때, 그리말디성 성벽 위에서 첫사랑 쥐스틴느와 첫 키스를 했다. 그후, 생폴드방스의 라 바스티드 식당 그리고 호텔 뒤 캅에서 주방을 책임지는 수석 셰프로 일했다.

옛 추억이 되살아나며 나는 온몸에 전율을 느꼈다. 인생의 좌표가 사라져버린 지금 젊은 날 최고 요리사의 꿈을 품고 괄목할만한 성취를 이룬 장소에 와 있다는 사실이 마치 운명의 장난처럼 여겨졌다.

좁은 산책로 옆이 바로 아찔한 낭떠러지였다. 나는 바위를 이리 저리 옮겨 다니며 깎아지른 해안선 쪽으로 바짝 다가갔다. 발 아래로 요새 도시 앙티브가 그림처럼 펼쳐졌고, 멀리 알프스 산맥의 눈 덮인 정상과 레랑 섬이 눈에 들어왔다.

나는 위용을 떨치며 수평선 위로 떠오르는 태양을 마주보고 섰다. 공기는 맑고 주변 풍경은 가슴이 저릿하도록 아름다운데 외로운 나는 두려움과 고통으로 몸을 떨고 있었다.

죽기에 좋은 날씨야.

나는 호주머니에서 권총을 꺼내들었다. 돌연 크리스토프의 말이 머릿속에서 떠올랐다.

'38구경 스미스 & 웨슨 60스페셜 버전.'

사람들은 저마다 자살에 대한 견해를 가지고 있다. 자살은 용기 있는 행동도 비겁한 행동도 아니다. 막다른 골목에 다다른 사람이 절박한 심정으로 내리는 결정일 뿐이다. 삶에서 벗어나기 위해, 사람으로서 도저히 견딜 수 없는 고통으로부터 달아나기 위해 택하는 최후의 수단.

지금껏 나는 앞만 보고 질주했다. 앞을 막아서는 장애물들을 정면으로 돌파했다. 나는 전투적이었고, 내 스스로 운명을 개척하고, 기회를 만들어왔다. 그런데 오늘은 만만치 않은 적을 만났다. 바로 나 자신. 최후의 적. 가장 위험한 적.

몇 달 전부터 계획하고 준비한 건 아니다. 며칠 전부터 나를 갉아먹고, 나를 허무의 늪으로 밀어 넣는 이 돌연한 외로움에서 벗어날 수 있게 해줄 유일한 해결책을 찾아낸 것뿐이었다.

우정? 내 주변에는 한 번도 친구가 없었다. 가족? 이제 내게는 가족이 없다. 사랑? 이제 사랑은 떠났다.

찰리의 얼굴이 뇌리를 스치는 순간 나는 가슴이 아팠고, 거기에 매달려보려고 안간힘을 썼다. 하지만 아이를 향한 사랑도 내 죽음에 대한 갈망을 떨쳐버리기에는 역부족이었다.

　나는 리볼버 총신을 관자놀이에 대고 차가운 금속성 감촉을 느꼈다. 총알을 장전한 나는 태양을 한 번 더 바라본 다음 마지막으로 심호흡을 하고 비로소 해방된 기분으로 방아쇠를 당겼다.

# 19★★

나는 방아쇠를 당겼다.

한 번.

두 번.

그런데도 살아 있었다.

탄창을 확인해 보니 텅 비어 있었다.

이럴 리가 없는데.

오네 수 부와를 떠나면서 내 눈으로 탄환이 다섯 개 든 걸 분명 확인했었다.

나는 차로 돌아가 조수석 콘솔박스를 열었다. 탄환은 없고, 주유소 마크가 찍힌 종이 냅킨 두 장이 보였다. 앨리스가 화장실에 다녀와 손을 닦았던 냅킨.

마카롱의 초콜릿 크림 자국이 군데군데 묻은 냅킨 위에 앨리스가 파란색 사인펜으로 휘갈겨 쓴 글씨가 보였다.


　랑프뢰르 씨, 아니 조나단 아저씨 보세요.

　아저씨가 커피를 마시는 사이 제가 멋대로 아저씨 권총에 들어 있
는 총알을 빼내 주차장 휴지통에 버렸어요. 왜 총을 갖고 계신지는 모
르지만 아저씨에게 그다지 좋은 일 같지 않아요.

　어젯밤, 아저씨는 그럴 기분이 아닌데도 최선을 다해 저를 웃겨주
시고, 보살펴주셨어요. 저도 다 알아요.

　아저씨가 사업 문제, 프란체스카 아줌마와의 문제로 힘들어하시는
걸 보고 마음이 많이 아팠어요. 언젠가 두 분 사이는 다시 좋아질 거라
생각해요. 그렇지 않다면 프란체스카 아줌마와는 운명적인 인연이 아
니었다고 생각해야겠죠.

　저는 정말이지 오랫동안 행복하지 않았어요. 그때, 너무 슬플 때마
다 간절히 매달렸던 구절이 있어요. 빅토르 위고가 한 말이라던데, 어
쨌든 제 일기장 첫 페이지에 적어 놓고 힘을 많이 얻었어요.

　'인생의 가장 아름다운 날들은 우리가 아직 살지 않은 날들이다.'

　몸조심하세요, 조나단 아저씨.

앨리스가.


　편지를 읽으면서 나는 가슴 밑바닥으로부터 다시 삶의 욕구가 솟구
치는 걸 느꼈다. 나는 차 안에서 혼자 바보처럼 엉엉 울었다.

# 20 고통의 속살

내 고통은 뿌리가 깊다.
—플래너리 오코너

샌프란시스코

월요일 밤

새벽 두 시

조나단은 헤드폰을 빼고 나서야 뺨을 타고 눈물이 흘러내리고 있다는 사실을 깨달았다. 인생에서 가장 암울했던 시기로 무호흡 잠수를 한다는 건 역시나 고통스럽기 그지없는 일이었다.

앨리스 코왈스키와 리버풀 출신의 푸주한에게 희생된 앨리스 딕슨은 과연 동일 인물일까?

날짜를 여러 차례 확인해보았지만 역시 앞뒤가 맞지 않았다. 난도질당한 앨리스의 심장이 매들린에게 배달된 날짜는 2009년 6월 15일이었다. 확실한 유전자 프로파일을 보유하고 있던 법의학연구소 측에서는 실종된 소녀의 심장으로 단정했다. 법의학연구소의 보고서에는

'전혀 의심의 여지가 없다'고 명시돼 있었다.

조나단이 앨리스 코왈스키를 만난 날짜는 2009년 12월 31일 밤이었다.

그러니까 6개월도 더 지난 날이었다.

조나단은 보드카를 강장제마냥 한 잔 따라 마셨다. 그는 놀라운 사실을 발견한 충격에서 헤어나지 못한 채 흥분하지 말고 차분하게 생각을 정리해보기로 했다. 일단 머릿속에서 떠오르는 여러 가지 가능성들을 체계적으로 분류해보기 시작했다.

첫 번째 가설. 두 사람의 앨리스는 전혀 별개의 인물이다. 동일한 플리스후드재킷, 동일한 프로 축구팀 휘장, 음악에 대한 동일한 열정, 동일한 외모. 그렇지만 모든 게 우연일 뿐이다. 가능성은 매우 희박하지만 전혀 불가능한 추론은 아니다.

두 번째 가설. 앨리스에게는 쌍둥이 형제가 있다. 이건 말도 안 돼. 한 아이는 유복한 미국 가정에서 자라고, 한 아이는 맨체스터의 빈민가에서 자랄 리가 없잖아.

세 번째 가설. 두 사람의 앨리스는 동일 인물이다. 이 경우, 법의학연구소에서 DNA를 분석하는 과정에서 황당한 실수를 저질렀어야 가설이 성립될 수 있다(가능성 극히 낮음). 아니면, 앨리스가 심장이식수술을 받았을 수도 있다(경찰서로 배달된 심장이 외과시술을 통해 제거된 게 아니고 매스로 난도질당한 상태였다는 사실을 제외시키더라도 가능성은 매우 낮다).

마지막 가설. 초자연적인 설명도 가능하지 않을까? 이를테면 환생같은 것. 물론 그런 황당무계한 가설을 믿어줄 사람이 있을 리 없겠지만 말이다.

생각에 몰두하다 보니 어느새 야심한 시각이 돼 있었다. 조나단은 잠자리에 누웠지만 도무지 잠을 이룰 수 없었다. 매들린과 우연히 마주친 날부터 최근까지의 날들을 생각하다보면 마치 그녀와 보이지 않는 끈으로 연결되어 있는 듯한 느낌을 받곤 했다. 처음에는 밑도 끝도 없는 생각이라고 일축했다. 그런데 오늘 밤, 그는 비로소 그녀와의 연결고리를 찾아냈다.

그것은 바로 앨리스였다.

매들린, 앨리스…….
매들린에게는 자초지종을 설명해주어야 한다.
나는 앨리스에게 엄청난 빚을 지고 있다.

# 21 The wild side

현기증은 추락의 두려움과는 다른 것이다.
그것은 밑에서 우리를 유인하고 매혹하는 허공의 목소리, 뛰어내리고 싶은 유혹이다.
그래서 우리는 공포에 떨며 그 유혹을 물리친다.
−밀란 쿤데라

파리, 몽파르나스

12월 20일 화요일

저녁 7시 20분

매들린은 집을 나서기 전 거울 앞에서 변신이 완벽하게 되었는지 꼼꼼하게 확인하며 옷매무새를 가다듬었다. 은은하면서도 시크한 화장, 날씬한 느낌을 연출하는 하이힐, 검정색 타프타 실크 원피스. 무엇보다 다리 길이가 관건이었다. 너무 길거나 짧지 않게, 무릎 바로 위에서 찰랑거리는 원피스.

오늘 저녁, 매들린은 임무수행 중이었다. 조르주 라튤립의 침실에 드나드는 여자들을 고려해볼 때 자신도 최대한 섹시한 매력을 발산해야 그를 꼼짝없이 함정에 빠뜨릴 수 있을 것이다.

매들린은 라파엘이 사준 개버딘 코트를 걸치고 집을 나섰다. 이 정도면 어느 남자라도 넘어가게 할 수 있을 만큼 팜므 파탈의 매력이 돋보이는 자태라 자부할 만했다.

차들이 거북이 운행을 하고 있었다. 매들린은 지하철을 타기 위해 라스파이 지하철역으로 걸어 내려갔다.

몽파르나스, 파스퇴르, 세브르-르쿠르브……

지하철은 퇴근길 승객들로 만원이었다. 외식이나 공연 관람을 위해 집을 나선 사람들, 뒤늦게 크리스마스 쇼핑을 하러 나선 사람들도 눈에 띄었다.

매들린은 핸드백을 살짝 열어보았다. 사직할 때 경찰에 반납하지 않은 직무용 권총 글록17 한 자루 그리고 그녀의 단골서점 주인이 오래전부터 읽어보라고 권한 문고판 《스웨덴 기사(오스트리아 출신 작가 레오 페루츠의 작품 : 옮긴이)》가 들어 있었다.

캉브론느, 라 모트 피케, 뒤플렉스, 비르아켐……

매들린은 접이식의자에 기대 주위를 빙 둘러보았다. 대중교통을 이용하는 동안 책을 읽는 사람이 점점 줄어가고 있었다. 사람들은 지하철 안에서도 휴대폰으로 대화를 하고, 게임을 하고, 음악을 들었다. 그녀는 핸드백에서 꺼낸 소설을 읽으려고 애썼지만 쉽게 몰입이 되지 않았다. 승객들이 너무 많았고, 다른 사람들과 몸을 툭툭 부딪치는 때가 많았다. 무엇보다 그녀를 짓누르는 죄책감 때문에 마음이 괴로웠다.

매들린은 지난 토요일부터 라파엘에게 계속 거짓말을 했다. 갈수록 새빨간 거짓말이 자연스럽게 튀어나왔다. 오늘 저녁에도 친구의 처녀 파티(결혼 전 예비 신부가 친구들과 벌이는 파티 : 옮긴이)에 간다며 그를 속였다. 다행히 그는 전혀 의심하지 않았다.

파시, 트로카데로, 부와시에르, 클레베르……

조르주 라튤립은 예상대로 그녀에게 연락을 해왔다. '사고'가 난 지 몇 시간 뒤 그는 가게로 직접 전화를 걸어 점심을 같이 하자고 했다.

매들린은 좀 더 애를 태울 필요가 있다고 생각하며 일단 점심 식사 제의를 거절했다. 그런데 그가 한 번 더 식사를 하자고 청했다.

매들린은 못 이기는 척하고 그의 저녁식사 초대에 응했다. 그녀는 조르주 같은 스타일의 남자들을 손바닥 들여다보듯 훤히 알고 있었다. 여성잡지의 연애심리분석 기사들을 보면 조르주 같은 남자는 '강박적 구애남'으로 분류된다. 흔히 쓰는 표현으로 하자면 껄떡남이다. 단지 표현의 차이일 뿐.

매들린은 6번선 종점에서 내려 역 밖으로 나왔다. 마치 동화 세계와 같은 눈부신 불빛이 그녀를 맞이했다. 콩코드광장에서 개선문까지 2킬로미터 남짓한 거리를 걸었다. 세상에서 가장 아름다운 길이라는 샹젤리제 거리에 수백 그루의 가로수들이 파란 조명을 밝히고 서 있었다. 제아무리 무덤덤하다는 파리지앵들도 이런 마법 같은 풍경 앞에서는 무심히 지나치지 못했다.

매들린은 코트 옷깃을 여미며 오슈대로를 걸어 루와이얄 몽소 호텔의 식당으로 들어갔다.

"정말 근사하군요."

조르주가 반갑게 그녀를 맞았다. 그가 제대로 한 턱 내기로 작정한 게 틀림없었다. 식당은 콜로네이드들과 베이지색 가죽의자들이 어우러져 고급스러운 분위기를 자아내고 있었다. 철제 바 스툴과 반투명 카운터 등 소재 간의 조화를 고려한 인테리어였다.

"식당 인테리어가 마음에 들어요?"

조르주가 종업원의 안내를 받아 조용한 알코브에 마련된 테이블에 앉으며 물었다.

매들린은 대답 대신 고개를 끄덕였다.

"스탁(프랑스 출신 산업 디자이너 필립 스탁 : 옮긴이)의 작품이죠. 우리 식당도 그 사람이 옷을 입혔다는 걸 알아요?"

아니, 내가 그런 걸 알 리 없잖아.

그 순간부터 매들린은 거의 입을 열지 않고 대부분 하하 호호 예쁜 표정을 지으며 침팬지 조르주의 구애를 관심 있는 척 지켜보았다.

조르주는 말이 청산유수였다. 그는 아주 편안하게 두 사람 몫의 대화를 이끌어갔다. 그동안 경험한 여행, 스포츠 마니아로 지내온 이야기, 자기와 개인적 친분이 있는 데이비드 게타, 아민 반 뷰렌 같은 유명 DJ 이야기가 끝없이 이어졌다. 또한 그는 '침울하고, 을씨년스럽고, 죽은 것 같은' 파리의 밤 이야기를 질리지도 않고 떠들어댔다.

"파리에서 진정한 언더그라운드 문화를 찾아볼 수 없다는 건 정말 심각한 문제죠. 최고의 DJ나 창의력 넘치는 뮤지션들은 죄다 베를린이나 런던으로 떠나버렸어요. 제대로 즐기려면 밖으로 나가는 수밖에 없죠."

매들린은 여자들을 앞에 앉혀두고 골백번도 더 지껄였을 그 말들을 한 귀로 듣고 한 귀로 흘려보내며 다소곳이 앉아 있었다. 마침내 식사가 나오자 그녀는 조나단이라면 이 음식들을 어떻게 생각할지 궁금했다. 가재 살과 그물버섯을 곁들인 계란 반숙, 당근을 곁들인 송아지 허벅지살 조림……. 디저트로 나온 초콜릿 & 레몬 밀 푀이유를 마지막 한 입까지 맛있게 먹고 난 그녀는 집에 가서 '딱 한 잔만 더하자'는 조르주의 청을 못 이기는 척 수락했다.

매들린은 주차요원이 운전해온 포르쉐의 조수석에 들어가 앉았다.

조르주 라튤립이 운전석에 타더니 매들린 쪽으로 몸을 기울이며 입을 맞췄다.

이 인간, 역시 조금도 의심을 안 하네.

매들린은 흡족한 표정으로 미소까지 지으며 그의 입술에 입맞춤했다.

*

**이 시각, 샌프란시스코……**

공항의 시계가 정오를 가리키고 있었다. 조나단은 찰리를 안아 올려 뽀뽀를 해주고는 다시 바닥에 내려놓았다. 탑승 티켓을 손에 쥔 그가 마르쿠스와 똑바로 눈을 맞추며 말했다.

"마르쿠스, 이틀 동안 찰리를 잘 부탁해. 알렉산드라가 방학 중이라 집에 와 있으니까 자넬 도와줄 거야. 이번 주말까지 받아놓은 예약은 모두 취소했어."

"이 비행기를 꼭 타야겠어요?"

"그래, 타야겠어."

"갑자기 런던에는 왜 가시겠다는 건지 원."

"런던이 아니라 맨체스터에 가는 거야. 거기서 누군가를 만나 반드시 확인해야 할 게 있어."

"나중에 가면 안 될 만큼 다급한 일이에요?"

"그래, 다급한 일이야."

"왜 다급한지 그 이유를 설명해줄 수는 없어요?"

조나단은 대충 얼버무렸다.

"빚도 갚아야 하고, 오래된 망령도 떨쳐버려야 해. 반드시 확인해봐야 할 것도 있고."

"이게 다 매들린 그린이라는 여자와 관련된 일이죠?"

"확실해지면 그때 다 이야기해줄게. 자넨 찰리나 잘 보고 있어."

"걱정 말아요."

"내가 일러둔 금기사항을 반드시 명심해. 알코올 금지, 집안에 여자를 끌어들이는 행위 금지, 해시시·마리화나도 다 금지야."

"알았어요."

"찰리는 반드시 하루에 세 번씩 이를 닦여야 하고, 폭력적인 영화나 만화영화는 금지, 리얼리티 TV 금지, 단 음식 대신 하루에 최소한 다섯 번씩 과일이나 야채를 먹여. 저녁 여덟 시에 잠옷을 입혀 재우는 거 잊지 말고."

"알았어요."

"확실하게 잘 할 수 있지?"

"내 콧구멍 개수만큼 확실하게 할 수 있어요."

마르쿠스의 대답을 듣고 찰리가 옆에서 깔깔대며 웃었다.

조나단은 두 사람과 차례로 한 번 더 포옹한 다음 출국장으로 들어갔다.

샌프란시스코 발 런던 행 브리티시 에어웨이 항공기는 오후 1시가 조금 넘어 이륙했다. 창으로 밖을 내다보던 조나단은 마음이 울컥했다.

방학이 아니면 자주 보지도 못하는 아들을 크리스마스 휴가 중에 내팽개치고 떠나는 게 과연 옳은 일일까?

조나단은 자꾸만 고개를 드는 회의감을 떨쳐버리고 싶었다. 이제 와서 결정을 번복할 수는 없었다. 옛 기억들이나 드러난 사실에만 의존하지 않고 직접 어떻게 된 일인지 미스터리를 풀어볼 생각이었다.

이제는 그가 앨리스의 유령과 조우할 차례였다.

파리

매들린을 엘리베이터로 먼저 들여보낸 조르주가 곧 뒤따라 들어왔다. 그는 5층 버튼을 누르기 무섭게 그녀의 입술을 덮쳤다. 한 손은 그녀의 가슴에 밀착시키고, 다른 손으로는 그녀의 원피스를 끌어올렸다.

매들린은 목이 답답하고 속이 메스거렸지만 혐오감을 떨쳐버리려고 안간힘을 썼다. 지금은 임무수행 중이었기 때문이다.

임무수행 중.

조르주의 듀플렉스 아파트는 건물의 꼭대기 두 층을 모두 사용하고 있었다. 로프트 아파트와 비슷한 구조의 내부는 미니멀리스트적인 감각의 인테리어에 하이테크적인 특성이 가미된 공간이었다. 퓨처리스트적 콘셉트의 철제계단이 아파트의 아래층과 위층을 연결하고 있었다.

매들린의 코트를 받아 건 조르주가 유리 스위치에 살짝 손을 대자 집안에서 음악소리가 울려 퍼지기 시작했다.

"마음에 들어요? 덴마크 출신의 칼 칼이라는 친구가 믹싱한 프로그레시브 트랜스죠. 베를린을 주름잡는 DJ인데 내가 볼 때는 제2의 모차르트라니까."

내가 볼 땐 넌 영락없는 돌대가리야.

매들린은 마음속으로 그렇게 생각하면서도 그를 향해 연신 매력적인 미소를 날렸다. 둘만 있게 되자 그녀는 자리가 몹시 불편했다. 심장은 빠르게 요동치고 있었고, 앞으로 벌어질 일이 사뭇 걱정스러웠다. 그녀의 반쪽은 어서 달아나 라파엘과 함께 안락한 행복을 느끼고 싶어 했다. 그러나 다른 반쪽은 위험을 감지할수록 참을 수 없는 흥분을 느끼고 있었다.

"핑크 푸시 캣을 한 잔 만들어줄까요?"

매들린이 바로 들어가면서 물었다.

푸시(여자의 성기를 뜻하는 비속어 : 옮긴이)란 말을 듣더니 조르주가 가벼운 신음소리를 내며 흡족한 표정을 지었다. 그가 매들린의 뒤로 다가와 허리에 손을 감고 서더니 슬며시 가슴에 손을 얹었다.

"잠깐만요, 이러다가 다 엎지르겠어요."

살짝 몸을 빼낸 매들린이 텀블러 두 개에 얼음을 담기 시작했다.

"당신에게 줄 선물!"

조르주가 별 모양이 찍힌 작은 알약 두 개를 호주머니에서 꺼냈다.

엑스터시…….

매들린은 알약 한 개를 받아들고 그를 향해 동조의 윙크를 날렸다.

"조명 좀 낮춰야겠어요."

매들린은 엑스터시 한 알을 목으로 넘기는 척하며 말했다.

잘못하면 이 멍청이가 내 계획을 다 망치겠어.

매들린은 서둘러 보드카 두 잔을 칵테일 잔에 따르고 자몽 주스를 부은 다음 석류시럽을 살짝 첨가했다. 그런 다음 조르주가 잠시 한눈을 파는 사이 강간범들이 주로 사용하는 최면제인 롭히놀을 칵테일 잔에 듬뿍 탔다.

"원샷!"

매들린이 칵테일을 그에게 건네며 말했다.

하느님 감사합니다.

조르주는 강요하지 않는데도 알아서 칵테일 잔을 깨끗이 비웠다. 그가 잔을 내려놓기 무섭게 줄무늬 쿠션들이 놓인 검정색 천 소파 위에 매들린을 쓰러뜨리듯이 눕혔다. 그는 두 손으로 매들린의 머리를 잡고 육감적이라 자신하면서 그녀의 입술에 키스했다. 그가 입 속으로 혀를 밀어 넣으며 팬티가 드러날 때까지 원피스를 걷어 올리더니 위쪽 단추부터 하나씩 풀어 내리며 가슴을 애무하고 유두를 빨고 깨물었다.

매들린은 목구멍이 막혀 질식할 것 같았다. 그의 육중하고 폭압적인 몸이 그녀를 짓누르며 불편한 열기와 체취를 발산했다. 잔뜩 흥분한 그가 포식할 영양을 눈앞에 둔 사자처럼 그녀의 목덜미를 물었다.

매들린은 숨이 막혀오는 가운데 순순히 그의 요구에 응해주었다. 강제로 끌려온 자리가 아니었다. 강제로 붙잡혀 있는 상황도 아니었다. 원한다면 얼마든지 이 불편한 장소를 떠날 수도 있었지만 참기로 했다. 그녀는 이 부조리한 상황을 견디기 위해 끊임없이 다른 쪽으로 생각을 유도했다.

신고 있던 하이힐이 바닥으로 툭 떨어지는 소리가 들리고, 거리를 지나는 차들의 헤드라이트 불빛이 천장을 비추며 아른거렸다. 한참 동안 가슴에 머물렀던 그의 손이 서서히 미끄러지며 아래 쪽으로 향하고 있었다.

"좋아?"

그가 그녀의 귓불을 깨물며 속삭였다. 그녀는 나지막한 신음소리로 그의 물음에 화답했다. 단단하게 발기한 그의 성기가 허리께를 툭툭 건드렸다. 그가 그녀의 손을 덥석 잡더니 자신의 성기로 이끌었다.

매들린은 눈을 꼭 감았다. 입 안에서 비릿한 피 맛이 났다.

찾아낸다. 알아낸다. 밝혀낸다.

수사한다.

매들린은 형사 시절 수사에 중독되다시피 살았다. 경찰에 영원히 몸담을 생각이었다. 수사를 맡게 되면 몸을 사리지 않고 몰입했다. 몰입과 집중은 그녀의 타고난 본성이었다.

조르주의 손길이 배를 거쳐 엉덩이 쪽으로 향하더니 이내 회음부를 탐하기 시작했다. 매들린은 거실에 걸린 대형거울로 고개를 돌렸다. 그녀의 눈이 어둠속에서 빛을 발했다. 수사 대상으로부터 뭔가 얻어내려면 상식과 한계를 뛰어넘어야 하는 경우가 많았다. 바로 지금이 그런 때였다.

지난 2년 동안 가슴 깊숙이 묻어놓은 상처가 다시 고통스럽게 떠올랐다. 지나간 기억들, 과거의 감각들이 순식간에 수면 위로 부상했다.

형사 노릇을 오래 하다 보면 위험한 상황에 중독된다. 살인사건을 수사할 때면 몸에서 엄청난 양의 아드레날린이 분비된다. 위험한 상황에서 느끼는 흥분은 신나는 휴가, 친구들과의 외출, 매력적인 상대와의 섹스로도 절대 맛볼 수 없는 감흥이다. 수사는 그녀를 편집광으로 만들었다. 미스터리한 사건은 그녀를 아예 삼켜 버렸다. 그녀는 중요한 사건의 수사를 맡을 경우 경찰서에서 살다시피 했다. 모자란 잠은 주차장에 세워둔 차나 취조실에서의 쪽잠으로 해결했다. 오늘밤은 형사시절의 기억을 고스란히 떠올리게 했다. 살인이 일어나진 않았지만 그녀의 동물적 감각이 포기하지 말고 끝까지 목적을 이루어야 한다고 속삭였다.

매들린은 프란체스카에 대한 생각에 사로잡혔다. 대체 무엇이 프란체스카에게 남편을 저버리고 가정을 내팽개치게 만들었을까?

그런 중대한 결심 뒤에는 반드시 비밀스런 흑막이 있기 마련이다. 조르주의 손이 축축하게 젖은 팬티의 함몰 부위를 더듬다가 급격히

민첩성을 잃었다. 그의 몸이 갑자기 그녀의 몸 위로 툭 떨어졌다. 정신을 잃은 그의 몸을 힘겹게 밀쳐낸 그녀는 수면 위로 올라오는 잠수부처럼 황급히 소파를 빠져나왔다. 롭히놀이 비로소 약효를 발휘한 것이다. 정신을 잃은 조르주는 이제 소파에 대자로 뻗어 있었다.

매들린은 그가 아직 숨을 쉬는지 확인했다. 최면제와 엑스터시를 동시에 투입한 그의 몸에 지나친 부작용이 없기를 바랄 뿐이었다.


밤 11시

더 이상 낭비할 시간이 없어. 당장 일에 착수해.

매들린은 곧 수색작업에 착수했다. 그녀는 아파트 어딘가에 비밀을 풀어줄 열쇠가 숨겨져 있을 거라고 확신했다. 일단 심사를 거스르게 만드는 음악부터 끄고 불을 환하게 켰다.

밝은 불빛 아래 드러난 조르주의 아파트는 왠지 횅한 느낌을 주었다. 가구가 없어서라기보다는 지나치게 깔끔히 정돈돼 있기 때문이었다. 원래 성격 자체가 꼼꼼한데다 가정부를 고용해 정리정돈을 시키는 듯했다.

드레스룸은 여자들이 본다면 넋을 잃을 만큼 넓었다. 서재와 벽장은 세심하게 정리돼 있었다. 스포츠 용품, 최신 오디오제품, 적어도 수백 개는 돼 보이는 DVD, 다양한 분야의 책들······.

매들린은 그의 옷들을 일일이 뒤집어가며 면밀히 확인한 다음 수납장과 서랍을 죄다 열어보고, 집안 구석구석을 꼼꼼하게 체크했다. 형사 시절에 익힌 '노하우'는 쉽게 잊히는 게 아니었다. 그녀 자신도 정확하게 뭘 찾고 있는지 몰랐지만 분명 이 집 어딘가에서 실마리를 풀어줄 단서가 나오리라 확신했다.

파일 포켓과 아코디언 포켓에 차곡차곡 정리해 둔 서류들 속에 뭔가 있지 않을까?

매들린은 조르주가 정신을 차리지는 않았는지 살피고 나서 갑자기 깨어날 때를 대비해 글록 권총을 옆에 두고 서류들을 확인하기 시작했다.

은행거래명세서들, 소득세과세통지서, EDF(프랑스 전기공사 : 옮긴이) 고지서들, 부동산 등기권리증과 유가증권들이 나왔다. 그녀는 한 시간도 넘게 '수색' 했지만 단서를 찾아내는 데 실패했다. 조르주는 식당 운영으로도 상당한 수입을 올리고 있었지만 데릴로재단의 이사로 재직하며 챙기는 수입이 훨씬 더 많다는 걸 알 수 있었다.

매들린은 허탕을 쳤다는 생각에 몹시 화가 났다. 시간은 빠르게 흐르고 있었다. 이제 마지막으로 점검해볼 물건이라고는 거실 테이블에 놓여 있는 노트북뿐이었다. 그녀는 조심스럽게 노트북 덮개를 열었다. 형사라면 디지털 전담팀에 하드디스크 분석을 맡기면 되겠지만 지금은 그럴 입장이 아니었다. 문제가 생길 경우 초보적인 수준의 컴퓨터 지식으로 어떻게 해결할 수 있을지 걱정되었다. 다행히 노트북은 부팅된 상태였다. 패스워드를 알아내야 하는 수고를 생략할 수 있다는 의미였다.

매들린은 두세 번의 간단한 조작을 거쳐 컴퓨터에 저장된 문서들을 확인하고, 사진함(심해 다이빙 사진들로 저장용량이 꽉 차 있었다)을 열어보고, 인터넷검색 히스토리를 검토했다. 받은 편지함에 저장된 이메일들을 훑어보았지만 특별히 눈에 띄는 내용을 발견하지 못했다.

수사는 곧 끝기다.

매들린은 포기하지 않고 조르주의 메시징 소프트웨어를 확인했다.

그의 이메일 계정은 그녀처럼 IMAP프로토콜로 세팅되어 있었다. 휴대전화와 노트북에서 모두 이메일 확인이 가능한 시스템이었다. 컴퓨터 지식이 부족하긴 해도 그녀는 이런 경우 사용자가 삭제한 이메일이 서버에 그대로 남게 된다는 것쯤은 알고 있었다.

매들린은 이메일 아카이브를 확인하기 시작했다. 역시 그가 수년간 주고받은 이메일이 수천 통이나 들어 있었다. 그녀는 다양한 키워드를 넣어가며 검색한 끝에 마침내 그토록 찾아 헤맨 이메일을 확보했다. 수사의 방향을 제대로 잡았다는 증거였다.

보낸 사람 : 프란체스카 데릴로
받는 사람 : 조르주 라튤립
제목 : Re:
날짜 : 2010년 6월 4일 19시 47분

조르주,

제발 부탁할게요. 샌프란시스코에 가서 조나단을 만나겠다는 생각은 재고해줘요. 우리는 잘한 거예요. 지금 와서 후회해봐야 소용없어요. 난 당신이 신문기사를 보고 짐작했을 줄 알았는데…….

이제 조나단도, 우리에게 일어났던 일도 모두 잊어요. 그가 재기하는 모습을 그냥 지켜봐요.

당신이 조나단에게 진실을 털어놓는 순간 우리 세 사람 모두에게 불행한 일이 벌어지게 될 거예요. 당신은 애써 축적해놓은 모든 걸 다 잃게 되겠죠. 당신의 일, 집 그리고 당신이 누리는 안락까지.

F.

흥미로운 이메일이었다. 행간에 숨은 의미를 분석해보면 뭔가 중요한 단서를 얻을 수 있을 것 같았다. 매들린은 이메일을 인쇄한 다음 만전을 기하는 의미로 자신의 이메일로 전송해놓았다.

**새벽 1시**

얼굴에 냉수가 확 끼얹어지더니 따귀가 날아왔다. 매서운 따귀가 한 대 더 날아드는 순간 조르주는 눈을 번쩍 떴다.

"무슨 짓이에요?"

조르주는 몸이 결박된 채 거실의자에 앉아 있었다. 양손은 등 뒤로, 발목은 의자 다리에 단단히 묶여 있어 몸을 빼내려고 안간힘을 써봤지만 소용없었다. 자동권총의 총구가 10센티미터 앞에서 그의 얼굴을 겨누고 있었다. 낯선 여자를 집으로 끌어들인 게 화근이었다. 이제 그의 목숨은 여자의 손에 달려 있다시피 했다.

"돈……돈이 필요해요? 드레스 룸에 있는 작은 금고에 최소한 이만 유로가 들어 있을 거요."

"돈은 이미 찾아냈어."

매들린이 지폐 다발을 그의 눈앞에 대고 흔들었다.

"그럼 원하는 게 뭐요?"

"진실."

"진실이라니?"

"이것."

조르주는 고개를 숙여 프란체스카가 보낸 이메일을 읽었다.

"당신……대체 누구야? 꽃집 여자 아니었어?"

"누구긴? 그냥 당신 면상에 총을 겨누고 있는 여자일 뿐이야."

"왜 당신이 이 일에 관심을 갖는지 모르지만 내가 충고 한 마디 하겠는데……."

"당신은 지금 충고할 입장이 아니야. 자, 이마에 바람구멍이 나기 전에 이메일 얘기나 해봐. 당신은 왜 샌프란시스코로 조나단을 만나러 가려 했지?"

심리가 극도로 불안해진 조르주는 식은땀을 뚝뚝 흘렸다.

매들린이 그의 이마에 총신을 바짝 갖다 대며 협박 수위를 높였다.

"죽고 싶어?"

"조나단은 내 은인이었어. 시궁창 같은 곳에서 날 건져주었고, 사람답게 살아갈 수 있게 도움을 베풀었지. 그는 젊고 에너지가 넘치는데다 창의적인 사람이었어. 주위사람들이 어려움을 딛고 새 출발하게 손을 잡아주었고, 잠재력을 이끌어낼 수 있게 옆에서 도왔지."

"그런데 보은은커녕 그의 여자를 슬쩍한 거야?"

"그건 사실이 아니야."

조르주가 펄쩍 뛰며 흥분했다.

"프란체스카가 나 같은 놈을 사랑했을 것 같나? 프란체스카는 조나단 없인 못 사는 여자야."

조르주가 머리를 세차게 흔들어 뺨으로 흘러내리는 땀을 털어냈다.

"조나단 부부는 서로에 대해 식을 줄 모르는 열정을 가진 커플이었어. 서로를 깊이 사랑하고, 존경하고, 기쁨을 주기 위해 애썼지. 조나단은 주방과 언론을 맡고, 프란체스카는 사랑하는 남편이 만든 요리를 전 세계 사람들에게 알리기 위해 백방으로 뛰어다녔어. 그런데……."

"그런데 뭐가 문제였지?"

"단기간에 사업을 확장하다 보니 매우 중요한 전략적 오류를 범하게 된 거야. 과도한 투자로 부도위기를 맞게 된 것이지."

조르주는 이제 이빨을 딱딱 맞부딪쳤다. 숯검정처럼 시커먼 다크서클이 그의 눈 밑에 넓게 자리 잡았다. 그 모습에서 엑스터시와 최면제의 혼합 복용은 절대로 권장하지 말아야 한다는 걸 알 수 있었다.

"그럼 신문에 실린 당신과 프란체스카의 사진은 모두 사기란 말이야?"

"당연하지. 지금부터 이년 전, 프란체스카가 바하마제도에서 나에게 전화를 걸어왔어. 마침 크리스마스 휴가철이라 나는 친구와 함께 몰디브 섬에 다이빙을 하러 가 있었지. 프란체스카가 다급한 일이 생겼다며 안절부절못하더니 나에게 다음날 세 시까지 나소로 오라는 거야. 뭔 일인지 물어도 대답해주지 않으면서 알아봐야 좋을 게 없다는 말만 반복했지."

"그래서 당신은 프란체스카가 원하는 대로 했어?"

"프란체스카는 내 보스였으니까. 솔직히 내게는 선택의 여지가 없었어. 바하마제도로 직접 가는 항공편을 구하지 못해 런던을 경유하는 비행기를 타고 급히 날아갔지. 도착하면 자초지종을 자세히 알 수 있게 되리라 기대했는데 그렇지 않았어. 프란체스카는 파파라치와 짜고 그 빌어먹을 사진들을 찍을 준비를 모두 갖추고 있었어. 사진을 찍은 우리는 같은 비행기로 뉴욕으로 돌아왔어."

"그래서?"

"조나단이 공항에서 기다리고 있었지. 조나단이 어떻게 알게 됐는지는 모르지만 정말 볼썽사나운 일이 벌어졌어. 조나단이 내 얼굴을 주먹으로 한 대 갈기더니 구경꾼들이 모두 지켜보는 가운데 프란체스카와 말다툼을 벌였어. 바로 그 다음날 그들 부부는 이혼과 그룹 매각을 동시에 발표했어."

"당신은 왜 조나단에게 진실을 말하지 않았지?"

"나야 물론 말해주고 싶었지. 다 말해버릴까 고민도 여러 번 했어. 난 조나단이 샌프란시스코에서 폐인이 되다시피 살고 있다는 걸 알았고, 양심의 가책을 느꼈으니까. 그런데 프란체스카가 끝까지 말렸어. 그러니까……."

"프란체스카가 이사장으로 있는 재단에서 당신이 입을 열지 않는다는 조건으로 후하게 사례를 했겠지."

"그래, 난 단 한 번도 내 자신이 괜찮은 놈이라 생각한 적이 없어. 조나단만이 유일하게 날 괜찮은 놈이라 생각해주었지."

"프란체스카는 요즘 어떻게 지내지?"

"아이와 뉴욕에서 살고 있어. 부친이 별세하고 나서는 재단 일을 혼자 떠맡아서 하고 있지."

"프란체스카에게 남자가 있어?"

"그건 나도 몰라. 가끔 자선 디너쇼나 공연 시사회장에 남자를 대동하고 나타나긴 하지. 그렇지만 그 남자들과 사귄다는 뜻은 아니야. 이제 나 좀 풀어줘, 빌어먹을!"

"목소리 좀 낮춰. 프란체스카가 보낸 이메일에서 '난 당신이 신문기사를 보고 짐작했을 줄 알았는데…….' 라고 쓴 건 무슨 뜻이야?"

"그건 나도 몰라."

매들린이 호락호락 넘어갈 거라 생각했다면 오산이었다. 여러 정황으로 미루어보아 조르주가 거짓말을 하고 있는 게 분명했다. 조르주는 서서히 정신이 들자 은근히 협박을 가해왔다.

"풀려나면 당장 경찰서로 달려가……."

"당신은 그렇게 못해. 나와 내기를 해도 좋아."

"당신이 그걸 어떻게 알아? 난 충분히 고발할 수 있어."

"내가 바로 경찰이니까."

매들린은 지금 난관에 봉착해 있었다. 일단 냉정해질 필요가 있었다.

자, 다음 단계는 어떻게 진행하지?

놈의 입에 글록 권총의 총신을 쑤셔 넣을까?

기도를 막아 고통을 주는 물고문은 어때?

손가락 마디를 확 잘라버려?

아마도 대니 도일이라면 5분 안에 조르주의 입을 열게 만들었을 것이다. 하지만 그도 그녀가 고문을 이용하는 걸 바라지는 않을 것이다.

매들린은 그의 오른손을 결박한 끈을 잘랐다.

"나머지는 당신이 알아서 풀어."

매들린은 그 말을 남기고 조르주의 아파트를 빠져나왔다.

# $22$ 맨체스터의 망령

비밀을 갖고 있는 건 죄를 짓고 고백하지 않는 것과 마찬가지다.
그 비밀은 우리 안에서 싹을 틔우고, 썩고, 다른 비밀들을 먹고 자란다.
−후앙 마누엘 드 프라다

12월 21일 화요일

런던

오전 7시, 브리티시 에어웨이가 런던 히드로공항에 착륙했다. 아직 날이 밝지 않은 런던은 안개가 자욱하게 끼어 있었고, 비까지 추적추적 내렸다. 어차피 휴가를 즐기러 온 게 아니니까 다분히 '영국적인' 날씨에 기분을 상해할 이유는 없었다.

조나단은 비행기에서 내리자마자 현금을 환전하고 허츠 렌터카 카운터에 들러 인터넷으로 예약해둔 차를 받았다.

런던에서 맨체스터까지는 고속도로로 네 시간이 걸렸다. 영국식 좌측 주행에 적응이 안 돼 운전을 하느라 혼이 쏙 빠져 달아날 지경이었다. 갑자기 영국에 대한 악감정이 일었다. 사람들은 흔히 프랑스인들이 오만하다고 비난한다. 하지만 유로화 도입을 반대하고, 좌측 주행을 고집하고, 검지와 중지를 써서 욕을 하는 영국인들도 프랑스인들 못지않다.

조나단은 그런 식의 인종에 대한 클리셰를 싫어했다. 그는 심호흡을 크게 하고 도를 닦는 기분으로 운전에 집중했다. 천천히 달리면 크게 문제될 게 없으리라 생각하며 마음을 편안하게 먹었다. 그러나 결심은 그리 오래가지 못했다. 원형교차로에 들어서서 자칫 역주행을 할 뻔했고, 모든 버튼이 반대쪽에 달려 있다 보니 깜빡이를 넣는다는 게 와이퍼를 작동시키기도 했다. 아슬아슬하게 추돌을 면한 순간도 있었다. 그는 고속도로로 들어서고 나서도 여전히 조심스럽게 운전했다. 한참 동안 달리고 나서야 편안한 운전이 가능했다.

조나단은 맨체스터 외곽에 도착해 내비게이션에 치탬브리지경찰서를 입력했다. 내비게이션의 안내대로 따라가다 보니 마침내 치탬브리지경찰서의 잿빛 건물이 나타났다. 건물의 느낌은 상상했던 그대로였다. 어느 날, 에린 딕슨이 딸의 실종신고를 접수했던 곳……. 매들린이 젊음과 열정을 바쳐 일했던 곳.

조나단은 경찰서 로비의 안내데스크로 가 짐 플러허티 형사가 근무하는지를 물었다.

"과장님은 무슨 일로 찾으시죠?"

"만나야할 용건이 있습니다."

"무슨 용건인지 말씀하세요."

"제보할 게 있습니다."

안내데스크 여직원이 전화통화를 하더니 조나단에게 따라오라고 했다. 그는 여직원을 따라 오픈 스페이스로 설계된 방을 지나갔다. 경찰서 내부는 사진에서 본 그대로였다. 굳이 다른 점을 찾자면 에릭 칸토나 포스터가 웨인 루니 포스터로 교체된 것 정도였다.

포스터를 바꾼 건 그리 좋은 생각이 아니야.

여직원이 짐 형사가 쓰는 사무실로 그를 안내했다.

"과장님이 안으로 들어오시랍니다."

조나단은 짐 형사의 책상 앞으로 걸어갔다. 짐은 옆방에서 떼어 낸 에릭 칸토나 포스터와 록밴드 〈더 클래쉬〉의 포스터를 자기 방 벽면에 나란히 붙여두고 있었다.

이 친구 제법 마음에 드는데…….

짐 형사는 코르크보드에 매들린이 근무하던 시절에 찍은 사진을 여러 장 꽂아두고 있었다. 생일파티를 비롯한 각종 축하파티들……. 코르크보드의 오른쪽 맨 위에 누렇게 변색되고 일부가 찢긴 앨리스 딕슨의 실종 전단지와 매들린의 사진이 나란히 붙어 있었다.

앨리스와 매들린, 두 사람의 공통점이 한눈에 들어왔다. 생기를 잃은 슬픈 눈빛, 아름다운 미모, 마치 사진을 찍는 사람과 멀리 떨어져 그녀들만의 세계에 따로 존재하는 듯한 표정.

"어떻게 오셨죠?"

짐 형사가 사무실 문을 닫으며 물었다. 짐은 붉은빛이 도는 금발에 푸근한 인상을 풍기는 거구의 사내였다. 사진으로 볼 때는 미남에 가까워 보였는데 막상 실물을 보니 외모관리에 소홀한 티가 났다. 툭 튀어나온 배가 특히 눈에 거슬렸다. 몇 주 동안 '뒤캉 다이어트(프랑스 영양학자 피에르 뒤캉이 고안한 다이어트 방법 : 옮긴이)'라도 해서 살을 빼면 좋겠다는 충고를 해주고 싶었다.

"제가 아는 사람 중에 짐 형사님도 아는 사람이 한 명 있죠."

조나단이 의자에 앉으며 말을 꺼냈다.

"그게 누구죠?"

"매들린 그린."

순간 짐의 눈이 반짝 빛났다.

"매들린은 사표를 낸 뒤로 소식을 못 들었어요. 그래, 매들린은 잘 지냅니까?"

"예, 잘 지내는 것 같습니다. 파리에서 꽃집을 하고 있죠."

"꽃집을 한다는 얘긴 나도 들었어요."

"사실 오늘 제가 여기에 온 건 매들린 때문이 아니라 앨리스 딕슨 사건 때문입니다."

짐이 동요하는 기색을 보이더니 눈썹을 무섭게 찡그렸다. 둘 사이에 팽팽한 긴장감이 감돌았다. '뒤캉 다이어트' 이야기를 꺼내지 않은 게 그나마 다행이었다.

"당신은 남의 뒤나 캐고 다니는 기자나부랭이신가?"

"아니요, 저는 기자가 아니라 셰프입니다."

짐 형사는 조나단의 얼굴을 유심히 뜯어보고 나서야 화를 누그러뜨렸다.

"당신, TV에도 나온 적이 있지요?"

"네, 맞아요. 한때는 TV에 자주 나왔습니다."

"경찰서에는 무슨 일 때문에 왔습니까?"

"짐 형사님이 필시 관심을 가질 만한 정보를 가지고 왔습니다."

짐이 옆자리의 동료를 흘끔 곁눈질하고 나서 벽시계를 쳐다보았다. 시계가 막 오후 1시를 가리키고 있었다.

"점심식사 했어요?"

짐이 물었다.

"아직 식사 전입니다. 샌프란시스코를 출발해 오늘 아침에야 런던에 도착했으니까요."

"날 보려고 그 먼 길을 왔단 말입니까?"

"네, 맞습니다."

"여기서 길을 두 개 건너면 내가 잘 가는 바가 있어요. 피시 앤 칩스, 괜찮겠습니까?"

"뭐, 저는 괜찮습니다."

조나단은 짐을 따라 자리에서 일어났다.

"미리 얘기해두지만 팻 덕[8] 같은 곳은 아닙니다."

*

짐의 말은 절대로 과장이 아니었다. 바 안은 무척이나 소란스러웠고 튀김기름 냄새, 맥주 냄새, 땀 냄새가 뒤섞여 심한 악취를 풍겼다. 냄새 때문에 음식을 먹기도 전에 속이 메슥거렸다.

짐이 자리를 잡고 앉기 무섭게 본론으로 들어갔다.

"당신은 척 보기에도 좋은 사람 같지만 미리 경고해두겠습니다. 앨리스 딕슨 사건은 이미 이 년 전에 종결됐어요. 해괴한 소문을 들먹이며 잡소리를 늘어놓거나 엉터리 단서를 들이대며 억지를 부렸다가는 대갈통을 이 접시에 올려놓고 박살을 내버릴 테니까 그리 아십시오."

"네, 잘 알겠습니다."

조나단은 바의 창으로 먹구름 가득한 하늘에서 억수처럼 쏟아져 내

---

8) 유명 셰프 헤스턴 블루멘털이 운영하는 고급 식당. 영국 내 최고 식당 중 한 곳으로 손꼽힌다.

리는 비를 바라보며 건성으로 대답했다.

"무슨 얘긴지 일단 들어봅시다."

짐 형사가 기름에 튀긴 생선을 한 입 큼지막하게 베어 물고 우물거리며 말했다.

"수사가 종결된 후 에린 딕슨은 어떻게 됐죠?"

조나단이 말문을 열었다.

"앨리스의 엄마 말이죠? 작년에 마약 과다복용으로 사망했습니다. 그 여자는 TV방송국에서 받은 돈을 마약을 사는 데 모두 탕진했어요. 그런 너절한 여자에게 동정심을 가지라고 강요하진 마세요."

"앨리스 사건에 대한 수사는 왜 그렇게 빨리 종결됐습니까?"

"지금 빨리 종결됐다고 했습니까? 앨리스의 심장이 경찰서로 배달된 게 지금으로부터 이 년 반이나 지났어요. 2009년 늦봄, 그로부터 열흘 후에 리버풀의 푸주한 헤럴드 비숍이 체포됐습니다. 앨리스가 살해되었다는 증거도 명확하고, 아이를 살해한 범인이 감옥에 수감되었는데 무슨 수사가 더 필요하다는 거죠?"

"비숍은 본인이 살해하지 않은 경우에도 자기가 범인이라고 주장한 적이 있지 않던가요?"

"그건 맞아요. 비숍 같은 시리얼킬러들 중에는 그런 주장을 펴는 놈들이 간혹 있어요. 그렇지만 비숍의 범행 일체를 다 밝혀낸다는 건 사실상 불가능한 일입니다. 그 놈이 주절주절 말은 많이 하지만 정작 수사상 긴요한 말은 한 마디도 하지 않는 놈이니까. 놈은 아주 계산적인 킬러라 할 수 있어요. 심문을 받을 때 보니까 수사관들을 데리고 놀 정도로 머리가 비상한 놈이더군요. 범행을 자백했다가 곧 다시 번복하고, 갑자기 다른 범행 사실을 털어놓아 수사에 혼선을 빚게 하는 수법을 능글맞게 잘도 구사하는 놈이었습니다. 비숍의 집 마당에서 발견된 유해를 모두 수거해 DNA분석을 해봤지만 앨리스의 유전자 프로파일은 나오지 않았어요. 하지만 그런 사실이 비숍이 앨리스를 살해하지 않았다는 증거는 될 수 없지 않습니까?"

조나단은 튀긴 생선을 뜯어 먹다 구역질을 느꼈다. 마치 한증탕에 들어온 것처럼 몸이 후덥지근해 앉아 있기가 영 거북했다. 그는 셔츠 단추를 하나 풀고 페리에(프랑스산 탄산수 브랜드 : 옮긴이)를 시켰다.

"지금도 매들린을 사랑합니까?"

조나단이 탄산수 뚜껑을 따며 불쑥 물었다.

짐이 갑자기 경악을 금치 못하겠다는 표정을 지었다. 그의 얼굴에서 분노가 부글부글 끓어오르는 게 느껴졌다.

"솔직히 인정하세요. 얼굴 예쁘지, 똑똑하지, 배짱 좋지. 매들린 정도면 정말 매력적이라 할 수 있잖습니까? 도저히 사랑하지 않을 수 없는 여자죠. 안 그런가요?"

그 순간 짐이 주먹으로 테이블을 쾅 내리쳤다.

"어디서 그런 헛소리를……."

"짐 형사님의 사무실에 붙여놓은 사진들만 봐도 알 수 있겠던데요. 매들린이 떠나고 나서 얼마나 체중이 늘었죠? 십오킬로? 이십킬로? 짐 형사님은 혹시 지금 될 대로 되라는 심정 아닌가요? 매들린이 그만 두고 나서 충격에서 헤어나지 못해……."

"당장 헛소리를 집어치우지 못해!"

짐이 조나단의 셔츠 깃을 우악스럽게 움켜잡았다.

하지만 조나단은 하던 말을 멈출 생각이 없었다.

"당신은 틀림없이 앨리스를 죽인 범인이 비숍이 아니란 걸 알고 있을 겁니다. 앨리스의 실종전단지를 아직 사무실에 붙여두었더군요. 왜 그랬을까요? 짐 형사님 개인적으로는 아직 앨리스 사건을 종결짓지 않았다는 의미 아닐까요? 실제로 당신은 단 하루도 그 사건을 잊지 못하고 있을 겁니다. 그동안 새로운 단서들을 추가로 찾아냈을 수도 있겠죠. 본격적으로 수사를 재개할 만큼 결정적인 증거들은 아닐 테지만 말입니다. 혹시 그 사건 때문에 여전히 불면의 밤을 보내고 있지는 않나요?"

짐의 눈빛이 순간적으로 흔들렸다. 그는 몹시 당혹스러워하며 조나단의 셔츠 목깃을 잡고 있던 손을 놓았다.

재킷을 집어 들고 자리에서 일어난 조나단은 테이블에 10유로짜리 지폐 한 장을 내려놓고 밖으로 나왔다. 그는 길을 건너 학교 처마 밑에 서서 천둥과 장대비를 피했다.

"잠깐!"

짐이 그를 향해 달려왔다.

"나에게 제보할 게 있다고 하지 않았습니까?"

두 남자는 장대비를 피해 나무 벤치에 앉았다. 방학을 맞은 대학가 도시는 조용했다. 천둥이 무서운 기세로 치고, 굵은 빗줄기가 동네를 통째로 집어삼킬 듯 후드득후드득 떨어졌다.

"난 산타클로스가 아닙니다."

조나단이 조심스레 이야기를 꺼냈다.

"내 이야기를 하기 전에 짐 형사님의 독자적인 수사가 어디까지 진척됐는지 들었으면 합니다만……."

짐이 한숨을 푹 내쉬더니 수사 진척 상황을 상세히 설명하기 시작했다.

"당신 말이 맞아요. 공식적인 수사는 종결됐지만 나는 틈나는 대로 매들린이 끌어안고 고민했던 몇 가지 가능성을 계속 주시해오고 있어요. 매들린과 나는 앨리스의 일기장에 대해 특히 관심이 많았죠."

"일기장에 어떤 내용의 글이 적혀 있죠?"

"사실상 내용은 지극히 평범해 딱히 주목할 게 없어요."

"앨리스가 직접 쓴 게 맞는지 필적감정을 해봤습니까?"

"당연하지요. 필적감정사는 앨리스가 쓴 글이 틀림없다고 확인해주었습니다. 과학수사팀에 의뢰해 일기를 작성한 시기도 알아보았죠. 고문서가 아닌 이상 작성 시기를 정확하게 밝히는 건 대단히 어렵다더군요. 아무튼 그 과정에서 우리는 예기치 않게 매우 값진 정보를 얻었습니다. 혹시, 잉크의 생산연도를 알려주는 '화학적 마커'를 펜에 삽입하는 필기구 업체들이 있다는 건 알고 있습니까?"

조나단이 고개를 가로 젓자 짐이 설명을 계속했다.

"잉크는 종이와 접촉하는 순간 숙성합니다. 잉크의 구성 성분들이 크로마토그래피나 적외선으로 분석이 가능한 다른 물질들로 변하는 거죠. 상세한 설명은 생략하고 넘어가겠습니다. 어쨌든 필적 감정 결과 앨리스가 직접 손으로 쓴 일기라는 사실에는 의심할 여지가 없었습니다. 그런데 잉크를 화학적으로 분석한 결과가 대단히 흥미로웠어요. 일기장의 날짜는 일 년에 걸쳐 분포돼 있는데 사실은 한꺼번에 쓴 것으로 밝혀졌습니다."

조나단이 어리둥절해하자 짐 형사가 조금 더 자세히 설명하기 시작했다.

"일기장의 글들은 앨리스가 수사에 혼선을 주기 위해 고의로 작성한 '삭제판'이라는 게 내 생각입니다."

"물론 그렇게 생각할 수도 있지만 단서치곤 너무 근거가 빈약하지 않습니까?"

"한 가지 더 있어요. 아이 방에 있던 악기."

"바이올린?"

"육년 전부터 앨리스는 해리스 선생님에게 줄곧 바이올린 사사를 받아왔습니다. 해리스 선생은 음악계에서 꽤 유명한 솔리스트죠. 학교에서 무료 강습을 하던 해리스 선생이 앨리스의 재능을 눈여겨보다가 제자로 삼고, 수제 바이올린을 선물했습니다. 시가가 오천에서 칠천 유로 정도 하는 악기였죠."

"그런데 앨리스의 방에 남아 있던 바이올린은 해리스 선생이 선물한 수제 바이올린이 아니었다는 거죠?"

"바로 그겁니다. 악기전문가에게 감정을 의뢰해본 결과 중국산 연습용 바이올린이라는 게 밝혀졌어요."

조나단이 듣기에도 깜짝 놀랄 만한 사실이었다.

그렇다면 앨리스가 사라지기 전에 바이올린을 처분했다는 것인가?

어쨌든 감시카메라에 잡힌 화면에는 바이올린이 보이지 않았다.

"그런 단서들에 집중해 여러 각도로 사건을 분석해보았지만 그럴싸한 시나리오가 써지지 않았습니다."

짐 형사가 그렇게 말하며 허탈한 표정을 지었다.

"심장에 대해서는 더 캐봤습니까?"

"이 사람, 날 완전 초짜 취급하네. 그럼 당신 생각은 뭡니까? 이식수술?"

"예를 들자면……."

"당연히 확인해봤죠. 심장이식수술은 집에서 할 수도 없고, 미리 확보해놓은 장기 숫자도 얼마 되지 않기 때문에 확인 절차도 그리 어렵지 않았습니다. 앨리스가 실종되고 나서 몇 달 동안 심장이식수술을 받은 소녀들을 알아보니 모두 합해 몇 십 명밖에 없었습니다. 모두들 정상적인 절차를 통해 심장이식수술을 받았다는 사실을 확인했죠."

조나단이 배낭 지퍼를 열어 투명한 지퍼락을 하나 꺼냈다. 초콜릿 자국이 지저분하게 묻은 종이 냅킨 두 장에 휘갈겨 쓴 글씨가 보였다.

"그건 뭡니까?"

짐이 냅킨에 적어놓은 글을 읽기 시작했다. 이미 그에게는 낯익은 글씨체였다. 첫 문장은 이렇게 시작하고 있었다.

랑프뢰르 씨, 아니 조나단 아저씨 보세요.

아저씨가 커피를 마시는 사이에 제가 멋대로 아저씨 권총에 들어 있는 총알을 빼내 주차장 휴지통에 버렸어요.

"이 냅킨 두 장을 과학수사팀에 의뢰해 지문을 감식해보는 게 어떨까요?"

"이 냅킨을 어떻게 확보했는지 자세하게 이야기해 봐요."

짐 형사가 애가 타는 듯 조나단을 재촉했다.

"뒷면에 박힌 글자를 보면 다 이해가 될 겁니다."

짐이 미간을 찌푸리며 지퍼락을 뒤집었다. 금박으로 찍은 글자들이 냅킨 한가운데 박혀 있었다.

'토탈 주유소가 고객 여러분의 행복한 2010년을 기원합니다.'

"2010년이면 앨리스가 살해된 시점으로부터 적어도 여섯 달은 넘었을 때인데 어떻게……."

"지문 분석 결과가 나오면 저에게 연락을 주십시오."

조나단이 짐에게 명함을 건넸다.

"곧바로 샌프란시스코로 돌아갈 겁니까?"

"예, 오늘 저녁 비행기로. 돌아가서 식당 문을 열어야죠."

사실 조나단의 말은 거짓이었다.

자리에서 일어난 조나단은 비를 흠뻑 맞으며 차를 세워둔 곳으로 걸어갔다.

차의 시동을 건 조나단은 와이퍼를 작동시키고 액셀러레이터를 밟았다. 앨리스의 일기장, 바이올린……. 그는 짐 형사에게서 들은 이야기를 생각하느라 무의식적으로 우측 주행을 하고 있다는 사실을 깜박 잊었다. 대형버스 한 대가 난데없이 튀어나오며 무섭게 돌진해왔다. 일촉즉발의 위기상황에서 그는 핸들을 급히 꺾었다가 다시 풀었다. 아슬아슬하게 충돌을 면한 차는 한참 기우뚱거리다가 겨우 안정된 자세를 회복했다.

조나단은 안도의 한숨을 내쉬며 길 가장자리에 차를 세웠다. 휠 커버 한 개가 날아가고, 차체에 약간 긁힌 자국이 있을 뿐 별다른 이상은 없었다. 무엇보다 아직 목숨이 붙어있다는 게 신기할 지경이었다.

*

파리

오후 4시 30분

"줄리앤을 만나러 런던에 가야겠다고?"

라파엘이 깜짝 놀라 소리쳤다.

"왜 이렇게 갑자기?"

"지난번에 만나고 싶었는데 못 만나봤잖아. 줄리앤을 만나면 기분이 정말 좋을 거야."

페르골레즈 거리에 있는 라파엘 건축사무소 건물의 일층 카페였다.

"언제 갈 건데?"

"오늘 저녁 기차로 떠날 거야. 저녁 여섯 시 십삼 분에 출발하는 유로스타를 타고가려고."

"매들린, 크리스마스이브가 삼 일밖에 안 남았다는 거 알아?"

매들린은 라파엘의 기분을 달래려고 애를 썼다.

"그렇게 인상 쓰지 마. 늦어도 크리스마스이브 저녁까지는 돌아올 테니까."

"꽃가게는 어떡하고? 연말연시에는 눈코 뜰 새 없이 바쁘다고 하지 않았어?"

"라파엘!"

매들린이 벌컥 화를 냈다.

"친구를 만나고 오겠다는데 왜 그래? 지금이 1950년대도 아니고, 당신 허락은 필요 없어."

매들린이 갑자기 냉정을 잃고 자리에서 벌떡 일어나더니 카페를 나가버렸다. 라파엘이 얼떨떨한 표정으로 계산을 끝내고 그랑드 아르메 대로의 택시 정류장에 서 있는 그녀를 뒤쫓아갔다.

"당신, 이런 모습은 처음이야. 무슨 고민이라도 있어?"

라파엘의 얼굴에 걱정스러운 기색이 역력했다.

"아니, 고민 없어. 늘 바쁘게 살다보니까 그냥 숨 좀 돌리고 싶을 뿐이야. 이해하지?"

"그래, 알았어."

라파엘이 그녀의 가방을 택시 뒷좌석에 실어주었다.

"도착해서 전화할 거지?"

"당연하지."

매들린이 라파엘의 입술에 가볍게 키스했다.

라파엘이 고개를 숙여 택시기사를 보며 말했다.

"북역까지 잘 부탁드립니다."

매들린은 라파엘에게 손을 들어 작별인사를 했다. 그도 그녀를 향해 손키스를 보냈다.

매들린은 택시가 개선문에 이르길 기다렸다가 기사에게 말했다.

"아저씨, 북역은 됐고 루아시공항 1번 터미널로 가주세요."

\*

매들린은 여권과 티켓을 에어차이나 승무원에게 내보였다. 휴가철이라 샌프란시스코 행 비행기 좌석이 모두 동났고, 그나마 어렵게 구한 좌석도 평소보다 가격이 훨씬 비쌌다. 1천 유로 이하로 구할 수 있는 티켓이라고는 중국항공사의 편도 티켓밖에 없었다. 잠시 북경에 기착했다가 샌프란시스코로 가는 항공편이었다.

매들린은 유리 트랩으로 걸어 들어갔다. 낡은 청바지, 터틀넥 스웨터, 가죽점퍼를 입은 그녀의 옷차림에서 여성스러운 면모라고는 조금도 찾아볼 수 없었다. 부스스한 머리, 화장기라고는 없는 얼굴, 도무지 외모에 신경 쓴 흔적을 발견할 수 없는 그녀의 후줄근한 모습은 현재의 복잡한 심경을 대변하는 듯했다.

라파엘에게 거짓말을 한 게 무엇보다 마음에 걸렸다. 라파엘은 사려 깊고 배려심이 많은 남자였다. 그는 그녀의 과거에 대해서도 잘 알았지만 지나간 일로 현재를 재단하지 않는 사람이었다. 그녀에게 다시 삶의 안정과 신뢰를 찾아준 사람이기도 했다.

그런 사람을 배신하다니?

짐의 전화를 받은 즉시 매들린은 당장 지구반대편으로 날아가는 비행기표를 예약했다. 전화번호를 어떻게 알았는지 짐이 오후에 꽃집으로 전화해 조나단이 찾아와 앨리스 사건에 대해 물어보고 갔다는 이야기를 전했다.

앨리스 사건……앨리스.

매들린은 그 이름에 감전이라도 된 듯 할 말을 잃었다. 비로소 그녀는 자신이 며칠 동안 벌이고 다닌 일들에 대한 의미를 깨달았다.

그래, 운명이었어. 조나단과 휴대폰이 뒤바뀐 건 하늘의 뜻이었던 거야. 조나단, 조르주, 프란체스카의 뒷조사를 하고 다닌 건 앨리스에게로 돌아오기 위한 일련의 과정이었어.

이제 희미한 기억은 없었다. 청소년 시절의 기억이 어제 일처럼 생생했다. 그동안 지우려 발버둥 쳤지만 끝내 지울 수 없었던 이미지들, 영혼에 새겨진 깊은 상처가 다시금 떠올랐다. 과거란 쉽게 떨쳐버릴 수 있는 게 아니란 걸 새삼 깨달았다.

앨리스가 그녀를 찾아 돌아왔다.

앨리스의 망령이 돌아왔다.

지난날, 난도질당한 '심장'을 앞에 두고 진저리를 치며 공포에 떨다가 수사를 포기했던 기억이 새삼 떠올랐다.

이번에는 끝까지 가보리라.

어떤 희생이라도 감수하고 진실을 밝히리라.

# 23 양면 거울

내 길이 어디로 가는지 나는 알 수 없지만, 당신의 손을 잡으면 내 걸음이 가벼워집니다.
－알프레드 드 뮈세

12월 22일 목요일

니스-코트다쥐르 공항

오전 11시 55분

말간 겨울 햇살이 공항의 계류장으로 쏟아지고 있었다.

조나단은 짐을 만나고 나서 곧장 날씨가 우중충한 런던을 떠나 화창한 지중해연안으로 날아왔다. 그는 비행기에서 내리자마자 택시를 타고 앙티브로 향했다.

고속도로가 시원스럽게 뚫려 있었지만 택시기사는 고속도로 대신 해안선을 따라 이어진 지방도로를 달렸다. 프롬나드 데 장글레(니스의 지중해 해안 산책로 : 옮긴이)를 지나면서 보니 봄이 한창인 것도 같고, 날씨가 따뜻해 마치 캘리포니아 해변에 와 있는 것 같은 착각이 일기도 했다.

차창 밖으로 조깅을 하는 사람들, 개를 산책시키는 노인들, 점심시간에 페르골라에 앉아 천사 만을 바라보며 점심식사를 하는 직장인들이 눈에 띄었다.

20분 만에 앙티브에 도착한 택시는 시내를 가로질러 가루프 대로로 향했다. 목적지가 가까워질수록 흥분이 더해만 갔다.

지금 '앨리스의 집'에는 누가 살고 있을까?

앨리스는 올해도 부모와 함께 크리스마스 휴가를 보내고 있을까?

"여기서 잠시만 기다려주세요."

조나단은 택시기사에게 잠깐 집에 들어갔다 나오겠다고 말하고는 차에서 내렸다.

2년 전과 달리 철문은 굳게 닫혀 있었다. 여러 번 초인종을 누르고, 목을 길게 빼고 감시카메라를 정면으로 쳐다보며 얼굴을 확인시켜주고 나서야 대문이 열렸다.

조나단은 솔밭 사이로 난 자갈길을 따라 집을 향해 걸어갔다. 공기 중에 타임과 로즈마리, 라벤더 향기가 어려 있어 향긋한 맛이 났다.

50대 가량 돼 보이는 여자가 현관에 나와 그를 기다리고 있었다. 머리에 스카프를 두르고 손에는 팔레트를 받쳐 든 여자의 얼굴에 군데군데 물감이 튀어 있었다. 한창 그림에 몰두해 있는데 방해한 것 같아 미안한 마음이 들었다.

"무슨 일로 오셨죠?"

여자의 발음에서 로미 슈나이더를 연상시키는 오스트리아 악센트가 묻어났다. 안나 애스킨이라고 자신을 소개한 그녀는 2001년부터 줄곧 이 집의 소유주였다고 했다. 연중 주단위로 집을 관광객들에게 임대해주는데 러시아, 영국, 네덜란드의 부자들이 주 고객이라고 했다.

조나단은 집주인 여자의 말을 듣고도 그다지 놀라지 않았다. 앨리스가 거짓말을 했으리라는 건 이미 충분히 예상한 일이었기 때문이다. 앨리스의 '부모'는 집주인이 아니라 휴가를 이용해 잠시 집을 임대해 쓴 사람들이리라.

"이년 전, 이 집을 임대했던 사람을 찾고 있습니다. 혹시 미스터 앤드 미세스 코왈스키를 기억하시는지요?"

안나 애스킨은 고개를 가로 저으며 도모틱스(홈 자동화 시스템 : 옮긴이) 마니아인 남편이 집 전체에 컴퓨터로 제어가능한 자동화 시스템을 구축해놓아 비밀번호나 적외선 인식을 통해 집을 관리할 수 있기 때문에 굳이 임차인의 얼굴을 대면하지 않아도 된다고 했다.

"그렇지만 이메일을 한 번 확인해볼게요."

안나 애스킨이 조나단에게 따라오라고 손짓하며 테라스로 향했다. 넘실거리는 바다와 바위들이 내려다보이는 전망대 스타일의 둥그런 정자가 나왔다. 이젤 옆에 있는 티크목 테이블 위에 음악이 흘러나오는 최신형 노트북컴퓨터가 놓여 있었다. 그녀가 임대기록을 저장해놓은 액셀 도표를 열었다.

"아, 여기 있네요. 미스터 앤드 미세스 코왈스키. 미국인들이고, 2009년 12월 21일부터 2010년 1월 4일까지 2주 간 집을 빌린 것으로 되어 있어요. 그런데 뭔가 좀 이상하네요. 그 사람들은 예약 일정을 앞당겨 집을 비웠어요. 예약은 분명 1월 4일까지였는데, 1월 1일에 집을 비웠네요."

앨리스가 돌아오고 나서 몇 시간 후 집을 비웠다는 뜻이었다.

조나단은 머릿속으로 시간을 계산해보았다.

"혹시 그 분들의 주소가 있을까요?"

"그 사람들은 임대료를 다 현금으로 계산했어요. 집을 임대하기 몇 주 전, 뉴욕의 제 남편 사무실로 구천 달러를 송금했군요. 흔한 일은 아니지만 미국 사람들 중에는 가끔 그런 사람들이 있어요. '캐시 숭배자들' 말이에요."

안나 애스킨이 다소 비아냥거리는 투로 말했다.

"보증금은 어떻게 처리됐죠?"

"아직 찾아가지 않았네요."

빌어먹을…….

"그럼 뭐 다른 신상 정보는 없을까요?"

"이메일은 있어요. 임대계약을 할 때 이메일을 통해 연락을 주고받았으니까요."

조나단은 별 기대 없이 그녀가 불러주는 이메일 주소를 받아 적었다. 순전히 임대를 위한 용도로 사용한 이메일 주소라면 사용자 추적이 가능할 것 같지 않았다.

조나단은 여주인에게 도와줘서 고맙다고 인사하고 집을 나와 택시를 타고 공항으로 향했다.


오후 2시

조나단은 에어 프랑스 체크인 카운터로 걸어가 오후 3시에 출발하는 파리 행 셔틀 항공편 티켓을 구입했다. 그는 출국장으로 들어가 활주로가 내려다보이는 전망 좋은 식당에서 클럽샌드위치를 먹으며 탑승시간을 기다렸다.

대개 공항으로 들어서면 가슴부터 답답해지곤 하는데 니스공항은 전혀 달랐다. 비행접시를 연상시키는 거대한 원뿔 모양의 유리로 축

조된 공항건물은 사방으로 시야가 탁 트여 있어 보기에도 시원한 느낌을 주었다. 창 너머로 넓게 펼쳐진 그랜드 블루(지중해를 가리키는 말 : 옮긴이)와 천사 만, 눈 덮인 에스테렐 산맥의 정상 등 한 폭의 그림 같은 경치가 한눈에 내다보였다. 미래 지향적인 디자인으로 설계된 공항 내부는 절로 몽상에 빠져들게 했다. 사방에서 빛이 쏟아져 들어와 하늘과 바다 사이에 떠 있는 무한 차원의 로프트에 들어와 있는 듯한 느낌이었다.

조나단은 고무밴드를 당겨 몰스킨수첩을 펼쳤다. 짐 형사와 나눈 대화 내용이 메모되어 있었다. 안나 애스킨에게 들은 이야기도 빠짐없이 메모해두었다. 그도 앨리스 사건 속으로 깊숙이 빨려들고 있었다. 하지만 아직 이 사건을 앞서서 수사한 사람들과 비교해 새로운 성과라고 내세울 만한 건 없었다. 조사를 거듭할수록 미스터리가 풀리기는커녕 점점 꼬여 갔고, 여러 가지 가능성들만 제기될 뿐 좀처럼 실마리를 찾을 수 없었다.

조나단은 메모를 다시 읽으며 개별적인 정보들이 서로 어떤 연관성을 갖는지 찾아내려고 숙고했다. 그는 머릿속에서 떠오르는 가능성을 빠짐없이 수첩에 기록했다. 한참 생각에 골몰해 있는데 그의 이름을 부르는 소리가 들려왔다. 그는 자리에서 벌떡 일어나 탑승 카운터로 걸어갔다.

몇 가지 추론만 있을 뿐 더 이상 진전이 없었다. 혼자서 수수께끼를 풀 수 없다면 결론은 딱 한 가지였다.

매들린을 만나보는 수밖에.

*

샌프란시스코 공항

오전 8시 45분

예정시간보다 5분 일찍 계류장에 도착했다고 목에 힘주어 안내방송을 하는 에어차이나 기장의 목소리가 스피커를 통해 흘러나왔다.

매들린은 가방을 어깨에 메고 입국심사대에 줄을 섰다. 현실 감각을 완전히 잃어버려 시간이 꽤 지나고 나서야 지금이 아침 9시라는 사실을 알게 되었다. 직원이 여권 제시를 요구하는 순간, 그녀는 급히 출발하느라 ESTA(전자 여행허가제 : 옮긴이)를 신청하지 않았다는 걸 깨달았다.

"며칠 전, 뉴욕을 다녀간 기록이 있어요. 여행 허가는 이 년간 유효하니까 괜찮습니다."

매들린은 직원의 말을 듣고는 안도의 한숨을 내쉬었다. 그녀는 따로 짐을 부치지 않았기 때문에 곧장 택시정류장으로 걸어갔다. 그녀는 택시기사에게 조나단의 식당 주소를 적은 메모지를 내밀었다. 그녀가 확보하고 있는 조나단의 유일한 주소였다.

화창한 날씨였다. 몇 시간 전까지 잿빛 파리 하늘 아래에 있었다는 게 믿어지지 않았다. 그녀는 바깥공기를 맛보기 위해 창문을 내렸다.

아, 캘리포니아…….

꼭 한 번 와보고 싶었던 곳이었다. 연인과 함께 휴가를 보내기에 이상적이라고 생각하던 곳에 지금처럼 약혼자까지 속이고 허둥지둥 오게 될 줄은 미처 몰랐다.

젠장……내가 뭘 얻기 위해 이렇게 다 엉망진창으로 만들고 있지?

2년이라는 시간을 흘려보내며 겨우 찾은 안정이 또다시 위협받고 있었다. 위험한 과거의 망령들이 귀환하면서 삶은 다시 불안한 궤도

속으로 하염없이 끌려들어가고 있었다.

매들린은 며칠 만에 삶의 지표를 잃어버렸다. 그녀는 어느 쪽에서도 주인이 될 수 없는 두 종류의 삶 사이에서 갈피를 잡지 못하고 헤맸다. 그녀는 지금 노 맨스 랜드No man's land에서 정처 없이 방황하고 있었다.

도시 남쪽을 향해 출발한 택시는 20여 분을 달려 노스비치에 도착했다. 택시가 매들린을 조나단의 식당 앞에 내려놓은 시각은 오전 10시였다.


같은 시각, 파리

저녁 6시, 조나단이 탑승한 니스 발 비행기는 파리 오를리공항에 조금 연착해 도착했다. 니스공항 관제사들이 예고 없이 파업에 돌입하는 바람에 항공기가 한 시간 가까이 이륙하지 못하고 계류장에 발이 묶이는 사태가 빚어졌다. 오를리공항에서는 트랩 설치가 지연되는 바람에 또다시 15분 가량 기다려야 했다.

바깥에는 벌써 어둠이 짙게 깔려 있었다. 매서운 날씨에 비가 억수처럼 퍼붓고 있었고, 도심 외곽순환고속도로는 노면이 미끄러운 탓에 정체가 심했다. 택시기사는 손님에 대한 배려도 없이 라디오를 큰소리로 틀어놓았다.

Welcome to Paris!

조나단은 파리와는 궁합이 잘 맞지 않았다. 뉴욕, 샌프란시스코, 프랑스 남동부 도시들과 달리 파리에서는 그다지 큰 매력을 느끼지 못했다. 파리에 오면 왠지 마음이 편안하지 않았고, 이 도시에서는 그다지 좋은 기억이 없었다. 이런 곳에서 가정을 이루고 살고 싶다는 생각을 품어본 적도 없었다.

포르트 도를레앙을 지나고 나서야 조금씩 정체가 풀리기 시작했다. 몽파르나스가 가까워지자 조나단은 휴대폰의 인터넷으로 매들린이 운영하는 꽃집의 영업시간을 확인했다. 꽃집은 저녁 8시에 문을 닫는다고 나와 있었다.

이제 몇 분만 지나면 매들린을 직접 만나 이야기할 수 있을 것이다. 그녀와는 우연히 딱 한번 마주쳤을 뿐인데 마치 자주 만나온 사이처럼 친근하게 느껴졌다. 그녀와 아주 강한 끈으로 연결돼 있는 듯한 느낌이 들었다.

당페르 로쉬로 광장에 있는 벨포르의 사자상을 지난 택시는 라스파이 대로를 달려 들랑브르 거리로 접어들었다. 이제 불과 몇 미터만 가면 매들린의 꽃집이었다. 인터넷에서 사진으로 본 꽃집의 연녹색 진열대가 눈에 들어왔다. 초밥집 앞에 정차해놓은 트럭이 길을 막고 있는 바람에 차에서 내린 조나단은 꽃집을 향해 뚜벅뚜벅 걸어갔다.

\*

샌프란시스코

안내판 대신 〈프렌치 터치〉의 출입문에 흔들흔들 매달린 석판이 공지사항을 알렸다.

손님 여러분,
저희 식당이 12월 26일까지 문을 닫게 되었습니다.
너그러운 양해 부탁드립니다.

매들린은 두 눈을 의심했다. 조나단 랑프뢰르가 휴가를 떠났다니! 기껏 1만2천 킬로미터를 날아왔더니, 이게 뭐야?

젠장! 이렇게 충동적으로 조나단을 만나러오는 게 아니었다. 그의 일정을 알아보고 비행기를 탔어야 했다.

짐은 분명 조나단이 어제 저녁에 샌프란시스코 행 비행기를 탔다고 했는데…….

매들린은 백묵으로 쓴 안내문의 마지막 문장을 다시 읽었다.

너그러운 양해 부탁드립니다.

"너그러운 양해 좋아하네. 꼼짝없이 낭패를 보게 해놓고 너그럽게 양해하라고?"

개를 산책시키던 키 작은 노파가 기가 차서 소리를 지르고 서 있는 매들린을 의아한 눈으로 쳐다보았다.

\*

파리
사랑하는 손님 여러분,
연말연시를 맞아 저희 〈환상의 정원〉이
21일 수요일에서 26일 월요일까지 문을 닫게 되었어요.
행복한 연말 보내세요!
매들린 그린과 타쿠미 드림.

조나단은 잘못 봤나 싶어 눈을 비볐다.

크리스마스를 일주일 앞두고 꽃집 주인이 가게문을 닫아?

이 영국 아가씨는 아무래도 휴가라면 사족을 못 쓰는 프랑스 사람들 흉내를 내는 게 틀림없어!

경악도 잠시 괜히 화가 치밀어 올랐다. 속이 부글부글 끓어오르기 시작할 때 주머니에 든 전화기가 울렸다.

마침 매들린이었다.

*

그녀 : 거기 어디예요?

그 : 어라? 사람을 대할 때는 먼저 인사부터 하는 거라고 아무도 안 가르쳐주던가요?

그녀 : 안녕하세요. 거기 어디세요?

그 : 그러는 당신은 어디죠?

그녀 : 어디긴? 당신 식당 앞이에요.

그 : 엥?

그녀 : 난 지금 샌프란시스코에 와 있어요. 집이 어딘지 말해주면 당장 찾아갈게요.

그 : 그런데 어쩐담? 난 지금 집에 없어요.

그녀 : 그럼, 어디에?

그 : 파리, 당신 가게 앞.

그녀 : …….

그 : …….

그녀 : 미리 이야기를 해주면 어디가 덧나요? 젠장!

그 : 이게 전적으로 내 탓이라고요? 당신도 나와 똑같다는 걸 알아야지.

그녀 : 먼저 내 휴대폰을 뒤진 사람은 당신이잖아요. 자기 일도 아닌 일에 괜히 참견하고 나선 것도 당신이고. 내 인생을 엉망으로 꼬이게 만든 사건을 다시 끄집어내게 한 것도 당신이에요. 또…….

그 : 이제 그만하시죠. 이봐요, 우린 차분하게 이야기를 나눠야 해요. 얼굴을 마주보고 앉아서.

그녀 : 우린 지금 만 킬로미터나 떨어져 있어요. 뭐 좀 가능성 있는 제안을 할 수는 없어요?

그 : 그러니까 우리가 서로 조금씩 이동합시다.

그녀 : …….

그 : 맨해튼 어때요? 그게 가장 빠르겠어요. 시차를 고려해도 오늘 저녁이면 만날 수 있잖아요.

그녀 : 지금 제정신으로 하는 소리예요? 비행기 표는 동이 났고, 내 신용카드는 한도초과란 말이에요. 그리고…….

그 : 오후 2시 30분 유나이티드 에어라인 항공편이 있어요. 뉴욕으로 찰리를 데리러 갈 때 자주 타봐서 알아요. 나에게 쌓아놓은 마일리지가 많이 있으니까 당신에게 항공권을…….

그녀 : 지금 그깟 항공권 가지고 목에 힘주는 거죠?

그 : 그만합시다. 그렇게 교양 없이 꽥꽥거리며 열 올릴 일이 아니니까. 어서 당신 여권번호와 여권 발급일자, 발급지나 말해 봐요. 티켓을 예약할 때 필요하니까.

그녀 : 나한테 이래라 저래라 명령하지 말아요. 게다가 사람을 불량

청소년 취급까지, 정말 꼴불견이셔. 자기가 마치 내 아빠라도 되는 줄 아나봐. 내 참 기가 막혀서.

그 : 당신 아빠가 아니라서 천만다행이네요.

그녀 : 앞으로 내 사생활이나 수사에 절대로 끼어들지 말아요.

그 : 수사? 오래 전에 경찰서를 나온 사람이 웬 수사?

그녀 : 솔직히 당신이 왜 나를 이렇게 괴롭히는지, 뭘 얻어내려 하는 건지 모르겠어요. 혹시 나를 협박하려는 거예요?

그 : 말 같지 않은 소리 좀 작작하시죠. 그냥 도와주고 싶어서 그러는 사람한테.

그녀 : 돕긴 뭘 도와요. 당신 앞가림이나 잘 하세요.

그 : 내가 앞가림을 못한 건 또 뭐죠?

그녀 : 당신 인생은 배배 꼬였잖아요. 당신 전부인이 비밀로 하는 게 있다는 말이에요.

그 : 무슨 근거로 그런 소릴 하죠?

그녀 : 뒷조사를 해봤으니까.

그 : 그러니까 우린 더더욱 만나야겠어요. 안 그래요?

그녀 : 난 당신한테 할 말 없어요.

그 : 이봐요. 앨리스 딕슨에 대해 내가 새롭게 입수한 정보가 있어요.

그녀 : 이 남자 완전히 돌았나봐.

그 : 한 번 설명이나 들어…….

그녀 : 딴 데 가서 알아봐요.

*

매들린이 전화를 끊었다. 몇 번 다시 걸어보았지만 전원이 꺼져 있었다.

빌어먹을! 아무튼 도움이 안 되는 여자라니까.

번갯불이 번쩍이며 먹구름 낀 하늘을 가르더니 천둥소리가 울려 퍼졌다. 조나단은 줄기차게 퍼붓는 빗속에서 우산도, 머리를 가릴 모자도 없이 외투가 흠뻑 젖도록 비를 맞으며 서 있었다. 택시를 잡으려고 손을 흔들어대며 소리를 지르다가 겨우 여긴 뉴욕이 아니라는 사실을 깨달았다.

조나단은 몽파르나스 지하철역까지 걸어가 줄을 섰다. 흉물스럽게 높이 솟아 있는 에펠탑의 검은 실루엣이 파리 상공의 전망을 망치고 있었다. 그는 이 근처에 올 때마다 파리 시민들이 왜 저 시커먼 구조물을 세우는 걸 용인했는지 알 수 없었다.

조나단이 막 택시에 올랐을 때 축축해진 코트 호주머니 속에서 문자메시지 도착을 알리는 경쾌한 벨소리가 울렸다.

매들린이 보낸 문자였다. 일련의 숫자와 글자 그리고 '2008년 6월 19일, 맨체스터 발급'이라는 정보가 찍혀 있었다.

\*

조나단은 샤를르 드골 공항에서 밤 9시 10분 발 에어프랑스 항공기에 탑승했다. 비행기는 7시간 55분 간의 비행 끝에 밤 11시 5분에 뉴욕 JFK공항에 착륙했다.

\*

조나단이 보낸 전자티켓을 이메일로 전송받은 매들린은 오후 2시 30분 뉴욕 행 비행기에 탑승했다. 5시간 25분 간의 비행 끝에 그녀가 JFK공항에 도착한 시간은 밤 10시 55분이었다.

*

뉴욕

조나단은 비행기에서 내리는 즉시 상황판을 살펴보았다. 매들린이 탑승한 비행기는 이미 10분 전에 먼저 도착해 있었다. 그녀에게 전화를 걸어 어디에 있는지 물어봐야겠다고 생각하는데 〈하늘의 문〉 카페가 시야에 들어왔다. 며칠 전 두 사람이 충돌한 바로 그 장소였다.

혹시 저기에……

조나단은 카페로 다가가 창문 안을 들여다보았다. 매들린이 커피와 베이글을 시켜놓고 카페에 앉아 있었다. 그는 한참 만에야 그녀를 알아보았다. 우아한 패션 빅팀(본인에게 어울리는 것과 상관없이 무조건 최신 유행을 따르고 보는 사람 : 옮긴이)은 사라지고 웬 옆집 아가씨가 앉아 있었다. 그녀는 화장기라곤 전혀 없는 얼굴에 하이힐 대신 캔버스운동화를 신었고, 프라다코트 대신 가죽재킷을 입고 있었다. 벤치 위에는 명품 모노그램 가방 대신 볼품없는 세일러백이 놓여 있었다. 그나마 금발머리를 뒤로 단정하게 땋아 올리고 있어 조금이나마 여성스러운 분위기를 풍겼다. 삐죽삐죽 삐져나온 머리카락은 얼굴의 흉터를 다 가리지 못했다.

조나단은 조심스럽게 유리창을 두 번 두드렸다. 마침내 그녀가 고개를 들고 쳐다보았다. 그 순간 그는 눈앞의 여자가 지난 토요일에 봤던 멋쟁이 아가씨와는 한참이나 거리가 멀어 보인다는 걸 깨달았다. 파리의 럭셔리한 플로리스트는 온데간데없고, 맨체스터의 매들린 경감이 터프한 자세로 그 자리에 앉아 있었다.

"굿 이브닝."

조나단이 테이블로 다가가며 인사를 건넸다.

수면 부족과 피로감 때문에 벌겋게 충혈된 매들린의 눈이 반짝 빛났다.

"굿 모닝, 아니 굿 이브닝! 이젠 시간이 어떻게 됐는지, 날짜가 어떻게 됐는지도 모르겠어요."

"먼저 당신한테 전해줄 게 있어요."

조나단이 그녀의 휴대폰을 내밀었다. 그녀도 주머니를 뒤져 조나단의 휴대폰을 꺼내더니 그를 향해 휙 집어던졌다. 그는 간신히 날아오는 휴대폰을 받았다.

이제, 그들은 더 이상 혼자가 아니었다.

# L'appel de l'ange

## 제3부 하나가 된 두 사람

# 24 죽은 자들이 산 자들에게 남기는 것

죽은 자들은 산 자들에게……당연히 위로 받을 길 없는 슬픔을 남긴다.
하지만 계속 살아가야 하는 더 큰 의무 역시 남긴다.
자신들은 결별했지만 산 자들 앞에는 온전히 남아 있는,
남은 생을 살아 내야 하는 더 큰 의무를.
—프랑수와 챙

**맨체스터**

**치탬브리지경찰서**

**새벽 4시**

어슴푸레한 사무실에 앉아 짐은 난로의 온도를 최대로 높였다. 정부에서 무료로 보급해준 난로는 이미 수명이 다해 찬바람만 토해내고 있었다.

할 수 없지, 목도리와 방한재킷으로 버티는 수밖에.

크리스마스이브를 하루 앞둔 경찰서는 한산하다 못해 적막했다. 간밤에는 경찰서로 잡혀온 사람들도 거의 없었다. 영국 북서부지방을 강타한 맹추위가 범죄율을 낮추는 데 크게 공헌한 셈이었다.

이메일 도착을 알리는 소리가 울렸다. 컴퓨터화면을 향해 고개를 드는 짐의 눈이 환하게 빛났다. 그가 눈이 빠지게 기다리던 바로 그 메

일이었다. 그는 조나단이 주고 간 냅킨을 촬영해 필적감정전문가에게 전송하고 나서 결과를 애타게 기다려왔다.

어제 과학수사팀에 필적감정을 의뢰했더니 수사가 종결된 사건에 대해서는 시간을 할애해줄 수 없다는 답변이 돌아왔다. 짐은 다른 방법이 없을지 심각하게 고민하다가 경찰대학 은사였던 메리 로지에게 부탁했다. 그녀는 스코틀랜드 야드(영국 런던 경찰국 : 옮긴이)의 '필적감정팀'을 이끌었던 필적감정 전문가로 지금은 어마어마한 보수를 받으며 프리랜서 컨설턴트로 일하고 있었다. 짐이 간곡하게 부탁하자 그녀는 무료로 필적감정을 해주겠다고 약속했다.

필적감정결과는 애매모호했다. 냅킨에 적은 글자를 분석한 결과 앨리스와 동일한 필적이라는 해석이 가능했지만 글씨체는 나이가 들면서 조금씩 변한다는 사실을 고려하지 않을 수 없다는 전문가의 소견이 첨부돼 있었다. 냅킨의 필적은 일기장에서 견본 추출한 필적에 비해 훨씬 '성숙한' 느낌이 들기 때문에 동일 필적이라고 단정하기는 어렵다는 것이었다.

짐은 한숨을 푹 내쉬었다.

아무튼 전문가라는 작자들은 절대로 책임질 소리는 안 한다니까.

갑자기 무슨 소리가 들리는가 싶더니 누군가 노크도 없이 그의 방문을 밀고 들어왔다. 컴퓨터를 들여다보던 짐은 고개를 들어 상대를 확인했다. 부하 직원인 트레보 콘래드 형사였다.

"안이 어떻게 더 추워요! 몸이 다 떨리네."

트레보 형사가 점퍼의 지퍼를 끝까지 올리며 말했다.

"내가 시킨 일은 끝냈지?"

짐이 물었다.

"과장님, 이미 종결된 사건을 가지고 사람을 밤새도록 부려 먹어도 되는 겁니까? 오래 된 냅킨에서 지문을 채취하자니 정말 장난이 아니던데요."

트레보가 초콜릿 자국이 묻은 냅킨을 넣은 비닐봉투를 짐에게 건네며 말했다.

"그래, 뭐 좀 쓸 만한 게 있던가?"

"어쨌든 뼈 빠지게 일한 공은 알아주셔야 할 겁니다. 냅킨을 DFO로 처리하고 반응을 살펴봤습니다. 융선도 발견되고 쪽지문도 몇 개 현출하긴 했는데 다 부분적이에요."

트레보가 짐에게 USB메모리를 건네며 말했다.

"현출 결과를 모두 카피해 메모리에 담아두었어요. 온전한 지문을 기대하지는 마세요."

"고마워, 트레보."

"자, 그럼 저는 이만 물러갑니다. 과장님의 일을 돕느라 집사람한테 바람을 핀다는 오해를 받게 생겼습니다."

트레보가 구시렁거리며 방을 나갔다.

짐이 혼자 남아 컴퓨터포트에 USB를 꽂았다. 트레보가 현출한 열 개 가량의 쪽 지문 가운데 두세 개는 제법 쓸모가 있어 보였다. 짐은 그 지문들을 USB에서 데스크톱으로 옮기고 사진을 확대해 한참동안 넋을 잃고 바라보았다. 손가락 끝 피부에 어지럽게 얽혀 있는 곡선, 나선, 고리, 반원, 골 모양이 사람을 식별하는 수단이 될 수 있다는 게 새삼 놀라웠다.

짐은 떨리는 마음으로 지문을 모아둔 데이터베이스에 접속했다. 결과는 모 아니면 도였다. 하지만 강추위에 떨면서 일한 오늘 새벽 같은 날에는 제발 행운의 여신이 미소를 지었으면 좋겠다고 생각했다. 그는 냅킨에서 채취한 지문 세 개를 수십 만 개의 지문을 저장해둔 신원확인정보 데이터베이스에 넣고 비교프로그램을 실행시켰다.

지문인식 알고리즘이 빛의 속도로 스캐닝을 시작했다. 영국은 지문의 동일성 판정에 대해 매우 엄격한 기준을 적용하는 나라였다. 동일한 특징점이 16개 이상 발견돼야 동일한 지문이라는 판정을 받을 수 있었다.

갑자기 화면이 정지하더니 앨리스의 얼굴이 떴다. 그 순간, 짐의 온몸에 오싹 소름이 돋았다. 냅킨의 지문들이 앨리스의 것으로 판명되는 순간이었다.

조나단이 얼토당토않은 소리를 한 게 아니었다. 2009년 12월, 그러니까 심장이 배달되고 나서 육 개월이 지난 시점까지 앨리스는 생존해 있었다는 뜻이었다.

짐은 손을 후들후들 떨며 앞으로 해야 할 일의 우선순위에 대해 고민했다.

일단 앨리스 사건의 재수사를 요청하자. 먼저 상부에 그간의 경위를 보고하고, 언론과 매들린에게도 이 놀라운 사실을 한시바삐 알려야 한다.

이번에는 반드시 앨리스를 찾고야 말리라. 일 분 일 초도 허비할 시간이 없었다. 바로 그때 희미하고 둔탁한 폭발음이 새벽의 정적을 갈랐다. 짐은 근거리에서 정조준으로 발사된 탄환을 맞고 그 자리에서 즉사했다. 검은 그림자는 창문을 넘어 짐의 사무실 안으로 잠입했다. 상하의가 붙은 검정색 작업복 차림의 청부살인업자는 고객의 요청을 끝까지 침착하게 수행했다. 그는 짐이 자살한 것으로 위장하기 위해 자동권총을 손에 쥐어놓고, 냅킨이 든 비닐봉지와 USB메모리를 챙겨 들었다. 그 다음 소형 외장하드디스크를 짐의 데스크톱에 연결하고 '체르노빌2012' 바이러스를 퍼뜨렸다. 눈 깜짝할 사이에 컴퓨터에 들어 있는 모든 프로그램이 바이러스에 감염되었고, 하드디스크에 남아 있던 자료들은 백업불가 상태로 삭제되었다. 짐의 컴퓨터가 완전 먹통이 되는 순간이었다.

그 모든 과정이 단 30초 만에 끝났다. 괴한은 이제 자리를 뜨는 일만 남았다. 소리를 들은 누군가가 짐의 사무실로 달려올 게 뻔했다. 베레타 권총에 소음기를 장착했지만 완벽한 효과를 기대할 수는 없었다. 소음기를 장착해도 총성의 강도만 조금 낮아질 뿐이었다. 영화에서처럼 짧게 '푸슉' 하고 끝나는 게 절대 아니었다.

검은 그림자는 재빨리 장비를 챙겼다. 그가 다시 창문을 뛰어넘어 밖으로 나가려는 순간, 책상에 놓아둔 짐의 휴대폰이 부르르 떨었다. 그는 호기심이 생겨 스마트폰을 내려다보았다. 화면에 사람 이름이 떠 있었다.

매들린

# 25 잠들지 않는 도시

남자는 여자와 같이 잘 의도로 이야기를 하고, 여자는 남자와 이야기할 의도로 같이 잔다.
–제이 맥키너니

이 시각, 뉴욕⋯⋯.

"어떡하지? 짐이 전화를 안 받아요."

매들린이 전화를 끊으며 말했다. 매들린과 조나단이 함께 탄 택시
는 그리니치빌리지의 한 작은 식당 앞에서 멈춰 섰다.

조나단이 먼저 내려 차문을 열어주었다.

"당연하죠, 맨체스터는 지금 새벽 다섯 시잖아요. 짐은 아직 꿈나라
에 있을 거예요."

매들린이 조나단을 뒤따라 식당 안으로 들어섰다.

"조나단! 이렇게 찾아주니 영광이야."

"오랜 만이에요, 알베르토."

식당 주인이 직접 두 사람을 창가의 작은 테이블로 안내했다.

"스페셜 원으로 이인 분 내오겠네."

매들린이 한 번 더 짐의 휴대폰으로 전화를 걸었지만, 역시 받지 않았다. 왠지 느낌이 좋지 않았다.

"짐은 대단한 워커홀릭이에요. 내가 아는 짐이라면 어떻게든 압력을 가해 과학수사팀의 협조를 얻어냈을 거예요. 이 시간이면 틀림없이 일차 결과가 나왔을 텐데."

"크리스마스가 이틀밖에 안 남았어요. 뭐든 더디게 돌아가는 때죠. 내일 아침에 다시 전화해 봐요."

"흠, 그건 그렇고 내가 묵을 곳은 생각해봤어요? 너무 피곤해서 베개에 머리만 갖다 대도 잠이 들 것 같은데……."

"걱정 말아요. 클레르 집으로 가면 되니까."

"클레르 리지외 말인가요? 〈림퍼레이터 레스토랑〉에서 부수석 셰프로 일했던 바로 그 여자분?"

"맞아요. 클레르의 집이 여기서 멀지 않아요. 내가 전화해서 자고 가겠다고 부탁해놨어요. 클레르는 크리스마스 휴가에는 뉴욕에서 지내지 않는다더군요. 마침 잘됐죠."

"요즘 그 여자분은 어디서 일해요?"

"홍콩에 있는 조엘 로뷔숑 식당에서 일해요."

매들린이 갑자기 재채기를 했다. 조나단이 재빨리 티슈를 건넸다.

앨리스가 살아있을지도 몰라.

매들린의 눈이 기대감으로 반짝였다. 조나단에게서 처음 놀라운 이야기를 듣고 나서부터 내면의 동요를 잠재우려고 애쓰는 중이었다. 구체적인 증거를 확보하기도 전에 흥분하거나 섣부른 기대부터 하는 건 금물이었다.

"자, 음식 나왔습니다."

알베르토가 식당의 간판메뉴를 두 접시에 담아들고 나타났다. 바삭바삭한 빵에 레어 스테이크를 끼우고 양파와 오이 피클을 올린 햄버거와 감자튀김.

그리니치빌리지 북쪽, 유니버시티 플레이스와 14가가 만나는 지점의 모퉁이에 위치한 알베르토의 식당 〈Alberto's〉은 맨해튼에서 몇 군데 남지 않은 정통 다이너였다. 24시간 영업을 하는 복고풍 다이닝 카에는 오믈렛, 프렌치토스트, 핫도그, 와플, 팬케이크를 먹기 위해 문을 열고 들어서는 올빼미 족들의 발길이 끊이지 않았다.

이탈리아계인 주인 알베르토가 두 사람의 접시 앞에 밀크셰이크를 내려놓았다.

"오늘 저녁은 내가 살게, 조나단. 제발 두 말하게 만들지 마. 아무래도 이번이 마지막일 테니까."

"그게 무슨 소리죠?"

"나도 이제 더는 못 버티겠어."

알베르토가 벽에 붙여놓은 안내문을 가리켰다.

과도한 임대료 인상으로 내년 봄까지만 영업하고 식당 문을 닫을 예정이라는 내용의 안내문이었다.

"이런! 마음이 아파서 어쩌죠?"

조나단이 진심으로 안타까운 표정으로 말했다.

"뭐, 딴 데 가서 하면 되니까 너무 걱정 마."

알베르토가 금세 유쾌한 표정을 되찾고는 주방으로 사라졌다. 그가 자리를 뜨기 무섭게 매들린이 햄버거를 손으로 집어 들었다.

"배고파 죽는 줄 알았네."

매들린이 스페셜 원을 한 입 크게 베어 물고 우걱우걱 씹기 시작했다. 심한 허기를 느꼈던 조나단도 뒤질세라 햄버거를 한 입 베어 물었다.

두 사람은 식사 도중에 가끔씩 고개를 들어 식당 내부를 구경했다. 아르데코 스타일의 장식품들, 크롬 재질의 번쩍거리는 인테리어 소재, 포마이카 가구들이 어우러진 실내는 마치 시간이 정지된 듯 매력적인 공간이었다.

카운터 뒤쪽 벽에는 우디 알렌부터 뉴욕시장에 이르기까지 파스타나 아란치니를 먹기 위해 식당을 다녀간 유명 인사들의 친필 사인과 기념사진들이 걸려 있었다. 식당 구석의 낡은 주크박스에서는 서글픈 음률과 아리송한 가사로 명성이 높은 레너드 코헨의 명곡 〈페이머스 블루 레인코트〉가 흘러나오고 있었다.

조나단이 정신없이 햄버거를 먹고 있는 매들린을 흘끔흘끔 곁눈질했다.

"진짜 이상하지요? 당신을 처음 봤을 때 왜 샐러드나 께적거리는 채식주의자라고 단정했을까요?"

"그러니까 사람을 겉모습만으로 판단하지 말아요."

매들린이 피식 웃으며 말했다.

새벽 1시가 훨씬 넘은 시각이었다. 두 사람은 몰스킨 벤치에 서로 마주보고 앉아 잠시간 주어진 여유를 즐겼다. 피로감이 밀려왔지만 그와 동시에 오랜 동면에서 깨어난 듯 새로운 기운이 샘솟는 걸 느꼈다. 몇 시간 전부터 아드레날린이 분출하면서 피가 빠르게 돌고 있었다.

조나단은 2년 동안 생을 무기력하게 만들었던 좌절과 원망에서 벗어났다. 매들린은 아무리 큰 부침 없이 안온한 삶을 산다고 해도 끝까지 따라다니며 괴롭히는 악몽을 쉬이 떨쳐버릴 수는 없다는 사실을 깨달았다. 이 다소 비현실적인 인식은 두 사람에게 '태풍의 눈'이었다. 더욱 강력하고 파괴적인 태풍이 몰아치기 전에 맞는 잠깐 동안의 고요. 두 사람은 지금의 선택을 후회하지 않지만 이제부터 전혀 알 수 없는 미지의 세계가 펼쳐지리라는 걸 모르지 않았다.

앞으로 어떤 일이 벌어질까? 종착역은 어딜까? 과연 이 난관을 어떻게 헤쳐 나갈 수 있을까? 더욱 큰 상처만 입고 끝나게 되진 않을까?

테이블 위에 놓인 휴대폰이 진동하는 소리가 들려왔다. 마치 약속이라도 한 듯 테이블 위에 나란히 휴대폰을 올려놓은 두 사람의 시선이 동시에 그리로 향했다. 진동음을 낸 조나단의 휴대폰에 '라파엘'이라는 이름이 깜박거리고 있었다.

"당신 전화예요. 남의 주소록에 전화번호까지 저장해놓다니. 간이 큰 사람이야."

조나단이 매들린에게 휴대폰을 건넸다.

"미안해요. 자꾸만 당신 전화번호를 달라고 해서요. 라파엘은 내가 휴대폰을 되찾았다는 걸 아직 몰라요."

진동음이 계속 이어졌다.

"어서 받아요."

"도저히 못 받겠어요."

"내가 참견할 일도 아니고, 당신이 여기에 오며 약혼자에게 어떤 이유를 댔는지 모르지만 아무런 연락도 하지 않고 무작정 사람을 기다리게 하면 어떡해요?"

"말 한 번 잘했어요. 그건 당신이 참견할 일이 아니거든요."

이내 휴대폰의 진동이 멎었다.

조나단이 질책하듯이 매들린을 쳐다보았다.

"약혼자도 당신이 여기 온 걸 알아요?"

매들린이 어깨를 으쓱했다.

"아마도 런던에 가 있는 줄 알 거예요."

"당신 친구 줄리앤 집에?"

매들린이 고개를 끄덕였다.

"이미 줄리앤에게 전화해 당신이 거기 없다는 걸 알았을 텐데?"

"내일 전화해주면 돼요."

"내일이라니요? 약혼자는 걱정이 돼 속이 바짝바짝 타 들어갈 텐데 어떻게 그리 무사태평한 소리를 할 수 있어요? 그 남자는 당신 안부가 걱정돼 여기저기 전화해 알아보며 난리를 치고 있을 텐데요. 공항, 경찰서, 병원……."

"오버 좀 그만하시죠. 아예 '어린이유괴비상경보(미국의 '앰버 경보'를 본떠 프랑스 정부가 도입한 제도. 어린이 유괴사건이 발생해 경찰에서 비상경보를 발동하면 언론이 정규방송을 중단하고 관련 정보를 실시간으로 보도하고, 도로 전광판 등에도 지속적으로 유괴범에 대한 정보를 내보내게 된다 : 옮긴이)'를 발령하지 그래요?"

"정말 볼수록 냉정한 사람이네요. 그 남자는 속이 시커멓게 타들어가다 못해 재가 되었을 텐데 일말의 연민도 없어요?"

"사람을 왜 그리 귀찮게 해요? 라파엘은 그렇게 불쌍한 사람이 아니거든요."

"아무튼 여자들이란 죄다 똑같다니까."

"당신이야말로 여자들에 대해 피해의식이 많나 본데, 왜 아무런 잘못도 없는 나한테 죄를 뒤집어씌우고 난리죠?"

"당신이 정직하지 못하니까 하는 소리예요. 앞으로는 그 남자에게 진실을 말해줘요."

"진실이란 게 뭔데요?"

"차라리 약혼자에게 얼른 전화를 걸어 이제 더 이상 사랑하지 않는다고 말해요. 당신은 내 인생의 스페어타이어였다고."

매들린이 손을 번쩍 들어올렸다. 조나단이 뺨을 향해 날아오는 매들린의 손을 잡아 가까스로 제지했다.

"제발 진정 좀 하시죠."

조나단이 자리에서 일어나 외투를 걸치더니 휴대폰을 들고 밖으로 나갔다. 식당 밖 인도로 나간 그는 담배를 한 개비 꺼내 물었다.

*

네온사인이 어둠을 밝히고 있었다. 혹한에 매서운 돌풍까지 불어 뼛속까지 얼어붙는 날씨였다. 세찬 바람이 불어 두 손을 동그랗게 모아 라이터를 켰지만 금세 꺼져 버렸다. 그는 두 번 더 시도하고 나서야 겨우 담배에 불을 붙였다.

*

부아가 치밀어 자리에서 벌떡 일어난 매들린은 식당 카운터를 향해 뚜벅뚜벅 걸어갔다. 그녀는 파인애플 주스에 더블 위스키를 희석시킨 칵테일을 주문했다. 어느덧 주크박스에서는 레너드 코헨의 깊고 허스키한 목소리 대신 비틀즈의 리듬감 넘치는 기타와 드럼소리가 흘러나오고 있었다.

'I Need You' 하고 조지 해리슨이 소리쳤다. 경쾌하고 순수한 '60

년대' 식 멜로디의 전형이었다. 훗날 자신을 버리고 에릭 클랩튼을 택한 패티 보이드와 한창 사랑을 꽃피우던 시절 '비틀즈의 3인자'가 작곡한 노래.

매들린은 칵테일 잔을 들고 자리로 돌아왔다. 유리창 너머로 낯선 남자의 얼굴이 보였다. 만난 지 일주일밖에 안되었지만 며칠 동안 그녀의 머릿속을 온통 채운 남자. 그가 하늘을 올려다보고 있었다. 하얀 가로등 불빛을 받고 서 있는 그의 모습에서 왠지 어린 아이 같고, 우수에 젖은 몽상가 같은 느낌이 묻어났다. 까닭 없이 사람의 마음을 끄는 남자, 소박하고 순수하고 신뢰를 주는 얼굴, 꾸밈없는 태도, 착한 사람이라는 확신을 주는 눈빛.

조나단이 그녀를 향해 고개를 돌렸다. 그 순간, 그녀의 가슴속에서 뭔가 꿈틀했다. 온몸에 짜릿한 전율이 흐르고, 갑자기 배가 딱딱하게 뭉쳤다. 심장이 요동치고, 다리가 후들거리고, 뱃속이 찌릿했다. 원인을 알 수 없는 정체불명의 느낌이었다.

당황한 매들린은 갈피를 잡을 수 없었다. 갑자기 그로기 상태에 내몰린 그녀는 자신을 한 방에 무너뜨린 이 느낌의 정체를, 이 요동의 진원지를 알고 싶었다. 그녀는 그에게로 끌리는 마음을 더 이상 통제할수 없어 항복을 결심했다. 그에게로 향하는 시선을 거둘 수가 없었다. 어느새 그의 얼굴은 한없이 친숙하고 낯익은 모습으로 변해 있었다. 마치 오래 전부터 알고 지낸 사람처럼.

\*

조나단은 담배를 한 모금 빨고 나서 푸르스름한 연기를 내뿜었다.

담배연기가 흩어지지 않고 차가운 공기 중에 오랫동안 머물렀다. 그는 창문 너머에서 자신을 바라보고 있는 눈길을 의식하고 고개를 돌렸다. 두 사람의 시선이 허공에서 마주쳤다.

견고하고 차가운 외피 속에 예민하고 복잡한 감수성을 숨겨둔 여자. 조나단은 그녀 덕분에 무기력한 느낌에서 벗어날 수 있었다. 그는 다시 한 번 그녀와 자신을 이어주는 끈의 존재를 느꼈다.

지난 며칠 동안 두 사람은 서로에 대해 급속도로 알게 되었다. 우연히 바뀐 휴대폰을 통해 상대의 깊은 비밀을 발견했다. 상대의 결점, 상처, 집착에 대해 알게 되었다. 그들은 상대방의 장점과 약점을 알아가는 과정을 통해 서로에 대해 깊은 애착을 느꼈다.

*

몇 초 동안에 그들은 완벽한 합일을 이루었다. 아찔한 황홀감, 결코 회피할 수 없는 도취, 생의 기쁨을 느꼈다. 그들은 서로 상대에게 도달하기까지 어떤 과정을 거치고, 어떤 위험을 감수했는지 잘 알았다. 그들은 트윈 소울이라는 사실을 인정할 수밖에 없었다.

험한 길을 걸어 마침내 한곳에 다다른 그들은 상대방에게서 자신의 모습을 발견했다. 그들은 오래 전에 헤어졌다가 이제야 다시 만난 쌍둥이 영혼들이었다. 그들은 서로를 만나게 하고 열정을 느끼게 만든 연금술의 존재를 부인할 수 없었다. 그들은 비로소 영혼의 빈자리를 채워줄 수 있는 사람, 공포를 달래주고 과거의 상처를 치유해줄 수 있는 사람을 만났다는 확신에 아찔한 안도감을 느꼈다.

*

매들린은 스스로 백기를 들고 새로운 감정에 투항했다. 낙하산도, 탄력 좋은 로프도 없이 허공으로 뛰어내릴 때의 아찔한 느낌이 밀려왔다. 그녀는 그와 처음 만났던 순간을 다시금 떠올렸다. JFK공항에서 우연히 몸을 부딪치지 않았더라면 그와의 인연은 시작되지 않았을 것이다. 실수로 휴대폰이 뒤바뀌는 일이 발생하지 않았더라면 그와의 인연은 시작되지 않았을 것이다. 그녀가 30초만 일찍, 혹은 30초만 늦게 카페에 들어갔더라면 그와 마주치지 않았을 것이다. 결정적인 순간에 두 사람을 그 자리에 있게 한 건 바로 운명의 힘이었다.

돌아가신 할머니는 운명을 일컬어 '천사의 부름'이지, 라고 말씀하시곤 했었다.

*

조나단은 열기에 들뜬 채 어둠 속에서 우두커니 서 있었다. 과거를 불태우고 새로운 미래를 여는 듯한 느낌이 밀려왔다. 그러나 마법의 시간은 그리 길게 유지되지 않았다. 그의 주머니 속에서 휴대폰 벨소리가 울렸다. 라파엘이 다시 한 번 매들린과 통화를 원하고 있었다.

전화를 받은 조나단은 식당 안으로 들어가 테이블에 앉아 있는 매들린에게 휴대폰을 건넸다.

"당신 전화예요."

냉엄한 현실로 돌아오는 순간이었다.

20분 뒤

"어린애처럼 굴지 말아요. 그렇게 달랑 재킷 하나만 걸치고 걷다간 감기 걸려요."

추위가 시간이 갈수록 맹위를 떨치고 있었다. 스웨터 위에 얇은 가죽 재킷 하나만 달랑 걸친 매들린이 조나단을 따라 14가를 걷고 있었다. 조나단이 아무리 외투를 벗어주어도 매들린은 고집을 피우며 받지 않았다.

"내일 아침에 열이 사십 도로 펄펄 끓어야 정신이 번쩍 들겠군요."

조나단이 6번 애비뉴와 만나는 모퉁이의 델리가게로 들어가더니 물과 커피, 불쏘시개와 장작이 들어 있는 큼지막한 포대를 들고 나왔다.

"그 집에 벽난로가 있다는 건 어떻게 알아요?"

"클레르가 그 집을 살 때 내가 대출보증을 섰기 때문에 잘 알아요."

"두 사람, 되게 가까운 사이였죠. 그렇죠?"

"우린 좋은 친구였어요. 그나저나 이 코트를 입을 거예요, 말 거예요?"

"고맙지만 사양할래요. 아무튼 이 동네 진짜 멋지다."

매들린이 주위를 두리번거리며 경탄을 금치 못했다.

하루가 다르게 변화하는 뉴욕에서 그리니치빌리지만큼은 현대화의 물결이 비켜간 곳이었다. 매들린은 얼마 전 라파엘과 함께 맨해튼에 왔을 때 미드타운에 머물면서 타임스퀘어와 여러 박물관들 그리고 5번 애비뉴 선상에 있는 부티크들을 둘러보았다. 그런데 지금 그녀의 눈앞에는 고층빌딩들이 다 사라진 생경한 뉴욕 풍경이 펼쳐져 있었다. 갈색 벽돌로 외벽을 쌓고 돌계단으로 현관을 만든 우아한 브라운스톤 건물들, 옛날 런던의 부자마을을 연상시키는 곳, 한층 주거지다운 느낌을 풍기는 동네였다.

맨해튼 전체를 바둑판처럼 가르며 쭉쭉 뻗은 직선도로들과 달리 이곳에는 빌리지라는 이름에 어울리게 구불구불한 골목들이 얼기설기 이어져 있었다. 그리니치빌리지가 작은 농촌 마을이었던 시절부터 존재해온 좁은 농로들의 흔적이 아직 그대로 남아 있었다.

매우 춥고 야심한 시각이었지만 그리니치빌리지의 바와 작은 식당들에서는 아직 열기가 넘쳐났다. 가로수가 늘어선 길에 사람들이 개를 데리고 나와 조깅을 시키고 있었고, 이제 막 방학이 시작된 NYU학생들이 가로등 아래 서서 크리스마스캐럴을 부르며 맘껏 즐거운 기분에 도취되어 있었다.

"뉴욕은 잠들지 않는 도시가 맞네요."

매들린이 말했다.

"그래요. 아무리 전설 같은 이야기라지만 사실이죠."

워싱턴스퀘어에 다다른 조나단은 보도블록이 깔린 좁은 골목으로 방향을 틀었다. 골목 입구에 출입을 통제하는 철문이 있었다.

"맥두걸 앨리는 예전에 워싱턴스퀘어 공원 주변에 살던 고급 빌라 주인들이 마구간을 지었던 곳이죠. 뉴욕에서 가스 가로등이 아직 남아 있는 곳은 여기가 유일해요."

조나단이 매들린에게 설명을 해주며 비밀번호를 눌러 문을 열었다. 그들은 1백여 미터쯤 되는 막다른 골목을 걸어 들어갔다. 21세기의 뉴욕이라고는 도저히 믿기 힘든 곳이었다. 마치 시간을 정지시키는 마법이 작용한 듯한 느낌이었다.

그들은 그림 같은 단층집 앞에서 걸음을 멈추었다. 조나단은 클레르한테 들은 대로 가정부가 현관 아래 화분 속에 숨겨두고 간 열쇠 꾸러미를 찾아 문을 열었다.

조나단은 차단기부터 올려 집 안에 불을 켜고, 난방을 돌린 다음, 벽난로에 불쏘시개를 집어넣었다.

매들린은 정말 신기하다는 듯 방마다 돌며 집을 구경했다. 집 안 구석구석이 매우 감각적으로 리모델링돼 있었다. 집에 배치된 가구는 지극히 현대적인 느낌을 주었지만 빨간 벽돌로 된 내벽과 밖으로 노출된 천장 들보를 그대로 두어 고풍스러운 분위기를 가미한 게 특징이었다. 스카이라이트가 집 전체에 동화의 배경 같은 느낌을 만들어주고 있었다.

매들린은 벽에 걸린 사진들에 유난히 관심을 보였다. 클레르 리지외는 운동으로 다져진 몸매를 자랑하는 늘씬한 미인이었다. 그녀는 클레르 리지외의 사진을 보는 순간 질투심을 느꼈다.

"이 집 사진들 중에서 당신 얼굴이 나온 사진이 반이 넘는다는 게 정말 이상하지 않아요?"

"이상하긴……뭐가요?"

조나단이 성냥을 그어 불쏘시개에 불을 붙이며 되물었다.

"사방에 당신 사진이 붙어 있잖아요. 주방에도 클레르와 당신, 피시 마켓(수산시장 : 옮긴이)에 간 클레르와 당신, 딘 앤드 델루카(맨해튼에 소재하고 있는 고급 식료품점 : 옮긴이)에 간 클레르와 당신, 유기농산물 시장에서 장을 보는 클레르와 당신, 누구누구 유명 인사들과 포즈를 취한 클레르와 당신……."

"클레르는 내 오랜 친구니까 좋은 추억이 많은 게 당연하죠."

"클레르의 아버지를 빼면 이 사진들에 등장하는 남자라고는 당신밖에 없어요."

"이상할 게 하나도 없는데 왜 쓸데없이 시비를 걸어요?"

"이 여자, 당신과 무슨 관계죠? 혹시 숨겨둔 애인?"

"아니라고 했잖아요. 도대체 똑같은 질문을 몇 번이나 하는 거죠?"

"당신은 아니라고 부인하지만 이 여자는 당신을 사랑하고 있어요. 틀림없어요."

"난 그렇게 생각하지 않아요."

"틀림없다니까요. 그건 내가 장담할 수 있어요."

"어떻게, 뭘 장담해요?"

"당신은 부인과 헤어지고 나서 클레르와 충분히 가까워질 수 있었잖아요. 클레르는 끝내주게 예쁜데다 매우 똑똑하기까지 한 것 같은데……"

"됐어요. 그만합시다."

"아니, 두 사람의 관계를 솔직하게 설명해 봐요."

"설명하고 말고 할 게 없다니까요."

"그럼 내가 대신 설명해줄까요?"

매들린이 공격적으로 돌변하며 그의 앞으로 바짝 다가섰다.

"아니, 그만 됐어요."

조나단이 한 발 뒤로 물러서려고 했지만 등 뒤에 있는 벽난로에서 벌써 불길이 벌겋게 타오르고 있었다.

"당신이 듣기 싫어도 난 말할래요. 클레르는 완벽한 여자죠. 따뜻하고, 상냥하고, 진지한 여자. 당신과 결혼해 아이를 낳으면 완벽한 엄마가 될 수 있는 여자예요. 당신은 클레르를 좋아하고, 존중하지만 뭐랄까. 두 사람의 관계는 아무런 성취감도 없고, 지나치게 조화롭다고 할까?"

매들린이 점점 더 가까이 다가왔다. 이제 그녀의 입술이 그의 입술로부터 불과 몇 센티미터밖에 안 떨어져 있었지만 그녀는 하던 말을 멈출 생각이 없어 보였다.

"당신이 사랑을 통해 찾고자 하는 의미는 그런 게 아니죠. 내 말 맞죠? 당신은 열정이 필요한 사람이니까. 당신은 팔딱팔딱 생동감 넘치는 관계, 정복했다는 성취감이 필요한 사람이니까. 한 마디로 클레르는 당신에게 어울리는 짝이 아니라는 거죠."

조나단은 뭐라 대답하지 못하고 망설였다. 매들린의 숨결이 그의 숨결과 뒤섞였다. 그녀의 저돌적인 발언이 극으로 치달았다.

"난 어때요? 난 당신 짝으로 어떠냐고요?"

조나단이 갑자기 그녀를 끌어당기며 키스했다.

*

조나단은 프란체스카와 헤어지고 나서 단 한 번도 여자와 사랑을 나눈 적이 없었다. 그가 어설픈 손놀림으로 그녀의 재킷과 스웨터를 벗겼다. 그녀는 그의 셔츠 단추를 풀며 목덜미를 애무하기 시작했다. 그는 몸을 살짝 뒤로 빼며 그녀의 얼굴을 어루만지고 입술을 빨았다. 그녀에게서 감귤과 민트, 라벤더 향이 뒤섞인 상큼하고 싱그러운 냄새가 났다.

매들린의 부드럽고 날씬한 몸이 그의 몸에 감겨왔다. 두 사람은 소파 위로 쓰러졌다. 그들의 허리 곡선이 물결처럼 출렁였다. 두 몸이 섞이고, 몸의 굽은 곡선과 요철들이 서로 펴지고 이어지며 하나의 조각상을 만들어냈다. 조각상이 희미한 달빛을 받아 일렁거리며 춤을 추었다. 그들의 머리카락, 냄새, 살갗, 입술이 온통 뒤섞였다. 그들은 상대를 향해 시선을 고정한 채 충만한 쾌감에 몸을 맡겼다.

밖에서는, 잠들지 않는 도시의 삶이 계속되고 있었다.

# 26 모딜리아니의 눈을 가진 소녀

Non sum qualis eram(논 숨 콸리스 에람)[9]
–호라티우스

이 시각, 뉴욕

명문 줄리어드음대

"루크한테서 막 문자가 왔어."

로렐리가 욕실 문을 벌컥 열어젖히며 룸메이트를 향해 휴대폰을 흔들어 보였다.

세면대 앞에 서서 머리를 숙이고 양치질을 하던 앨리스가 물었다.

"괘과머느데?"

"어?"

앨리스가 입을 헹구고 나서 다시 물었다.

"걔가 뭐라는데?"

"내일 저녁에 카페 룩셈부르크에서 저녁을 먹자고."

9) 나는 어제의 내가 아니다.

"넌 억세게 운이 좋은 애라니까. 내가 보기에는 루크가 라이언 레이놀즈랑 살짝 닮아 보여, 안 그래?"

"그건 모르지만 히프만큼은 끝내주게 섹시하지."

로렐리가 낄낄거리며 욕실 문을 닫았다.

앨리스는 욕실에 남아 거울을 들여다보며 클렌징 티슈로 화장을 지웠다. 거울 속에 얼굴이 갸름한 열일곱 살짜리 금발 소녀가 서 있었다. 시원한 이마, 장난기 가득한 입술, 높이 솟은 광대뼈. 어두운 청록색 눈동자가 새하얀 피부 위에서 도드라져 보였다. 학교에서는 외모와 성 때문에 다들 그녀가 폴란드 혈통이라 생각했다. 앨리스 코왈스키. 신분증에 적힌 그녀의 이름.

앨리스는 세수를 마치고 나서도 거울 앞을 떠나지 않고 다양한 얼굴 표정을 지어 보였다. 연기 연습을 할 때처럼 뾰로통한 얼굴을 했다가 겁먹은 듯 소심한 눈빛을 했다가 갑자기 섹시하고 도발적인 표정을 짓기도 했다.

앨리스는 로렐리와 함께 쓰는 방으로 들어왔다. 성악을 전공하는 흑인 룸메이트 로렐리는 내일 저녁 데이트 약속 때문에 벌써부터 마음이 한껏 들떠 있었다. 로렐리는 방이 떠나가도록 레이디 가가의 노래를 틀어놓고 전신거울 앞에서 패션쇼를 벌였다. 검정색 원피스, 가십걸(뉴욕 상류층 10대들의 생활상을 담은 미국드라마 : 옮긴이) 스타일의 트위드재킷, 집시 분위기가 느껴지는 빈티지 원피스, 클로에 청바지, 카메론 디아즈 분위기의 화려한 상의.

"피곤해 죽겠다."

앨리스는 이불 속으로 들어가 몸을 웅크리고 누웠다.

"그래, 피곤할 만도 하지. 넌 오늘 저녁 공연에서 단연 퀸이었어."

음악 전공 학생들이 함께 준비해 무대에 올린 학기말 공연을 말하는 것이었다. 앨리스는 뮤지컬 〈웨스트사이드스토리〉에서 주인공 마리아 역을 맡아 열연했다.

"나 정말 괜찮았어?"

"말해 무엇해. 넌 정말 너무 멋졌어. 넌 바이올린뿐만 아니라 뮤지컬에도 재능이 있나봐."

앨리스의 얼굴이 룸메이트의 칭찬에 발그스름하게 상기되었다. 로렐리와 앨리스는 녹화테이프를 재생하듯 공연을 화제 삼아 한참동안 수다를 떨었다.

"아차, 강당 탈의실에 가방을 놔두고 왔어."

앨리스가 그제야 생각났다는 듯 속상한 표정을 지었다.

"걱정 마. 내일 아침에 찾아오면 되잖아."

"문제가 있어. 가방 안에 내 약이 들어 있거든."

"이식 거부반응을 예방하기 위해 먹는 약 말이야?"

"그래, 혈압 약은 반드시 있어야 하는데 큰일이네."

앨리스는 당황한 나머지 책상다리를 하고 앉았다. 그녀는 잠시 생각에 잠겼다가 바닥으로 경쾌하게 뛰어내렸다.

"지금이라도 강당에 다녀오는 게 낫겠어."

앨리스는 베이비 돌 위에 추리닝바지를 걸치고 나서 벽장 문을 열었다. 그녀는 무의식적으로 맨 위의 스웨터를 집어 들었다. 맨체스터 유나이티드의 휘장이 박혀 있고, 분홍색과 회색이 뒤섞인 플리스후드 재킷. 단 하나 남은 과거의 흔적.

앨리스는 천 운동화를 신고 신발 끈도 묶지 않은 채 방을 나섰다.

"나가는 길에 자판기에서 먹을 거나 사와야겠어. 안 그래도 오레오 쿠키랑 딸기 우유가 먹고 싶었거든."

"나도 와플 과자 한 통만 사다줄래?"

로렐리가 부탁했다.

"오키도키."

*

앨리스는 복도로 나갔다. 겨울방학을 하루 앞두고 있어 기숙사 전체가 한가롭고 여유 있는 축제 분위기에 잠겨 있었다. 3백 명이 넘는 학생들이 살고 있는 줄리어드음대 기숙사는 링컨센터 건물의 위쪽 열두 층을 쓰고 있었다.

장차 무용가, 배우, 음악가를 꿈꾸며 50여 개 나라에서 온 학생들이 함께 생활하는 공간. 새벽 2시가 가까워 왔지만 학생들은 자지 않고 이 방 저 방 돌아다니며 방학을 맞아 설레는 마음을 수다로 달래고 있었다. 대부분 집으로 돌아가 가족과 함께 크리스마스를 보내기 위해 짐을 꾸리고 있는 학생들이었다.

앨리스는 복도에서 엘리베이터 버튼을 누르고 창밖을 내다보았다. 주변 건물들에서 쏟아져 나온 불빛이 링컨센터광장 바닥에 넘칠 듯 말 듯 살짝 깔려 있는 물결에 어렸다. 아직 공연의 흥분이 채 가시지 않은 그녀는 기분 좋게 스텝을 밟으며 엘리베이터가 오기를 기다렸다. 일찍이 올 연말처럼 삶을 향해 감사하는 마음이 우러났던 적은 없었다.

맨체스터에 살았다면 지금쯤 어떻게 됐을까? 아직 살아 있기나 할까? 아마도 살아 있지 못할 수도 있겠지.

앨리스는 맨해튼에서 행복한 삶을 누리고 있었다. 아직 심장이식수술의 후유증이 남아있긴 했지만 하루하루 구름 위를 걷는 듯한 기분으로 살고 있었다. 치탬브리지 출신 소녀가 오늘 저녁 뉴욕 최고의 명문 줄리어드음대 공연무대에서 주인공 역할을 하다니!

앨리스는 몸에 한기를 느끼며 후드재킷 주머니에 손을 찔러 넣었다. 그 순간, 옛 기억들이 한 가지씩 차례로 되살아났다. 그녀의 엄마, 그녀가 살았던 동네, 가난, 지저분하고 낡은 건물들, 비, 끔찍한 외로움, 끈질기게 따라다니던 공포……. 그 당시를 생각하면 여전히 몸을 뒤채며 잠을 못 이룰 때가 많았다. 앨리스는 자신의 선택에 대해 단 한 번도 후회하지 않았다. 앞으로도 절대 후회하지 않을 것이다.

줄리어드음대는 예술과 문화에 대한 열정이 넘치는 학생들이 모인 학교였다. 그녀의 주위에는 개방적인 사고를 지닌 관대하고 창의적인 사람들, 타인에게 긍정적인 자극을 주는 사람들뿐이었다. 기숙사생활은 걱정 없이 학업에 전념할 수 있는 환경을 제공해주었다. 필요할 경우 한밤중에도 방음설비가 잘 갖추어진 연습실에서 맘껏 바이올린을 연습할 수 있었다. 학교 내부에 여러 개의 강당과 콘서트홀, 물리치료실, 심지어 피트니스센터까지 구비돼 있었다.

앨리스는 엘리베이터에 올라 휴게실이 있는 12층 버튼을 눌렀다. 늦은 시간인데도 휴게실은 활기가 넘쳤다. 학생들은 삼삼오오로 모여 대형스크린으로 콘서트를 감상하며 당구를 치고 있었다. 공동 취사실 바에서는 몇몇 학생들이 빙 둘러앉아 매그놀리아 베이커리에서 사온 컵케이크를 나눠 먹고 있었다.

"이런 허탕을 쳤잖아."

앨리스가 텅 빈 자판기 앞에 서서 속이 상해 발을 동동 굴렀다.

"예쁜 아가씨, 무슨 문제라도 있어요?"

경비원이 다가와 물었다.

"제 행운의 비스킷이 동났어요."

줄리어드 재학생 중에는 외교관 자녀들, 국왕 자녀들, 현직 대통령의 딸까지 있다 보니 엄청난 인력이 24시간 내내 경비를 서고 있었다. 그런 까닭에 학교 내부에서 안전 문제는 조금도 걱정할 필요가 없었다.

앨리스는 딸기 우유와 로렐리에게 줄 와플과자만 한 봉지 사들고 콘서트홀이 있는 아래층으로 내려갔다. 2층에 도착해 엘리베이터의 문이 열리는 순간 앨리스는 자신을 기다리고 있는 시커먼 형체를 보았다. 복면을 쓴 거구의 괴한이 그녀를 향해 테이저건을 겨누고 있었다. 앨리스는 흠칫 뒤로 물러서며 소리 없는 비명을 질렀다. 사내가 한 발 다가서며 방아쇠를 당겼다.

# 27 인질

가면은 금방 벗겨지기 마련이다.
ㅡ세네카

 

테이저건에서 날아온 두 개의 쇠 화살이 앨리스의 하복부에 명중했
다. 전기충격으로 온몸이 마비된 앨리스는 곧장 바닥에 쓰러졌다. 순
간적으로 기도가 막히고 다리와 신경계통의 기능이 마비됐다.

괴한은 재빨리 앨리스의 목덜미를 움켜잡고 두건으로 재갈을 채우
듯 입을 둘둘 감았다. 그는 지하층 버튼을 누르고 나서 엘리베이터가
내려가는 동안 앨리스의 몸을 바닥에 내려놓고 나일론 V밴드 커플링
두 개로 손목과 발목을 단단하게 결박하고 매듭을 세게 조였다.

엘리베이터는 몇 초 만에 지하주차장으로 내려왔다. 괴한은 여전히
두건을 쓴 채 앨리스를 번쩍 들어 어깨에 들쳐 멨다. 앨리스가 정신이
몽롱한 상태에서 힘없이 발버둥을 치자 괴한이 손으로 몸을 꽉 눌러
꼼짝 못하게 제압했다. 손아귀의 힘이 뼈를 으스러뜨리고도 남을 만
큼 강했다.

괴한은 어떻게 줄리어드스쿨의 철통같은 보안시스템을 뚫고 내부로 잠입했을까? 어떻게 정확히 그 시간에 앨리스가 엘리베이터를 탄 사실을 알았을까?

앨리스를 어깨에 들쳐멘 괴한은 불빛이 희미한 주차장을 가로질러 보르도색 닷지픽업트럭이 세워져 있는 곳으로 걸어갔다. 무시무시한 그릴, 짙게 선팅한 창, 번쩍거리는 크롬 차체, 이중 뒷바퀴를 자랑하는 트럭은 외관만으로도 보는 이를 압도했다.

괴한은 택시 내부처럼 플렉시글래스 판으로 분리된 뒷좌석에 앨리스를 사정없이 던져 넣고는 운전석에 앉아 차의 시동을 걸었다. 그가 주차장 자동인식기에 마그네틱 주차 배지를 대자 차단기가 거침없이 올라갔다. 괴한은 주차장을 유유히 빠져나온 차를 한참 동안 운전해 가다가 마침내 얼굴에 쓰고 있던 두건을 벗었다.

룸미러를 통해 남자의 얼굴이 보였다. 짧게 깎은 머리, 흐리멍텅한 눈동자, 홍조증이 있는 듯 탄력 없이 부어오른 뺨. 처음 보는 얼굴이었다. 도로로 나간 트럭은 브로드웨이를 달리다가 콜럼버스 애비뉴 쪽으로 방향을 틀었다.

*

앨리스는 심장이 빠르게 뛰고 무릎이 후들후들 떨려왔다. 테이저건의 전기충격으로 카타토니 상태에 빠졌던 앨리스는 조금씩 정신을 회복해가고 있었다. 앨리스는 공포에 질려 몸을 벌벌 떨면서도 창밖을 내다보며 트럭의 이동경로를 꼼꼼하게 체크했다.

아직 '관광지'로 분류되는 동네에 있는 한 희망을 가질 수 있었다.

창문을 발로 차 지나가는 사람들에게 납치상황을 알려보려 했지만 발목이 단단히 묶여 있어 좀처럼 움직일 수 없었다. 극한의 공포 속에서 입에 재갈이 물려 있다 보니 숨이 가빴다. 어떻게든 손의 결박을 풀어보려고 안간힘을 썼지만 손을 움직일수록 나일론 줄이 살갗을 세게 파고들어 고통만 가중될 뿐이었다. 트럭은 9번 애비뉴를 거쳐 42가까지 내려갔다. 곧 헬스 키친(악마의 부엌) 동네가 나왔다.

앨리스는 이성적으로 생각하기로 했다.

떨지 말자. 코로 숨을 쉬고, 냉정을 잃지 말자. 죽지는 않는다. 죽인다고 해도 당장은 아니다. 죽일 생각이었다면 기회는 많았다. 성폭행을 노리고 한 짓 같지는 않다. 성욕을 채우기 위해 납치를 시도했다면 굳이 보안이 철저한 줄리어드스쿨 건물내부까지 들어오는 위험을 감수할 까닭이 없었을 것이다.

대체 누굴까?

처음부터 의아하게 느껴지는 게 한 가지 있었다. 납치범은 흉부를 피해 그녀의 배에 테이저건을 쏘았다.

납치범은 내가 심장이식수술을 받았다는 사실을 알고 있어. 심장 가까이 전기충격을 가하면 자칫 죽을 수도 있으니까 의도적으로 피해서 쏜 거야.

앨리스는 납치의도를 알 수 없었지만 괴한이 분명 지난 과거와 연관된 사람이라 짐작되었다. 괴한은 경찰 검문을 의식해 제한속도 내에서 우측 차선으로 조심스럽게 운전했다. 맨해튼 서쪽 끝에 도달해 강을 타고 15분 가량 남쪽으로 달리던 차는 브루클린 배터리터널로 진입했다.

맨해튼 밖으로 나가고 있어. 징조가 나빠.

톨게이트를 막 지났을 때 남자의 휴대폰이 울렸다. 벨소리가 한 번 울리자마자 그가 전화를 받았다. 스피커에 핸즈프리 키트를 연결해놓아 뒷자리에 있는 앨리스의 귀에도 통화내용이 대부분 들려왔다.

"어떻게 됐나, 유리?"

휴대폰 너머 목소리가 물었다.

"이동 중입니다. 문제없이 잘 진행되고 있습니다."

남자의 영어에서 날카로운 러시아 악센트가 느껴졌다.

"아이를 살살 다뤘겠지?"

"지시대로 따랐습니다."

"잘했어. 이제부터 어떻게 해야 하는지 알지?"

"네."

"아이의 몸수색을 철저히 하고, 차량도 문제없이 처리해."

"네, 잘 알겠습니다."

전화의 목소리……어딘가 낯익은 목소리……설마 그럴 리가…….

이제 모든 게 명백해졌다. 생각보다 위험한 상황이란 걸 깨닫는 순간 앨리스의 심장은 한층 더 빨리 뛰기 시작했다.

공포에 휩싸이자 다시 입에 채워진 재갈이 기도를 막아 숨쉬기가 거북했다. 앨리스는 호흡을 여유 있게 하려고 애썼다.

가만히 앉아 당할 수는 없는 일이었다.

휴대폰!

앨리스는 사내가 눈치 채지 못하게 조심하며 몸을 뒤틀어 추리닝 뒷주머니에 꽂혀 있는 휴대폰을 꺼냈다. 손목이 묶인 상태에서 손을 움직이기가 쉽지 않았다. 게다가 '유리'는 백미러를 통해 수시로 뒷좌석을 확인하고 있었다. 끈질기게 시도한 끝에 휴대폰을 집어 잠금장치를 해제하는 데까지 성공했다.

휴대폰을 더듬어 어렵게 911 응급 구조 서비스의 앞자리 번호 두 개를 눌렀을 때 갑자기 트럭이 급정거했다. 휴대폰이 앨리스의 손을 빠져나가 좌석 밑으로 굴러 떨어졌다.

"*Гандон!*"

남자가 신호를 무시하고 달리는 오토바이 운전자를 보고 욕설을 퍼부었다.

앨리스는 휴대폰마저 손이 닿지 않는 곳에 떨어진 상태에서 손발이 꽁꽁 묶여 있어 더 이상 아무것도 할 수 없었다. 트럭은 어둠을 타고 남쪽을 향해 족히 15분 가량을 더 달렸다.

어디로 가는 걸까?

브루클린을 벗어난 지 한참 됐다고 생각하고 있을 때 앨리스의 눈에 코니아일랜드의 주요 대로 중 하나인 머메이드 애비뉴의 표지판이 들어왔다. 서프 애비뉴로 접어들었을 때 앨리스는 경찰 순찰차가 지나가는 걸 보고 구조를 기대하며 희망에 부풀었다. 그런데 네이턴스 페이머스 가게 앞에 차를 세운 경찰 두 명은 핫도그를 먹느라 여념이 없었다. 앨리스가 구원을 기대할 사람들이 아니었다.

괴한이 어두컴컴한 골목으로 접어들자 헤드라이트를 모두 껐다. 주변을 지나다니는 차라고는 한 대도 보이지 않았다. 그는 허름한 건물 앞까지 가서 차의 시동을 껐다.

사람의 왕래가 없는지 확인한 유리가 닷지픽업트럭의 차문을 열고 앨리스를 밖으로 끌어냈다. 그가 단도를 꺼내 앨리스의 발목을 묶은 줄을 끊었다.

"앞으로 곧장 걸어가!"

파도소리가 들리고, 얼굴에서 짭조름한 바닷바람 냄새가 맡아졌다. 유리가 앨리스를 끌고 온 곳은 대서양에 인접한 코니아일랜드의 음산하고 황량한 공터였다. 맨해튼의 고층빌딩 숲과 모던한 브루클린의 활기와 한참이나 떨어진 코니아일랜드는 을씨년스럽기 짝이 없었다. 20세기 초반만 해도 코니아일랜드는 어마어마한 규모의 놀이공원이 들어서 있어 수많은 인파로 북적이던 곳이었다. 그 당시만 해도 독특하고 신기한 놀이시설 때문에 미국 전역에서 수백만 명의 관광객이 코니아일랜드를 찾았다. 스피커에서 고막을 찢어 놓을 듯 울려 퍼지는 유행가들과 뜨거운 열기 속에서 멋진 회전목마들이 아래위로 일렁이며 돌아가던 시절이 코니아일랜드의 전성기였다.

그 당시 코니아일랜드의 회전 카는 미국내 최고의 높이를, 롤러코스터는 최고의 시속을, 유령의 집은 가장 으스스한 경험을, 프릭 쇼(기형인 사람이나 동물이 등장하는 쇼 : 옮긴이)는 가장 추한 괴물들로 최고의 볼거리를 제공해주었다. 아찔한 타워 위에서 로프를 몸에 감고 낙하하는 번지점프는 관광객들에게 잊지 못할 추억을 선사하기도 했다.

이제 그 찬란했던 시절은 갔다. 12월 추위 속 한밤중의 코니아일랜드에서는 과거의 영광이나 마법은 더 이상 찾아볼 수 없었다. 60년대에 들어서면서 디즈니랜드를 비롯한 현대적 시설을 갖춘 테마파크들이 미국 곳곳에 연이어 개장하면서 코니아일랜드는 쇠락의 길을 걷기 시작했다. 지금은 옛날 놀이공원 자리에 텅 빈 공터들과 철책을 친 주차장들, 노후한 고층 아파트들만이 남아 있었다. 그나마 여름에는 회전목마 시설이라도 몇 개 운영해 놀이공원으로서의 명맥을 유지하고 있지만 추운 계절에는 녹슬고 지저분한 폐허의 인상만이 짙은 곳이었다.

"도망을 치려다가 발각되면 목을 따버릴 테다."

유리가 앨리스의 목에 칼끝을 갖다 대며 위협했다.

*

유리가 앨리스를 질척한 공터 안으로 끌고 들어갔다. 낙서가 빼곡하게 적힌 담장 안에는 줄을 풀어놓은 독일 혈통의 누런 몰로스들이 어슬렁거리고 있었다. 어둠 속에서 맹견들의 광기서린 눈이 음산한 빛을 발했다. 영양 부족으로 뼈를 앙상하게 드러낸 맹견들이 컹컹대며 사납게 짖어대기 시작했다. 주인인 유리조차 개들이 짖어대는 걸 멈추게 하지 못했다.

유리가 앨리스의 등을 떠밀어 빈 창고 앞으로 끌고 가더니 창고 문을 열었다. 그가 앨리스를 앞장세워 좁은 터널로 통하는 철제계단을 내려가기 시작했다. 차가운 바람이 그들 뒤에서 밀려들었다. 사물을 분간하기 힘들 정도로 통로가 캄캄해지자 유리가 어쩔 수 없다는 듯 손전등을 꺼내들고 길을 밝혔다. 온갖 크기의 배관파이프들이 지하통로를 가득 채우고 있고, 낡은 모터와 고물 전기계량기들이 통로를 따라 수북이 쌓여 있었다. 괴물을 수십 개 그려놓고 THE SCARIEST SHOW IN TOWN을 보여주겠노라 장담하는 나무 광고판도 한쪽 벽에 세워져 있었다. 지금으로부터 50년 전에 코니아일랜드의 최고 인기 놀이 시설 중 하나였던 유령의 집 광고판이었다. 주변을 채우고 있는 장비들로 보아 옛 놀이공원의 기계실 중 한 곳이 분명했다.

그들은 희미한 불빛을 따라 계속 걸어 들어갔다. 그림자 두 개가 벽에서 일렁였다. 유리의 손전등 불빛이 썩은 물웅덩이에 반사됐다. 더 아래로 내려가자 갑작스런 사람의 출현에 깜짝 놀란 쥐들이 찍찍거리며 사방으로 흩어졌다.

앨리스의 두 뺨으로 눈물이 툭 떨어졌다. 그녀가 움찔 뒤로 물러나자 유리가 칼끝으로 위협해 창고의 지하로 내려가는 나선형 램프로 밀어붙였다. 그들은 이제 열 개 가량의 녹슨 철문이 잇달아 나 있는 막다른 복도를 따라 걸었다. 앨리스는 어둠 속에서 공포에 떨었다. 뱃속이 움푹 파이는 것 같았다.

복도 끝에 도달하니 마지막으로 철문이 하나 더 나왔다. 유리가 주머니에서 열쇠꾸러미를 꺼내 지옥의 문을 열었다.

*

방 안은 사지가 후들후들 떨릴 정도로 추웠고, 한 치 앞도 보이지 않을 만큼 깜깜했다. 유리가 손전등을 비춰 전기스위치를 찾아냈다. 먼지가 뽀얀 네온 형광등이 켜지며 희끄무레한 빛이 퍼져나가자 초벽한 흙이 떨어져 나간 작은방이 모습을 드러냈다.

방에서는 축축하고 퀴퀴한 곰팡내가 났다. 녹슨 철 기둥 여러 개가 떠받치고 있는 천장은 어느 누구라도 폐쇄공포증을 느낄 만큼 지나치게 낮았다. 불결하고 썰렁하기 짝이 없는 공간이었다. 방 오른쪽으로 구역질이 날 만큼 더러운 양변기와 때가 까맣게 낀 세면대 그리고 왼쪽으로 철제 야전침대 하나가 놓여 있었다.

유리가 앨리스를 우악스럽게 방 안으로 밀어 넣었다. 그녀는 맥없이 바닥으로 나뒹굴었다. 물기가 스며 든 다공질의 축축하고 지저분한 바닥에서 악취가 올라왔다.

앨리스는 여전히 두 손이 묶인 채로 힘겹게 몸을 일으켜 있는 힘껏 납치범의 사타구니를 걷어찼다.

"Сволочь!10)"

그 순간 유리는 뒤로 물러서며 비명을 질렀다. 하지만 앨리스의 일격은 그를 쓰러뜨리기에는 역부족이었다. 미처 한 번 더 공격을 시도하기도 전에 유리가 무릎으로 앨리스의 꼬리뼈를 가격해 바닥으로 넘어뜨리면서 어깨를 세게 비틀었다.

앨리스는 숨을 헐떡거렸다. 잠시 정신이 혼미해진 사이 그녀는 어느새 벽을 지나는 굵은 배관에 묶여 있었다. 유리가 손수건으로 입을 틀어막아 숨을 쉬기가 힘들었다. 그녀가 숨을 쉬지 못해 괴롭게 몸을 뒤채자 유리가 다가와 입에서 손수건을 빼주었다.

눈물범벅이 된 앨리스는 한참 동안 심하게 기침을 하다 겨우 숨을 고르고는 폐로 공기를 정신없이 빨아들였다.

유리가 고통스러워하는 앨리스를 흡족한 표정으로 내려다보았다.

"어디 한 번 더 덤벼보지 그래?"

앨리스가 비명을 질렀다. 그녀에게 남은 최후의 무기였다. 이렇게 외떨어진 장소의 지하에서 소리를 질러봐야 들어줄 사람이 아무도 없다는 걸 모르지 않았지만 그녀는 있는 힘껏 절망을 토해내며 밤의 정적을 갈랐다.

유리는 한동안 짜릿한 오르가즘을 느꼈다. 모든 게 그를 흥분시키는 요소였다. 아이의 공포, 비좁고 어두컴컴한 방, 상대를 꼼짝없이 제압할 수 있는 것에서 오는 우월감. 하지만 아직 욕정은 경계해야만 했

---

10) 나쁜 년!

다. 처음 3일 동안은 절대로 아이를 건드리지 말라는 지시가 있었기 때문이다. 그 다음에는 마음대로 해도 상관없었다.

*

앨리스는 겨우 정상적으로 숨을 쉬었다. 악을 쓰며 소리를 지르던 그녀는 갑자기 눈물을 펑펑 쏟기 시작했다. 유리가 호주머니에서 절연테이프를 꺼내 앨리스의 입을 봉했다. 그는 만전을 기하기 위해 발목도 다시 묶은 다음 앨리스를 지하에 내버려둔 채 밖으로 나와 철문을 닫아 버렸다.

유리는 갔던 길을 되돌아 나왔다. 녹슨 철문들이 늘어선 복도, 나선형 램프, 한기가 끼치는 터널, 철제계단. 지상으로 올라오자 사람들의 접근을 막기 위해 일부러 굶겨서 키우고 있는 맹견들이 그를 맞았다.

이제 경찰의 추적을 따돌리기 위해 닷지픽업트럭을 처리하는 일만 남았다. 공터에서 소각해버릴 수도 있었지만 그랬다가는 자칫 순찰 중인 경찰의 눈에 띨 수도 있었다. 가장 손쉬운 해결책은 퀸즈로 가서 적당한 장소를 물색해 차를 길에 버려두고 도망치는 것이었다. 50센티미터가 넘는 휠과 탱크 같은 범퍼가 달린 트럭의 외관은 어디에 내놔도 손색이 없을 만큼 '블링블링' 했다. 절도범들이 절로 눈독을 들일 고급트럭이었다. 하물며 차에 키까지 꽂혀 있다면…….

유리는 마음의 결정을 내리고 흐뭇한 마음으로 차를 세워둔 골목으로 나갔다. 그런데……차가 보이지 않았다. 재빨리 주변을 둘러보았지만 사람의 흔적도 보이지 않았다. 귀를 쫑긋이 세워 소리를 들어봐도 파도소리와 바람에 삐걱거리는 회전목마소리만이 들릴 뿐이었다.

눈 깜짝할 사이에 차를 도둑맞은 유리는 어안이 벙벙해 한참 동안 멍하니 서 있었다. 웃어야 할지 울어야 할지 갈피를 잡을 수 없었다.

보스에게 차의 도난사실을 알려야 할까 말아야 할까?

유리는 차량을 잃어버렸다는 사실을 숨기기로 결정했다. 차를 처리하라는 지시를 받았는데, 차가 알아서 사라져주었다.

그럼 된 거지.

아이를 데려오는 게 가장 중요한 임무니까.

# 28 프란체스카

누군가를 사랑할 때 당신은 그를 온전히, 그의 인연과 그의 속박까지 모두 포용한다.
당신은 그의 역사, 그의 과거, 그의 현재를 포용한다.
모두 포용하거나, 조금도 포용하지 않거나, 둘 중 하나다.
—R.J. 엘로리

그리니치빌리지

**새벽 다섯 시**

매들린의 팔을 베고 잠이 들었던 조나단은 눈을 번쩍 떴다. 갑자기 잠이 깼는데도 기분이 날아갈 듯 가벼웠다. 집 안은 따뜻하게 덥혀져 있었다. 바람소리와 도시의 활기찬 기운이 집 안으로 스며들었다. 그는 시간을 확인하고 나서 매들린의 부드럽고 따뜻한 몸을 안고 좀 더 누워 있었다. 잠시 후, 그는 억지로 몸을 일으켜 조용히 침대를 빠져나왔다.

조나단은 스웨터와 청바지를 입고 조심스럽게 거실로 나왔다. 그는 외투주머니에서 프란체스카가 조르주에게 보냈던 이메일을 인쇄한 종이를 꺼냈다. 어젯밤 매들린이 준 것이었다.

보낸 사람 : 프란체스카 데릴로

받는 사람 : 조르주 라툴립

제목 : Re:

날짜 : 2010년 6월 4일 19시 47분


조르주,

제발 부탁할게요. 샌프란시스코에 가서 조나단을 만나겠다는 생각
은 재고해줘요. 우리는 잘한 거예요. 지금 와서 후회해봐야 소용없어
요. 난 당신이 신문기사를 보고 짐작했을 줄 알았는데…….

이제 조나단도, 우리에게 일어났던 일도 모두 잊어요. 그가 재기하
는 모습을 그냥 지켜봐요.

당신이 조나단에게 진실을 털어놓는 순간 우리 세 사람 모두에게
불행한 일이 벌어지게 될 거예요. 당신은 애써 축적해놓은 모든 걸 다
잃게 되겠죠. 당신의 일, 집 그리고 당신이 누리는 안락까지.


F.


조나단은 컴퓨터가 있는 참나무 책상에 앉았다. '게스트'로 로그인
할 수 있게 비밀번호를 포스트잇에 적어 화면에 붙여놓은 걸 보니 평
소 클레르의 집에서 묵는 손님들이 제법 많은 모양이었다.

조나단은 비밀번호를 입력하고 컴퓨터에 로그인한 다음 인터넷에
접속했다. 이메일을 다시 한 번 천천히 읽어 내려갔다. 한 마디로 말해
프란체스카가 조르주와 바람난 게 아니라는 의미였다. 하지만 쉽사리
믿기지 않는 일이었다.

그렇다면 프란체스카는 왜 굳이 그런 저급하기 짝이 없는 연기를 했을까? 무슨 비밀을 숨기려고?

조나단은 메일을 세 번째 읽으며 '난 당신이 신문기사를 보고 짐작했을 줄 알았는데……' 에 밑줄을 그었다. 프란체스카의 말은 무엇을 암시하는 걸까?

메일은 6월에 발송된 것이었다. 매들린은 어젯밤 프란체스카와 조르주로 교차 검색을 해서 스캔들 발생 전 몇 달 동안에 보도된 신문기사를 모두 찾아내 읽었지만 구체적인 정보가 될 만한 것은 찾아내지 못했다고 했다.

조나단은 쏟아지는 하품을 억지로 참으며 자리에서 일어났다. 커피를 끓인 다음 그는 다시 책상 앞에 앉아 인터넷에 올라 있는 신문기사들을 찾아내 읽기 시작했다. 언론기사들 속에 분명 수수께끼의 열쇠가 있다고 확신했다. 한 시간 가량 검색을 하던 그는 《데일리 뉴스》에 게재된 흥미로운 기사 한 가지를 접하게 되었다.


바하마제도 단신 :
**상어 뱃속에서 발견된 실종 사업가의 시신**
지난 목요일, 콜럼부스 섬 인근에서 농어 낚시를 즐기던 휴양객은 차마 눈 뜨고 볼 수 없는 처참한 광경을 목격했다. 그는 낚시를 하다가 우연히 상어 한 마리가 어망에 걸려 배 위로 끌어올렸다. 널브러진 상어가 갑판에다 사람의 상박골과 비슷한 뼈를 토해놓아 그는 즉시 해안경비대에 신고했다.

출동한 해안경비대원들이 상어의 배를 가르자 그 안에서 갈빗대를 비롯한 여러 개의 사람 뼛조각이 발견되었다. 경찰은 유골에 대한

DNA 감식을 의뢰해 사망자의 신원을 밝혀내는 데 성공했다.

시신의 주인공은 고급호텔 체인인 〈원 엔터테인먼트 그룹〉의 부회장인 미국 출신 사업가 로이드 워너(45세)로 밝혀졌다. 그는 지난 12월 28일 바하마에서 귀국하고 나서 뉴욕공항의 한 기성복 부티크에 마지막으로 모습을 드러낸 후 실종되었다.

조나단은 믿을 수가 없었다. 로이드 워너가 2년 전에 죽었는데 지금까지 까맣게 모르고 있었다니! 로이드 워너, 〈원 엔터테인먼트 그룹〉의 재무담당이사. 채무 상환 연기요청을 끝내 받아들이지 않아 〈림퍼레이터 그룹〉의 파산을 가속화시켰던 바로 그 사람.

지난 시간들이 주마등처럼 조나단의 뇌리를 스쳐지나갔다. 눈덩이처럼 불어난 부채, 하루아침에 주주에서 비열한 포식자로 돌변해 〈림퍼레이터 그룹〉을 삼키려드는 로이드 워너와 냉혈한들에게 회사를 넘기지 않기 위해 발버둥을 쳤던 프란체스카.

프란체스카가 메일에서 암시하는 게 이 기사와 어떤 연관이 있을까? 그렇다면 로이드 워너의 죽음에 프란체스카가 연루돼 있다는 뜻인가? 결과적으로 회사의 부도를 막지 못했는데 왜 그랬을까? 무슨 의도로?

조나단은 당혹감을 금할 수 없었다. 급히 신문기사를 프린트한 그는 매들린에게 간단한 메모를 남기고 클레르의 차 열쇠를 챙겨들고 집을 나왔다. 어제 들어오는 길에 클레르의 연녹색 스마트가 골목에 주차돼 있는 걸 봐두었다.

*

추위가 갈수록 매서워지고 있었다. 조나단은 차에 시동을 걸고 엔진을 가열하는 동안 라디오를 틀어 뉴스채널에 주파수를 맞추었다. 이제 막 속보가 흘러나오고 있었다.

'……거대 마약카르텔의 상속녀 제저벨 코르테스의 재판이 오늘도 캘리포니아 법정에서 계속됩니다. 라 무녜카라는 애칭으로 불리는 그녀는 마약…….'

오늘은 세상 곳곳에서 벌어지는 불행한 사건들에 일일이 귀 기울이고 가슴 아파할 마음의 여유가 없었다. 조나단은 라디오를 끄고 그로브 스트리트로 차를 몰았다. 이른 아침 시간이라 길에 차가 많지 않다. 7번 애비뉴, 배릭 스트리트, 커낼 스트리트……. 뉴욕에 사는 동안 수백, 수천 번을 지나다닌 길을 달리고 있자니 시내의 지도가 눈앞에 펼쳐지는 듯했다. 백미러로 노란색 옐로 캡들 사이에서 달리고 있는 검정색 페라리가 시야에 잡혔다. 경제적으로 여유가 있었을 때도 조나단은 좋은 차에 욕심낸 적이 없었다. 하지만 페라리는 달랐다. 어렸을 때 아버지가 페라리의 모형자동차를 사줬던 적이 있어 각별한 추억이 어린 차였다. 휠베이스가 짧은 페라리250GT 스파이더 캘리포니아. 1960년대 초반에 몇 십 대만 한정 판매된 차, 자동차 역사상 가장 멋지고 아름다운 차……. 그가 다시 페라리를 보려고 고개를 돌리는 순간 검정색 카브리올레가 갑자기 오른쪽으로 차선을 바꾸며 무서운 속도를 내더니 소호 쪽으로 눈 깜짝할 사이에 사라졌다.

별 미친놈을 다 보겠네.

트라이베카는 맨해튼에서도 가장 비싼 고급 주거지로 손꼽히는 곳이었다. 조나단은 2년간 트라이베카에 살았지만 단 한 번도 편안한 느낌을 가져본 적이 없었다. 그에게는 이 부자 동네가 매력도 없고 전체적으로 조화도 없는 동네로 여겨졌다.

조나단은 프란체스카가 사는 엑셀시오르아파트 앞에 도착해 길가의 빈자리에 차를 세웠다. 이 15층짜리 아파트는 1920년대에 아르데코식 호텔로 건축되었는데, 최근 한 부동산 개발업자가 사들여 최첨단 로프트아파트로 개조해 부자들에게 판매했다.

"잘 지냈어요, 에디?"

조나단이 건물로 들어서면서 수위에게 인사를 건넸다.

금색장식 줄이 달린 밤색 제복을 단정하게 입은 수위가 한참 만에야 조나단을 알아봤다.

"랑프뢰르 사장님 아니십니까? 어쩐 일로……."

수위가 깜짝 놀라 모자를 고쳐 쓰며 인사했다.

"프란체스카를 만나러 왔어요. 내가 로비에 와 있다고 이야기 좀 전해줄래요?"

"하지만 그게……너무 이른 시간이라……."

"부탁할게요, 에디. 정말 중요한 일이라서 그래요."

"알겠습니다. 제가 사모님께 전화를 넣어보겠습니다."

비비킹을 연상시키는 거구의 에디 브록은 이 아파트의 '핵심 인사'였다. 그는 아파트건물 내에서 벌어지는 다툼과 불화, 간통, 학대, 마약 문제 등 주민들의 사생활을 훤히 꿰뚫고 있는 사람이었다. 그와 관계를 어떻게 유지하느냐에 따라 아파트 생활이 엄청나게 편해질 수도, 지옥 같아질 수도 있었다.

"올라오시랍니다, 사장님."

조나단은 고개를 끄덕여 인사하고는 엘리베이터가 있는 로비 구석으로 걸어갔다. 엘리베이터에 올라 비밀번호를 누르자 건물 꼭대기 두 층에 걸쳐 있는 프란체스카의 유리 듀플렉스 대기실로 직접 연결되었다.

조나단은 대기실을 지나 거실로 향했다. 거실은 화산암을 바닥에 깔고 모던한 베이지색 호두나무 가구를 배치한 환하고 넓은 공간이었다. 거실 전체가 정결하고 미니멀리스트적인 느낌으로 꾸며져 있었다. 돌출형으로 디자인된 금속 소재의 최첨단 벽난로 두 개에서 자그마한 불꽃들이 발그스름한 빛을 내고 있었고, 실내와 테라스 간의 경계를 없앤 거대한 유리창들을 통해 허드슨 강의 전경이 시원스럽게 내려다보였다. 아침 햇살이 쏟아지는 실내는 분홍색과 주홍색, 흰회색이 뒤섞여 온통 동화적인 느낌을 발산했다.

조나단은 예전에 살았던 집인데도 왠지 이방인 같은 느낌을 지울 수 없었다. 실내정원, 400평방미터에 이르는 테라스, 앞이 탁 트인 전망, 24시간 경비체제, 가사 도우미, 길이 20미터의 히팅 수영장, 실내 체육관, 사우나…… 그 시절에는 이런 사치를 당연하게 여겼다. 그런데 오늘 올림푸스 산으로 신들을 알현하러 온 평범한 인간의 심정이 되고 보니 예전에 너무 분수를 망각하고 호사를 부렸다는 생각을 떨쳐버릴 수 없었다.

"찰리한테 무슨 일 있어?"

"찰리는 잘 지내. 처남하고 샌프란시스코에 있어."

프란체스카는 그제야 안도한 표정을 지으며 유리계단을 천천히 걸어 내려왔다. 그녀가 마치 공중에 그대로 떠 있는 듯했다.

분명 자다 일어나 부랴부랴 옷을 챙겨 입고 나오는 길일 것이다. 하지만 검정색 청바지 위에 베이지색 브이넥 캐시미어 스웨터를 입은 그녀의 모습은 흠 잡을 데 없이 아름다웠다. 그녀에게서는 대를 이어 부를 세습한 부자들에게만 있는 오만한 기품이 있었다. 그녀의 돈에는 'given, not earned'[11]라는 글자가 박혀 있었다. 그녀와 헤어지게 된 원인 중에는 어쩌면 이런 태생적 차이도 있으리라. 그는 자수성가해 돈을 번 사람이었으니까. 이젠 비록 빈털터리가 돼버렸지만…….

"당신이 죽였지?"

조나단은 로이드 워너의 사망소식을 실은 기사를 출력한 종이를 프란체스카에게 내밀었다. 그녀는 기사를 읽을 생각조차 하지 않았다. 누구 얘길 하는 건지 묻지도 않았다. 잠시 말없이 서있던 그녀가 소파로 걸어가 양모 담요를 어깨에 두르고 앉았다.

"누구한테 들었어? 조르주야? 아니, 그럴 리가 없는데……."

"어서 어떻게 된 일인지 이야기해봐."

"그때는 십이월 말이었어. 지금으로부터 정확히 이년 전이지. 당신이 아침에 공항까지 날 태워다줬어. 당신에게는 런던에 있는 우리 레스토랑을 둘러보러 간다고 거짓말을 했지. 그때 나는 로이드 워너가 카지노 계약 건으로 바하마의 나소에 간다는 정보를 입수하고 있었어. 로이드 워너를 따라가 우리 회사의 부채 상환 일정을 연기해달라고 부탁할 참이었지. 도착해서 그가 묵는 호텔에 메시지를 남겼어. 콜럼버스에서 만나자고. 그 당시 당신은 우리 회사의 채무상황이 얼마나 심각한지 전혀 몰랐어. 우리 식당들이 다 수익을 내기 시작한 상태였으니까. 그런데 세계적으로 금융위기가 닥치면서 우리 회사는 자금

---

11) 벌어서 생긴 게 아니라 주어진

회전에 문제가 생기기 시작했어. 우린 그때 〈원 엔터테인먼트 그룹〉 측에 부채 상환을 할 시간을 좀 더 연장해달라고 사정해야 하는 입장이었어. 뉴욕에서는 로이드 워너와 단둘이 만나 이야기할 기회가 전혀 없었기에 약속도 잡지 않고 무조건 나소까지 따라간 거야."

"그래서 로이드 워너가 당신을 만나줬어?"

"로이드 워너와 함께 저녁을 먹으면서 시간을 좀 더 주면 반드시 부채문제를 해결하겠다고 설득했지만 도무지 먹혀들지 않았어. 그 자는 내 부탁에는 조금도 관심을 보이지 않더니 노골적으로 음흉한 수작을 걸어왔어. 나는 기분이 몹시 상해 디저트가 나오기도 전에 자리에서 일어났지."

가정부가 찻주전자와 찻잔 두 개를 올려놓은 쟁반을 거실로 내왔다. 프란체스카는 그녀가 나가길 기다렸다가 다시 이야기를 계속했다.

"일이 다 틀렸다고 생각했는데 로이드 워너가 내 방으로 찾아와 거래를 제안했어. 우리 회사의 부채 해결을 위해 노력할 테니 그 대신……."

"당신과 자는 조건으로……."

프란체스카가 고개를 끄덕였다.

"내가 일언지하에 거절하자 그가 돌연 방문을 닫더니 나에게 달려들었어. 술도 꽤 취했고, 코카인도 제법 많이 한 것 같았어. 내가 큰소리로 비명을 질렀지만 호텔에서는 결혼식 피로연이 한창이었기 때문에 들릴 리가 없었지. 발버둥을 치며 저항하다 나이트테이블에 자코메티의 브론즈 조각 레플리카가 보이기에 그걸 집어 들고 놈의 머리를 세게 내리쳤어. 마침내 놈이 힘없이 쓰러지기에 처음에는 기절한 줄 알았지. 그런데 죽은 거야."

어안이 벙벙해진 조나단은 프란체스카의 소파 가까이에 있는 의자
에 앉았다. 창백한 얼굴로 양모 담요를 꼭 여미고 앉은 프란체스카는
비교적 담담한 표정이었다. 반면 조나단은 아주 복잡한 심경이 되었
다. 안도해야 하는 상황인지 화를 내야 하는 상황인지 판단이 서지 않
았다. 지난 2년 동안의 수수께끼가 프란체스카의 몇 마디 말로 단박에
풀어지는 순간이었다. 느닷없이 아내에게 배신당하고 더 이상 아무도
믿지 못해 방황했던 2년의 세월……. 실상은 프란체스카가 그를 배신
하지도 않았거늘…….

"왜 경찰에 알리지 않았지?"

"내가 아무리 정당방위였다고 주장한들 과연 경찰이 믿어주었을
까? 우리 회사가 떠안고 있던 막대한 채무를 생각해봐. 게다가 내가
먼저 그에게 만나자는 메시지를 남겼어."

"뒤처리는 어떻게 했어?"

"우리가 예전에 한 번 묵은 적이 있던 필로티 양식(건물 전체 또는 일
부를 지상에서 기둥으로 들어 올려 건물을 지상에서 분리시키는 건축 양식 : 옮긴
이)의 스위트룸으로 내려갔어. 호텔에서 투숙객들을 상대로 보트를 빌
려준다는 사실이 떠올랐던 거야. 마호가니 나무로 만든 작은 해커 크
래프트 보트(미국 해커사가 제작 판매하는 고급 보트 : 옮긴이) 있잖아. 자기
도 기억나지? 그 보트를 스위트룸에 연결된 배다리까지 조종해 가서
시체를 선실에 실었어. 밖은 어둠이 짙게 내려앉아 캄캄했어. 제발 해
안경비대와 마주치지 않게 해달라고 기도하며 바다로 나갔지. 해안에
서 이십 마일 가량 떨어진 곳에서 배를 세우고, 그 쓰레기 같은 놈을
바다에 던져버렸어. 호텔에서 출발하기 전에 이미 놈의 지갑과 휴대

폰은 꺼내두었지."

"호텔에서는 당신이 보트를 타고 바다로 나가는 걸 본 사람이 아무도 없었어?"

"아까도 말했지만 호텔직원들은 결혼식 때문에 정신이 없었어. 나, 정말 잔인하지?"

조나단은 고개를 돌려 프란체스카의 시선을 피했다. 프란체스카는 홀홀 다 털어놔버리기로 작심한 듯 침묵이 흐를 사이도 없이 이야기를 계속했다.

"그 다음에는 뭘 어떻게 할지 모르겠는 거야. 워너가 바하마에서 실종됐다는 신고가 접수되면 경찰이 나를 용의자로 지목할 게 틀림없잖아. 우리가 식당에서 함께 저녁을 먹는 걸 본 사람들이 수십 명쯤은 됐으니까. 내가 살기 위해서는 시체가 발견되지 않게 조치를 취하는 수밖에 없었어. 보트에 있는 밸러스트용 선철에 시체를 달아 바다에 버린 건 바로 그 때문이었어. 그 다음에 무엇보다 시급한 문제는 워너가 마치 귀국한 것처럼 위장하는 것이었어. 그의 휴대폰으로 이메일을 뒤지다 보니까 귀국 항공편 티켓 발급에 필요한 양식을 작성해 보내라는 메일이 있는 거야. 그래서 항공사 홈페이지에 접속해 양식을 작성했지. 거기까지는 그런대로 괜찮았는데 다음이 정말 문제였어. 워너가 예약한 항공기에 탑승할 사람이 필요했던 거야. 그때 나는 문득 워너와 생김새와 분위기가 대체로 비슷한 조르주를 떠올렸어."

"조르주를 당신 알리바이를 증명하는데 이용한 거네?"

"그래, 조르주가 내 애인이라면 내가 바하마에 가 있었던 것이 정당화될 테니까. 호텔에서 나와 함께 앉아 있던 남자도 조르주였다고 둘러대면 전혀 문제될 게 없을 테니까. 당장 현지 파파라치를 고용해 사진을 찍었어. 조르주는 워너의 신분증을 지참하고 귀국했어. 뉴욕공항에 도착한 조르주는 내가 시키는 대로 워너의 신용카드로 물건을 잔뜩 샀어. 그로부터 며칠 후 워너가 실종됐다는 소식이 세상에 파다하게 알려지게 되었지. 경찰에서는 워너가 맨해튼에 도착했다는 사실만큼은 추호도 의심하지 않았어. 바하마에서 수사할 생각을 전혀 하지 않은 걸 보면 알 수 있잖아. 육 개월 후 시신이 발견되기 전까지는……."

"수사는 현재 어떻게 진행되고 있지?"

프란체스카가 티 테이블 위에 놓여 있던 던힐 담뱃갑을 집어 들고 한 개비를 꺼내 피우기 시작했다.

"나도 잘 몰라. 지금은 수사를 잠정 중단한 것 같아. 어쨌든 날 불러 심문하진 않았어. 표면적으로 그날 저녁 나와 식사를 함께 한 사람은 로이드 워너가 아니라 조르주였으니까."

오랜 시간 화를 억누르며 얘기를 듣던 조나단은 결국 폭발했다.

"왜 나에게 연락하지 않았어? 내가 당신에게 그렇게 미덥지 못한 사람이었어? 바하마에 가는 걸 속인 건 그렇다고 치자. 하지만 사람을 죽인 건 진작 나에게 이야기했어야지."

"당신과 찰리를 다치게 하고 싶지 않아. 당신을 공범으로 만들 수는 없잖아. 최악의 상황이 돼 우리 둘이 한꺼번에 쇠고랑을 차면 안 되니까. 열에 아홉은 실패할 수도 있는 일이었으니까. 한 번 생각해봐. 일이 발각돼 우리가 둘 다 잡혀 들어갈 경우 찰리는 누가 돌보지?"

프란체스카의 논리는 지극히 타당했다. 프란체스카가 냉정하고 놀라운 기지를 발휘해 일을 마무리하고 가족을 지켰다는 생각을 하자 절로 고개가 숙여지기도 했다.

나라면 과연 그런 방법을 생각해낼 수 있었을까?

조나단은 고개를 저었다. 몹시 허둥대다가 결국 경찰에 출두해 모
든 죄를 순순히 고백하고 말았을 것이다. 프란체스카와 헤어지고 나
서 느꼈던 혼돈과 억울한 생각이 순식간에 사라졌다. 이제야 모든 의
문이 풀렸다. 그러나 조나단은 여전히 프란체스카에게서 낯선 느낌을
지울 수가 없었다. 이제 그녀에게서는 그 어떤 열정도 느껴지지 않았
다. 마치 보이지 않는 장벽이 두 사람 사이를 영원히 갈라놓기라도 한
듯이.

# 29 지옥에 갇힌 천사

Luctor et emergo[12)]

코니아일랜드 창고

새벽 다섯 시

춥고 축축하고 비좁은 지하실 방에서는 썩은 악취가 진동했다. 앨리스의 수갑 찬 손은 배관에 묶여 있었고, 발은 나일론 줄로 단단히 동여매져 있었다. 앨리스는 녹슨 파이프를 뜯어내기 위해 수갑에 달린 줄을 안간힘을 다해 앞으로 끌어당겼다. 하지만 배관은 보기보다 단단해 끄떡하지 않았다.

앨리스는 축축한 바닥에 힘없이 쓰러졌다. 목구멍까지 차올랐던 오열이 절연테이프에 막혀 입 안에만 머물렀다.

울면 안 돼!

12) 룩토르 엣 에메르고 (나는 익사하지 않으려고 발버둥 친다). 네덜란드 제일란트 지방의 격언

앨리스는 몸을 오들오들 떨었다. 뼛속까지 추위가 파고들어 사지가 얼얼하고 살갗이 아렸다. 쇠 수갑이 손목을 조여와 피부는 벌겋게 부어올랐고, 극심한 통증은 팔을 타고 목덜미까지 전해졌다.

생각을 하자.

하지만 추위와 스트레스 때문에 도저히 정신을 집중할 수 없었다. 불안감과 무력감이 겹치며 가슴이 답답해왔다. 지저분한 세면대 뒤쪽에서 쥐들이 찍찍거리는 소리가 들려왔다. 새끼 고양이만한 쥐가 주둥이를 삐죽 내밀고 있었다.

앨리스는 또 한 번 소리 없는 비명을 질렀다. 앨리스를 발견하고 깜짝 놀란 쥐가 반대편 벽을 타고 야전침대 밑으로 쏙 기어들어갔다.

침착하자.

앨리스는 눈물을 꾹 참고 턱을 살살 움직였다. 입을 단단히 봉하고 있는 절연테이프 때문에 숨이 가빴다. 그녀는 혀를 테이프 사이로 밀어 넣어 앞니로 테이프를 끊기 시작했다. 한참만에야 겨우 아랫입술에 붙었던 테이프가 떨어져나가고, 입 속으로 찬 공기가 밀려들어왔다. 그녀는 탁한 지하실 공기를 여러 번 빨아들였다. 그나마 숨을 쉬니 살 것 같았다. 그런데 이상했다. 몸은 추운데 심장박동은 무섭게 뛰고 있었다.

내 약!

문득 약을 먹지 못했다는 생각이 났다. 심장이식수술을 받고나서부터 그녀의 가방 속은 약장을 방불케 했다. 먹는 약(세포 조직의 거부 반응을 방지하기 위해 먹는 면역 억제제와 관상동맥경화증 예방을 위해 먹는 고혈압약과 부정맥약)이 한두 가지가 아니었지만 복용 수칙을 엄수하면서 제때 먹기만 하면 일상생활에는 전혀 지장이 없었다. 담당의사는 약을 거르면 심장이 며칠, 아니 단 몇 시간 만에도 기능을 상실할 수 있다고 엄중히 경고했었다. 특히 탈수 상태에서는 언제든지 심각한 위험이 초래될 수 있다고 주의를 주었다.

목구멍이 깔깔해지며 입안이 바짝바짝 타들어갔다. 심장이 정상적으로 노폐물을 여과하려면 수분 공급이 우선이었다. 그녀는 손이 묶인 채로 배관을 따라 세면대까지 기어갔다. 그런데 물을 먹기에는 세면대가 너무 높았다. 그녀는 다시 정신을 집중하고 근육에 힘을 실어 죽기 살기로 배관을 바깥쪽으로 끌어당겼다. 하지만 이내 포기하고 말았다. 힘을 줄 때마다 수갑이 살갗을 조여 손목에서 피가 났기 때문이다.

결국 체념한 앨리스는 벽에 기대 힘없이 주저앉았다. 땅바닥에 쓰러져 있자니 주인의 처분을 기다리며 줄에 묶여 있는 동물이 된 듯한 심정이었다. 그녀는 하는 수 없이 바닥에서 올라오는 퀴퀴한 물을 핥아먹기 시작했다.

반대편 구석에서 커다란 쥐가 눈을 굴리며 그녀를 지켜보고 있었다.

*

트라이베카

아침 8시

맑은 하늘에 해가 높이 솟아 올랐다.

프란체스카의 고백을 듣고 큰 충격을 받은 조나단은 허둥지둥 엑셀시오르아파트를 빠져나왔다. 그는 스마트를 세워놓은 곳으로 걸어가 차에 시동을 걸고 매들린과 만나기로 약속한 이스트빌리지를 향해 차를 몰았다. 매들린에게 전화를 해보고 싶은 마음이 간절했지만 혹시라도 자는 사람을 깨울까봐 참기로 했다.

조나단은 리틀이탈리아 입구에서 신호가 바뀌기를 기다리며 무의식적으로 백미러를 쳐다보다가 깜짝 놀랐다. 스마트 바로 뒤의 오른쪽 차선에 새벽에 본 미끈하고 우아한 라인의 검정색 페라리가 보였기 때문이었다.

이상하네.

조나단은 미간을 모아 다시 한 번 확인했지만 틀림없었다. 가운데는 잘록하고 양쪽 끝은 봉긋 솟은 보닛, 곤충의 눈을 연상시키는 유선형 헤드라이트, 차체에 파충류 동물 같은 느낌을 주는 공격적인 그릴.

새벽에 본 바로 그 차가 분명했다. 신호등 앞에서 정차한 상태이기 때문에 이번에는 운전자를 눈으로 확인할 수 있을 것 같았다. 차 앞 유리창에 햇빛이 반사되는 바람에 결국 운전자의 얼굴을 확인하지 못했다. 차 넘버라도 외워두고 싶었지만 놀랍게도 페라리에는 번호판이 붙어 있지 않았다.

신호가 파란불로 바뀌었다. 조나단은 뒤에서 클랙슨을 울리며 눈치를 주는 바람에 결국 차를 움직일 수밖에 없었다. 교차로를 지나 다시 백미러를 올려다보았을 때 의문의 페라리는 이미 사라지고 없었다.


**코니아일랜드 창고**

**발자국 소리**

까무룩 잠이 들었던 앨리스는 깜짝 놀라며 눈을 번쩍 떴다.

몇 시지? 대체 얼마 동안이나 정신을 잃고 쓰러져 있었던 거지? 오분? 다섯 시간?

오한이 나며 몸이 후들후들 떨렸다. 다리에서는 쥐가 나고 손에 채워진 수갑은 손목을 벨 듯이 살갗을 파고들었다. 몸을 일으키려고 했지만 뜻대로 되지 않았다. 이제는 저항할 힘도 남아 있지 않았다.

끼익, 소리와 함께 철문이 열리며 유리가 모습을 드러냈다.

"Сучка!13)"

테이프가 뜯겨나간 걸 본 유리가 불같이 화를 냈다. 그가 앨리스의 머리채를 휘어잡았다.

앨리스는 애원하듯 말했다.

"물 좀 주세요. 약을 못 먹으면 저는⋯⋯."

"입 닥쳐!"

유리가 머리채를 우악스럽게 뒤로 제치자 머리카락이 한 움큼이나 빠져나갔다. 앨리스는 입을 다무는 게 낫겠다고 판단했다. 흥분했던 유리가 점차 진정을 찾아가는 것 같았다. 그가 앨리스의 얼굴을 자기 앞으로 바짝 끌어당기더니 코를 목에 대고 킁킁거리며 냄새를 맡고 때가 시커먼 손으로 뺨을 어루만졌다. 그의 더운 입김이 얼굴에 와 닿자 앨리스는 혐오감을 참지 못하고 옆으로 고개를 홱 돌렸다. 그때, 그의 손에 들린 캠코더가 눈에 들어왔다.

유리의 집채만 한 그림자가 희미한 네온 형광등 불빛을 받고 우뚝 서 있었다.

"물은 줄 거야. 비디오부터 찍고 나서."

---

13) 독한 년!

# 30 가려진 달의 뒷면

아무도 못 보게 감추는 게 있다는 점에서 우리 모두는 달과 흡사하다.
—마크 트웨인

로어이스트사이드

아침 8시

조나단은 두 대의 차 사이에 스마트를 직각으로 끼워 주차해놓고 바워리를 따라 2가까지 걸어 내려갔다. 옛날에는 분위기가 험한 동네로 악명이 높았던 로어이스트사이드지만 요즘은 아담한 카페들과 멋진 레스토랑들이 즐비하게 들어서 트렌디한 동네로 변모했다.

조나단은 브런치를 먹을 때마다 즐겨 찾던 〈필스〉의 문을 밀고 들어갔다. 멋스럽고 아늑한 느낌을 주는 식당이었다. 11시에서 오후 1시 사이에는 정신없이 붐비지만 아침 시간이라 비교적 한산했다.

조나단은 햇살이 가득한 실내를 둘러보며 매들린을 찾았다. 밝은색 원목 카운터에 앉아 카푸치노를 마시며 바나나 팬케이크를 먹고 있는 보헤미안 풍 여자가 눈에 들어왔다. 그러나 매들린은 그 어디에도 보이지 않았다. 갑자기 마음이 불안해지기 시작했다.

어젯밤 일을 후회하는 걸까? 성급하게 다시 비행기에 오른 건 아닐까? 아니면…….

그때 휴대폰이 진동했다.

'이 층에 있어요.'

매들린이 보낸 문자였다. 고개를 들자 이 층 난간에서 몸을 숙이고 손을 흔드는 그녀가 보였다.

조나단은 그제야 안도하며 계단을 걸어 올라가 매들린이 기다리는 테이블에 가 앉았다. 새하얀 벽, 밝은 베이지색 나무 바닥, 커다란 통유리, 키 높은 디자인 스탠드들로 꾸며진 근사한 공간이었다.

"기다린 지 오래됐어요?"

조나단은 입을 맞추고 싶었지만 차마 용기를 내지 못했다. 매들린은 청바지 위에 타이트한 가죽재킷을 걸치고 있었다. 날씬한 몸매를 더욱 도드라지게 해주는 옷차림이었다.

"오래 안 됐어요. 이 집, 분위기 괜찮네요. 어디에 다녀왔어요?"

"프란체스카를 만나고 왔어요. 들려줄 이야기가 있어요."

조나단이 그녀와 테이블을 사이에 두고 마주앉았다.

매들린의 눈빛이 이미 못 볼 사이라도 된 것처럼 갑자기 쓸쓸하게 변했다. 조나단이 손을 잡으려 하자 그녀가 살며시 손을 뒤로 뺐다. 두 사람의 시선이 테이블 위에서 마주치는 동안 어색한 침묵이 흘렀다.

매들린이 조심스럽게 손을 뻗어 그의 손에 깍지를 꼈다. 아직 '사랑한다'는 말을 하기에는 이를지 모르지만 두 사람이 서로에 대해 느끼는 감정은 한순간의 욕망만이 아니라는 게 분명해졌다.

긱(보통 컴퓨터나 공부 등 한 분야에서는 탁월하지만 사회성이 떨어지는 사람

을 일컫는 말 : 옮긴이) 스타일 안경, 골족 스타일 콧수염(만화 '아스테릭스'
에서 아스테릭스와 오벨릭스의 팔자수염을 상상하면 된다 : 옮긴이), 힙스터(유
행을 따르지 않고 자신만의 고유한 옷차림과 음악적 취향을 고수하는 사람을 일
컬음 : 옮긴이) 스타일 옷차림을 한 웨이터가 주문을 받기 위해 테이블
로 다가왔다.

조나단은 메뉴를 훑어보고 멍키 브레드와 에스프레소를 시켰고, 매
들린은 블루베리 크림 쿠키와 우유를 시켰다.

"당신 여자 친구 옷을 좀 빌려 입었어요. 살짝 몸에 끼는 것 같긴 한
데……"

"아니, 정말 잘 어울려요. 그리고 '내 여자친구'가 아니라니까요. 짐
한테서는 아직 연락 없어요?"

"아직 없어요. 전화를 하면 계속 자동응답기로 돌아가요. 경찰서로
직접 전화해봐야겠어요."

매들린의 얼굴이 갑자기 어두워졌다. 그녀가 전화를 거는 사이 조
나단은 옆 테이블 손님이 의자에 두고 간 《뉴욕 포스트》지 기사를 곁
눈질로 읽었다. 새벽에 라디오로 들었던 뉴스속보가 1면 헤드라인으
로 실려 있었다.


**재판정에 선 마약카르텔 상속녀 제저벨 코르테스**

제저벨 코르테스의 재판이 오늘 캘리포니아 특별법원에서 열렸다.
일명 라 무네카라고도 하는 그녀는 2001년 3월 라이벌 갱단의 총에
맞아 사망한 멕시코의 전설적인 마약카르텔 조직의 보스 알폰소 코르
테스의 딸이다.

신분증을 위조해 로스앤젤레스에 정착해 살고 있던 제저벨 코르테

스는 3년 전 로데오 드라이브에서 쇼핑을 하던 중 경찰에 체포되었다. 검찰은 미국으로 코카인을 수출하는 다수의 마약조직을 지휘하고, 조직적인 방법으로 천문학적인 액수의 돈세탁을 한 혐의로 그녀를 기소했다. 피의자의 변호인단이 사법시스템의 허점을 이용해 수차례 재판을 연기시키는 바람에 그녀의 재판은 기소 후 3년이 지난 지금에 와서야 열리게 되었다.

조나단은 매들린이 치탬브리지경찰서와 통화가 이루어지는 소리를 듣고 신문기사에서 눈을 뗐다. 그녀가 짐에게 건 전화를 트레보 콘래드 형사가 받았다.

"여보세요? 매들린 선배? 오랜만에 목소리 들으니 반갑네요."

"어젯밤부터 짐과 통화를 시도했는데 지금까지 안 되고 있어. 짐이 지금 서에 있어?"

전화기 너머에서 트레보가 한참을 망설이다 운을 뗐다.

"오늘 새벽, 짐 과장님이 죽었어요, 선배."

"정말이야? 이틀 전에 짐과 통화한 적이 있는데?"

"저 역시 기가 막혀 말이 안 나와요. 과장님은 오늘 아침 사무실에서 시체로 발견됐어요. 사인은 자살로 판명됐어요."

매들린이 어이가 없다는 듯 조나단을 바라보다가 "짐이 죽었단 말이지?"하고 나지막이 내뱉었다. 깜짝 놀란 조나단이 통화내용을 자세히 듣기 위해 그녀 옆에 바짝 다가가 앉았다.

"말도 안 돼. 내가 아는 짐은 스스로 세상을 등질 사람이 아니야. 짐에게 개인적으로 무슨 문제가 있었어?"

"그런 것 같진 않아요."

"그럼 어찌된 일이야?"

트레보 콘래드가 대답을 회피하며 우물쭈물했다.

"아직 수사가 진행 중이라 더 이상 자세하게 이야기하는 건 곤란해요."

"짐은 나와 육년을 함께 일한 동료야. 적어도 짐과 관련해 내가 듣지 말아야 할 말은 없어."

또다시 침묵.

"오 분 후에 내가 다시 전화할게요."

그 말을 끝으로 트레보 콘래드는 급히 전화를 끊었다.

\*

매들린은 충격에 휩싸여 두 손으로 머리를 감싸 쥐었다. 짐의 갑작스런 사망소식을 접하자 그동안 억눌러왔던 복잡한 감정과 상처들이 한꺼번에 되살아났다. 그녀는 냉정을 유지하기 위해 애써 머릿속 생각들을 떨쳐냈다.

조나단 역시 깊은 충격을 받았다. 그가 당혹스러운 표정을 지으며 위로의 동작을 취해보였지만 매들린의 마음은 이미 굳게 닫힌 뒤였다.

"트레보 콘래드가 다시 전화를 걸어올 거예요. 경찰서 내부 통화는 도청당할 위험이 있으니까 신중을 기하려는 뜻이겠죠."

"당신은 짐의 죽음이 자살이라 믿지 않죠?"

"글쎄요. 짐을 최근에 만난 사람은 내가 아니라 당신이잖아요."

조나단은 짐과의 만남을 떠올리며 그에게 받았던 인상을 기억해내려고 애썼다.

"짐은 앨리스 사건에 몰입해 많이 지치고 과민해 보였어요. 한시바삐 수사를 재개해야겠다는 생각에 마음이 조급해보이기도 했어요. 하지만 자살이란 언제나 예측 불가능할뿐더러 사전에 특별한 징후를 보이지 않는 수수께끼 같은 면도 있으니까."

경험자인 내가 누구보다 더 잘 알지.

매들린의 휴대폰이 울렸다.

"매들린 선배, 뭘 알고 싶어요?"

트레보 콘래드가 물었다.

"콘래드, 짐의 죽음에 대해 상세한 정황을 말해봐."

"새벽 네 시 삼십 분 경에 짐 과장님이 사무실에서 총을 머리에 쏴 자살했다는 결론이 내려졌어요."

"짐이 소지하고 있던 직무용 권총을 사용했단 말이야?"

"아니요. 출처가 불분명한 권총을 사용했어요."

"그 부분에 대해 아무도 의문을 제기하지 않았단 말이지?"

"글쎄, 그거야 저도 모르죠. 아, 근데 왜 그걸 저한테 따져요, 선배?"

"자살하는 경찰은 보통 직무용 무기를 사용한단 말이야."

"다는 아니죠. 거실에서 목 매단 사람을 내가 한 명 아니까."

불시의 일격에 당황스러우면서도 매들린은 물러서지 않고 집요하게 캐물었다.

"짐이 사용한 총이 어떤 종류였는지 자세히 이야기 좀 해봐."

"소음기가 장착된 베레타92였어요."

"갈수록 의문투성이네. 자살하기로 마음먹은 마당에 남들이 총소리를 듣든 말든 무슨 상관이라고 소음기를 장착했을까?"

경험자인 내가 누구보다 잘 알지.

"그러고 보니 찜찜한 부분이 한 가지 더 있긴 해요."

"어서 뭔지 말해봐."

"짐 과장님은 오른손에 권총을 쥐고 있었어요."

"이런 젠장!"

짐은 왼손잡이였다.

"그렇다고 그걸 결정적인 증거로 볼 순 없잖아요."

"트레보, 지금 장난해?"

"정조준 사격도 아니고, 관자놀이에 대고 방아쇠를 당기는 건데 어느 손으로 발사하든 목표물을 빗나가는 것도 아니고……."

매들린이 생각을 정리해 다시 물었다.

"짐이 요즘 수사를 맡은 사건이 뭐였지?"

트레보는 전부 털어놓을 생각은 없는 모양이었다.

"이제 제 선에서 할 수 있는 이야기는 다 했어요, 선배. 이만 끊어야겠어요."

"잠깐! 짐이 죽기 바로 직전에 받은 이메일을 나에게 포워딩해줘."

"그걸 말이라고 해요? 선배는 이미 옷을 벗은 지 오래 된 사람이잖아요."

"짐은 나와 가장 가까웠던 친구야."

"아무리 그래도 소용없어요. 어차피 보내주고 싶어도 못 보내니까."

"그건 또 무슨 말이야?"

"오늘 아침 경찰서 서버에 정체불명의 바이러스가 침투해 컴퓨터가 죄다 먹통이 됐어요."

"말도 안 돼! 변명을 하려거든 좀 그럴 듯하게 해봐."

"사실이라니까요. 어쨌든, 잘 지내요 선배."

매들린이 웨이터가 테이블에 내려놓고 간 우유 대신 커피를 시키고는 배낭에서 조나단의 노트북을 꺼냈다.

"당신 컴퓨터를 가방에 넣어왔어요. 앨리스 사건에 관한 수사 자료를 다시 살펴보려고요. 당신 컴퓨터에 앨리스 사건 관련 파일을 모두 다운로드 받아놨다고 했죠? 내 휴대폰으로 보는 것보다 컴퓨터로 보는 편이 낫겠어요."

조나단이 노트북 전원을 켰다.

"당신은 짐이 타살됐다고 생각해요?"

"아직 모르겠어요."

"난 짐이 분명 살해당했고, 그 이유는 그가 찾아낸 앨리스 사건의 추가 단서와 밀접한 연관이 있다고 생각해요."

"괜히 넘겨짚지 말아요. 일주일 전만 해도 앨리스 사건이 뭔지도 몰랐던 사람이."

"그런 사람이니까 전혀 새로운 시각으로 접근할 수 있는 거예요."

"대체 무슨 근거로 그런 결론을 내렸죠?"

"내 생각에는 경찰이나 국가정보기관이 나서서 이 사건을 은폐하려 획책한 것 같아요."

"지금 소설 써요?"

"귀가 번쩍 뜨이는 이야기 한 가지만 들어볼래요? 수사 자료를 읽어 보니까 앨리스가 다녔던 중학교 주변 거리에 설치돼 있던 감시카메라가 무려 열두 대였더군요. 그런데 마치 약속이라도 한 듯 감시카메라가 단 한 대도 제대로 작동하지 않았어요. 뭔가 이상하지 않아요?"

"당신의 어쭙잖은 음모론이 더 기가 막혀요."

"당신이 아이스박스에 든 심장을 받고 나서 육 개월 후에 내가 앨리스를 만난 건 어떻게 생각해요?"

"당신이 만난 사람이 앨리스였다는 증거가 없잖아요."

"앨리스가 틀림없다니까요. 짐이 그 증거를 입수하는 바람에 누군가에게 살해당했을 수도 있어요."

"주장만 하는 건 아무런 의미도 없어요. 확실하게 입증을 해야지."

"앨리스는 죽지 않았어요. 날 믿어도 좋아요."

"그건 누굴 믿고 안 믿고의 문제가 아니잖아요."

"앨리스가 죽지 않고 살아 있다면 심장이식수술을 받았다는 의미죠. 그런데 어느 병원 수술 기록에도 앨리스라는 환자 이름은 나오지 않았어요. 그런 일이 국가기관의 체계적이고 조직적인 개입 없이 가능한 일이라 생각해요? 국가기관 말고 누가 감히 그런 엄청난 일을 꾸밀 수 있겠어요?"

"당신은 수사드라마를 너무 많이 봤어요. 내가 앨리스 사건을 수사할 때만 해도 그 아이에게 관심을 갖는 사람은 극소수였어요. 심지어 엄마라는 여자조차 딸의 운명에 대해 무심했어요. 앨리스는 빈민가 출신에다 아무런 연고도 없는 아이였으니까요. 그런 아이 일인데 국가기관이 무슨 이유로 발 벗고 나서서 사건을 은폐했다는 건지 원."

매들린은 커피를 마시고 나서 그동안 수천 번은 더 읽었던 사건 수사 자료들을 다시 한 번 읽어 내려가며 지난 기억을 떠올렸다. 시리얼 킬러 비숍의 첫 번째 심문 내용을 정리한 보고서와 증거물로 찍었던 사진들이 컴퓨터 화면에 나타났다.

궁색하기 짝이 없는 에린 딕슨의 집. 집과 완벽한 대조를 이루며 깔끔하게 정돈돼 있는 앨리스의 방, 아이의 책들, 콘서트 포스터들, 오레오 비스킷과 딸기 우유. 그 사진들을 들여다보는 동안 짐의 얼굴이 한시도 머릿속에서 떠나지 않았다.

조나단을 만나고 나서 짐은 뭘 했을까? 내가 짐의 입장이었으면 과연 무엇을 했을까? 당연히 필적감정을 의뢰하고 지문 채취를 했겠지. 유전자 감식도 의뢰했을 테고.

매들린은 휴대폰을 뒤져 버밍햄 법의학연구소 연구원인 타샤 메데이로스의 전화번호를 찾아냈다. 유능한 생물학자인 타샤는 절차를 까다롭게 따지는 깐깐한 사람이 아니었다. 예전에 짐과 함께 일할 때 합법적인 절차를 거치지 않고 긴급히 유전자감식을 의뢰한 적이 여러 번 있었는데 그때마다 기분 좋게 요청을 들어준 기억이 났다. 사실 타샤에게서 매번 도움을 받은 이유가 있었다. 타샤는 코카인 '정량 복용자'로 짐이 이따금 마약딜러들에게서 압수한 코카인을 조금씩 빼돌렸다가 그녀에게 주곤 했다.

"위선적이기는……."

조나단이 비아냥거렸다.

"경찰조직이 순진한 케어베어들(처음에 카드 캐릭터로 개발됐다가 인형, 만화영화 등 다양한 파생상품으로 개발된 곰 캐릭터 : 옮긴이)의 세계는 아니란 말이죠."

매들린이 휴대폰으로 타샤에게 전화를 걸었다.

비번인 타샤는 딸과 함께 집에 있다가 전화를 받았다. 예상대로 그녀는 짐에게서 유전자 감식을 부탁받았다고 말했다. 그녀는 어젯밤 당직을 서면서 유전자 분석을 마치고 새벽에 짐에게 메일로 결과를 보내주었다고 했다.

"혹시 어떤 내용이었는지 기억나요?"

"두 사람의 DNA를 비교해달라는 거였어요."

"그 메일을 나에게 포워딩해줄 수 있어요?"

"오늘은 좀 곤란해요."

"정말 중요한 일이에요, 타샤. 오늘 새벽에 짐이 죽었어요. 지금 짐의 죽음에 대한 정황을 알아보고 있어요."

"저런! 어떻게 그런 일이……."

"제 이메일 주소를 문자로 찍어 보낼게요."

"알았어요. 파올라를 데리고 사무실에 들러야겠어요. 삼십 분 후면 메일이 도착할 거예요."

\*

조나단은 노트북으로 비숍 사건 관련 사진들을 보고 있었다. 비숍은 명확한 증거도 제시하지 않고 앨리스를 자신이 살해했다고 증언했다. 선혈이 낭자한 현장사진들을 들여다보던 조나단은 문득 이처럼 잔혹한 사건들이 있었기에 오늘 아침 매들린이 자신과 함께 있게 된 것이라 생각했다.

앨리스가 실종되지 않았다면 우린 만나지 못했겠지.

매들린이 휴대폰을 들고 네트워크 연결 상태를 확인하다가 스팸 메일함을 열어 메일을 삭제하기 시작했다. 갖가지 스팸 메일이 30통 가량 들어와 있었다. 명품 시계에서부터 성기능항진제 그리고 열흘 만에 10킬로그램 감량이 가능하다는 기적의 다이어트 약까지.

"이거 봐요."

반갑지 않은 메일들 사이에서 매들린의 시선을 끄는 메일이 하나 들어 있었다. 스물네 시간 전에 이메일을 보낸 사람은 다름 아닌 짐 플러허티 형사였다.

가슴이 쿵쾅거리며 뛰기 시작했다. 짐의 메일이 왜 스팸메일 차단 소프트웨어에 걸려졌을까? 대용량 첨부파일들 때문인가?

매들린은 기대를 안고 메일을 열었다.

보낸 사람 : 짐 플러허티
받는 사람 : 매들린 그린
제목 : 부검
날짜 : 2011년 12월 22일 18시 36분

매들린에게
이 사진들을 자세히 들여다봐. 어딘가 이상하지 않아?
나와 생각이 같으면 전화 좀 해줘.

친구 짐이.

PDF문서 하나와 사진 여러 장이 첨부파일로 들어와 있었다. 매들린은 짐의 메일을 조나단의 노트북으로 옮겨 꽉 찬 화면으로 확대했다. 모두 치탬브리지의 조직폭력배 두목인 대니 도일의 부검 현장에서 찍은 사진들이었다.

"대니 도일이 무슨 상관이라는 거지?"

조나단이 큰소리로 물었다.

조나단은 매들린 옆에 붙어서서 부검 결과를 읽어 내려갔다. 그가 이미 알다시피 머리에 총을 맞은 대니 도일은 사지가 잘리고 이빨이 모두 뽑힌 상태로 폐허가 된 공장부지에서 발견되었다. 우크라이나 갱단이 몇 달 전 같은 방법으로 자신들의 보스를 살해한 대니 도일을 응징하기 위해 벌인 복수극이라는 게 경찰의 판단이었다. 부검의가 작성한 보고서는 시체의 사후 강직에 따른 사망 시간 추정, 총상 주변에 남은 화약 자국 분석, 장기 분석 그리고 혈액 및 위 내용물 검사, DNA 검사 등 지극히 전형적인 내용을 담고 있었다.

강력 범죄로 희생된 사람의 부검 사진이 대개 그렇듯 그 사진들도 보는 순간 구역질이 났다. 고문을 당해 형체가 일그러진 보랏빛 얼굴, 하복부까지 절개된 푸르뎅뎅한 흉곽, 몸 전체를 뒤덮은 혈종들. 대니 도일은 죽기 전 모진 고문까지 당했으니 편안하게 이승을 하직했을 리 없다는 생각이 들었다. 그런데 짐은 대체 이 사진들의 어디가 '이상하다'는 것일까?

매들린이 사진 몇 장을 줌 기능으로 확대해 자세히 들여다보기 시작했다.

"독한 놈들! 사람 귀까지 잘라버리다니."

사진을 들여다보던 조나단이 한 마디 했다.

매들린이 미간을 찡그리며 조나단이 손가락으로 가리키는 부분을 가까이서 들여다보았다. 사실이었다. 오른쪽 귓불의 상당 부분이 찢겨 떨어져나가고 없었다. 그런데 아무리 봐도 그 상처는 생긴 지 오래된 것 같았다.

분명 대니얼은 귀에 상처가 없는데? 쌍둥이 조니는…….

"이건 대니가 아니라 쌍둥이 동생 조니야."

매들린이 갑자기 소리를 꽥 질렀다. 그녀는 조나단에게 5분 간격으로 엄마 뱃속에서 나온 쌍둥이 형제 이야기를 들려주었다. 형제 간의 경쟁심, 정신분열증을 앓아 수차례 정신병원에 입원한 병력이 있던 조니가 끝내 알코올중독에 빠진 일 그리고 조니의 폭력성과 잔인한 면모까지.

매들린은 부검보고서로 돌아가 장기 분석 내용을 다시 꼼꼼하게 읽었다. 시신의 간에서 '음주가 원인으로 추정되는 세포 조직의 손상이 확인되었다' 고 적혀 있었다.

간경화라는 이야기지.

"대니 도일은 가끔 한두 잔씩 술을 마시지만 알코올중독자는 아니었어요."

"경찰이 어떻게 이처럼 황당한 오류를 범할 수 있었을까요?"

"'일란성 쌍둥이' 는 유전자구성이 똑같아요. 누구의 DNA라고 단정짓기란 불가능하죠."

"확실해요?"

"유사한 사건들이 여러 번 있었어요. 독일에서 발생했던 강간사건과 말레이시아의 마약밀매사건이 대표적인 경우인데, 그 두 사건의 용의자가 모두 쌍둥이였어요. 검찰은 쌍둥이 중 누가 범인인지 단정할 수 없었기 때문에 결국 용의자를 석방할 수밖에 없었어요."

"그렇다면 이 시신이 만약 조니의 것이라면……."

"대니는 어딘가에 살아 있다는 뜻이죠."

매들린이 아득한 표정을 지었다.


*


그들은 커피를 더 시켰다. 한참 동안 온갖 추측을 해보고 있는데 매들린의 휴대폰으로 버밍햄 법의학연구소 DNA 감식 전문가인 타샤 메데이로스의 이메일이 도착했다.

보낸 사람 : 타샤 메데이로스

받는 사람 : 매들린 그린

제목 :


매들린에게

짐이 비공식 루트로 나에게 부탁한 감식결과를 첨부해요.

짐의 일은 너무 마음이 아파요.

조금이나마 도움이 됐으면 좋겠네요.

타샤.


매들린이 떨리는 마음으로 첨부파일을 클릭해 열었다. 조나단도 그녀의 어깨 너머로 함께 문서를 읽어 내려가기 시작했다. 가로 여섯 줄, 세로 열다섯 줄의 복잡한 도표가 있었고, 칸칸이 숫자가 여러 개씩 적혀 있었다. 놀랍게도 그 도표는 친자확인 검사 결과였다. 그들은 숫자를 건너뛰어 제일 아래에 적힌 결론 부분부터 읽었다. 어안이 벙벙해지는 내용이었다.


**모계 유전자 정보가 없는 상태에서 실시한 친자 확인 검사**


DNA 분석에 의거한 친자 확인 결과

추정 친부 : 대니얼 도일

자녀 : 앨리스 딕슨

15개 유전자 좌위를 분석한 결과 각각 하나 이상의 대립 유전자를 공유하는 것으로 확인됨.

친자 확률을 99.999%로 판정함.

죽기 전에 짐은 뛰어난 직관을 발휘해 대니 도일이 살아 있다는 사실뿐만 아니라 그가 앨리스의 친부라는 사실을 밝혀냈다. 장장 3년 간의 긴 수사 끝에 그가 목숨과 맞바꾼 놀라운 발견이었다.

# 31 적진

어둠 속, 각자 운명과 조우하다.
–가오 싱젠

카페 필스

로어이스트사이드

오전 10시

매들린이 넋이 빠진 채 의자 뒤로 힘없이 물러나 앉았다. 그녀는 순
간 욕지기가 치밀어 올랐다. 그렇지만 머리는 빠른 속도로 회전하기
시작했다.

앨리스도 대니도 죽지 않았어. 게다가 앨리스는 대니 도일의 친딸
로 밝혀졌어. 그런데 짐은 죽었어. 나도 자살을 시도했지. 수십 명의
수사관이 이 사건 때문에 밤낮으로 수사에 매달렸어.

무엇 때문에? 누구를 위해?

문득 모든 게 불확실하게 느껴졌다.

이 사건의 피해자는 누구이며, 가해자는 누굴까? 이 사건 수사 초기

부터 한 가지 미스터리를 해결하면 금세 또 다른 미스터리가 생겨 수사에 혼선이 생겼지. 수사를 하면 할수록 더 깊고 위험한 진창에 발이 빠져드는 듯한 느낌이었어.

매들린은 조금이라도 위로를 받을 수 있을까하는 기대로 조나단을 쳐다보았다. 조나단은 창가에 바짝 붙어 앉아 바깥 동정을 살피고 있었다.

"우리, 미행당한 것 같아요."

"지금 농담해요?"

매들린도 창가로 몸을 바짝 당겨 앉았다.

"저기, 아래쪽에 검정색 페라리가 보이죠?"

"모리슨호텔 갤러리 앞에요?"

"맞아요. 오늘 아침에만 저 차를 두 번이나 봤어요. 처음에는 트라이베카에서, 두 번째는 리틀이탈리아에서. 차에 번호판도 없고, 운전자 얼굴도 아직 확인하지 못했어요."

매들린이 눈을 가늘게 떴다. 거리가 멀어 차 안에 탄 사람이 보일 리 만무했다.

"따라와요."

매들린이 결연하게 말했다.

한 시간 전만 해도 미행당할 수 있다는 생각은 꿈에도 하지 않았다. 하지만 짐의 사망소식을 접하고, 앨리스와 대니 도일의 사연을 알게 된 지금 모든 게 달라져 보였다. 주변상황이 죄다 의심스러웠다.

계산을 끝내고 아래층으로 내려온 그들은 카페를 나가 차를 세워둔 곳까지 걸어갔다.

"내가 운전할게요."

매들린이 조나단한테서 차 열쇠를 건네받았다. 그녀가 운전석에 앉아 시동을 걸었다.

"저 차가 진짜 우리를 따라 올까요? 이 사건 때문에 우리가 너무 과민반응을 하는지도……."

"눈으로 직접 보고 판단하면 되죠. 내 생각에는 저 차가 분명 우리와 같이 움직일 것 같아요."

조나단의 예상대로 페라리가 시동을 걸더니 그들과 20미터 가량 거리를 두고 뒤쫓아오기 시작했다.

매들린이 운전하는 스마트는 바워리를 따라 쿠퍼스퀘어 쪽으로 달리며 점차 속도를 높였다. 그녀가 급브레이크를 밟으며 핸들을 왼쪽으로 끝까지 감더니 반대쪽 차선을 향해 중앙분리대를 훌쩍 뛰어넘었다.

"미쳤어요?"

조나단이 차 손잡이를 꽉 움켜잡으며 소리쳤다.

건너편 차선에 무사히 안착한 스마트는 페라리와 반대방향으로 달리기 시작했다.

"입은 닫고 눈은 크게 떠요."

페라리와 스마트가 평행을 이룬 0.5초의 짧은 순간, 조나단은 운전자를 확인했다. 언뜻 봐도 미인인 금발의 여자. 그리고 눈썹에서 시작해 뺨을 지나 입 가장자리까지 이르는 긴 흉터…….

\*

"봤어요?"

"아는 여자예요. 이년 전, 앨리스를 데려다주러 앙티브 곶에 갔을 때 만났던 여자가 틀림없어요."

"앨리스의 엄마라고 자신을 소개했다는 그 여자?"

"맞아요."

매들린은 백미러를 올려다보았다. 페라리는 애스터 플레이스를 가로질러 서쪽으로 질주하고 있었다. 하우스턴 스트리트가 나오자 매들린은 직감적으로 핸들을 오른쪽으로 꺾었다.

"저 여자가 브로드웨이를 타고 다시 아래로 내려온다면 우리가 추격할 수 있겠죠?"

"가능할 것 같아요."

매들린과 조나단은 기도하는 심정으로 차들 사이에 페라리가 보이는지 살폈다. 몇 초 뒤, 페라리의 무시무시한 그릴이 맨해튼을 대각선으로 가로지르는 브로드웨이 선상에 모습을 드러냈다.

페라리는 스프링 스트리트에서 좌회전했다. 매들린이 운전하는 스마트도 차들 틈에 끼어 스프링 스트리트로 좌회전을 한 다음 페라리를 뒤따르기 시작했다. 페라리가 추격을 눈치 챘는지 갑자기 속도를 높이며 거리를 벌렸다.

"젠장! 까딱하다간 놓치겠어."

아무리 애써도 안 되는 일이 있기 마련이다. 도시형 소형차 스마트가 어떻게 12기통에 280마력짜리 페라리를 당할 수 있단 말인가?

거리가 벌어지고 있었지만 매들린은 포기할 생각이 없었다. 그녀는 페라리와의 간격을 좁히기 위해 스프링 스트리트와 라파이예트 스트리트가 만나는 교차로의 신호등을 무시하고 달렸다.

"조심해요."

조나단이 소리를 질렀다.

핫도그 장사가 이동식카트를 끌고 막 신호등을 건너고 있었다. 매들린이 경적을 세게 울리며 왼쪽으로 급히 핸들을 꺾었다. 핫도그 장사가 깜짝 놀라며 카트를 뒤로 뺐지만 스마트는 철제카트의 가장자리를 들이받으며 차선을 벗어나 인도로 덜커덩거리며 올라섰다.

카트가 넘어지며 바닥으로 소시지와 케첩, 겨자, 프라이드어니언, 슈크루트가 우르르 쏟아지는 동안 매들린은 핸들을 풀고 다시 액셀러레이터를 밟아 델런시 스트리트를 향해 전속력으로 질주했다.


이 시각, 코니아일랜드

겁에 질린 짐승처럼 바닥에 힘없이 늘어져 있던 앨리스는 고개를 들어 쥐를 찾았다. 쥐는 유리가 문을 연 틈을 타 도망쳤는지 보이지 않았다.

열이 펄펄 끓었다. 온몸이 땀에 흠뻑 젖어들었고, 뼈마디가 쑤시며 오한이 났다. 뱃속까지 근육이 수축돼 딱딱하게 뭉쳤다. 발과 발목은 퉁퉁 부어오른 것 같았다.

유리는 '촬영'이 끝나자 앨리스를 파이프에 묶어 놓고 돌아갔다. 앨리스가 물을 달라고 사정하자 유리는 물병을 들고 얼굴에 물을 조금 끼얹어주고는 킬킬거렸다. 갈증은 점점 더 심해지고 있었다. 기진맥진한 앨리스는 몸을 이리저리 뒤틀어 간신히 플리스후드재킷의 지퍼를 이빨로 물고 목까지 끌어올렸다. 살짝만 움직여도 구토와 현기증이 이는데 지퍼를 올리느라 몸을 많이 움직였더니 목구멍에서 노란 신물이 올라왔다.

앨리스는 간신히 몸을 일으켜 벽에 기대앉았다. 숨을 고르기가 힘들었다. 맥박이 부자연스럽게 뛰었다.

과연 이런 상태로 얼마나 더 버틸 수 있을까?

통증은 이미 참을 수 있는 한계치를 넘어섰다. 앨리스는 이제 자신이 어떤 상태에 다다랐는지 느껴 알 수 있었다. 머리에서 시작된 통증이 점점 아래쪽으로 내려오더니 목덜미를 송곳으로 콕콕 찌르는 듯 아팠다. 아랫배는 무거운 돌덩이를 올려놓은 듯 묵직했다. 심장의 기능이 약해졌다는 신호였다.

앨리스는 이 미터 정도 떨어져 있는 양변기를 올려다보았다. 벌써 몇 시간째 요의를 느끼고 있었지만 도저히 몸을 일으켜 양변기에 앉을 수가 없었다. 그녀는 인간의 존엄성을 포기하고 앉은 채로 추리닝 바지에 오줌을 누었다. 이깟 수치심은 아무것도 아니었다. 토사물과 오줌 속에 나뒹굴고 있었지만 배설을 마치고 나니 조금은 홀가분했다.

휴지기도 잠시, 양쪽 귀에서 이명이 들려왔다. 시야가 흐려지면서 방 안 곳곳에서 하얀 불빛들이 점멸했다. 더 이상 숨을 쉴 수가 없는 가운데 앨리스는 의식이 혼미해지며 헛소리가 새어나왔다.

앨리스는 끝내 정신을 잃었다. 그리고 이내 의식이 가물가물한 반혼수상태로 빠져들었다.

*

로어이스트사이드

"저기 보인다."

조나단이 막 윌리엄스 다리로 접어드는 페라리를 손으로 가리켰다.

이스트리버를 가로질러 로어이스트사이드와 브루클린을 잇는 윌리엄스다리는 길이가 2킬로미터에 달하는 현수교였다. 차들이 철책과

케이블로 이루어진 4차선 다리 위를 빽빽이 들어찬 채 달리고 있었다.

"교통량이 많아 페라리도 속도를 줄일 수밖에 없을 거예요."

매들린의 예상대로 페라리는 차들 사이에 꼼짝 없이 갇혀 거북이 운행을 하고 있었다. 어느덧 자신감을 회복한 매들린이 페라리와의 거리를 좁히기 위해 차선을 수시로 바꾸기도 하고, 차들 사이를 요리조리 빠져나가며 위험천만한 곡예운전을 펼쳤다.

"속도를 낮춰요. 잘못하다간 도로 밖으로 튕겨져 나가겠어요."

페라리가 다리를 벗어나자마자 전속력으로 질주해 첫 번째 출구로 빠져나갔다.

"어디로 가는 길일까요?"

뉴욕 지리에 익숙하지 않은 매들린이 물었다.

"윌리엄스버그."

페라리를 따라 고속도로 출구를 빠져나가자 윌리엄스버그의 동맥이라 할 수 있는 베드포드 애비뉴가 나타났다. 낡은 벽돌 건물들과 깨끗한 신축 건물들이 뒤섞여 있는 동네였다. 재건축이 한창인 그곳은 맨해튼의 '살균된' 분위기와 대조적으로 '날 것' 그대로의 생동감이 넘쳐흘렀다. 중고 옷가게들, 작은 카페들, LP레코드 가게들, 유기농 식품점들, 헌책방들. 거리 구석구석에서 자유분방한 멋스러움과 아방가르드적인 분위기가 물씬 풍겼다.

시골 장터 같은 동네 분위기 속에서 페라리는 속도를 내지 못하고 있었다. 상인들은 인도에 진열대를 펼쳐놓고 장사를 하고 있었고, 아마추어 가수들은 길거리 공연으로 흥을 돋우었고, 입에서 불을 내뿜는 거리의 곡예사는 지나가는 행인들의 시선을 끌어 모았다.

스마트와 페라리의 거리는 이제 불과 10미터밖에 남지 않았다. 추격에 부담을 느낀 페라리가 왼쪽으로 방향을 틀어 맥캐런공원을 향해 달리기 시작했다. 이스트리버 쪽으로 달리다 보니 화물 창고와 빈 공터들이 즐비한 동네가 나타났다. 낙서가 빼곡한 담장들이 서 있는 모습이 바스키아(낙서화가 장 미쉘 바스키아 : 옮긴이)의 전성기였던 80년대의 뉴욕을 연상시켰다.

"길이 막혔어요. 막다른 골목이에요. 뒤에는 강밖에 없어요."

페라리가 좁은 골목으로 들어서는 걸 본 조나단이 흥분해서 소리를 질렀다.

페라리가 도착한 곳은 중고차 매매상 앞이었다. 강둑과 맞닿은 허름한 건물 너머로 맨해튼의 근사한 스카이라인이 펼쳐지고 있었다. 천천히 강둑을 따라 달리던 페라리가 갑자기 속도를 내더니 큰 철문을 지나 창고 안으로 사라졌다.

뒤쫓던 매들린이 당황스러운 얼굴로 〈마콘도 모터클럽〉이라는 간판이 붙은 차고 앞 20미터 지점에 차를 세웠다.

"이제 어떡하죠?"

"우리가 당했어요. 추격한다고 생각했는데 사실은 그게 아니었어요. 그 여자가 우릴 여기로 유인한 거예요. 당신 생각에는 우리가······."

조나단이 미처 말을 끝내기도 전에 뒤에서 끼익 하는 타이어 소리가 들려왔다. 두 사람이 일제히 뒤로 고개를 돌리는 순간 견인차의 탱크 같은 그릴이 스마트를 들이받더니 차체를 꽉 물어 차고 안쪽으로 밀어붙이기 시작했다. 충돌할 때의 충격으로 두 사람의 몸이 심하게 앞으로 쏠렸다.

조나단이 안전벨트를 착용하지 않은 매들린을 재빨리 잡아 핸들에 머리가 부딪히는 사고를 아슬아슬하게 막을 수 있었다. 몇 십 미터를 끌려가던 스마트가 완전히 안으로 들어가자 육중한 차고 문이 쿵 소리를 내며 닫혔다.

면적이 2백 평방미터가 넘는 넓은 창고 안에는 50대 가량 되는 자동차가 줄을 지어 서 있었다. 푸조403도 한 대 보이긴 했지만 대부분 포드 그랜 토리노, 쉐보레 카마로, 플리머스 바라쿠다 같은 머슬카(차체에 비해 큰 엔진을 달아 힘이 좋은 자동차 : 옮긴이)들이었다.

"어디 다친 데는 없어요?"

조나단이 매들린을 살피며 물었다.

두 사람은 서로를 부축하며 차를 빠져나왔다. 스마트는 이제 자동차라기보다는 금속을 압축해 만든 세자르의 오브제 조각 작품 같았다.

얼굴에 흉터 있는 여자가 페라리 옆에 서서 그들을 향해 총구를 겨누고 있었다.

"U.S. 마샬 서비스의 블라이스 블레이크 요원이다. 손을 머리 위로 올려."

몸을 일으키는 두 사람을 향해 여자가 소리쳤다.

U.S. 마샬 서비스라면? 미 연방보안관?

조나단과 매들린은 할 말을 잃고 눈빛을 교환하며 서 있었다.

이 여자는 경찰이었어.

견인차 운전석에 앉아 있던 남자가 차고 바닥으로 가볍게 뛰어내렸다. 조나단과 매들린이 그를 향해 고개를 돌렸다.

군복 바지와 재킷을 입은 대니 도일이 두 사람을 향해 걸어왔다.

"오랜만이야, 매디. 파리 플로리스트를 통틀어 여전히 당신 엉덩이가 최고로 섹시하지."

# 32 대니 도일의 진실

내가 딴 가시들은 내 손으로 심은 나무에 붙어 있던 것들이다.
—로드 바이런

이스트리버 강가

"나쁜 자식! 어떻게 나에게 앨리스가 죽은 것처럼 감쪽같이 속일 수가 있어?"

"매디, 진정해."

"절대로 진정할 수 없어. 당신이라면 진정할 수 있겠어?"

"그래도 나에게 변명할 기회는 줘야지."

매들린과 대니는 윌리엄스버그의 강둑길을 따라 걷고 있었다. 강바람 때문에 훨씬 춥게 느껴지자 매들린이 가죽재킷을 단단히 여몄다. 앞뒤에서 '보디가드' 두 사람이 주변을 경계하며 그들을 보호해주고 있었다.

"저 사람들은 뭐야?"

"마샬 서비스를 위해 일하는 FBI 요원들이야."

사고의 충격에서 아직 헤어나지 못한 매들린이 아침에 알게 된 경악스러운 사실을 떠올리며 참았던 울분을 터뜨렸다.

"앨리스가 어디 있는지 말해, 당장!"

"다 설명할 테니까 이제 소리 좀 그만 질러."

대니 도일이 피우다 만 토막 여송연을 꺼내 라이터로 불을 붙였다.

"이 이야기는 지금으로부터 삼년 반 전으로 거슬러 올라가."

대니가 강둑에 놓인 벤치에 앉으며 이야기를 시작했다.

"어머니가 돌아가시기 한 달 전이었어. 말기 암환자였던 어머니는 크리스티스병원에서 임종을 앞두고 계셨지. 나는 어머니가 몇 주를 넘기지 못한다는 걸 알았기 때문에 매일이다시피 병문안을 갔어."

고통스러운 기억을 떠올리는 대니 도일의 얼굴이 무척이나 수척해 보였다. 머리카락은 예전보다 훨씬 길게 기르고 있었고, 온갖 풍파를 겪은 얼굴에는 피로감이 역력했다.

매들린은 겨우 화를 가라앉히고 그의 옆에 나란히 앉았다. 그는 시가를 한 모금 깊게 빨아들이고 나서 이야기를 계속했다.

"저녁에 병원 문을 나설 때마다 억장이 무너지는 것 같았어. 곧장 집으로 돌아갈 기분이 아니었지. 병원에서 가까운 옥스퍼드로드의 소울 카페에 들러 한 잔 하면서 기분을 달래는 게 습관처럼 되다시피 했어. 거기서 홀을 돌며 테이블을 치우는 앨리스를 처음으로 봤어. 열대여섯 살 정도로 보이긴 했지만 앨리스는 당시 열네 살밖에 안됐을 때야. 누가 봐도 합법적으로 일할 수 있는 나이가 아닌데, 그걸 문제 삼는 사람은 아무도 없었어."

"처음부터 앨리스에게 마음이 끌렸어?"

"처음부터 앨리스의 행동을 눈여겨보게 됐지. 아이는 쉬는 시간마다 테이블에 앉아 책을 읽거나 숙제를 하더군. 게다가 나를 쳐다보는 눈빛이 심상치 않았어. 마치 날 잘 아는 사람 같았어."

"누가 먼저 말을 붙였어?"

"앨리스는 처음에는 멀리서 날 지켜보기만 했어. 그러던 어느 날 앨리스가 내 앞으로 다가와 용기를 내 말을 걸었어. 내가 어떤 사람인지 안다면서, 혹시 에린 딕슨을 기억하냐고 물었어."

"나는 당신이 에린 딕슨과 사귄 걸 몰랐는데……."

"나도 까맣게 잊고 있던 일이었지. 이름과 얼굴을 매치하는 데 시간이 한참 걸렸을 정도니까. 십오 년 전쯤 에린과 두세 번 잔 적이 있었지. 에린은 튕기지 않아서 쉬운 여자였어. 약삭빠르지 못해 그렇지 에린이 마약을 하기 전까지만 해도 얼굴은 꽤나 반반한 편이었지."

"앨리스한테도 지금처럼 이야기했어?"

"그럴 리가 있나? 당황스러워서 우물쭈물하고 있는데 앨리스는 에두르지 않고 직설적으로 말했지. 엄마에게 자세히 물어보고 나름 자기도 조사를 해봤는데 내가 자기 친부가 분명한 것 같더라는 거야."

"대니얼, 당신은 그 말을 곧이곧대로 믿었어?"

"난 아이의 말을 듣기 전부터 알았어. 아이의 말은 명백했지."

"왜 그렇게 생각했는데? 아이가 당신과 많이 닮아서?"

"아니, 앨리스가 당신과 닮았다고 생각해서야."

"난 지금 심각하니까 장난스럽게 이야기하지 마, 대니얼."

매들린이 길길이 날뛰며 소리를 질렀다.

"아니라고 부인하지 마. 당신 역시 앨리스에게 각별한 애착을 가졌잖아. 앨리스에게서 무의식적으로 당신의 어린 시절 모습을 발견하지 않았다면 어떻게 그렇게까지 수사에 집착할 수 있었겠어?"

"괜히 넘겨짚지 마. 수사는 내 직업이었어."

대니 도일은 매들린의 말을 믿지 않았다.

"우리가 결혼했으면 아마도 앨리스 같은 딸을 낳았을 거야. 앨리스는 어렸지만 똑똑하고 교양이 있었지. 내 주변에 넘쳐나는 한심한 인간들하고는 질적으로 다른 아이였어. 혼자 모든 어려움을 감내하고, 용기 있게 주어진 삶을 헤쳐 나가는 아이였지. 앨리스는 하늘이 내게 내려준 선물이었어."

"그래서 앨리스와 정기적으로 만났어?"

"사람들 눈을 피해 거의 매일이다시피 만났어. 점차 앨리스에 대해 더욱 자세히 알게 됐지. 내가 하는 일도 아이에게 숨기지 않고 솔직하게 털어놓았어. 앨리스는 내게 아침에 눈을 뜨고 하루를 시작할 이유를 부여했지. 그 무렵 난 난생 처음으로 내 인생이 의미 있다는 생각을 하게 됐어."

"앨리스에게 돈도 줬어?"

"사람들에게 의심받을까 봐 많이 주지는 못했어. 가끔씩 용돈을 조금 줬을 뿐이야. 내 마음 같아서는 명문대학에 보내 학비도 대주고, 내 호적에 입적도 하고 싶었지. 하지만 내 목숨을 노리는 놈들이 한둘이 아니라서 괜히 아이의 신변을 위태롭게 할까봐 포기했어. 더군다나 아이의 건강이 좋지 않아 나로서는 이만저만 걱정이 아니었지."

"심장병?"

매들린이 대뜸 물었다.

이스트리버의 터키옥빛 강물에 시선을 고정시키고 앉은 대니가 쓸쓸하게 고개를 끄덕였다.

"앨리스는 툭하면 숨이 가빠 했어. 특별히 어디가 아프다는 말을 하지 않았지만 자주 피곤해 보였고, 내가 보는 앞에서 두 번이나 기절까지 했어. 그래서 아이를 프라이머리케어센터에 보내 검사를 받게 했지. 의사는 무해성심잡음이라면서 심장에 특별히 이상이 있는 건 아니니까 크게 염려하지 말라고 했어. 그래도 마음이 놓이지 않아 어머니의 진료를 담당했던 심장전문의에게 검사를 부탁했지. 그랬더니 확장성 심근증이라더군. 의사는 앨리스의 심장박동이 정상인 사람보다 느린 게 문제라며 병이 벌써 상당히 진행돼 언제 죽을지 모른다는 말을 덧붙이더군."

"그래서 당신은 의사에게 뭐라고 했어?"

"가명으로 아이를 치료해달라고 부탁했지."

"의사가 가명으로 아이를 치료해주겠다고 했어?"

"돈을 싫어하는 사람은 없으니까."

"그래서 앨리스의 상태는 호전됐어?"

"처음 몇 달 동안은 약이 효과가 있었어."

바람이 불어왔다. 그간 벌어진 일들이 겨우 매들린의 머릿속에서 순서대로 배열되기 시작했지만 여전히 의문이 남았다.

"앨리스가 당신이 어떤 일을 하는지 정확히 알고 있었던 게 분명했어?"

"난 한 번도 아이를 속인 적이 없어."

"그런데도 앨리스가 당신이 하는 일에 대해 문제 삼지 않았단 말이야?"

"앨리스는 아주 똑똑한 아이라 세상을 이원론적인 시각으로 보지는 않았으니까."

매들린은 그 말을 자신에 대한 힐난으로 받아들이면서도 못 들은 척 넘어갔다.

"당신은 손을 털 생각을 한 번도 한 적이 없어?"

"당연히 무수히 해봤지. 그렇지만 그게 결코 쉬운 일은 아니었어. 내가 마음먹기에 달린 일이었다면 당장 손을 씻었을 거야. 그 당시, 나는 정말이지 앞뒤로 위기를 맞고 있었어. 경찰은 날 검거하는 데 혈안이 돼 있지, 라이벌 갱단 놈들은 날 죽이지 못해 안달이 나 있지. 심지어 내 하수인들도 언제 배신할지 모르는 상황이었어."

"앨리스도 당신의 그런 입장을 충분히 알고 이해했어?"

"앨리스는 내가 귀띔해준 것 이상으로 문제의 핵심을 정확하게 꿰뚫고 있었어. 그러니까 아이가 나에게 해결책을 제시할 수 있었겠지."

"그건 또 무슨 말이야?"

"어느 날 저녁, 앨리스가 두툼한 서류뭉치를 안고 나타났어. 인터넷에서 다운로드받은 판례들, 법률 사례들을 변호사처럼 잔뜩 정리해온 거야. 우리 둘이 함께 새 출발할 수 있는 기적 같은 해결책을 찾았다면서……."

"그 기적 같은 해결책이라는 게 뭔데?"

"위트섹WITSEC이라고, 미 연방 정부의 증인보호프로그램이야."

# 33 증인

미 법무부 장관은 조직범죄 관련 재판의 증인이 폭력에 노출되거나 신변이 위태로울
가능성이 있다고 판단되는 경우, 해당 증인에 대한 보호 조치를 취할 수 있다.
—미 연방법(18 U.S.C. 3521)

매들린과 대니 도일은 오랫동안 강바람을 맞으며 앉아 있다 보니
손발이 꽁꽁 얼어붙다시피 했다. 그들은 벤치에서 일어나 천천히 강
둑을 걷기 시작했다. 추운 날씨에도 이스트리버 강변에는 사람들이
제법 많이 나와 있었다. 노인들이 사내끼와 플라스틱 양동이, 낚싯대
를 들고 강둑에 나와 앉아 줄무늬 농어, 가자미, 작은 넙치 따위를 쉴
새 없이 낚아 올리고 있었다. 맨해튼의 스카이라인이 코앞인 곳에 이
런 명당 낚시터가 있다는 사실이 신기했다.

폴란드어, 러시아어, 스페인어……. 갖가지 언어들이 뒤섞이며 귓
전을 때렸다. 멜팅 팟이기에 가능한 아름다운 풍경.

"처음에는……."

잠시 말을 멈췄던 대니 도일이 다시 이야기를 시작했다.

"처음에는 '증인보호프로그램'이라는 생각 자체가 너무나 순진하

고 비현실적인 발상이라고 생각했어. 나에게는 맞바꿀 게 없었으니까. 내가 내밀 수 있는 카드가 없었으니까. 하지만 앨리스는 포기하지 않았어. '잘 생각해보면 지금 아빠를 궁지로 몰아넣은 사람들을 거꾸로 이용할 수 있는 방법이 있을지도 몰라요.' 라면서 끈질기게 나를 설득했어. 그렇게 시작된 생각이 결국 결실을 맺게 되었지. 당시 미국은 대통령 선거를 몇 달 앞두고 있었어. 마약과의 전쟁이 대통령 선거의 주요 이슈로 부상했지. 각 당의 후보들은 하나같이 멕시코 국경을 통해 유입되는 마약 문제를 심각하게 언급했어. 미국은 마약카르텔들 간의 전쟁으로 이미 수만 명이 사망한 멕시코 국경지대의 불안한 치안상태를 대단히 염려하고 있었지. 대통령에 당선된 오바마는 마약 소비국인 미국도 마약 밀거래에 일정한 책임이 있다는 사실을 공개적으로 밝혔어. 미국 정부의 기존 마약정책에 큰 변화를 예고하는 발언이었지. 오바마는 대통령 취임식도 하기 전에 멕시코 대통령을 만나 마약조직을 뿌리 뽑기 위해 두 나라가 협력을 강화할 것을 제안했어. 오바마는 자신이 집권하는 동안 멕시코와의 마약 문제가 가장 민감한 사안 중 하나가 될 수도 있다는 걸 간파한 것이지. 미국 정부는 더 이상 마약 수출 국가와 국경을 맞대고 있기가 싫었던 거야."

"그게 당신과 무슨 상관이야? 돈세탁?"

매들린이 물었다.

"십오 년 전 일인데, 내가 캘리포니아에서 UCLA를 다닐 때 제저벨 코르테스라는 여자를 알게 됐어."

"마약 카르텔 보스의 딸? 그 여자 재판 때문에 온통 신문에 그 여자 이름뿐이던데?"

"영국에 돌아와서도 나는 제저벨과 계속 연락을 주고받았어. 제저벨의 어두운 가족사도 그렇고, 우리에게는 범죄조직 보스의 자식이라는 공통점도 있었지. 이래저래 우린 이심전심으로 통하는 사이가 되었어."

"그렇게 잘 통했으니 둘 다 가업을 이어받았겠지."

"제저벨은 직접 자기 손에 피를 묻히지는 않았어. 조직의 재무를 담당했으니까. 제저벨은 마약 밀매로 벌어들인 수백만 달러를 합법적인 분야에 투자해 돈세탁을 했지. 그녀는 매사에 신중하고 머리가 좋은 여성 경영인이었거든."

"세상을 바라보는 당신의 그런 시각에는 정말 입이 딱 벌어져."

"검은돈에 대한 단속이 강화되면서 마약조직들은 스위스 은행 같은 조세천국을 통해 달러를 세탁하는 것에 한계를 느꼈어. 제저벨의 입장에서는 새로운 투자처와 투자 중개인을 찾을 수밖에 없었지."

"그래서 당신에게 손을 내민 거야?"

"오 년 동안 나는 대리인 자격으로 부동산과 호텔 사업에 제저벨의 자금을 투자했어. 미 국세청에서 제저벨을 체포하기 위해 혈안이 되어 있다는 걸 알았기 때문에 매사에 신중을 기해야 했지. 앨리스에게서 증인보호프로그램에 대한 이야기를 듣고 나서 나는 내 변호사를 시켜 IRS[14]의 세무 조사팀과 접촉했어."

"당신이 먼저 그쪽에 거래를 제안했구나?"

"나는 제저벨을 사법처리하는 데 필요한 법정증언을 해주는 대가로 나에 대한 사법상 면책과 더불어 나와 앨리스의 신분세탁을 추가로 요구했어. 그들은 제저벨의 막대한 재산 압류를 위해서라도 어떻게든

---

14) 미 재무부 산하 기관 중 하나로 세금 징수와 세무 조사 및 탈세 단속이 주 업무임.

미국 내에서 그녀를 체포할 생각이었지. 은행예금 계좌, 캘리포니아 전역에 분포돼 있는 아파트 백여 채, 호텔 체인, 환전소, 부동산 중개 업소 등을 보유한 제저벨의 재산은 가히 천문학적인 금액이었으니까."

"그들이 당신 제안을 쉽게 받아들였어?"

"처음엔 난색을 표했지만 마침 그 무렵은 미 의회에서 천만 달러에 달하는 대 멕시코 지원안 비준을 앞두고 있는 때였어. FBI의 입장에서는 마약 조직의 상징적인 인물을 체포해 여론을 호의적으로 돌려놓는 게 절실하다고 판단했지. 내 제안은 결국 미 법무부장관에게까지 보고됐어. 장관이 직접 MI6에 협조를 구했지."

"MI6이라면 영국비밀정보국?"

"사실 납치로 위장해 앨리스를 미국으로 빼돌린 건 MI6의 작품이었어. 앨리스를 먼저 미국에 보내고, 내가 나중에 합류하기로 약속이 돼 있었지."

매들린은 마치 무장해제를 당한 듯 허탈한 기분에 휩싸였다. 영국비밀정보국에서 비밀리에 은폐하기로 작정한 사건을 몇 달 동안이나 파헤치고 다녔으니 쉽게 해결될 리 없었던 것이다. 이제야 앨리스 사건이 미궁에 빠질 수밖에 없었던 이유가 분명해졌다. 사건 당일, 일제히 작동하지 않았던 학교 주변의 감시카메라들, 부족한 단서들, 무의미하고 모순적인 증언들. 앨리스 사건은 10년을 매달려도 결코 해결할 수 없는 사건이었던 것이다. 아니면 그녀도 짐처럼 사무실에서 '자살했거나'…….

매들린은 무력감과 함께 분노가 치밀어 올랐다.

"대니얼, 왜 그랬어? 왜 나한테는 앨리스를 찾는 척했어? 게다가 아이의 심장을 왜 나에게 보낸 거야?"

"앨리스가 맨해튼에 도착한 직후부터 약이 듣지를 않았어. 심부전 증도 악화돼 나로서는 걱정이 이만저만이 아니었지. 혼자 지내는 아이가 툭하면 피곤해하고, 감기와 기관지염을 달고 사는데 아무런 방법이 없었지. 결국 아이를 살리려면 심장이식을 받는 수밖에 없었어. 다급해진 나는 앨리스가 죽으면 법정증언은 물 건너가는 줄 알라며 FBI를 압박했어. 그들이 무슨 수를 썼는지 앨리스를 장기이식대상자 명단의 상위에 올려놓았어. 얼마 안 있어 앨리스는 뉴욕에 있는 한 병원에서 심장이식수술을 받았어. 나와 아이에게는 정말 힘든 시기였지."

"그런데 왜 아이의 몸에서 뗀 심장을 나에게 보낸 거야?"

매들린이 분노가 가시지 않은 얼굴로 따져 물었다.

"그건 내 의사가 아니었어. 우리 두 사람을 보호하고 있던 기관에서 보낸 거야. 그들은 당신이 포기하지 않고 수사에 매달리는 게 마음에 걸렸나봐."

대니 도일의 목소리는 장기간의 흡연 때문에 탁하게 갈라져 있었다.

"당신은 반드시 앨리스의 행방을 찾겠다며 여기저기 들쑤시고 다녔지. 잘못하다간 내가 앨리스의 실종사건에 연루된 사실이 밝혀질지도 모르게 생겼으니 MI6에서는 극도로 당혹스러울 수밖에 없었겠지. 그들이 너에게 심장을 보낸 건 수사를 포기시키기 위한 충격요법이었어."

"비숍은 어떻게 끌어들인 거야?"

"정말이지 비숍은 우연히 사건에 개입됐어. 사실 영국비밀정보국에서도 언젠가 앨리스를 자기 손으로 죽였다고 증언하는 정신병자가 한 사람쯤 나타날 거라 예상하고 있었어. 비숍이 생각보다 일찍 나타난 거야. 앨리스가 '실종된' 지 몇 달이 지나고 나서 나도 살해당한 것처럼 위장하고 뉴욕으로 건너왔어."

"당신이 조니 도일을 죽인 거야?"

"조니는 죽음을 자초했어. 당신도 알다시피 조니는 마약중독자이자 좀비이고, 정신병자이자 살인자였어. 조니를 살릴 수도 있었지만 앨리스를 살리는 게 나에게는 더욱 시급한 일이었지. 사람의 행동에는 늘 대가가 따르는 법이니까."

"조니라면 나도 잘 아니까 구구절절한 설명은 필요 없어. 그럼 조나단은 어떻게 된 거야? 조나단은 어쩌다 이 일에 얽혀들게 된 거야?"

"앨리스의 심장이식수술이 성공적으로 끝나 크리스마스 휴가 때 코트다쥐르로 며칠간 여행을 간 적이 있어. 여행을 떠나기 전, 앨리스는 자신의 '납치사건' 수사가 어떻게 돼 가는지 궁금해 인터넷검색을 해봤나봐. 앨리스는 인터넷에서 당신에 대한 기사, 당신의 자살 기도에 대한 기사를 다 찾아 읽은 거야. 앨리스는 당신에게 진실을 알리고 싶다고 했어. 하지만 우리의 경호를 맡은 마샬요원 블라이스 블레이크가 극구 반대하고 나섰지. 그러자 앨리스는 프랑스에 도착하자마자 당신을 만나러 파리에 가겠다고 고집을 부렸어. 하지만 막상 파리에 도착한 앨리스는 잘못했다간 당신을 위험에 빠뜨릴 수도 있다는 생각이 들자 마음을 바꾸었어. 그때 파리에 갔다가 우연히 조나단을 만난 거야."

앨리스가 나를 알 뿐만 아니라 날 만나러 파리에까지 왔었다니?

"그때부터 FBI와 세관경찰은 당신과 조나단을 요주의 인물로 지목했어. 두 사람이 미국 내에서 활동하는 즉시 경보 조치가 취해지도록 미리 조처해놓았지. 그런데 어젯밤 함께 뉴욕에 있다는 정보가 블라이스 블레이크에게 입수되었어. 우리가 지금 이렇게 만난 건 우연이 아니었지. 내가 블라이스에게 당신을 여기로 유인해달라고 부탁했으니까."

"내 입을 막아버리게?"

"매디, 날 좀 도와줘야겠어."

"무슨 말이야?"

"앨리스가 실종되었어. 앨리스를 찾아줘."

*

다락처럼 만들어진 방에서는 차고와 강변이 한눈에 내려다보였다. 블라이스는 창문에 이마를 바짝 대고 서서 대니와 매들린의 동태를 주시했다. 그녀는 조나단의 몇 가지 질문에 짧게 대답하고는 금세 중인 감시와 보호라는 본연의 임무로 돌아갔다.

조나단은 금발의 블라이스에게서 알프레드 히치콕의 영화에 나오는 여주인공 같은 인상을 받았다. 차갑지만 우아한 느낌의 여자. 잘록한 허리, 끈 달린 고무장화, 터틀넥스웨터 위에 걸쳐 입은 검정 가죽재킷. 뒤로 땋아 올린 머리는 작은 헤어클립을 여러 개 꽂아 단단히 고정시키고 있었다. 옆에서 보면 섬세한 얼굴선과 아이라인을 가늘게 그린 눈이 매혹적으로 보였다. 얼굴에 자리 잡은 흉터도 '팜므 파탈'의 매력을 더해 남자들의 시선을 사로잡는 매력으로 작용할 것 같았다.

"당신은 이런 질문을 많이 받을 것 같군요."

조나단이 어렵사리 말을 꺼냈다.

"얼굴의 상처는 언제 생긴 거죠?"

블라이스가 여전히 대니에게 망원경을 고정시킨 채 사무적인 목소리로 말했다.

"이라크에 파병됐을 때 '죽음의 트라이앵글'에서 포탄 파편에 맞았어요. 삼밀리만 옆으로 맞았어도 한쪽 눈을 잃었겠죠."

"이라크에는 언제 갔었죠?"

"팔년 전에 자원입대했어요. 지금이라도 그때와 똑같은 선택을 했을 거예요."

"군에 오래 있었어요?"

"그런 건 일일이 말해줄 수 없어요. 난 정부요원이고, 내 신상정보는 국가기밀입니다."

조나단이 집요하게 묻자 그녀가 결국 한 마디 덧붙였다.

"부상을 입고 얼마 안 있어 제대했어요. 콴티코[15]에 2년 가량 있었고, DEA(미 법무부 산하 연방 마약 단속 기구 : 옮긴이) 소속으로 언더커버 미션들을 수행하다가 지금은 마샬 서비스에 배치돼 있어요."

"그 미션들은 어디서 수행했는데요?"

"이봐요, 앞으로 질문에 대답하지 않겠어요, 오케이?"

"가령 대단히 매력적인 남자가 파티에서 당신에게 관심을 보여도 늘 그런 식으로 대답해요?"

블라이스가 참다못해 짜증을 냈다.

"여긴 파티장도 아니고, 혹시 참고가 될까 해서 말하는데 당신은 내 스타일이 아니니까 관심 꺼요."

---

15) FBI 요원들의 교육과 훈련을 담당하는 아카데미가 있는 미 군사 기지

"그럼 어떤 남자가 당신 스타일이죠? 대니 같은 남자?"

"자꾸 그런 걸 묻는 이유가 뭐죠? 대니와 같이 있는 애인이 걱정돼요?"

"그런 당신은? 살인자에게 은근히 끌려요?"

"적어도 유부남보다는……."

블라이스가 조나단의 자존심을 건드렸다.

"분명히 말해두지만 내 일은 대니 도일을 경호하는 것이지 같이 자는 게 아니에요."

귀에 이어폰을 끼고 서 있던 블라이스가 갑자기 보디가드 둘에게 주변 경계를 강화하라고 호통을 쳤다.

"당신이 보기에 대니 도일이 살해당할 위험은 없죠?"

"불가능한 추측은 아니지만 내 생각에 거의 가능성은 없을 것 같아요."

"그건 왜죠?"

"왜냐하면 대니 도일은 이미 증언을 끝낸 거나 마찬가지니까."

조나단이 어리둥절한 표정을 지었다.

"대니 도일의 검찰 심문이 다음 주로 잡혀 있다면서요?"

블라이스가 조나단에게 추가 설명을 해주었다.

"증인이 신변의 위협을 받을 경우 재판에 앞서 미리 증언을 하고, 그 장면을 녹화해두죠. 대니 도일은 판사와 변호사가 출석한 가운데 이미 제저벨 코르테스의 유죄를 입증하는 증언을 마쳤어요."

조나단은 그제야 블라이스의 말이 이해되었다.

"그렇다면 설령 대니가 오늘 죽는다 하더라도……."

"증언 장면을 찍은 그 녹화테이프만으로도 충분히 피의자에게 유죄를 선고할 수 있어요. 마약 카르텔에서 유일하게 희망을 걸어볼 수 있는 건 대니가 재판 당일에 증언을 번복하는 것뿐이에요."

"대니가 무엇 때문에 그런 짓을 하겠어요?"

"이것 때문이죠."

블라이스가 리모컨으로 벽에 걸린 대형 TV를 켜고 비디오를 틀었다.

# 34 The Girl in the Dark

머리로 찾지만 발견하는 것은 결국 가슴이다.
—조르주 상드

미처 30초도 안 되는 길이의 짧은 비디오였다. 카메라는 소녀의 초췌한 얼굴을 클로즈업해 잡고 있었다. 눈 아래 다크 서클이 짙게 드리워진 소녀는 지치고 공포에 질린 모습이었다. 하지만 카메라를 쳐다보는 눈빛만큼은 여전히 힘이 있었다.

창백한 불빛으로 보건대 앨리스가 갇힌 장소는 지하실이나 밀폐된 공간이 분명했다. 간간이 터지는 흐느낌 때문에 앨리스의 말은 계속 이어지지 않고 중간에서 뚝뚝 끊겼다. 앨리스는 아빠 대니를 향해 납치범들의 요구사항을 분명하게 전달했다.

Save me, Dad! Change your testimony, please!
And we'll be together again. Right, Dad?[16]

---

16) 살려줘요, 아빠! 증언을 번복해요, 제발! 그럼 우리 다시 만날 수 있어요. 그럴 거죠, 아빠?

소녀의 말이 끝나자 카메라가 뒤로 물러나며 배관에 묶인 소녀의 가녀린 몸을 전체적으로 비추었다.

"오늘 아침, 택배로 배달된 비디오테이프죠."

블라이스가 화면을 정지시키며 말했다.

대니 도일이 주먹을 불끈 쥐었다. 죄책감과 무력감에 빠진 그는 상황을 지극히 비관적으로 보고 있었다.

"앨리스가 납치된 지 열두 시간이 지났어요. 빨리 찾아내지 못하면 놈들은 내가 어떤 입장을 취하든 앨리스를 살해할 겁니다. 게다가 한 시바삐 약을 먹지 못한다면 아이의 심장기능이 급격하게 약해져 위험에 처하게 됩니다."

블라이스가 노트북 세 대가 놓여 있는 연철테이블 앞에 앉았다.

"앨리스의 휴대폰 위치 추적은 실패했어요."

블라이스가 비디오를 컴퓨터 하드디스크로 옮겨 여러 번 다시 돌렸다. 소리만 잡아서 들어보기도 하고, 화면 수십 개를 캡처해보기도 하고, 줌 기능으로 화면의 디테일을 확대해 자세하게 관찰하기도 했다.

매들린이 관심을 보이며 컴퓨터 가까이 다가오자 블라이스가 설명을 시작했다.

"화면 아래쪽에 촬영날짜와 시간이 나와 있어요. 사운드트랙을 증폭하면 일반적으로는 귀에 잡히지 않는 약한 소리까지 들리죠. 전철이 지나가는 소리라든지 자동차 소리 같은……. 잘만 하면 소리를 위치추적을 위한 단서로 삼을 수 있을 거예요."

"캠코더는 어떤 기종을 썼죠?"

조나단이 물었다.

"주위의 배경이 어두운데도 화질이 그런대로 괜찮은 걸 보면 최신 기종 캠코더겠죠."

블라이스가 캠코더의 상표와 기종을 확인할 수 있는 소프트웨어를 실행시켰다.

"플래시 메모리를 탑재한 캐논 제품이에요. 출시된 지 일 년이 안됐어요. 상부에 오프라인과 온라인으로 판매된 동일 모델 캠코더의 리스트를 뽑아달라고 요청해야겠어요. 그 경우 시간이 좀 걸리겠죠."

블라이스가 화면의 한 부분을 크게 확대해 컴퓨터에 띄웠다.

"난 아이가 묶여 있는 이 배관에 관심이 가요."

블라이스가 화면을 확대해 앨리스가 묶여 있는 배관을 가리키며 말했다.

"보다시피 아주 오래된 배관이죠. 얼핏 봐서는 백 년도 넘은 것처럼 보여요. 전문가들에게 의뢰하면 배관의 제조연도를 알 수 있을 거예요."

블라이스가 비디오가 든 USB메모리를 전달받은 요원에게 물었다.

"택배회사 직원의 증언은 확보해두었나, 크리스?"

검정색 수트를 입은 남자가 휴대폰에 들어 있던 문서를 컴퓨터로 옮겨 화면에 띄웠다.

"월스트리트 근처 〈바이크 메신저〉라는 택배업체에서 일하는 자입니다. 더치 스트리트와 존 스트리트가 교차하는 지점에서 의뢰인에게 직접 물건을 전달받았답니다. 용의자는 사십대의 코카서스 인종으로 장신에 체격이 좋았답니다. 용의자는 이름을 밝히지 않았고, 비용도 현금으로 지불했습니다."

"용의자 몽타주는 나왔어?"

"그게……테런스가 아직 심문을 못 끝내서……."

"테런스에게 속도를 더 내보라고 해. 십분 후에 용의자의 인상착의를 그린 몽타주를 배포해야 할 테니까. 이제부터는 일분 일초가 중요해."

*

### 30분 뒤

〈매치박스〉[17]라는 펍의 이름은 협소한 내부공간을 의식해 지은 게 분명했다. 도대체 어떻게 이 비좁은 공간에 스무 명이나 되는 사람들이 앉을 수 있게 테이블을 배치했는지 볼수록 놀라웠다.

조나단은 연어 베이글을 시켜놓고 앉아 있었다. 그는 매들린에게 프란체스카가 워너를 살해하고 시체를 수장한 뒤 조르주를 끌어들여 완벽한 알리바이를 만들었다는 이야기를 들려주었다. 프란체스카는 치밀하게 범죄를 은폐해 살인죄로 기소되는 걸 면했지만 그 일 때문에 결국 그들 부부가 갈라서게 된 셈이었다.

"이야기를 다 들은 소감이 어때요?"

조나단이 물었다.

"이 지구상에서 인간 말종 하나가 사라졌군요. 아무튼 당신의 전 부인은 무서울 정도로 침착하고 두뇌회전이 빠른 사람이군요."

매들린이 염소치즈를 바른 토스트를 한 입 베어 물고 포도주를 한 모금 마셨다.

"난 당신이 부인과 재결합할 수 있기를 바라요."

조나단은 별안간 뒤통수를 세게 얻어맞은 기분이었다. 그 말은 곧

---

17) 성냥갑

그들의 인연을 없던 것으로 하자는 의미나 다름없었으니까.

"그럼……우리는?"

매들린이 그의 눈을 똑바로 쳐다보았다.

"우리, 서로에게 거짓말하지 말아요. 우리 사이는 너무 불안정해요. 우린 현재 일만 킬로미터나 떨어져 살고 있고, 둘 다 빈털터리나 다름없어요. 분명 당신은 언젠가 부인과 재결합하지 않은 걸 후회하게 될 거예요."

조나단은 냉정을 유지하려고 애썼다.

"당신 마음대로 생각하지 말아요. 나는 그런 얼토당토않은 이유로 당신과 헤어질 수는 없어요."

"당신은 원래 이 일과 아무런 상관도 없는 사람이었어요. 앨리스는 당신에게 어떤 의미죠? 당신이 끼어들 일이 아니에요."

"앨리스는 당신에게만 각별하다고 생각하지 말아요."

조나단이 끝내 언성을 높이자 손님들의 눈길이 일제히 그들에게로 쏠렸다. 테이블이 다닥다닥 붙어 있어 몸을 옴짝달싹할 수도 없었고, 큰소리로 이야기를 나눌 수도 없었다.

"피를 보면서 시작된 일은 결국 피를 흘려야 끝나게 되어 있어요. 이 일은 행복한 결론을 기대할 수 없다는 뜻이에요. 나는 경찰 출신이고, 블라이스는 FBI요원이고, 대니는 폭력단 보스예요. 당신은……."

"나는 요리사라 안 된다는 뜻이에요? 정말 그래요?"

"나에게는 지켜야 할 가족이 없지만 당신은 부인과 아들이 있어요."

"난 당신과 가족이 되어야겠다고 생각했는데……."

조나단이 자리를 박차고 일어나 펍을 나갔다.

매들린은 한 남자에게 이토록 끌리는 건 난생 처음이었지만 그를 붙잡지는 않았다.

"제발 몸조심해요."

매들린이 조나단을 향해 한 마디 나직이 내뱉었지만 그는 이미 밖으로 사라지고 없었다.

앨리스를 납치한 멕시코 마약 카르텔은 분명 수단과 방법을 가리지 않고 목적을 이루려 할 것이다. 매들린은 피를 흘려야만 종결될 사건에 조나단을 끌어들이기 싫었다. 자존심이 상한 조나단은 그녀가 그를 깊이 사랑하기 때문이란 걸 모르겠지만…….

*

조나단은 펍에서 한 블록 떨어진 베드포드 애비뉴 지하철역까지 걸어갔다. 그는 지하철을 타고 그리니치빌리지로 돌아왔다. 클레르의 집으로 돌아온 그는 욕실 샤워부스에서 뜨거운 물줄기를 맞으며 한참 동안 서 있었다. 시차와 수면 부족 때문에 몸은 천근만근으로 무거웠고, 머릿속은 복잡하고 어수선했다.

오후 세 시, 조나단은 샌프란시스코에 전화해 찰리와 오랫동안 통화했다. 찰리는 크리스마스이브에 왜 아빠와 떨어져 지내야 하는지 이해하지 못했다. 그가 한 번도 제대로 해준 적 없는 아빠 역할을 마르쿠스가 최선을 다해 대신하고 있다는 게 고마울 따름이었다.

조나단은 아들과의 통화가 끝나자 기분이 나아지기는커녕 오히려 푹 가라앉았다. 그는 옷을 갈아입고, 커피를 마시기 위해 밖으로 나왔다. 그는 맥두걸 스트리트를 걷다가 가장 먼저 눈에 띄는 바를 찾아 들어갔다. 카페인이 정신을 맑게 해주리라 기대했다. 다시 결합한 프란체스카와 그 자신, 찰리의 모습이 마치 슬라이드 쇼처럼 그의 머릿속에서 펼쳐졌다.

프란체스카와 단란한 가정을 이루었던 시절이 떠올랐다. 프란체스카로부터 그간의 경위에 대한 고백을 듣는 순간 지난 2년간 그를 짓눌러왔던 고통들이 일시에 사라졌다.

이제 마음만 먹으면 '예전의 삶'으로 돌아갈 수 있어. 내가 간절히 원한 삶이었잖아. 지금 당장 캘리포니아로 날아가 찰리를 데리고 뉴욕으로 돌아와 프란체스카와 함께 휴가를 보낼 수도 있어.

상상만으로도 입가에 미소가 번졌다. 조나단은 가까운 동료에게서 들었던 말을 떠올렸다.

'뿌리 없는 나무는 장작이나 다를 바 없어. 방황하지 않고 삶에 뿌리를 내리기 위해서는 단단한 지반이 필요하지.'

조나단은 그렇게 생각하면서도 자꾸만 매들린의 얼굴이 떠오르는 걸 어쩔 수 없었다. 매들린의 말은 조금도 틀리지 않았다. 둘의 관계는 모래성처럼 불안정할지도 모른다. 하지만…….

조나단은 끝내 머릿속에서 아우성을 치는 이성의 외침에 승복할 수 없었다. 매들린이 그의 심장을 열고 그리움이라는 절실한 감정을 불어넣었기 때문이다.

조나단은 호주머니에서 볼펜을 꺼내들었다. 반짝하는 영감에 사로잡힌 그는 냅킨에 메모를 적어나가기 시작했다. 그가 정신없이 써내려간 글은 바로 매들린을 떠올리며 개발한 새로운 디저트였다. 로즈와 바이올렛 크림을 얹은 밀푀유와 달콤한 튀니지 오렌지를 곁들인 얇은 퍼프 페이스트리 카라멜리제.

2년 동안 반짝이는 영감이 떠오르지 않아 전혀 새로운 요리를 개발하지 못했다. 그런데 오늘, 기적처럼 오랫동안 닫혀 있던 잠금장치가 풀렸다. 매들린에 대한 사랑의 느낌이 그에게 창작의 영감을 불어넣어준 것이다.

조나단은 불안했던 마음이 비로소 차분해지며 미래에 대한 자신감이 생겼다.

뉴욕에서 식당을 열고, 요리학교를 연계해 운영하면 어떨까?

조나단의 머릿속은 오랜만에 새로운 의욕으로 충만해졌다. 그는 지난 과거를 거울삼아 절대로 똑같은 실수를 범하지 않으리라 결심했다. 겉치레뿐인 삶, 미슐랭가이드 등재를 목표로 한 요리와 식당운영, 언론홍보 같은 것들은 이제 그에게 그다지 중요한 과제가 아니었다. 화려하고 멋진 인테리어로 손님들의 눈길을 끌기보다는 오로지 독창적이고 파격적인 맛을 선보이는 요리로 고객들의 마음을 사로잡을 생각이었다.

크리스털 잔과 유명 디자이너들이 도안한 고급 도자기 그릇은 그의 식당 테이블에서는 결코 찾아볼 수 없을 것이다. 조나단 랑프뢰르라는 이름을 팔아 갖가지 파생상품을 출시하거나 맛없는 냉동식품을 제조해 판매하는 일도 결코 없으리라. 앞으로는 오로지 요리하는 사람으로서의 기쁨을 만끽하며 살아갈 것이다. 고객의 기쁨만을 생각하는 요리사, 장인정신으로 창조적인 요리를 만드는 요리사가 되고 싶었다.

조나단은 부푼 희망을 안고 바를 나섰다. 하지만 앨리스가 죽는다면 미래에 대한 희망찬 기대는 모두 물거품이 되리라. 앨리스와 우연히 마주치지 않았다면 지금쯤 어떻게 됐을까? 아마도 차디찬 땅속 어딘가에 누워 있을 것이다.

난 앨리스에게 목숨을 빚진 거야. 평생 동안 갚아도 모자랄 만큼 큰 빚을 졌어.

조나단은 반드시 그 빚을 갚으리라 결심했다.

*

저녁 여섯 시, 납치범들에게 잡혀 있던 앨리스의 자취가 머리를 떠나지 않았다. 기억이 온통 뒤죽박죽으로 얽혔다. 비디오에서 앨리스가 했던 말을 떠올리려고 해봤지만 자세히 기억나지 않았다.

조나단은 20가까지 걸어 올라갔다. 어느새 땅거미가 지고 있었다. 얼굴이 얼얼해질 정도로 추위가 맹위를 떨치고 있었지만 그는 앨리스의 운명을 생각하며 걸었다. 하루하루가 전쟁이나 다름없었을 아이의 삶, 암울한 환경에서 벗어나 새 삶을 찾고자 했던 아이의 용기와 열정을 생각하며 걸었다. 어린 시절부터 보살펴주는 가족도 위안을 주는 친구도 없이 늘 홀로 외로운 싸움을 벌여온 아이. 앨리스는 주어진 환경과 적당히 타협하지 않고, 주변의 어리석은 사람들과 눈높이를 맞추지 않고, 가장 힘들고 어려운 길을 스스로 선택해 왔다. 열세 살짜리 어린소녀가 어른도 감당하기 힘든 삶을 참고 견디느라 얼마나 힘겨웠을까?

조나단은 어느덧 첼시 동쪽에 도착해 있었다. 벌써 사위는 어두워져 있었다. 은빛 눈송이들이 바람이 부는 가로등 아래서 원무를 추며 떨어져 내렸다. 그는 추위로 얼어붙은 몸을 녹이려고 유명 칵테일 바 〈라이프 앤드 데스〉의 문을 밀고 들어갔다.

바의 스피커에서는 라운지 음악이 흘러나오고 있었다. 그가 그다지 좋아하는 분위기는 아니었지만 사람들이 소곤소곤 이야기를 나누는 소리를 들으며 앉아 있다 보면 조금이나마 외로움이 가실 것 같았다. 그는 정신을 가다듬고, 생각을 곱씹고, 깊이 있는 성찰을 하며 공포에 떨고 있는 앨리스를 찾아낼 수 있기를 갈망했다.

앨리스……앨리스 생각에 집중해야 해.

조나단은 블라이스와 매들린이 아무리 공조수사를 펼친다고 해도 특별한 성과를 얻기란 그리 쉽지 않을 것 같았다. 그렇다고 그에게 이 사건을 해결할 수 있는 묘책이 있는 건 아니었다. 그가 가진 거라고는 뉴런과 직감뿐이었다. 알코올이 몸 안으로 들어가자 위는 쓰렸지만 감각만큼은 날이 섰다. 그는 날카로운 직관을 유지하기 위해 칵테일을 한 잔 더 시켰다.

서서히 망각의 벽이 무너지면서 비디오 내용이 머릿속에서 되살아났다. 최악의 상황에서도 빛나던 아이의 눈빛, 당혹감에 빠진 표정, 끔찍하게 더러운 주변 환경, 아이의 손목을 옥죄던 수갑, 숨이 차 헐떡거리던 목소리 그리고 아이가 했던 말.

'Save me, Dad! Change your testimony, please!
And we'll be together again. Right, Dad?'

조나단은 머리를 텅 비우고 오직 앨리스에게 감정이입을 하려고 정신을 한곳에 집중했다.

앨리스의 얼굴에서 비치던 공포는 절대로 과장이 아니었어. 그렇지만 눈빛만은 여전히 강렬했어. 아이는 두려움에 떨고 있으면서도 영특하고 총기가 넘쳐 보였어. 동정심 유발이 전부가 아닌 것처럼, 마치 다른 목적이 있는 것처럼, 아이는 뭔가 메시지를 전달하려고……

아니, 불가능한 일이야. 말할 내용을 미리 전달받아 읽었을 거야. 아니면 뭘 말해야 하는지 지침을 받았겠지. 그렇지 않다면 어떻게 즉흥적인 말 몇 마디에 전하고자 하는 뜻을 다 담아낼 수 있겠어.

조나단은 칵테일 잔 밑에 받쳐둔 딱딱한 마분지 코스터를 꺼내 앨리스가 말한 네 문장을 적어보았다.

Save me, Dad!
Change your testimony, please!
And we'll be together again.
Right, Dad?

자, 이제 어떡한다?

대니의 말을 종합해보자면 앨리스는 지금 자신이 얼마나 위험한 상황에 처해 있는지 정확하게 인지하고 있다고 봐야 했다. 남달리 영리한 앨리스가 납치를 사주한 측이 멕시코 마약 카르텔일 수도 있다는 걸 모를 리 없었다. 그렇다면 앨리스가 전달하려는 메시지는 납치범의 신상이라기보다는 피랍된 장소일 가능성이 컸다.

아니야. 그건 아닐 수도 있어. 만약에…….

문득 그의 뇌리에 섬광처럼 떠오른 한 가지 생각이 있었다. 그는 볼펜을 들고 각 문장의 첫 번째 알파벳을 연결했다.

Save me, Dad!
Change your testimony, please!
And we'll be together again.

Right, Dad?

대문자 네 개를 일렬로 연결하자 한 단어가 만들어졌다. SCAR. 영어로 '흉터'라는 뜻…….

# 35 생사의 기로

죽음이 모든 패를 쥐고 있다가 카드 테이블의 에이스 4장을 한방에 무력화시키는 순간이 있다.
—크리스티앙 보뱅

윌리엄스버그

마콘도 모터 클럽

밤 11시

차고 위에 붙은 다락방은 고요로 위장한 침묵에 휩싸여 있었다. 블라이스와 매들린은 각자 컴퓨터 앞에 앉아 데이터 분석에 몰두하고 있었다. 대니 도일은 통 유리창 앞에 서서 줄담배를 피우며 초조한 기분을 감추지 못했다. 나머지 요원 둘은 경호에 열중했다. 한 명은 방문 앞에서 보초를 서고 있었고, 나머지 한 명은 어둠 속에서 눈을 맞아 가며 차고 주변을 순찰하고 있었다.

짤랑, 귀에 들릴 듯 말 듯 금속성 벨소리가 났다. 매들린의 휴대폰에 문자메시지가 들어왔다는 신호였다. 그녀가 화면을 슬쩍 내려다보았다.

누가 앨리스를 납치했는지 알아냈어요.
10번 애비뉴와 20가가 만나는 곳에
있는 라이프 앤드 데스로 와요.
단, 혼자서 와야 해요. 절대로 아무에게도 말하지 말고.
조나단.

믿기지 않는 내용이었다. 매들린은 처음에는 조나단이 자신을 밖으로 불러내 만나려는 꿍꿍이속으로 보낸 문자라고 생각했다.

조나단이 남의 불행을 사사로운 일에 이용할 사람 같지는 않은데…….

조나단이 정말 뭔가 새로운 사실을 발견하고 문자를 보낸 걸까? 그렇다면 왜 전화로 말하지 않고 밖에서 만나자는 걸까?

"차 좀 빌려줄래, 대니얼?"

"나갔다 오려고?"

"뭐 좀 살 게 있어서."

매들린이 가죽재킷을 걸치며 말했다. 그녀는 조나단의 노트북이 든 배낭을 챙겨 들고 대니 도일을 따라 연철 계단을 내려갔다. 두 사람은 보디가드가 지켜보는 가운데 수집용 차들이 가득 찬 차고를 가로질러 걸어갔다.

"이 차를 타고 가는 게 좋겠어."

대니 도일이 1964년 식 빨간색 폰티악을 가리켰다.

"이 차보다 좀 눈에 띄지 않는 차는 없을까?"

매들린이 눈살을 찡그리며 고개를 이리저리 휘둘러보았다.

"저 차 어때? 형사 콜롬보가 타던 차 같긴 하지만……."

매들린이 푸조403 카브리올레를 가리켰다.

"그냥 폰티악을 타고 가라니까."

대니도 전혀 양보할 기색이 아니었다.

매들린은 더 이상 고집을 부려봤자 좋을 게 없다고 생각하며 대니가 권하는 미국산 폰티악에 올랐다.

대니가 고개를 숙여 운전석을 들여다보며 말했다.

"필요한 서류는 여기에 다 들어 있어."

대니가 선바이저를 가리켰다. 그러고 나서 그는 다시 조수석 앞 콘솔박스를 가리켰다.

"혹시 문제가 생기면……."

매들린이 콘솔박스를 앞으로 살짝 잡아당기자 콜트 아나콘다의 손잡이가 보였다. 그제야 대니 도일이 굳이 이 차를 고집한 이유를 알 수 있을 것 같았다.

"애인을 만나러 가는 거야?"

매들린은 못 들은 척하며 운전석 창문을 올렸다.

*

추운 밤에 눈까지 내려 운전이 쉽지 않았다.

매들린은 휴대폰의 GPS 기능을 사용해볼까 하다가 결국 옛날 방식대로 길을 찾아 가기로 했다. 그녀는 급커브를 틀어 윌리엄스버그 다리로 접어든 다음 이스트리버를 건너 맨해튼으로 되돌아왔다.

지금까지는 수사에 몰입할 때 생기는 아드레날린 덕분에 그나마 맑은 정신을 유지할 수 있었다. 그러다가 곧 누적된 피로감이 한꺼번에 밀려오며 감각이 둔해지고 시야도 흐려졌다. 지난 3일 동안 그녀는 하루에 몇 시간씩밖에 못잤다. 그것도 전혀 숙면을 취하지 못했다. 눈이 빠질 듯이 아팠고, 머리에서는 현기증이 일었다.

제길! 이제 더 이상 나도 스무 살 청춘은 아니라는 뜻이야.

매들린이 구시렁거리며 차의 난방을 틀었다.

다리를 건너자 아침에 블라이스와 추격전을 벌였던 낯익은 바워리가 나타났다. 그녀는 바워리를 타고 하우스턴 스트리트까지 올라갔다. 거기서부터는 도로들이 격자 모양으로 쭉쭉 뻗어 있어 방향을 식별하기가 훨씬 쉬웠다.

매들린은 약속장소를 다시 한 번 확인하고 나서 폰티악을 운전해 〈라이프 앤드 데스〉로 갔다. 밤늦은 시간이라서인지 도로에 차들은 많지 않았다. 20가로 방향을 틀자 바로 빈 주차공간이 나타났다. 그녀는 요란하게 생긴 폰티악을 끌고 주차공간을 찾아 주변을 빙빙 도는 일을 면하게 된 것에 안도하며 가벼운 한숨을 내쉬었다.

바를 가로질러 지나가다 보니 빈 칵테일 잔을 앞에 놓고 앉아 있는 조나단의 모습이 보였다.

"혼자 왔죠?"

조나단이 걱정스럽게 물었다.

"혼자 오라고 했잖아요."

"앨리스에 대해 새롭게 알아낸 게 있어요?"

"딱히 중요한 건 없어요."

매들린이 자리에 앉아 목에 두른 머플러를 풀었다.

"대체 무슨 말이죠? 정말로 누가 앨리스를 납치했는지 알아냈어요?"

"직접 보고 판단해요."

조나단이 칵테일 잔에 받쳤던 코스터를 내밀었다.

매들린이 10초 가량 코스터를 들여다보고 나서 말했다.

"이게 뭐죠?"

"SCAR. 영어로 흉터라는 뜻이죠."

"뜻을 알려줘서 고맙긴 한데 영어는 내 모국어거든요."

"블라이스! 앨리스를 납치한 사람은 바로 블라이스예요. 앨리스가 비디오에서 우리에게 전달하려는 메시지는 바로 이거였어요. 블라이스가 멕시코 마약 카르텔과 손을 잡은 거예요."

매들린이 못 미더운 표정으로 입을 삐죽 내밀어 조나단의 격앙된 분위기에 찬물을 끼얹었다.

"이봐요, 혹시 지금 당신이 다빈치코드의 주인공이라도 되는 줄 알아요?"

매들린이 기가 막혀 말이 안 나온다는 표정으로 농담을 건넸다.

"그럼 당신이 보기에는 SCAR가 우연이라고 생각해요?"

"알파벳 네 개로는 아무것도 증명하지 못해요."

조나단은 결코 포기할 기세가 아니었다.

"삼십 초만 잘 생각해봐요."

"그러죠. 힘든 일도 아닌데."

"멕시코 마약 카르텔 입장에서 생각해봐요. 일을 성사시키려면 누구를 '매수'하는 게 가장 좋을지."

"그러지 말고 당신 생각을 먼저 말해 봐요."

"당연히 대니 도일을 보호하는 임무를 맡은 마샬이 아닐까요?"

매들린은 여전히 미온적인 반응을 보이고 있었지만 조나단은 자신의 추론을 열심히 설명했다.

"멕시코 마약조직은 치안유지 책임이 있는 미 정부기관들에 손을 뻗으려 애쓰고 있어요. 국경수비대, 이민국, 세관 할 것 없이 그들에게 매수되는 공무원이 한둘이 아니죠. 최근에는 경제위기 때문에 그런 현상이 더욱 극심해졌어요."

"블라이스는 애국자예요. 그런 유혹에 넘어갈 사람이 아니죠."

"그 반대의 경우를 생각해봐요. 블라이스는 가장 매수당하기 쉬운 프로필을 갖고 있어요. 그녀는 한때 마약조직에 잠입해 첩보활동을 벌인 적이 있는 사람이에요. 범죄조직내부에 잠입해 활동하다 보면 본연의 임무가 뭔지 헷갈릴 때가 있기 마련이죠. 그들이 수백만 달러를 주겠다고 유혹한다고 가정해 봐요. 그럴 때에도 애국심을 유지할 수 있을까요?"

돈을 싫어하는 사람은 없으니까.

매들린은 대니 도일이 했던 말을 떠올렸다. 그녀는 아직 미심쩍은 마음으로 SCAR라는 단어를 구성하는 대문자들을 다시 한 번 들여다보았다.

앨리스가 과연 이런 메시지를 보낼 정신이 있었을까?

"대니얼에게 알려야 해요. 그가 위험해요."

조나단이 더 이상 생각할 필요도 없다는 듯 소리쳤다.

매들린이 휴대폰을 꺼내 들고 잠시 망설이다가 대니 도일의 전화번호로 문자메시지를 보냈다.

> 블라이스를 조심해. 마약조직에게 매수됐을지도 몰라.
> FBI에 연락하고 신중하게 행동해.
> 당신 목숨이 위험할 수도 있어.
> 매들린.

"자, 그럼 우린 나가서 경찰에 알려요. 당신 짐작이 틀리지 않길 바라면서."

그들은 칵테일 바의 따뜻한 온기를 뒤로 하고 한밤중의 차가운 바람을 맞으며 거리로 나섰다. 도로건너편에서 검정색 페라리가 그들을 기다리고 있었다.

*

"그 여자가 저기 있어요."

그들은 흠칫 뒤로 물러났다. 매들린이 혼자 외출하는 걸 본 블라이스가 의심을 품고 뒤따라 온 게 분명했다.

"가서 만나봐야 되겠어요."

"안돼요. 정신 나갔어요?"

조나단은 어느새 성큼성큼 도로를 건너고 있었다.

내가 정말 미친다니까!

매들린은 콘솔박스 안에 들어 있는 리볼버를 떠올리며 폰티악을 세워둔 곳으로 재빨리 뛰어갔다.

주변이 무척이나 어두웠다. 조나단이 페라리 앞으로 다가가 안을 들여다보았지만 운전석에는 사람이 타고 있지 않았다. 헤드라이트도 꺼졌고, 차의 시동도 꺼진 상태였다.

어디로 간 거지?

갑자기 뒤쪽에서 인기척이 느껴졌다. 페라리가 주차돼 있는 곳은 다층 옥외 주차장 입구였다. 공간 활용의 최적화를 위해 차를 수직이든 수평이든 자유자재로 움직일 수 있게 유압 엘리베이터 시스템을 도입한 이 주차장에는 200대 가량의 차들이 마치 차곡차곡 포개놓은 것처럼 주차돼 있었다. 바람이 세게 불자 웅장한 철골구조물의 기둥이 끼익 쇳소리를 냈다.

"아무도 없어요?"

조나단은 겁도 없이 주차장 안으로 걸어 들어갔다.

*

저런 바보!

매들린이 멀리서 발을 동동 굴렀다. 그녀가 조나단을 어서 '데려와 야겠다'는 생각으로 급히 시동을 걸었지만…….

*

이미 한 발 늦었다.

총성과 동시에 슈욱 소리를 내며 조나단의 머리카락을 스쳐 지나간 총알이 철제기둥을 맞고 튀어나왔다. 조나단은 언제 또 총알이 날아들지 몰라 땅바닥에 납작 엎드렸다. 바로 20미터 뒤에서 블라이스가 몸을 숨긴 채 총을 쏘아대고 있었다.

조나단은 벌떡 일어나 주차장 입구에 보이는 옥외계단을 향해 달렸다. 정신없이 계단을 오르는 그의 뒤에서 블라이스의 발소리가 크게 울려 퍼졌다. 나선형 계단이다 보니 블라이스가 조준사격을 가하기가 쉽지 않았다. 계단을 다 오르자 2미터 높이의 철책이 나타났다. 뛰어넘는 수밖에 다른 방법이 없었다.

몇 달 동안 운동을 쉬었지만 조나단은 자칫했다가는 총에 맞을 수도 있다는 생각이 들자 정신이 번쩍 들었다. 그는 맨손으로 철책을 잡고 기어오르기 시작했다. 그가 힘들게 철책을 넘었을 때 눈앞에 나타난 것은……

과거에 도축장과 정육점이 밀집해 있던 미트 팩킹 디스트릭트를 굽어보던 철로가 나타났다. 첼시까지 화물을 실은 열차들이 지나다니던 이 고가선로는 1980년의 마지막 운행 이후 30년 동안 잡초만이 무성한 폐허로 방치되었다.

그러다가 몇 년 전 공원으로 새 단장을 끝내고 뉴요커들에게 선을 보였다. 그 후 하이라인파크는 녹음이 짙은 여름날 허드슨 강의 멋진 풍경을 내려다보며 즐거운 시간을 보낼 수 있는 휴식처로 자리 잡았다. 그러나 한겨울의 야심한 밤인 지금 공원은 콘크리트바닥이 길게 깔린 음산하고 으스스한 장소일 뿐이었다.

19가, 18가…….

조나단은 쏜살같이 앞으로 내달렸다. 첫 번째 구간은 직선선로구간이라 몸이 그대로 노출되어 손쉬운 표적이 되었다. 블라이스가 15미터 가량 뒤에서 권총을 연이어 두 발 발사했다. 첫 번째 총알은 아슬아슬하게 그를 스쳐 지나갔고, 나머지 한 발은 허드슨 강 쪽에 설치된 플렉시글라스 보호벽을 뚫고 지나갔다. 그나마 당국에서 무단점유자들의 야간 출입을 막기 위해 조명을 모두 꺼둔 게 유리하게 작용하고 있었다.

\*

매들린은 두 발의 총성을 듣고 소스라치게 놀랐다. 그녀는 운전석 유리창 밖으로 몸을 빼고 고가철로 위의 움직임을 예의주시했다. 그녀는 아래쪽 길에서 하이라인파크를 따라 저속 주행하며 공중 추격전 양상을 머리에 그려보려고 애썼다. 그녀는 도로가 내려다보이게 설계된 유리벽 너머로 조나단의 그림자가 휙 지나가는 걸 보고 나서야 겨우 안도의 숨을 내쉬었다.

*

블라이스와 제법 거리를 넓힌 조나단은 산책로가 10번 애비뉴를 대각선으로 가로지르며 왼쪽으로 꺾이는 지점에 이르렀다. 벽돌건물들 사이로 구불구불 이어진 산책로는 빌딩 외벽들, 거대한 옥외 광고판들과 맞닿을 듯 바짝 붙어 있었다. 콘크리트 바닥은 함박눈이 펑펑 쏟아지고 있어 무척이나 미끄러웠다.

하이라인파크는 옛 모습을 그대로 살린다는 취지에서 산책로 일부 구간의 선로를 원형 그대로 보존하는 방식으로 설계돼 있었다. 조나단의 눈앞에 콘크리트바닥 위로 드러난 레일이 길게 뻗어 있었다. 조나단은 시멘트바닥에 요철처럼 오목하게 파인 화단 하나를 훌쩍 뛰어넘었다. 그러다가 착지 과정에서 그만 침목에 한쪽 발이 끼며 발목을 삐끗했다.

젠장!

조나단은 보폭을 좁혀 달릴 수밖에 없었다. 그 사이 블라이스가 거리를 바짝 좁혀 왔다. 하지만 조나단은 첼시마켓 위에 이르러 산책로가 터널 형태로 바뀌는 바람에 한숨을 돌릴 수 있었다.

14가, 워싱턴 스트리트······.

매들린은 하이라인파크의 철골 구조물을 주시하며 빌딩들 사이를 요리조리 운전했다. 당장이라도 뛰어올라갈 생각으로 공원 출입구마다 매번 차를 세웠지만 야간이라 문이 모두 폐쇄돼 있었다.

매들린은 결국 기차 종착역까지 가 갠즈보트플라자에 차를 세웠다. 도와주러 갈 때까지 조나단이 무사히 살아 있기만 바랄 뿐이었다.

*

조나단은 숨을 헐떡이며 터널을 빠져나왔다. 이제 블라이스는 불과 10미터 거리에서 뒤따라오고 있었다. 그는 갈비뼈 아래가 몹시 아팠지만 땀에 흠뻑 젖은 몸으로 잡초가 무성한 수풀 속으로 몸을 피해 가며 죽을힘을 다해 달렸다.

얼마 못 가 선데크가 나타났다. 뉴저지의 스카이라인을 감상하며 일광욕을 즐길 수 있도록 커다란 원목 데크체어들을 설치해놓은 곳이었다. 조나단은 추격을 방해하기 위해 긴 의자, 야외 테이블, 화초 상자 같은 물건들을 손에 잡히는 대로 쓰러뜨리며 달렸다.

다시 한 번 총성이 울리며 옆에 있던 테라코타 화분 하나가 박살이 났다. 자칫하면 그의 몸이 화분처럼 될 수도 있는 순간이었다.

조나단은 가쁜 숨을 헐떡이며 수풀이 우거진 산책로의 마지막 구간을 향해 전력을 다해 달렸다. 키 큰 나무들과 덤불들 때문에 조준사격이 불가하다는 게 그나마 다행이었다.

갑자기 조나단의 눈앞에서 산책로가 뚝 끊겼다. 그는 갠즈보트 스트리트로 통하는 계단을 뛰어 내려갔다. 블라이스도 바짝 뒤쫓아 뛰어내려왔다.

철책을 하나 더 넘어야 도로로 내려설 수 있는데…….

그러나 이미 너무 늦었다. 블라이스도 조나단과 거의 동시에 철책을 넘어 도로를 향해 뛰어내렸다.

조나단은 도로 한가운데를 휘청거리며 뛰고 있었고, 몸이 무방비로 드러나 있어 블라이스가 총격을 가할 경우 꼼짝 없이 당할 수밖에 없는 위치였다.

블라이스가 여유 있게 총을 겨누었다. 도저히 피할 수 없는 거리였다.

＊

"꼼짝 마! 머리에 손 올려!"

매들린의 목소리가 어둠 속에서 쩌렁쩌렁 울려 퍼졌다.

블라이스의 날렵한 그림자가 뒤를 홱 돌아보았다. 그녀는 한눈에 상황을 파악했다. 매들린이 그녀를 향해 콜트 아나콘다를 겨눈 채 서 있었다.

블라이스는 경고를 무시한 채 조나단을 덮쳤다. 그녀는 조나단의 목을 한쪽 팔로 감고 관자놀이에 총구를 가져다댔다.

"움직이는 순간 이 놈은 저 세상으로 간다. 어서 뒤로 물러서."

블라이스가 경고했다.

두 여자는 각자의 위치에서 꼼짝도 하지 않고 상대를 향해 총구를 겨누었다. 바람이 몰아치는 가운데 함박눈에 덮인 그들의 그림자가 낮게 내려앉은 하늘과 뒤섞이고 있었다.

블라이스는 조나단의 목을 세게 압박해 끌어당기며 뒷걸음질로 강변을 향해 움직이기 시작했다.

매들린이 앞으로 한 발 다가섰다. 바람에 흩날리는 눈보라 때문에 블라이스의 모습을 정확히 분간하기 어려웠다.

"그를 죽이는 순간 너도 끝장이야. 너의 FBI 동료들이 이 분도 안 돼 여기에 도착할 테니까."

매들린이 블라이스를 위협했다.

"마지막으로 경고한다. 뒤로 물러서. 안 그러면 쏜다. FBI요원들이 온다고 했어? 가소롭기 짝이 없군. 그깟 놈들을 따돌리기란 식은 죽 먹기나 다름없지."

이제 다른 선택의 여지는 없어 보였다. 총을 버린다고 해도 블라이스는 결코 그녀와 조나단을 살려두려 하지 않을 것이다.

매들린은 눈을 여러 번 깜빡거렸다. 피로와 스트레스가 몰려와 눈앞이 뿌옇게 흐려졌다. 하필이면 지금.

손이 떨렸다. 리볼버 손잡이가 천근만근처럼 느껴졌다. 사실 콜트 아나콘다는 사냥이나 스포츠 사격용으로 만든 '남성용' 권총이었다. 이 총으로는 자칫 잘못했다가 블라이스뿐만이 아니라 조나단의 머리를 쏘게 될지도 모른다. 발사 순간 단 1밀리의 오차만 생겨도 탄도가 엉뚱하게 잡히기 때문이다. 기회는 두 번 다시 오지 않을 것이고, 단 한 번에 끝내야 했다.

그래, 바로 지금이야.

매들린은 리볼버의 방아쇠를 당겼다. 발사할 때의 반동으로 총이 뒤로 밀릴 것에 대비해 총을 잡은 팔에 힘을 꽉 주어 총신이 흔들리지 않게 했다.

총알은 블라이스의 머리에 그대로 명중했다. 몸이 뒤로 젖혀지는 순간에도 그녀는 팔을 뻗어 조나단을 잡으려 했다. 하지만 잠시 후, 생명이 빠져나간 그녀의 몸이 휘청하며 난간을 타고 넘어 허드슨 강으로 굴러 떨어져 내렸다.

*

한층 거세게 부는 바람이 마치 울음소리 같은 경찰차들의 사이렌소리를 도로에서 강둑으로 실어 날랐다.

매들린은 눈을 맞으며 오들오들 몸을 떨고 서 있었다. 다행히 총은 빗나가지 않았다. 그러나 앨리스가 납치된 장소를 아는 유일한 사람을 총으로 쏴 죽였다. 여전히 권총을 움켜쥐고 선 그녀는 시커먼 강물에서 눈을 떼지 못했다.

조나단도 충격에 휩싸여 붙박인 듯 그 자리에 서 있었다. 그의 셔츠가 피로 얼룩져 있었다. 방금 트랜스 상태에서 벗어난 그가 불안에 떨며 위태로이 서 있는 매들린을 바라보았다. 그는 당장이라도 혼절할 것 같은 그녀를 부축해 갠즈보트플라자 앞에 주차돼 있는 폰티악까지 데려갔다.

조나단은 백미러로 검은 하늘을 파랗고 빨갛게 가르는 경광등 불빛을 바라보면서 현장을 빠져나왔다.

# 36 Finding Alice

과거에 대한 집착을 대신할 수 있는 것은 미래에 대한 집착밖에 없다.
—존 도스 패소스

로어이스트사이드

톰슨스퀘어 파크 근처

새벽 1시

조나단이 욕실 문을 살짝 열고 안으로 들어갔다. 매들린은 목욕을 하던 중에 욕조에서 깊이 잠들어 있었다. 그는 문에 걸려 있는 목욕 가운을 들고 다가가 그녀를 살살 흔들어 깨웠다. 창백한 얼굴, 초점 없는 눈동자, 힘없고 둔한 몸놀림. 조나단이 목욕가운으로 몸을 감싸고 마사지하듯 가볍게 문질러주는 동안 매들린은 무표정한 얼굴로 서 있었다.

그들은 클레르의 집으로 돌아가는 것이나 사람들 눈에 띄기 쉬운 호텔에 투숙하는 것이나 모두 위험하다고 판단해 로어이스트사이드에 있는 허름한 여관에 머무르고 있었다. 여관 주인인 아니타 크룩은 알파벳 시티 시내 중심가에서 델리가게를 운영하는 폴란드 출신 노파였다. 그녀는 딸이 〈림퍼레이터 레스토랑〉에서 웨이터 캡틴으로 일할 때 조나단에게 신세진 걸 조금이나마 갚을 수 있게 됐다며 몹시 기뻐했다.

조나단과 매들린은 경찰의 추적을 피하기 위해 폰티악을 몇 블록 떨어진 곳에 주차시키고 여관까지 걸어서 왔다. 휴대폰은 전원을 꺼 차 안에 내버려두고 조나단의 노트북과 대니 도일의 권총만 지참하고 내렸다.

밖에서 똑똑 문을 두드리는 소리가 났다. 매들린은 침대에 올라가 눕고, 조나단이 방문을 열었다. 아니타가 김이 모락모락 나는 수프 두 그릇을 올려놓은 쟁반을 들고 서 있었다. 발효시킨 호밀가루에 야채를 넣어 끓인 쥬렉수프였다.

조나단이 고맙다고 인사하고 쟁반을 받아들었다. 그가 매들린에게 수프를 권했다.

"한 번 먹어봐요. 맛이……아주 독특해요."

매들린이 수프를 한 숟가락 떠 입에 넣었다가 곧바로 그릇에 뱉어냈다.

"신맛이 강하긴 해도 성의가 고맙잖아요."

매들린은 아무런 대답도 하지 않은 채 불을 끄고 이불 속으로 들어가더니 금세 잠이 들었다.

조나단은 쉽게 잠을 이루지 못했다. 그는 창가에 서서 밖을 내다보았다. 눈이 그칠 줄 모르고 퍼붓고 있었다. 이미 도로와 인도에 쌓인 눈이 10센티미터는 족히 넘어 보였다.

이 추운 날씨에 앨리스는 어디에 있을까? 살아 있을까? 우리가 과연 앨리스를 무사히 구출할 수 있을까?

현실을 직시할 필요가 있었다. 첫 단추가 잘못 끼워졌다. 블라이스가 죽은 이상 앨리스가 납치된 장소를 찾아낼 가능성은 희박해졌다.

매들린이 했던 말이 불길한 전조처럼 그의 머릿속에서 메아리쳤다.

'피를 흘리며 시작된 일은 결국 피를 흘려야 끝나게 되어 있어요.'

조나단은 아직 그 말의 의미를 알 수 없었다.


코니아일랜드 창고

새벽 두 시

차가운 지하실의 괴괴한 정적을 뚫고 가쁜 숨소리가 퍼져 나갔다.

앨리스는 몸속으로 깊이 파고드는 추위와 통증 때문에 잠에서 깼다. 살짝만 몸을 움직여도 허리가 끊어질 듯 아팠다. 그녀는 팔을 뒤틀어 모로 누웠다. 아랫배가 마비된 듯 무감각했다. 관자놀이에서 맥박이 팔딱팔딱 뛰고 머리가 깨질 듯이 아팠다. 현기증이 일어 눈앞이 노래지며 쉴 새 없이 경련이 일었다.

앨리스는 일부러 기침을 해 답답하게 막힌 기관지를 뚫어주고, 수시로 침을 목으로 삼켰다. 혀가 석고처럼 딱딱하게 굳어버린 듯했다.

납치되고 나서 얼마나 시간이 지났는지 감이 오지 않았다.

몇 시간? 하루? 이틀?

오줌은 나오지 않는데 계속 요의만 느껴지는 걸 보니 방광 근육이 마비된 듯했다.

앨리스는 숨이 막혔다. 의식이 혼미해지고 시야가 뿌옇게 흐려지고 신열이 올라 헛소리가 절로 나왔다. 커다란 쥐가 뱃속에 들어와 내장을 갉아먹는 상상을 했다. 비늘이 드러난 길고 징그러운 쥐의 꼬리가 목을 휘감아 숨통을 옥죄는 것 같았다.

**아침 여덟 시**

"일어나요."

조나단이 깜짝 놀라 한쪽 눈을 떴다. 아직 잠기운이 가시지 않아 멍한 표정이었다.

"일어나요. 이제 나가봐야해요."

막 해가 떴는지 창밖이 희붐하게 밝아왔다.

조나단은 하품을 억지로 참으며 이불 속을 빠져나왔다. 매들린은 옷을 입고 나갈 준비를 마친 상태였다. 간밤에 짧게 토막잠을 자고도 벌써 기운을 차린 모습이었다. 얼굴에는 결연한 의지가 서려 있었다.

어기적어기적 욕실로 향하는 조나단의 뒤통수에 대고 매들린이 소리를 지르며 옷을 집어던졌다.

"샤워는 나중에 해요. 시간이 없어요."

그들은 주인 아니타에게 약간의 사례를 하고 여관을 나섰다. 밖으로 나와 보니 눈은 여전히 그칠 기미를 보이지 않았고, 이미 적설량이 20센티미터는 돼 보였다.

도로에 쌓인 눈 때문에 교통 혼잡이 빚어지고 있었다. 사람들은 집 앞에 나와 눈을 치웠고, 시청 직원들은 눈이 쌓인 도로에 염화칼슘을 뿌렸다. 바워리에서 제설차 두 대가 눈을 도로변으로 밀어내며 천천히 달리고 있었다. 길가에 아무렇게나 세워둔 자전거와 차들은 여지없이 눈 벼락을 뒤집어썼다.

조나단과 매들린은 폰티악에 두고 내렸던 휴대폰을 들고 임시수사본부가 돼버린 카페 필스로 향했다.

눈이 내리는 데다 이른 시간이라서인지 카페 안은 한산했다. 그들은 전날과 똑같은 테이블에 앉아 커피와 요구르트, 시리얼을 시켰다.

카페 안에 TV가 없어 매들린은 노트북을 꺼내 와이파이에 연결했다.

"뉴욕에서 가장 괜찮은 뉴스 채널이 뭐죠?"

"NY1 뉴스를 찾아 들어가 봐요."

NY1 뉴스에 접속하자 시작 페이지에 〈NY1 Minute〉이라는 제목으로 60초짜리 뉴스 속보 동영상이 나타났다. 예기치 않았던 폭설로 뉴욕시내 일대가 마비되었다는 뉴스가 한참 나오더니 매들린이 기다리던 소식이 끄트머리에 아주 짧게 나왔다.

"간밤에 마샬요원인 블라이스 블레이크가 머리에 총을 맞고 살해됐습니다. 그녀의 시신은 허드슨 강에서 발견됐습니다. 블라이스 블레이크는 퇴역 군인 출신으로, 다음 주 마약 카르텔 상속녀 제저벨 코르테스의 재판에 출석할 예정인 증인의 신변보호임무를 수행 중이었습니다. 현재 증인은 FBI의 보호를 받고 있습니다."

뉴스만 들어서는 경찰이 블라이스의 죄상을 밝혀냈는지 알 길이 없었다. 매들린은 그나마 대니 도일의 안전을 확인하고 나자 마음이 놓였다. 기쁨의 순간도 잠시 그녀는 어서 앨리스를 찾아내야 한다는 긴박감에 사로잡혔다. 하지만 어디서부터 어떻게 시작해야 할지 막막하기만 했다.

"분명 공범이 있을 거예요."

매들린이 깊은 생각 끝에 말했다.

조나단이 매들린의 잔에 커피를 따라주고 나서 자기 잔에도 따르면서 말했다.

"수사를 원점에서 다시 시작해야 해요. 블라이스가 앨리스를 납치하고 나서 수사를 방해하려고 증거를 다 없앴을 테니까."

"그러니까 당신 생각은 뭐죠?"

"앨리스의 휴대폰 위치부터 추적해야겠어요."

"경찰에서 협조해야 가능한 일이잖아요. 우린 장비가 없어 불가능해요."

조나단이 고개를 가로 저었다.

"요즘은 안 그래요. 휴대폰 도난 사례가 급증해 고객들에게 위치 추적 기능을 다운받아 사용하라고 권하는 통신회사들이 많아졌어요. 최신 기종이면 앨리스의 휴대폰에도 분명 그런 옵션이 있을 거예요."

매들린은 회의적이었다.

"앨리스의 휴대폰 번호도 모르고……."

"전화번호가 아니라 메일 주소로도 가능해요."

조나단이 노트북을 매들린 쪽으로 돌려놓고 한 유명 휴대폰 업체의 '내 스마트폰 찾기' 페이지에 접속했다. 아이디와 비밀번호를 입력해야 휴대폰 위치 추적이 가능했다.

"우린 둘 다 모르니까 벌써 게임오버네."

매들린이 시큰둥한 표정으로 쳐다보자 조나단이 더 이상 참지 못하고 언성을 높였다.

"사람이 좋은 아이디어를 내면 시도해볼 생각은 안하고 왜 번번이 트집부터 잡아요?"

"쓸데없이 시간 낭비만 할까봐 그러죠."

"어쨌든 블라이스의 정체를 알아낸 건 내 덕이었잖아요."

"그 여자를 죽일 수밖에 없었던 것도 당신 덕분이었어요."

매들린의 말투에 원망이 가득 담겨 있었다.

그래, 반응의 정체는 이것이었다. 갑자기 되살아나 그녀의 어깨를 짓누르는 죄책감.

"당신이 했던 말이 있는데, 전에 이 지구상에서 인간 말종 하나가 사라졌군요, 그랬지요 아마? 매들린, 내 말을 잘 들어봐요. 블라이스는 결코 우리에게 앨리스가 있는 장소를 가르쳐줄 사람이 아니었어요."

"그렇게 말해 마음의 짐을 덜 수 있다면야……."

"내가 마음의 짐을 조금이나마 덜 수 있는 길은 앨리스를 찾아내는 것밖에 없어요. 그러니까 당신이 날 도와줘요."

즉각 조나단의 말을 되받아칠 것 같던 매들린이 갑자기 잠잠해졌다. 틀린 말이 아니었기 때문이다.

"젠장! 노부부처럼 티격태격 하다니……내가 지금 뭐하자는 짓인지 원."

매들린이 노트북 앞으로 바싹 다가앉았다.

'아이디를 입력하세요.'

"셜록 홈즈 씨, 뭐 좀 반짝이는 아이디어라도 있어요?"

"핫메일이나 지메일 아이디를 한 번 넣어 보면 어떨까요? 차라리 학교 아이디가 나오려나?"

훌륭한 아이디어라고 생각한 매들린이 새 창을 열어 줄리어드음대 인터넷사이트에 접속했다. 임직원과 학생들의 아이디는 일반적으로 이름.성@julliard.edu의 규칙을 따른다는 사실을 확인할 수 있었다.

매들린이 규칙에 따라 alice.kowalski@julliard.edu라는 아이디를 만들어 입력했다.

'패스워드를 입력하세요.'

"이거야 원. 난 도저히 안 되겠어요. 포기할래요."

조나단의 표정이 어두워졌다.

"잠깐만요. 혹시 옛날 비밀번호를 그대로 쓰고 있지 않을까요?"

"열네 살 때 쓰던 비밀번호?"

"다들 그러잖아요. 나 역시 옛날에 쓰던 비번을 지금도 그대로 쓰고 있거든요."

"뭔데요?"

"마인드 유어 비즈니스Mind your business![18]"

"에이, 그러지 말고 말해 봐요."

"제발 꿈 깨시죠."

"제발요!"

"violette1978."

매들린이 땅이 꺼져라 한숨을 내쉬었다.

"당장 바꿔야겠네."

"1978이면 당신이 태어난 해 맞죠?"

"그런데 왜요? 내가 나이보다 더 들어 보여요? 정말 그래요?"

조나단은 그녀가 막역한 사이로 되돌아온 것 같아 마음이 흐뭇해 모처럼 활짝 웃었다.

"앨리스의 비밀번호가 뭐였더라?"

"히스클리프. 《폭풍의 언덕》에 등장하는 남자 주인공."

조나단이 패스워드를 입력하고 엔터키를 눌렀다.

"우린 그저 기도나 합시다."

데이터가 처리되는 짧은 몇 초 동안 두 사람은 초조한 마음으로 서

---

18) 남의 일에 신경 끄시죠!

로를 멀뚱멀뚱 쳐다보며 앉아 있었다.

일이 그렇게 쉽게 풀릴 리가 없었다. 그동안 단 한 번도 운이 따라준 적이 없었다. 성사될 만하다가도 꼭 마지막 순간에 번번이 일이 꼬이곤 했다. 언제나 예기치 못한 장애물이 나타났고, 일은 다시 꼬여갔고, 결과는 참담하게 끝났다. 이번에도 예외일 리 없었다.

그런데 예외적인 상황이 빚어졌다.

맨해튼 지도가 컴퓨터 화면에 뜨더니 파란 동그라미가 반짝반짝 빛났다. 앨리스의 휴대폰이 바로 뉴욕, 그것도 여기서 겨우 3킬로미터도 안 되는 거리에 있다는 게 밝혀졌다.

*

그들은 동시에 꺅 하고 탄성을 내지르며 의자에서 벌떡 일어났다. 카페 안의 시선이 일제히 그들에게로 쏠렸다. 절망은 순식간에 희망으로 바뀌었다.

조나단이 화면을 들여다보며 정확한 위치를 파악했다. 5번 애비뉴와 23번가가 만나는 큰 건물.

"여기가 어딘지 알겠어요?"

매들린은 당장이라도 숨이 넘어 갈 듯 흥분해 있었다.

"플랫아이언 빌딩[19] 앞에 있는 이탈리안 '마켓'이에요."

두 사람은 데이터를 휴대폰으로 옮기고 나서 바워리로 나갔다. 눈 때문에 차량으로 이동하는 걸 포기할 수밖에 없었다.

---

19) 맨해튼에서 가장 오래된 명소 중 하나로 손꼽히는 '다리미' 모양의 삼각형 고층빌딩.

"걸어서 가는 게 어때요?"

"안돼요. 이런 날씨에 걸어가면 삼십 분 이상 걸려요. 택시를 탑시다."

폭설 때문에 옐로 캡이 대부분 운행을 포기하고 차고지로 돌아갔기 때문에 부득이 브로드웨이까지 걸어가 5분 넘게 길에 서서 택시를 기다려야만 했다.

택시에 탄 그들은 한 번 더 앨리스의 휴대폰 위치를 확인했다. 동그라미의 위치는 조금도 변하지 않았다.

"앨리스가 어쩔 수 없이 휴대폰을 버리고 간 게 아니라야 하는데……."

조나단은 은근히 걱정이 됐다.

"아까 당신이 말한 '마켓'은 뭐하는 데죠?"

"이탈리(Eataly : Eat와 Italy의 합성어 : 옮긴이)라고, 맨해튼에 있는 이탈리아 음식의 성지라 할 수 있죠. 초대형 고급 슈퍼마켓이라고 생각하면 돼요."

그들은 마켓에 도착해 택시기사에게 20달러짜리 지폐를 쥐어주면서 10분 정도 밖에서 기다려달라고 부탁했다. 텅 빈 거리와 달리 막 개장한 마켓 안은 크리스마스를 하루 앞두고 쇼핑을 나온 사람들로 발디딜 틈이 없었다.

"따라와요."

그들은 휴대폰 스크린을 수시로 확인하며 식료품가게들과 식당들, 고급 수제 식품 판매대가 끝없이 늘어선 마켓 안으로 들어섰다. 면적이 수천 평방미터에 이르는 대형 매장이었다.

앨리스의 휴대폰이 30초 간격으로 신호를 보내 실시간으로 위치를 알려주고 있었다. 최신 GPS 기능 덕분에 10미터 반경 내에서는 정확한 위치 확인이 가능했다.

"이쪽이에요."

그들은 인파를 헤치고 탑처럼 쌓인 효모 빵들, 파스타와 리조토 테이크아웃 박스들, 절구 모양의 파르메산 통치즈들, 높이 매달린 파르메산 햄들, 채식 레스토랑들, 피자가게들을 차례로 지나갔다.

"저기예요."

그들 앞에 아이스크림과 커피 시식 카트들이 밀집해 있는 통로가 나타났다.

그들은 귀를 바짝 세우고 통로를 오가는 사람들을 한 명씩 유심히 살피기 시작했다. 왕래가 많은 곳이다 보니 비좁고 소란스러웠다.

"쉽지 않겠어요. 이번에는 뭐 기발한 생각 좀 없어요?"

매들린이 한숨을 쉬며 조나단을 쳐다보았다.

조나단이 휴대폰 단말기를 다시 내려다보았다.

"여길 보니까 메시지를 남길 수 있고, 진동모드에서도 휴대폰을 이 분간 쉬지 않고 울리게 할 수도 있다고 나와 있어요."

"한 번 해봐요."

기능을 실행시키자마자 두 사람은 귀를 쫑긋 세웠다.

하지만 북적북적 시끌시끌한 마켓에서 신호음이 울리기를 기대하는 것 자체가 무리였다. 바로 몇 미터 앞에서 나는 소리도 들을 수 없을 만큼 주변이 시끄러웠다.

"다시 시작할 준비를 해요."

매들린이 권총을 꺼내들었다.

"지금 뭘 할……?"

매들린이 주저 없이 하늘을 향해 총을 발사했다.

"바로 지금이에요."

요란한 총성이 마켓 안을 뒤흔들었다. 경악과 공포에 휩싸인 사람들의 입에서 비명이 터져 나오기 직전, 바로 0.5초의 순간, 실내는 절대적인 정적이 감돌았다. 그때 짜랑짜랑한 휴대폰 신호음이 길게 울려 퍼졌다.

"바로 저 여자예요."

매들린이 에스프레소 시음 카트 앞에 서 있는 젊은 여직원을 권총으로 가리켰다.

열여덟에서 스무 살 가량, 곱슬머리를 스트레이트파마로 곧게 편 혼혈 여자였다. 그녀의 앞치마 호주머니 밖으로 휴대폰이 비죽 튀어나와 있었다. 매들린이 쏜살같이 뛰어가 그녀를 카트 앞으로 끌어냈다.

"따라와."

매들린과 조나단은 경비 직원들이 도착해 일이 복잡해지기 전에 그녀를 양쪽에서 들다시피 해 밖으로 데리고 나왔다. 그녀는 영문을 모르겠다는 듯 눈물을 뚝뚝 흘리며 끌려나왔다.

다행히 택시기사가 아직 그들을 기다리고 있었다.

"그건 뭐요?"

택시기사가 콜트 권총을 보고 불안한 표정을 지었다.

"밟아, 안 그러면 당신을 쏠지도 모르니까."

매들린이 기사를 향해 소리를 빽 지르고 나서 여전히 흑흑 울고 있는 아가씨에게 물었다.

"아가씨는 이름이 뭐야?"

"저는 마야라고 해요."

"이 휴대폰은 언제부터 갖고 있었어?"

"그게……그러니까 어제 아침부터요."

"그만 훌쩍거리고 그 휴대폰을 누가 줬는지 말해봐."

"제 남자친구인 앤서니가 선물로 줬어요."

"선물?"

"일하다가 슬쩍한 거라고 했어요. 비밀번호를 모른다며 한 번 끄지면 켤 방법이 없으니 끄지 말라고 신신당부했어요."

"앤서니는 뭐하는 녀석이야?"

"브루클린의 컬럼비아 스트리트에 있는 견인차량보관소에서 일해요."

견인차량보관소? 아이를 잡아 가둘 만한 곳이야. 당장 찾아가 수색해봐야겠어.

"앤서니는 오늘도 일하는 날이야?"

"아니요. 지금은 스타이브샌트 타운에 있는 부모님 집에 가 있어요."

매들린이 뉴욕 지리 전문가인 조나단을 돌아보았다.

"여기서 멀지 않아요. 동쪽 끝으로 14가에서부터 23가까지 걸쳐 있는 동네죠."

매들린이 운전석과 뒷좌석을 분리하는 유리창을 두 번 탁탁 두드렸다.

"들었지, 판지오(후안 마누엘 판지오 : 포뮬러 원 챔피언에 여러 번 등극했던 아르헨티나 출신의 유명 카레이서 : 옮긴이)."

*

2차세계대전 종전 직후 조성된 스타이브샌트 타운은 붉은색 벽돌로 건축한 아파트가 100여 동 서 있는 대형 아파트 단지였다. 부동산 가격이 폭등했지만 임대료 상한 제한이 적용되는 덕분에 경찰, 소방관, 교사, 간호사 등의 직업을 가진 중산층 주민들이 맨해튼 밖으로 밀려나지 않고 살아가는 곳이었다.

택시는 마야가 가리키는 대로 아파트 사이를 요리조리 지나 목적지 앞에 도착했다.

"다 왔어요. 여기 구 층이에요. 엘리베이터에서 내리면 오른쪽으로 바로 두 번째 문."

"넌 우리와 같이 올라가고, 당신은 이제 그만 돌아가봐요."

택시기사는 추가 요금을 요구하지도 않고 급히 줄행랑을 쳤다.

매들린이 발로 세게 걷어차자 공공 임대아파트의 현관문이 맥없이 열렸다. 조나단은 그녀가 필요 이상으로 과격하게 행동하는 것 같아 은근히 걱정스러웠지만 앨리스를 찾기 위해선 어쩔 수 없다는 생각이 들었다.

집안에는 늦잠을 자던 앤서니밖에 없었다. 알몸으로 잠을 자던 그는 영문을 모른 채 그들을 맞았다. 매들린의 권총이 그의 고환을 겨누었다. 늘씬한 장신에 단단한 복근을 자랑하는 그는 래퍼처럼 몸 전체에 문신을 새기고 있었다. 매들린이 조건반사적으로 성기부터 가리는 그를 향해 두 손을 머리 위로 올리라고 소리쳤다.

"묻는 말에 똑바로 대답하지 않으면 너의 블랙 맘바(아프리카산 독사. 여기선 앤서니의 성기를 비유적으로 가리킴 : 옮긴이)에 총알 세례를 퍼부을 테다. 알아들어?"

"네……."

"이 휴대폰, 어디서 훔쳤어?"

조나단이 앨리스의 휴대폰을 그의 눈앞에 대고 흔들었다.

"주웠어요."

"어디서?"

"엊그제 밤 견인한 차에서요."

"어떤 차였는데?"

"뽑은 지 얼마 안 되는 닷지픽업이었는데, 차 안에 전화를 두고 내렸더라고요. 뒷좌석 밑에 떨어져 있어서 그냥⋯⋯."

"닷지픽업을 견인한 장소가 어디야?"

"코니아일랜드."

"좀 더 자세히 말해봐. 거리 이름을 대보란 말이야."

조나단이 소리를 빽 질렀다.

"저도 잘 몰라요. 해변에서 가까운 곳이고, 옛날에 유령의 집이 있었던 자리 부근이에요. 그 근처에 핫도그 장사도 있었고, 바로 앞 공터에서 개들이 컹컹 짖어대는 소리가 난 것 같아요."

조나단이 휴대폰에 주변 지도를 띄워 한 곳을 손으로 가리켰다.

"여기야?"

"조금 더 해변 쪽으로. 여기, 오른쪽⋯⋯."

매들린이 정확한 위치를 머릿속에 암기했다.

"이제 가요."

매들린은 조나단과 함께 아파트를 나섰다.

# 37 뜨거운 피

어둠 속에서 웅크린 채 죽음을 맞는 짐승과 달리 인간은 최후의 순간에 빛을 찾는다.
인간은 자신의 집에서, 익숙한 환경에서 죽음을 맞고 싶어 한다.
그런 인간에게 어둠은 익숙한 환경이 될 수 없다.
—그레이엄 그린

코니아일랜드

오전 10시

앨리스의 몸이 땀에 흠뻑 젖어들었다. 구슬 같은 땀방울이 계속해서 얼굴을 타고 목으로 흘러내렸다. 고개를 숙여 보니 아랫배 쪽 추리닝 바지 위로 피가 벌겋게 번져 있었다. 신장에 출혈이 생긴 게 분명했다. 생명이 위험하다는 뜻이었다.

앨리스는 신열에 들뜬 상태에서도 정신을 가다듬고 생각을 집중하려고 안간힘을 썼다.

최선을 다해 보지도 않고 이렇게 죽을 순 없어…….

발목을 좌우로 움직여 보니 V밴드 커플링이 제법 헐거워지긴 했는데 아직 발을 밖으로 뺄 수 있을 정도는 아니었다. 다리가 천근만근 무거웠지만 그녀는 바닥에 누운 채로 발을 힘껏 뻗어 양변기를 뒤에서 떠받치는 낮은 간이담벽락을 잡았다. 그 자세를 그대로 유지하면서 벽 모서리에 나일론밴드를 대고 갈아대기 시작했다. 벽 표면이 닳아 대체로 우둘투둘했지만 줄이 끊길 정도로 날카로운 곳도 더러 있었다.

땀이 비 오듯 흐르고, 다리에 쥐가 났지만 그녀는 15분 가량 다리를 앞뒤로 움직이며 같은 동작을 반복했다. 결국…….

V밴드 커플링이 발목에서 떨어져 나갔다.

앨리스는 조금은 자유로워졌다는 생각에 만족감을 느꼈다. 수갑이 채워진 손은 여전히 배관에 묶여 있었지만 이제 불가능은 없어 보였다.

앨리스는 이제 쭈그려 앉은 상태에서 한쪽 발을 다른 쪽에 번갈아 얹으며 마비되다시피 한 다리 근육을 풀었다. 그녀는 희미한 불빛 속에서 배관을 유심히 관찰했다. 백 년도 더 된 듯 노후한 배관이었다. 가까이서 들여다보니 파이프 이음매 부분에 부식이 일어나고 있었다.

두 동강을 내려면 십중팔구 저기를 발로 차야겠지.

앨리스는 자세를 바로 잡고 운동화 오른쪽 뒤축으로 파이프의 연결 부위를 힘껏 찼다. 파이프가 요란하게 흔들릴 뿐 생각대로 쉽게 부러지지는 않았다. 파이프의 진동 때문에 수갑을 찬 손목이 칼에 베이는 듯 아팠지만 이제 그 정도 통증쯤은 문제도 아니었다.

앨리스는 충격을 좀 더 가하면 배관이 두 동강 날 것이라 확신했다. 그런데 배관을 한 번씩 찰 때마다 건물 전체가 떠나갈 듯 큰 소리가 났다. 혹시라도 유리가 주변에 있다면 소리를 듣고 달려올 게 뻔했다. 하지만 이제 더 이상 잃을 것도 없었다.

앨리스는 얼마 남지 않은 힘을 짜내 더 세게 배관을 찼다. 그녀의 예감은 제대로 적중했다. 열 번 가량 연속으로 가격하자 취약한 이음매 부분이 둘로 쩍 갈라졌다.

앨리스는 비로소 해방감을 느끼며 탄성을 질렀다.

그러나 자유의 몸이 된 그녀가 뒤를 돌아보았을 때…….

유리가 무시무시한 표정을 지으며 문턱에 서 있었다. 그가 입을 실룩이자 부은 얼굴이 더욱 험악하게 일그러졌다.

"예쁜 마트로시카(러시아 민속인형 : 옮긴이)가 어딜 가려고?"

유리가 성큼성큼 다가오자 앨리스는 짐승처럼 울부짖다 정신을 잃고 바닥에 쓰러졌다.


### 맨해튼

매들린과 조나단은 서둘러 아파트 단지를 나왔다. 시커먼 하늘에서는 여전히 눈이 내리고 있었고, 바람도 거세게 불었다. 벌써 열두 시간째 폭설이 퍼붓고 있었다. 적설량은 이미 30센티미터를 넘어섰지만 눈은 좀처럼 그칠 기미를 보이지 않았다. 한결 탐스러워진 눈송이가 쉬지 않고 땅으로 떨어지고 있었다. 매서운 돌풍까지 불어 보행자들은 얼굴을 들기조차 힘들었다.

"여기서 코니아일랜드까지 어떻게 가죠?"

매들린이 눈보라가 몰아치자 조나단의 귀에 들리게 큰소리로 말했다.

"지하철을 이용하는 게 좋겠어요. 길 건너에 지하철역이 있어요."

오랫동안 뉴욕에서 산 조나단에게 눈은 전혀 생소한 게 아니었다. 하지만 이번의 기습적인 폭설은 뉴욕시청도 당혹스러워할 만큼 유례없는 적설량을 보였다.

도로 폭이 넓은 14가 선상에 버스 한 대가 길을 막고 서 있었고, 택시들은 거북이 운행을 하고 있었다. 무모하게 자전거를 끌고 나온 남자가 매들린과 조나단이 보는 앞에서 평생 잊지 못할 낙상을 당했다.

제설차와 파워셔블들이 대로에 쌓인 눈을 계속해서 치우고 있었지만 제설장비 부족으로 골목에 쌓인 눈은 치울 엄두를 내지 못했다. 크리스마스 휴가를 맞아 제설 인력도 태부족일 것이다.

매들린과 조나단은 지하철역으로 내려갔다. 계단이 빙판처럼 미끄러웠다.

"눈 때문에 곧 한바탕 난리가 나겠어요. 두고 봐요. 한 시간 이내에 도시가 난장판이 될 테니까."

조나단이 걱정스럽게 말했다.

벌써 전동차가 연착되기 시작했다. 두 사람은 늦게 도착한 만원 지하철에 간신히 올라탔다.

"여기서 코니아일랜드까지 멀어요?"

매들린이 초조하게 손목시계를 내려다보며 물었다.

조나단이 지하철 노선도를 확인했다.

"한 번에 가지는 못하고, 유니언스퀘어에서 갈아타야 해요. 거기서부터는 한 시간도 안 걸려요."

"차로 가면?"

"보통은 한 이십 분 걸리는데, 오늘 같은 날은 도저히 불가능하겠죠."

전동차가 서행하는 바람에 세 정거장을 가는 데 한참이나 시간이 걸렸다.

매들린이 유니언스퀘어 지하철역 승강장에 내리자마자 갑자기 조나단의 팔을 끌어당기며 말했다.

"빨리 날 안아요."

매들린은 조나단과 포옹하는 척하며 그의 청바지 허리춤에 권총을 슬쩍 찔러 넣었다. 감시카메라에 찍힐 것에 대비해 나름 머리를 굴린 것이었다.

"난 어떻게 해야 하죠?"

"당신은 계속 지하철을 타고 가요. 난 도로로 갈 방법을 찾아볼 테니까."

"정신 나갔어요? 맨해튼 밖으로 나가는 도로들이 곧 죄다 봉쇄될 거예요."

"나에게도 다 생각이 있어요. 먼저 도착한 사람이 알아서 일을 처리해야만 해요. 테이크 케어Take Care."

매들린은 조나단이 말릴 틈을 주지 않고 휑하니 나가 버렸다.

*

캄캄한 하늘이 낮게 내려 앉아 마치 한밤중처럼 느껴졌다. 보통 때는 사람들로 북적이는 유니언스퀘어에도 인적이 드물었다. 간혹 도로를 지나다니는 차들은 깜박이를 켜고 서행하고 있었다. 택시 지붕에도 대부분 '쉬는 차'라는 표시등이 들어와 있었다.

NYPD(뉴욕 경찰 : 옮긴이)의 사륜구동 순찰차가 교통 소통을 위해 도로에 버려진 자동차를 견인하는 작업을 하고 있었다. 4WD차량이 아니면 사실상 도로 주행이 불가능한 기상 조건이었다.

매들린은 파크 애비뉴 어귀에서 눈에 바퀴가 빠져 꼼짝하지 못하는 리무진을 발견하고 NYPD의 포드 익스플로러가 윈치로 들어 올리러 와주길 기다렸다. 그녀의 계산대로 순찰차가 리무진 쪽으로 다가왔다. 경찰 두 사람이 차에서 내리는 순간 그녀는 냉큼 순찰차 운전석에 올라탔다.

"이봐!"

경찰이 그녀를 가리키며 소리를 질렀다. 그녀는 쏜살같이 차를 몰아 경찰들을 지나 도망쳤다. 차체 길이가 5미터, 중량이 2톤 가까이 나가는 포드 익스플로러는 눈길에서의 안정성 하나는 정말 뛰어난 차였다.

매들린은 달리면서 안전벨트를 매고, 운전석 높이를 편안하게 맞추고, 백미러 각도를 다시 조절했다. 뉴욕 지리에 꽤나 익숙해진 그녀는 자신 있게 남동쪽을 향해 달리기 시작했다. 그녀는 견인업체 직원 앤서니가 이야기해준 주소를 GPS에 입력했다. 이제 정말 목표가 눈앞에 있었다. 그녀는 조나단 덕분에 앨리스의 납치장소를 정확하게 알아낼 수 있었다. 3년 동안 그녀를 짓눌러 왔던 수사가 종결될 시간이 이제 얼마 남지 않은 셈이었다. 경찰에서 도난차량에 대한 수배령을 내릴 것이고, 모든 경찰차는 위성으로 위치 추적이 가능하다는 사실을 모르지 않았다. 오히려 그녀가 바라는 상황이었다. 사태가 심상치 않게 돌아갈 것에 대비해 코니아일랜드로 최대한 많은 경찰을 집결시키는 게 그녀의 의도였다.

처음 몇 킬로미터는 그야말로 꿈만 같았다. 사륜구동 경찰차를 몰고 텅 빈 도로를 달리다 보니 마치 도시 전체가 자기 것이라도 되는 양 착각되었다. 브루클린 다리가 점점 가까워지면서 서서히 정체 현상이 나타나기 시작했다.

매들린은 라디오를 틀어 지역 뉴스 채널에 주파수를 맞추었다. 시에서 폭설이 내리는 동안에는 가급적 외출을 자제하라는 안내방송을 귀가 따갑도록 내보내고 있었다. 하지만 크리스마스가 낀 주말을 맞은 뉴요커들이 순순히 안내방송에 따라 맨해튼 밖으로 나가는 걸 포기할 리 없었다.

매들린이 경광등을 켜고 사이렌을 울리자 효과는 즉각적으로 나타났다. 운전자들이 옆으로 비키며 길을 만들어준 덕분에 그녀는 브루클린 다리를 순식간에 건넜다. 그녀는 경찰차를 운전하는 특권을 제대로 누려보자고 생각하면서 어퍼 베이 강변을 따라 난 왕복 3차선 도로인 인터스테이트(미국에서 주와 주 사이를 잇는 고속도로에 붙이는 이름 : 옮긴이) 278번을 탔다. 폭설로 정상적인 도로 주행이 불가능했지만 아직 다행히 시당국에서는 다리와 터널을 봉쇄하지 않고 있었다. 라디오에서는 조만간 교통통제가 시작될 거라는 뉴스가 계속해서 흘러나오고 있었다.

긴급차량들 사이로 곡예하듯 내달리던 매들린의 눈앞에 곧 정체 구간이 나타난다고 안내해주는 전광판이 나타났다. 2킬로미터 가량 더 달리자 역시나 차선이 줄어들며 차들이 엉금엉금 거북이 운행을 하고 있었다.

매들린은 길을 뚫고 나갈 요량으로 급히 중앙분리대 쪽으로 차를 틀어 달리기 시작했다. 콘크리트 분리대 벽을 스치며 빠른 속도로 앞으로 나가다보니 왼쪽 백미러가 떨어져나갔다.

빌어먹을!

설상가상으로 대형화물트럭 한 대가 앞에서 도로를 가로로 완전히 막고 서 있었다. 이제 오도 가도 못하는 신세가 됐다.

매들린은 당황하지 않고 순찰차 내부를 살폈다. 차문 포켓에 순찰차에 탔던 경찰이 생각 없이 두고 내린 권총이 한 자루 꽂혀 있었다. NYPD에서 직무용으로 지급하는 글록 17이었다.

매들린은 글록 권총을 챙긴 다음 포드 익스플로러를 버리고 걷기 시작했다. 무겁게 내려앉은 하늘과 지평선을 하얗게 뒤덮은 눈 때문에 고속도로는 마치 유령 도시 같은 분위기를 자아내고 있었다. 그녀는 백여 미터를 걸어 사고지점을 지나갔다. 조금 더 걸어가자 운전자들이 아슬아슬한 핸들 조작으로 눈에 빠진 차를 빼내는 광경이 보였다.

매들린은 제일 앞에 보이는 차를 주시했다. 대머리 남자가 운전하는 왜건이었다. 차의 뒤쪽 차창에는 티 파티(Tea Party : 미국 독립전쟁의 도화선이 된 보스턴 차 사건에서 유래해 조세 저항의 상징적 표현으로 사용되었으나 최근에는 반정부 극우 성향의 정치 단체들을 포괄적으로 가리키는 용어로 사용되고 있음 : 옮긴이) 스티커가 붙어 있었다.

"차에서 내려!"

매들린이 대머리 남자의 얼굴에 총구를 겨누었다.

군말 없이 차에서 내려 얌전히 도로에 서 있던 남자는 매들린이 자리를 뜨자마자 주먹을 하늘로 치켜들고 욕지거리를 퍼부었다.

매들린은 액셀러레이터를 세게 밟으며 전력으로 질주했다. 이번에는 경광등과 사이렌 소리 대신 클랙슨에 손을 얹고 달렸다.

목표가 가까워졌다. 매들린은 코니아일랜드 출구로 빠지기 위해 급커브를 틀었다. 차가 균형을 잃고 옆으로 심하게 요동치는 순간 뒷바퀴가 정지했다. 하지만 그녀는 급히 속도를 줄이고 노련한 솜씨로 재빨리 핸들을 틀어 가까스로 전복을 면했다.

인질로 잡힌 앨리스의 모습이 머릿속에서 되살아났다.

생지옥에서 구사일생으로 살아 돌아온다고 한들 앞으로 얼마나 큰 상처를 안고 살아가야 할까? 여태껏 강한 의지 하나로 삶의 균형을 잡으며 살아온 아이였다. 또 한 번의 끔찍한 충격이 가해진다면 아이에게 얼마나 큰 상처가 될 것인가? 아이가 정신적 충격에서 헤어나지 못해 평생 증오심을 품고 살아가게 되는 건 아닐까?

매들린은 넵튠 애비뉴가 나타나자 머리를 비우려고 애썼다. 그녀는 앤서니가 얘기한 골목으로 차를 꺾어 들어갔다.

**뉴욕 지하철 F라인**

**파크 슬로프역**

'승객 여러분, 열차가 잠시 정차하고 있습니다. 승객 여러분의 안전을 위해 승강장⋯⋯.'

조나단은 초조하게 손목시계를 내려다보았다. 매들린이 어디 있는지 궁금해 여러 번 전화를 걸었지만 연결 불가라는 메시지만 나타날 뿐이었다.

전동차가 역 사이에서 정차하는 횟수가 갈수록 늘어났다. 선로 결빙 때문에 폐쇄되는 지하철역이 점점 많아지고 있었다. 코니아일랜드는 아직 멀었는데⋯⋯.

*

골목 어귀에 도착하니 눈을 치우지 않아 통행이 불가능해 보였다. 매들린은 왜건을 세우고 글록 권총을 꺼내 탄창에 실탄이 들어 있는지 확인한 다음 골목으로 걸어 들어갔다. 노후화된 건물들과 녹슨 회전목마들이 드문드문 보이는 옛 놀이공원 터는 종말을 앞둔 세상처럼 황량하고 을씨년스러운 분위기를 풍겼다. 군데군데 건설현장이 보이는 걸 보면 곧 재개발이 진행되겠지만 단기간에 큰 변화가 생길 것 같지는 않았다. 눈보라가 몰아치며 인적이 끊긴 거리에서는 으스스한 기운이 감돌았다. 바람 소리에 섞인 파도 소리, 철제구조물들이 바람에 흔들리며 삐걱거리는 소리가 정적을 갈랐다.

잠시 후, 갑자기 개 짖는 소리가 들려왔다.

매들린은 순간 견인업체 직원이 했던 말이 떠올랐다.

공터에서 개들이 컹컹 짖어대는 소리가 난 것 같아요.

제대로 찾았어.

매들린은 담장 밖에서 곰팡이가 핀 나무판자를 벌려 안을 들여다보았다. 눈에 광기를 머금은 독일산 맹견 한 마리가 이빨을 허옇게 드러내고 사납게 짖어대고 있었다. 가죽만 앙상하게 남은 몰로스를 보는 순간 매들린은 공포에 사로잡혔다.

무슨 병이라도 걸린 걸까? 아니면 어떤 미친놈이 개가 저 지경이 되도록 굶기면서 학대를 하고 있다는 것인데……

빠르게 분비됐던 아드레날린의 양이 서서히 줄어들며 두려움이 일기 시작했다. 그녀는 평소에도 개와는 그다지 친하지 않았다. 어렸을 때 복서한테 물린 뒤로는 개를 멀찌감치 피해 다녔다. 하지만 개들은 멀리서도 그녀의 공포심을 본능적으로 감지하고 으르렁거리며 짖어대곤 했다.

자물쇠가 걸려 있는 철책을 열어야 안으로 들어갈 수 있었다. 그녀는 권총집에서 권총을 뽑아들고 자물쇠에 대고 한 발을 쏘았다. 그녀가 자물쇠를 뜯어내고 공터로 들어서자 총소리를 듣고 혼비백산한 개가 슬금슬금 뒷걸음질을 쳤다.

매들린은 당장 무너질 것처럼 허술한 대형 창고 쪽으로 부지런히 걸음을 옮겼다. 그녀가 미처 창고 안으로 들어가기도 전에 몰로스의 지원군이 나타났다. 다섯 마리쯤 되는 개들이 그녀를 둘러싸고 합창이라도 하듯 맹렬하게 짖어댔다. 그러다가 한 마리가 벼락같이 달려들며 그녀의 왼팔을 기습적으로 물었다.

매들린은 개의 이빨이 살을 파고들자 비명을 질렀다. 그 사이 다른 개가 그녀의 다리를 물어 진창으로 쓰러뜨렸다. 이제 다른 한 마리가 목을 물어버릴 기세로 사납게 달려들었다.

매들린은 가장 먼저 달려드는 개의 머리에 대고 총을 발사했다. 그 다음은 자신을 공격한 두 마리도 차례로 쏘아 죽였다. 몹시 분노한 그녀는 자신을 향해 달려드는 나머지 두 마리에게도 사정없이 총을 쏘았다.

매들린은 개 다섯 마리의 사체를 내려다보며 가쁜 호흡을 가다듬었다. 그녀는 개들이 언제 어디서 또 나타날지도 모른다는 생각에 긴장감을 늦추지 않고 방아쇠에 손가락을 걸어두었다. 몸은 피투성이가 되고 개의 이빨이 파고든 부분의 살점이 떨어져나가 끔찍하게 아팠지만 상처를 살피고 있을 여유가 없었다.

매들린은 벌떡 일어나 창고 문에 걸린 자물쇠를 향해 다시 총을 한 발 발사했다.

\*

"앨리스?"

매들린이 크게 앨리스의 이름을 불렀다.

창고 내부는 캄캄했다. 매들린은 권총집에서 포켓 램프를 꺼내 총신 레일 위에 붙였다.

"앨리스?"

매들린은 램프를 비추며 방아쇠에 손가락을 건 채 앞으로 천천히 걸어갔다. 잘 다져진 흙바닥에 난 발자국이 철제계단으로 이어지고 있었다.

만약 누군가 여기 숨어 있다면 한 방에 가겠는걸. 조나단이 올 때까지 기다릴 걸 그랬나? 경찰에 먼저 알릴 걸 그랬나?

매들린은 단 일분 일초도 허비할 수 없기에 이렇게 먼저 달려왔다.

"앨리스?"

매들린은 계단을 걸어 내려가기 시작했다. 아래쪽으로 컴컴한 터널 같은 게 보였다. 그녀는 총구를 위로 올려 차가운 바람이 밀려들어오는 좁은 통로를 비추었다. 팔에 난 상처에서 계속 피가 흐르고 있었지만 긴장과 공포 때문에 전혀 통증을 느낄 수 없었다. 다양한 종류의 배관 파이프들이 가득한 지하는 쓰레기장을 방불케 할 만큼 오물이 산더미처럼 쌓여 있었다.

〈THE SCARIEST SHOW IN TOWN〉에 등장하는 흉측한 괴물들을 그려놓은 나무 광고판을 보자 오싹 소름이 돋았다. 물웅덩이에 발이 빠지는 순간 어둠 속에서 쥐들이 찍찍거리는 소리가 들려왔다. 매들린은 권총에 끼운 램프로 발아래를 비추었다. 쥐떼가 우글거렸다. 터널을 지나자 더 깊숙한 지하로 내려가는 나선형계단이 나타났다.

"앨리스?"

매들린은 한 번 더 앨리스의 이름을 불렀다. 그녀는 사실 아이의 이름을 부르면서 자기 자신에게도 용기를 불어넣고 있었다. 눈앞에 녹슨 철문이 열 개 가량 나타났다. 그녀는 총을 쏴 첫 번째 문의 자물쇠를 따고 들어가 곰팡내가 물씬 나는 실내를 구석구석 비추었다.

실내는 텅 비어 있었다. 매들린은 나머지 문도 똑같은 방식으로 차례로 열고 들어갔다. 하나같이 내부는 텅 비어 있었다. 이제 마지막 문 하나만이 남았다.

방 안에 희미한 전등이 켜져 있었다. 볼품없는 야전침대도 하나 놓여 있었다. 앨리스가 묶여 있던 것과 비슷한 배관이 눈에 띄었다. 방 한쪽 구석에 끊어진 나일론V밴드 커플링, 절연테이프, 분홍색과 회색이 섞인 후드 달린 플리스재킷이 보였다.

매들린은 바닥에 쪼그리고 앉아 앨리스의 옷을 주워 얼굴에 가져다 댔다. 땀에 축축하게 젖은 옷에 아직 미지근한 온기가 남아 있었다. 냉기가 도는 방인데 아직 옷에 온기가 남아 있는 것으로 보아 앨리스는 방금 전까지 여기에 있었다는 의미였다.

또 한 발 늦었어.

그러나 마냥 낙담하고 있을 때가 아니었다.

매들린은 벌떡 일어나 총을 손에 움켜쥐고 축축한 통로를 지나 창고 밖으로 걸어 나왔다. 추격은 아직 끝나지 않았다.

# 38 리틀 오데사

"보호해주고 싶은 사람이 있는데 그러지 못해 가슴이 너무 아파요." 앤젤이 말했다.
"얘야, 다른 사람을 우리가 보호해줄 수는 없단다. 사랑해주는 게 우리가 할 수 있는 전부야."
월리가 대답했다.
—존 어빙

흰색 밴 한 대가 눈보라를 헤치며 바퀴가 푹푹 빠져드는 서프 애비
뉴를 힘겹게 달리고 있었다. 와이퍼를 최대한 빨리 움직여도 쏟아 붓
듯이 떨어지는 눈송이들을 치우기에는 역부족이었다.

운전대를 잡은 유리는 안절부절못했다. 그는 한 시간 전에 뉴스로
블라이스의 사망소식을 접하고 큰 충격을 받았다. 경찰에 체포될까봐
가슴을 졸이던 그는 어차피 엎질러진 물인데 아이를 팔아 한몫 잡을
수 있는 방법을 찾아보기로 작정했다.

블라이스도 사라졌으니 아이를 어떻게 처분하든 상관할 사람은 없
었다. 아이는 끝까지 도망을 치려고 발버둥을 치다가 기력을 잃고 그
의 손에 잡혔다. 아이의 몸 상태로 보아 값을 제대로 받고 팔려면 서둘
러야 할 것 같았다. 일단 타첸코 형제들에게서 아이를 사겠다는 구두
약속을 받아놓았다. 타첸코 형제는 우크라이나 출신으로 금전 갈취와

매춘, 무기밀매 등 다양한 범죄에 손을 대고 있었다.

아이는 어디에 내놔도 빠지지 않는 얼굴에 어리지만 성숙미가 있어 타첸코 형제가 군침을 흘릴 만했다. 게다가 아직 처녀이기 때문에 일이 잘만 풀리면 단단히 한몫 챙길 수 있을 거라는 계산이 섰다. 일단 몸을 추스르게 한 다음 매춘을 시키면 포주 입장에서는 재미를 쏠쏠하게 볼 수 있을 것이다.

밴은 거북이걸음으로 앞으로 꾸역꾸역 나아갔다. 계기판 위에 성모 자상과 함께 걸어둔 묵주가 차가 덜컹거릴 때마다 심하게 흔들렸다. 유리는 브라이튼 애비뉴가 나타나자 안도의 한숨을 내쉬었다. 상점들이 밀집해 있는 이 도로는 머리 위로 고가전철이 지나가고 있어 적설량이 그리 많지 않았다. 그는 밴을 유턴해 식료품점 앞에 세웠다. 밴에서 내리기 전에 그는 뒷자리에 태운 아이를 살펴보았다. 고열 때문에 정신이 혼미해진 아이는 차 바닥에 꼼짝하지 않고 누워 있었다. 아이는 아까부터 계속 물을 달라고 했다.

"다른 건 필요 없나? 먹을 걸 줄까?"

앨리스가 고개를 끄덕였다.

"저……."

*

매들린은 비틀거리는 걸음으로 창고를 걸어 나왔다. 다섯 마리의 개들이 처참하게 널브러져 있는 공터를 서둘러 빠져 나온 그녀는 아침에 먹은 음식을 모두 토했다. 여전히 속이 울렁거렸고, 얼굴은 땀범벅이었다.

조금만 더 빨리 도착했어도 앨리스를 구할 수 있었을 텐데……. 이제 어떡한다? 끝까지 추적해야지. 놈은 겨우 15분쯤 전에 여기서 사라졌어.

쏟아지는 눈송이 때문에 10미터 앞도 제대로 보이지 않았다. 차로 운행하는 건 비효율적으로 보였다. 걸어서 움직여야 상황에 따라 유연하게 대처할 수 있을 것 같았다.

매들린은 골목을 나와 거세게 출렁이는 대서양을 바라보며 방파제 위에 섰다. 기대하지도 않았던 바다의 장엄한 광경이 그녀의 눈을 압도해 왔다. 마치 뉴욕이 아닌 시베리아에 온 것 같았다.

매들린은 본능적으로 널빤지가 깔린 해변 산책로를 따라 부지런히 걷기 시작했다. 낙서가 지저분한 프렌치프라이 스낵 카들이 줄지어 서 있는 보드워크에는 쓰레기통을 뒤지느라 분주한 갈매기들만 보일 뿐 사람의 자취라고는 찾아볼 수 없었다.

몸이 흠뻑 젖어들었다. 지금껏 땀이라 생각했는데 피였다. 그제야 개에 물린 상처가 떠올랐다. 한 발 옮길 때마다 보드워크 위로 가느다란 핏줄기가 떨어졌다. 개의 날카로운 이빨이 깊숙이 파고든 팔의 상처에서 피가 철철 흐르고 있었다.

매들린은 머플러를 풀어 간이지혈대를 만들고 한쪽 손과 이빨을 이용해 상처 부위를 단단히 묶었다.

매들린은 다시 부지런히 앞을 향해 걸었다.

*

전동차는 도무지 움직일 기미를 보이지 않았다. 선로가 완전히 결빙된 게 분명했다. 뉴욕 일대가 마치 흰 보자기를 덮어놓은 듯 눈 속에 푹 파묻혀 있었다. 갑자기 몰아닥친 폭설과 한파로 도시 기능이 전면 마비된 상태였다.

조나단은 지하철역 밖으로 나왔다. 휴대폰에 다시 바 몇 개가 나타 났다. 매들린에게 세 번이나 전화를 걸었지만 받지 않았다. 만나기로 한 장소까지 가려면 아직 한참 남았는데 그녀는 어디에 있는지 위치 조차 파악할 수 없었다.

궁여지책이지만 혹시…….

조나단은 생각 끝에 매들린에게 연락할 수 있는 방법을 찾아냈다.

휴대폰 위치추적을 해보는 거야.

'아이디를 입력하세요.'

그 정도야 쉽지.

그는 매들린의 이메일 주소를 외우고 있었다.

'패스워드를 입력하세요.'

두 시간 전, 매들린과 티격태격하면서 알게 됐지.

조나단은 'violette1978'을 입력하고 나서 초조한 마음으로 기다렸 다. 마침내 화면에 매들린의 현재 위치를 가리키는 동그라미가 나타 났다. 매들린은 그가 서 있는 지점에서 남쪽으로 1킬로미터 가량 떨어 진 해변 가까이 있었다. 화면을 리플래시하자 동그라미의 위치가 약 간 바뀌었다. 그녀가 지금 이동 중이라는 뜻이었다.

*

매들린은 얼굴로 날아드는 눈발을 맞으며 달리기 시작했다.

목숨이 붙어 있는 한 최선을 다하자. 어차피 지금 당장 죽지는 않을 테니까.

해변에서 나온 매들린은 주차장을 가로질러 눈앞에 보이는 큰길을 향해 달려갔다. 그녀가 도착한 곳은 리틀 오데사를 가로지르는 대로 중 하나인 브라이튼 애비뉴였다. 리틀 오데사라는 이름은 박해를 피해 러시아를 탈출해 이곳에 정착한 유태인 이민자들이 뉴욕 만을 보고 흑해 항구인 오데사와 닮았다고 해서 붙인 이름이었다. 고가 철로 아래쪽 도로변에는 러시아어 간판이 달린 가게들이 즐비하게 들어서 있었다. 눈이 내리는데도 사람들로 북적였고, 차들은 거의 평소와 다름없이 도로를 지나다니고 있었다.

매들린은 사방을 두리번거렸다. 혹시 단서가 될 만한 게 없는지, 수상한 차는 없는지…….

없었다.

천천히 걷다보니 한참 동안 잊고 있었던 통증이 되살아났다. 그리고 영어에 비해 러시아어로 말하는 소리가 압도적으로 많이 들리기 시작했다. 모두들 그녀를 향해 던지는 말들이었다.

상점 유리 진열대를 들여다보고 나서야 매들린은 사람들이 관심을 갖는 이유를 깨달았다. 재킷 한쪽 팔이 찢겨 없어졌고, 어느새 지혈대가 떨어져나간 팔에서 피가 솟고 있었다. 정확한 행선지도 모르면서 마냥 피를 뚝뚝 흘리며 휘적휘적 걸어갈 수는 없었다.

매들린은 3번가 모퉁이에 있는 델리가게로 들어갔다. 넓은 매장의 앞쪽 선반에는 파테 앙 크루트(간 고기나 생선을 파이껍질에 싸서 오븐에 구운 일종의 고기 파이 : 옮긴이), 미트볼, 철갑상어 필레 같은 러시아 식품들이 진열돼 있었고, 뒤쪽 구석에는 화장지를 비롯한 욕실 용품이 진열돼 있었다.

매들린은 소독용 70퍼센트 알코올 한 병과 솜, 거즈를 샀다. 그녀는 계산대에 과자 몇 통과 생수박스를 올려놓고 아직 계산 중인 남자의 뒤에 줄을 섰다.

"бутылку клубничного молока."

남자가 계산대 뒤로 보이는 냉장고를 가리키며 말했다.

점원이 냉장고를 열고 딸기 우유를 한 병 꺼내주었다.

반짝하는 찰나.

부름의 순간.

매들린은 남자가 계산대에 올려놓은 과자를 보았다. 하얀 크림이 든 동그란 초콜릿 과자. 앨리스가 좋아하는……오레오 쿠키.

*

매들린의 심장이 달음박질치기 시작했다. 그녀는 들고 있던 물건을 계산대에 내팽개치고 남자를 뒤쫓아 밖으로 나갔다. 장신에 상스럽고 우락부락하게 생긴 남자는 배만 나오지 않았다면 딱 럭비 선수 같은 체형이었다. 안면홍조로 퉁퉁한 양 볼에 고름이 잡힌 사내가 투박한 걸음으로 가게 아래쪽에 세워둔 흰색 밴을 향해 걸어가고 있었다.

매들린은 주머니에서 권총을 꺼내들었다. 그녀는 마치 기도라도 하듯 두 손을 모아 권총 손잡이 홈을 잡고 사내를 정조준하며 소리쳤다.

"꼼짝 마! 머리 위로 손 올려!"

여차하면 사내를 쏠 수밖에 없었다. 그가 고분고분 머리에 손을 올리고 항복할 리 없었다. 그는 어떻게든 도망치려 할 것이다.

매들린의 예상은 그대로 적중했다. 매들린은 사내가 급히 차문을 열고 밴에 오르려는 순간 방아쇠를 당겼다. 그런데 총알이 발사되지 않았다. 방아쇠를 재차 당겼지만 역시 마찬가지였다.

매들린은 그제야 탄창이 비었다는 사실을 깨달았다.

*

브라이튼 애비뉴를 걸어 올라오던 조나단의 주머니에서 휴대폰이 울렸다.

매들린이 수화기 너머에서 소리쳤다.

"흰색 밴!"

고개를 들자 20미터 앞에 매들린의 모습이 보였다. 그녀가 총을 들고 서서 긴박한 몸짓으로 그를 향해 소리치고 있었다. 거리가 멀어 그녀의 의도를 파악하기 힘들었지만 다만 직감적으로 알 수 있을 뿐이었다.

몹시 다급한 상황이라는 것을.

주머니에 든 리볼버를 꺼내야 할 때라는 것을.

결국 피를 봐야 끝나게 돼 있는 일이라는 것을.

조나단은 콜트를 꺼내 탄알을 장전한 다음 맹렬하게 앞으로 달려오는 밴을 겨누었다. 그는 평생 단 한 번도 총을 쏴본 적이 없었지만 몸에 밴 듯 익숙한 동작으로 총구를 위로 올리고 손이 흔들리지 않게 단단하게 힘을 준 다음 최대한 정확하게 밴의 운전석을 조준해 방아쇠를 당겼다.

발사된 총알이 밴의 앞 유리를 박살냈다. 도로 옆으로 미끄러지던

밴이 중앙분리대를 들이받고 뒤집힌 채 미끄러지다가 고가 철로 기둥에 부딪치며 멈춰 섰다.

*

그 순간 매들린의 관자놀이가 팔딱팔딱 뛰었고, 마치 시간이 정지해버린 듯했다. 극심한 통증은 온데간데없이 사라졌다. 고막이라도 터진 듯이 아무런 소리도 들리지 않았다. 그녀는 마치 슬로모션처럼 밴을 향해 뛰어갔다.

도로 끝에서 소방차 한 대가 사이렌을 울리며 달려왔다. 잠시 후면 경찰차와 앰뷸런스의 경광등 불빛이 눈이 쏟아지는 검은 하늘을 가르며 울려 퍼질 것이다.

사람들이 미처 충격이 가시지 않은 얼떨떨한 표정으로 하나 둘씩 그녀의 주변으로 몰려들었다. 푸주한의 손에는 고기를 자르던 칼이, 생선장사의 손에는 야구방망이가, 채소장사의 손에는 쇠막대기가 들려 있었다.

매들린이 쇠막대기를 잡아채 노루발장도리처럼 트렁크 문짝 사이에 끼우고 틈을 벌리기 시작했다.

그동안 꿈속에서 얼마나 숱하게 보아온 장면인가? 얼마나 머릿속으로 그렸던 장면인가? 앨리스를 구하는 건 그녀에게 결코 포기할 수 없는 임무였다. 세상을 살아야 할 의미이기도 했다.

드디어 트렁크 문이 양쪽으로 젖혀졌다.

매들린이 차안으로 뛰어 올라갔다.

피투성이가 된 앨리스가 몸을 결박당한 채 의식을 잃고 쓰러져 있었다.

안 돼! 이렇게 죽어서는 안 돼!

앨리스의 몸 위에 엎드린 매들린은 심장에 귀를 가져다 대고 맥박
이 뛰는지 확인했다.

그 순간, 그녀의 피가 앨리스의 피에 섞여들었다.

# 에필로그

**다음날 아침**

고요한 하늘에서 쏟아져 내리는 아침햇살이 진주 빛 도시에 반사되어 반짝거렸다.

뉴욕은 60센티미터 높이의 눈에 파묻힌 채 세상과 단절됐다. 산더미처럼 쌓인 눈이 거리와 인도를 가로막고 있었다. 버스와 택시는 차고지에, 기차는 역에, 비행기는 땅에 발이 묶였다. 단지 몇 시간 동안일지는 모르지만 맨해튼은 거대한 스키장으로 변모해 있었다.

뉴요커들은 추운 날씨에도 이른 아침부터 스키와 스노슈즈를 신고 밖으로 나왔다. 아이들은 눈썰매를 타고, 눈싸움을 하고, 장난스러운 액세서리를 붙여 눈사람을 만드느라 신이 났다.

조나단은 한 손에 일회용 컵, 다른 손에는 종이상자를 들고 빙판으로 변한 인도를 조심스럽게 걸어 내려오고 있었다. 대니 도일의 신변을 보호하고 있는 FBI의 고위 간부들과 뉴욕경찰들로부터 새벽까지 장시간 심문을 받고 병원으로 돌아오는 길이었다.

조나단은 조심하느라 했지만 결국 빙판에 미끄러졌다. 재빨리 팔꿈치를 가로등에 가져다대며 균형을 잡는 사이 컵에 담긴 뜨거운 액체가 뚜껑 밖으로 쏟아져 나왔다.

조나단은 차이나타운과 파이낸셜디스트릭트 경계에 위치한 세인트 주드 병원의 로비에 들어서고 나서야 겨우 안도의 한숨을 내쉬었다.

조나단은 엘리베이터를 타고 앨리스가 입원해 있는 병실로 올라갔다. 엘리베이터에서 내리니 복도에 제복차림의 남자들이 가득했다. 앨리스의 방을 철통같이 지키는 경찰들이었다.

조나단은 출입증을 제시하고 나서 병실 문을 밀고 안으로 들어갔다. 팔에 링거를 꽂고 침대에 누워 있던 앨리스가 그를 향해 고개를 들었다. 아직 어리둥절한 기색이 역력한 아이의 예쁜 얼굴에 환한 미소가 번졌다. 앨리스의 몸은 부족한 수분이 보충되자 빠른 속도로 회복해가고 있었다. 얼굴에는 혈색이 돌았고, 힘든 일을 겪은 아이답지 않게 표정도 차분했다.

조나단은 앨리스에게 미소를 지어 화답하고 나서 간호사가 나가면 다시 들르겠다는 손짓을 하고 병실을 나왔다.

조나단은 이제 매들린이 입원한 병실로 발걸음을 옮겼다. 그는 복도를 지나다 철제카트에서 플라스틱 쟁반을 하나 집어 들었다. 그는 손에 들고 있던 일회용 컵을 쟁반에 올려놓고, 종이상자에서 꺼낸 컵케이크 세 개를 최대한 예쁘게 담았다. 마지막으로 그는 복도 벽에 걸려 있는 하얀 화환에서 아네모네를 한 송이 뽑아 쟁반에 올려놓은 음식에 악센트를 주었다.

"아침식사 왔습니다."

매들린 혼자 있는 줄 알고 큰소리를 내며 병실로 들어섰던 조나단은 깜짝 놀랐다. 처음 보는 NYPD 경찰 고위 간부가 매들린의 침상 앞에서 딱딱한 표정으로 서 있었다. 유난히 새하얀 치아를 가진 장신의 남미계 남자였다. 단정한 제복 차림에 다소 거만한 표정의 그는 조나단에게 눈길조차 주지 않았다.

"그럼 이번 주 내로 답변을 기다리겠습니다, 마드모아젤 그린."

그가 매들린에게 인사를 하고 병실을 나갔다.

매들린은 간밤에 전신마취를 하고 수술을 받았다. 다행히 수술은 성공적으로 끝났지만 개의 이빨이 워낙 깊숙이 파고들어 평생 팔에 흉터가 남을 것이라는 진단을 받았다.

"날 주려고 가져온 거죠?"

매들린이 컵케이크를 하나 집어 들며 물었다.

"바닐라, 초콜릿, 마시멜로우로 만든 뉴욕 최고의 컵케이크죠."

"언젠가 당신 손으로 직접 만든 컵케이크를 맛볼 수 있겠죠? 그러고 보니 아직 당신이 만든 요리를 한 번도 먹어본 적이 없네요."

조나단이 고개를 끄덕이며 그녀가 누워 있는 침대에 걸터앉았다.

"앨리스는 만나봤어요?"

"이제 막 앨리스의 병실에 다녀오는 길이에요. 다행히 많이 회복됐어요."

"경찰조사는 잘 끝났어요?"

"그런 것 같아요. 당신은 병상에서 조사할 거라던데 조사관이 벌써 다녀갔어요?"

"방금 전에 방에서 나간 사람이 나를 조사하러온 경찰 간부였어요.

당신은 못 믿겠지만 그가 나에게 스카우트 제안을 했어요. 같이 일하자던데요?"

매들린은 진짜로 흥분된다는 듯 어쩔 줄을 모르고 좋아했다.

"NYPD자문 형사 어때요?"

"제안을 받아들이고 싶어요?"

"아마도 그럴 것 같아요. 꽃도 정말 좋아하지만 경찰은 나에게 운명 같은 직업이니까."

조나단이 말없이 고개를 끄덕이더니 창가로 가서 커튼을 젖혔다. 매들린은 햇살이 환하게 쏟아지는 병실에서 갑자기 차가운 전율을 느꼈다.

우린 이제 어떻게 될까?

그들은 지난 며칠 동안 위험이 주는 흥분과 스릴 속에서 살았다. 함께 시련을 이겨낸 두 사람의 미래는 분명 이전과는 달라질 것이다. 그녀의 손에 그의 목숨이, 그의 손에 그녀의 목숨이 달린 순간이 있었다. 그 순간, 그들은 서로를 깊이 신뢰했고, 서로에게 부족한 부분을 채워주었고, 서로를 마음깊이 사랑했다.

우리는 이제 어떻게 될까?

매들린이 담요를 몸에 두르고 그가 서 있는 창가로 다가갔다. 그녀보다 그가 먼저 말을 꺼냈다.

"이 집, 어떻게 생각해요?"

조나단이 그녀에게 휴대폰을 건넸다.

매들린은 조나단이 휴대폰으로 찍은 사진들을 하나씩 넘겨가며 보았다. 그리니치빌리지의 작은 골목길. 낡긴 했어도 테라코타 벽돌로 외벽을 예쁘게 꾸민 집이었다.

"정말 예쁜 집이에요. 그런데 그걸 왜 묻죠?"

"지금 팔려고 나와 있는 집인데 식당으로 꾸미면 정말 예쁠 것 같지 않아요? 이 집을 사서 식당을 해보려고요."

"정말 멋지겠어요."

조나단이 짓궂게 한 마디 던졌다.

"당신이 앞으로 뉴욕경찰이 되면 가끔 내가 수사를 도울 일이 있을 것 같은데……."

"당신이 내 수사를 돕는다고요?"

"당신이 수사하는 걸 본 결과, 옆에 브레인이 있어야 막힌 문제를 잘 풀 수 있겠던데요."

"그건 그래요. 그럼 난 당신이 요리할 때 옆에서 도와주죠, 뭐."

"흠……."

"흠이라니, 뭐요? 이래봬도 나, 요리 잘해요. 할머니가 스코틀랜드 출신이라고 말 안 했던가요? 해기스(양 내장으로 만드는 일종의 순대 : 옮긴이)를 만드는 비법을 할머니에게 직접 전수받기도 했어요. 내가 해기스 하나는 정말 기가 막히게 잘 만들어요."

"차라리 송아지 콩팥 기름으로 푸딩을 만든다고 하지 그래요."

조나단이 통유리 창문을 열었다. 그들은 이스트리버와 브루클린 다리가 내려다보이는 작은 발코니에 나가 시간 가는 줄 모르고 알콩달콩 이야기를 나누었다.

모처럼 하늘은 푸르고 공기는 맑고 상쾌했다. 매들린은 햇빛을 받아 반짝이는 눈을 내려다보며 앨리스의 일기장 첫 페이지에 적혀 있던 문구를 떠올렸다.

'인생의 가장 아름다운 날들은 우리가 아직 살지 않은 날들이다.'

오늘 아침, 매들린은 그 말을 한 번 믿어보고 싶었다.

〈끝〉

# 도움을 주신 분들

**로랑 탕기**

매들린의 꽃집은 정말로 존재합니다. 아니, 그런 것이나 다름없죠. 파리의 라미쇼디에르 거리에 있는 예쁜 꽃집 〈상상의 정원〉에서 대부분 아이디어를 얻었으니까요. 로랑, 바쁜 시간을 쪼개 플로리스트로서의 열정, 꽃집에 얽힌 재미난 일화들을 들려줘 고마웠어요.

**피에르 에르메**

피에르, 새로운 디저트가 개발되는 '메커니즘'을 상세히 설명해줘서 집필에 정말 많은 도움이 됐어요. 조나단이 새로운 요리에 대한 영감을 얻는 순간을 머릿속에 실감나게 그릴 수 있었던 건 모두 피에르 덕분이에요.

### 막심 샤탕과 제시카

막심, 덕분에 '브롤린*의 브루클린' 구경 정말 잘했어요. 고마웠어요. 2009년 12월 25일, 눈 덮인 코니아일랜드를 함께 걸었던 추억은 이 소설의 마지막 몇 챕터를 구상하는 데 아주 큰 도움이 됐어요.

*막심 샤탕의 소설 《악의 3부작》의 주인공 조슈아 브롤린 형사(옮긴이)

### 독자 여러분

작품을 쓸 때마다 늘 여러분 소식을 전해주시고 좋은 아이디어를 보내주셔서 제게 힘을 주시죠. 머리 숙여 감사드립니다.

### 공항에서 마주쳤던 '이름 모를 여자분'

2007년 8월 몬트리올에서 실수로 잠깐 저와 휴대폰이 바뀌었던 적이 있었죠. 그 일에서 영감을 얻어 이렇게 새 소설을 내게 되었네요.

# 지명과 인명들

맨체스터를 잘 아시는 독자 분들은 치탬 힐Cheatham Hill이라는 도시가 실제로 존재하는데 매들린과 대니의 고향이 굳이 치탬 브리지 Cheatam Bridge로 설정된 걸 보고 의아하게 생각하셨을 것 같아요. 그건 의도적인 설정이었습니다. 두 사람이 태어나 성장한 곳을 소설가적 상상력으로 창조해본 것이었지요. 소설은 제게 또 하나의 현실세계니까요.

반면, 줄리어드음대는 아시다시피 가상이 아닌 실제 공간입니다. 줄리어드음대는 예술에 뛰어난 재능이 있는 학생들이 공부하는 뉴욕의 명문 대학이죠. 혹시 독자 분들 중에 줄리어드음대 학생이 있다면 학교에서 벌어지는 무서운 장면을 읽으면서 절대로 놀라지는 마세요. 그건 순전히 제 머릿속에서 만들어진 허구의 장면일 뿐이니까요.

또한, 책 중간 중간에 문화적 암시들이 많은데요. 앵무새 보리스는 만화가 에르제와 그가 그린 만화 《탱탱의 모험》에 등장하는 못 말리는 욕쟁이 해독 선장을 염두에 두고 만든 거예요. 3장 첫머리에 나오는 노래는 너무도 유명한 조르주 브라센스의 〈페르낭드(에디시옹 뮤지칼 57 발매 음반)〉에서 따온 것이죠.

마지막으로 한 가지 더.

저는 오래전부터 인상적인 구절을 만나면 메모하는 습관이 있습니다. 재밌는 구절들, 상상력을 자극하는 구절들, 감동적인 구절들 그리고 제게 큰 충격을 주는 구절들까지. 이런 구절들이 차곡차곡 쌓여 결국 제가 소설의 한 챕터 한 챕터를 통해 독자 여러분께 던지고자 하는 메시지의 골간을 이룹니다.

그동안 이런 인용문들의 출처를 궁금해하며 제게 물어보시는 분들이 참 많았습니다. 그래서 이번에는 인용구들의 출처를 책 뒤에 따로 정리해 놓았습니다. 이 정보가 여러분께 새로운 작가들의 작품 세계로 들어서는 문을 열어줄 수 있다면 저로서는 더한 기쁨이 없겠습니다.

# 인용구 출처

1장 : 클로디 갈레, 《홀로 베네치아에서Seule Venise》, 2004년, Rouergue 출간.

2장 : 폴 모랑, 《바쁜 인간L' Homme pressé》, 1941년, Gallimard 출간.

3장 : 스티그 라르손, 《밀레니엄 1부-여자를 증오한 남자들Män som hatar kvinnor》, 2006년,
Actes Sud 번역 출간.

4장 : 카를로스 루이스 사폰, 《바람의 그림자La sombra del viento》, 2004년, Grasset 번역 출간.

5장 : 조이스 캐럴 오츠,《흑인 여자/백인 여자Black Girl/White Girl》, 2009년, Editions Phillipe
Rey 번역 출간.

6장 : 파올로 지오르다노, 《소수素數의 고독La solitudine dei numeri primi》, 2009년, Seuil 번역 출간.

7장 : 로맹 가리, 《여자의 빛Clair de femme》, 1977년, Gallimard 출간.

8장 : 조셉 오코너, 《데스페라도스Desperados》, 1998년, Phebus 번역 출간.

9장 : 마그리트 유스나스, 《불법 작품L' Oeuvre au noir》, 1968년, Gallimard 출간.

10장 : 기 드 모파상, 〈고독Solitude〉, 단편 〈미스터 파랑Monsieur Parent〉 외, 《모파상 단편집

(1884-1890)》, 1988년, Robert Laffont 출간.

11장 : 앙드레 말로, 《알튼부르그의 호도나무Les noyers de l' Altenburg》, 1948년, Folio판, Gallimard 출간.

12장 : 카슨 매컬러스, 《오빠의 결혼식The member of the Wedding》, 1946년작, 2008년, Stock 번역 출간.

13장 : 마이클 코넬리, 《마지막 코요테The Last Coyote》, 1995년, Little, Brown and Company 출간.

14장 : 조셉 오코너, 《데스페라도스Despersdos》, 1998년, Phebus 번역 출간.

15장 : 폴 베를렌, 《악마를 사랑한 여자Amoureuse du Diable》, 시집 《어제, 그리고 또 어제Jadis et Naguére》, 2009년, 포켓판.

16장 : 독일 격언

17장 : 마릴린 먼로, 《파편들Fragments》, S. Buchthal & B. Comment편저, 2010년, Seuil 번역 출간.

18장 : 소포클레스, 《오이디푸스왕》.

19장 : 보리스 시뤨닉, 《말할 수 없는 고통, 치욕Mourir de dire : la honte》, 2010년, Odile Jacob 출간.

20장 : 플래너리 오코너, 《모든 것은 하나로 모여야 한다Everything that rises must converge》, 1969년, Gallimard 번역 출간.

21장 : 밀란 쿤데라, 《참을 수 없는 존재의 가벼움Nesnesitelná lehkost byti》, 1987년, Gallimard(개정판) 출간.

22장 : 후앙 마누엘 드 프라다, 《폭풍La tempestad》, 2000년, Seuil 번역 출간.

23장 : 알프레드 드 뮈세, 《이탈리아에서 돌아오는 형제에게A mon frére revenant d' Italie》, 《뮈세 시전집》, 2006년 출간, 포켓판.

24장 : 프랑수와 쳉, 《불멸의 사랑L' Éternitén' est pas de trop》, 2002년, Albin Michel 출간.

25장 : 제이 맥키너니, 《몰락Brightness Falls》, 1993년, L' Olivier 번역 출간.

26장 : 호라티우스, 《송시頌詩Odes》, 4권, 1편.

27장 : 세네카, 《관용론De Clementia》

28장 : R. J. 엘로리, 《천사에 대한 믿음A Quiet Belief in Angels》, 2008년, Sonatine 번역 출간.

29장 : 네덜란드 제일란트 지방의 격언

30장 : 마크 트웨인, 《적도를 따라서Following the Equator : A Journey around the World》, 1897년, American Publishing Co. 출간.

31장 : 가오 싱젠, 《영혼의 산》, 1995년, Editions de l' Aube 번역 출간

32장 : 로드 바이런, 차일드 해럴드의 《성지 순례Childe Harold' s Pilgrimage》(1812), 《바이런 전집》, 1938년 번역 출간.

33장 : 미 연방법(18 U.S.C. 3521)

34장 : 조르주 상드

35장 : 크리스티앙 보뱅, 《양귀비 예수Le Christ aux coquelicots》, 2002년, Lettres vives 출간.

36장 : 존 도스 패소스, 《미국 문학을 고발하다Against American Literature》, The New Republic, 1916년 10월호.

37장 : 그레이엄 그린, 《제3의 사나이The Third Man》, 1950년, Robert Laffont 번역 출간.

38장 : 존 어빙, 《사이더 하우스The Cider House Rules》, 1986년, Seuil 번역 출간.

# 옮긴이의 말

　우리가 좋아하는 작가의 신작에서 기대하는 것은 두 가지일 것 같다. 익숙함과 새로움. 우리는 이 작가를 좋아하게 된 이유, 즉 그만의 독특한 글쓰기 문법과 스타일을 다시 보길 기대한다. 기욤 뮈소 소설의 경우 감성적인 소재, 사랑 이야기, 영화를 연상시키는 시각적인 글쓰기, 젊고 감각적인 문체, 트렌디한 대중문화 코드 등이 바로 익숙함에 해당할 것이다. 그러나 우리가 그의 신작에서 기대하는 것은 익숙함이 전부가 아니다. 익숙한 코드와 더불어 조금은 낯설지만 새로운 시도의 흔적, 작가가 부단히 노력하고 변화한다는 증거를 보고 싶어한다. 독자들이 그의 차기작을 손꼽아 기다리는 이유이기도 하다.

　기욤 뮈소의 신작 《천사의 부름》은 독자들의 이런 이중 기대에 정확히 부응하는 책이다. 작년에 작가는 40년대 할리우드 로맨틱 코미디인 '스크루볼' 적 색채가 짙은 《종이 여자》로 성공적인 변신을 시도한 바 있다. 베스트셀러 작가 톰과 종이 여자 빌리의 말랑말랑 달콤한 러브스토리는 뮈소 팬들에게 친숙하면서도 낯선 새로운 감동과 즐거움을 선사했다. 기욤 뮈소가 올해 독자들에게 선보이는 《천사의 부름》은 로맨틱 스릴러이다. 러브스토리가 바탕이라는 점은 전작들과 유사하지만 그의 트레이드마크인 판타지적 요소가 사라지고 작품 초반 이후부터 로맨틱 코미디가 빠르게 스릴러로 전환한다는 점은 큰 차이라고 할 수 있다. 물론 그는 전작들에서도 반전과 서스펜스 같은 스릴러적 장치들을 효과적으로 이용해 작품의 긴박감과 재미를 높였다. 하지만 이번 작품에서는 지금껏 시도한 적이 없는 고강도 스릴러를 선보이며 다시 한 번 큰 변화를 꾀했다.

잿빛 하늘의 맨체스터, 로어 맨해튼, 브루클린, 눈 덮인 코니아일랜드, 인적 끊긴 한밤중 첼시의 하이라인파크……. 스릴러 무대로서는 이상적일 것 같은 장소들을 배경으로 펼쳐지는 느와르적 감성의 아슬아슬하고 흥미진진한 이야기를 읽다 보면 할리우드 스릴러 영화를 한 편 보는 듯한 착각마저 든다. 당연히, 에필로그는 뮈소 특유의 핑크빛 멜로이지만…….

《천사의 부름》은 뉴욕 케네디공항에서 플로리스트인 매들린과 셰프인 조나단의 휴대폰이 뒤바뀌는 것으로 시작된다. 각자 파리와 샌프란시스코로 돌아오고 나서야 휴대폰이 바뀌었다는 사실을 알게 되는 두 사람은 호기심에 이끌려 상대방의 휴대폰을 뒤지기 시작한다. 서로의 삶을 엿보게 된 그들은 곧 자신들이 과거로 치부하고 가슴속에 묻었던 비밀이 사실은 과거가 아닌 현재이며, 자신들의 인생이 그것에 의해 하나로 연결되었다는 사실을 깨닫는다. '그들의 휴대폰에, 그들의 인생이 들어 있었던 것'이다.

작가는 4년 전 책 홍보차 캐나다에 갔다 몬트리올공항에서 직접 겪은 체험을 바탕으로 이 소설을 썼다고 밝혔다. 두 주인공의 휴대폰이 바뀐다는 평범한 에피소드에서 4백 페이지에 이르는 장편 스릴러가 나온 것은 세상의 변화를 재빠르게 포착하는 그의 소설가적 감각, 이야기꾼으로서의 재능과 상상력이 있었기 때문에 가능한 일일 것이다.

　로맨틱 스릴러인 《천사의 부름》에 새로운 요소들만 있는 것은 아니다. 독자들이 열광하는 익숙한 뮈소식 소설 코드 역시 곳곳에서 발견된다. 친근감 넘치는 두 주인공 매들린과 조나단이 주고받는 톡톡 튀는 감각적인 대화와 문자 메시지들에서는 독자와의 교감을 중시하는 젊은 작가의 감수성이 느껴진다. 화려한 조나단의 요리들, 생동감 넘치는 파리의 랭지스 시장, 로어맨해튼, 브루클린, 코니아일랜드는 독자들에게 읽는 재미뿐만 아니라 '보는' 재미 역시 선사한다. 소소한 대중문화 디테일들 역시 기욤 뮈소 소설만의 매력이다.

　번역을 하면서 개인적으로 프롤로그 부분이 무척 마음에 들었다. 지나치게 무겁지도 진지하지도 않되 주변세계를 향해 한결 예리하고 깊어진 관찰자 뮈소의 시선을 느낄 수 있었다. 아, 또 기대해도 되겠구나, 하는 생각을 했다. 한 언론매체와의 인터뷰에서 작가는 《천사의 부름》의 속편을 쓸 수도 있다는 가능성을 내비쳤다. 내년 크리스마스, 독자들이 기욤 뮈소의 신작에서 또 다시 매들린과 조나단 커플을 만나게 될지도 모르겠다.

전미연